치유의 시학

송기한 저

지식과교양

머리말

    밀레니엄의 시간을 알리는 종이 울린지도 벌써 20년의 세월이 흘렀다. 이제 시간은 다시 2021년을 향해 나아가고 있다. 어느 특정 시기를 구분하는 인식성들은 분명 존재하거니와 이 세기를 지배하는 것, 구획짓는 인식성은 디지털문화이다. 뿐만 아니라 경우에 따라서는 그보다 앞선 4차 산업이라는, 이제까지는 경험하지 못한 새로운 전자 시대가 도래하고 있기도 하다.

    전자 시대란 말이 우리에게 주는 내포는 일종의 계몽적인 것과도 같다. 지금 이 시기보다 분명 앞서 나아갈 수 있는 것, 아니 반드시 그래야 할 것이 이 전자 시대라는 말 속에서 찾을 수 있기 때문이다. 어쩌면 찾을 수 있다라기보다는 그러한 가능성을 시사해준다는 말이 좀 더 실체적 진실에 가까운 것일지도 모르겠다.

    계몽이란 말이 우리의 정서를 환기시켜주는 것은 삶의 질에 대한 개선이다. 근대 초기 계몽에 열렬한 환영의 손짓을 보낸 것 역시 모두 여기에 그 원인이 있었다. 거기에는 우리가 그런 시대성에 뒤쳐졌다는, 그리하여 제국주의의 지배를 받았다는 뼈아픈 자성이 깔려 있었던 것이다. 그렇기에 계몽은 그것이 담고 있는 내용이 무엇이든 우리에게 정서적 고양을 배가시켜주는 그 무엇이 있는 것처럼 비춰졌다.

하지만 이는 곧 미망에 지나지 않는 것임을 우리는 지금 이곳의 현실에서 목도하고 있다. 코로나 팬더믹 현상 때문에 그러한데, 우리는 일 년이 넘는 세월 동안 일상을 잃어버린 채 살아가고 있다. 무엇이 우리를 이런 일상으로부터 떠나가게 만들었는가. 혹자는 이 바이러스가 자연에서 온 것이라고도 하고, 또 혹자는 인간의 실험실에서 나온 것이라고 말하기도 한다. 그러나 그것이 어디에서 나온 것이라고 구체적으로 알리는 것은 의미없는 일인지도 모르겠다. 이 모든 것이 인간의 그릇된 욕망과 분리하기 어렵게 얽혀 있는 것이기 때문이다.

근대 이후 인간은 신의 영역이라든가 영원으로부터 떠난 존재, 아니 강제로 분리된 존재로 이해되어 왔다. 이렇게 된 것은 물론 인간 스스스가 만든 것이다. 하기사 어느 누구도 현재의 실존보다 추락한 삶을 살고 싶지는 않을 것이고, 또 보다 나은 미래를 향한 열망이 있을 것이다. 그러한 꿈과 열망이 현재의 실존을 만든 것이다.

하지만 꿈이 있다고 해서 존재를 건강하게 만드는 것도 아니고 또 그것이 없다고 해서 그를 불행하게 만드는 것도 아니다. 문제는 정도의 차원일 것이다. 그런데 이런 결론에 도달하게 되면, 늘상 떠오르는 단어가 있다. 중용의 미덕이 바로 그것이다. 물론 중용이 갖는 가치중립적인 세계는 분명 매혹의 국면이 있다. 충족시키되 넘치지 않는 아름다운 제어야말로 인간의 삶이 가질 수 있는 최대의 미덕이기 때문이다.

하지만 현재의 불안한 상황을 중용의 미덕에서 초월하는 것은 불가능해 보인다. 이미 이런 어중간한 태도나 욕망의 제어만으로 코로나 팬더믹을 극복할 수 없는 현실이 되었기 때문이다. 중요한 것은 적절한 통제가 아니라 지난 세기의 영광, 영원의 세계가 펼쳐졌던 시기로의 과감한 전환을 해야 한다는 점이다. 그것은 좀더 강제성을 가져야 한다. 어느 한 두 부면의 상처를 드러내고 이를 치유하는 과정으로만으로는 그 근본적인 초월이 불가능하기 때문이다.

우리는 무엇보다 이 시점에서 영원이라는 동일성을 찾아내야 한다. 뿐만 아니라 그것의 항구적인 지속을 위해 끊임없는 노력을 계속 해야한다. 문제는 이런 데 놓여 있기 때문이다. 현재의 위기에 임기응변적으로 대응해서, 그리고 이를 초월했다고 해서 문제의 상황이 끝나지 않는다는 사실이다. 만약 이런 치유로 그친다면, 이와 같은 위기는 앞으로도 계속 발생할 수 있을 것이다.

현재의 위기와 조응해서 문학의 위기를 말하는 사람이 있다. 하지만 그것은 위기가 아니라 어쩌면 또 다른 기회를 문학 방면에 줄지도 모를 일이다. 왜냐하면 위기가 감각될 때마다 문학은 언제나 새로운 지점을 기반으로 새롭게 태어났기 때문이다.

따라서 문학은 현재의 위기에 대해 적극적으로 응답을 해야 한다. 그 응답은 새로운 동일성 확보를 위한 노력이 되어야 할 것이다. 동일성은 불화 위에 서 있고, 그것을 양식으로 자신의 존재성을 드러내게 되어 있다. 불화가 감지될 때마다 동일성에 대한 열망이 더욱 불타오르는 것은 모두 이와 밀접한 관련이 있을 것이다.

동일성은 조화이고 경우에 따라서는 영원성이다. 조화의 건너편에 놓여 있는 것이 불화와 갈등이다. 자아와 세계의 갈등, 본질과 실존의 갈등, 현실과 이상의 갈등이 모두 이 영역에 포함되어 있다. 이런 갈등과 불화의 건너편에 우리가 늘상 찾아왔던 영원의 감각이 놓여 있다. 서정시는 지금껏 그러한 조화, 영원을 회복하기 위해 굳건히 걸어 왔던 것이다.

이제 서정시는 이러한 도정과 더불어 새로운 도전 앞에 놓여 있다. 인간의 욕망이 저질러놓은 코로나 팬더믹이라는 이 불온의 상황을 극복해야 할 임무가 있는 것이다. 그 바이러스의 원인이 먹고자 하는 소비충동에서 형성된 것이든, 아니면 불온한 목적에 의해 길러진 것이든 적극적으로 대응해야 한다. 그에 대한 치유는 동일성을 향한 전략에서 찾아야 한다는 것이다. 자아와 세계, 본질과 실존, 현실과 이상 사이에 내재된 불화는 이 동일화를 향한 열망과 전략에 의해서만 무

화될 것이다. 그렇게 되면, 우리는 잃어버린 일상을 다시 찾을 수 있게
될 것이다. 이를 향한 도정이 지금 여기의 서정시에 요구되는 강력한
기제들이다.

2021. 3.
송기한

| 차례 |

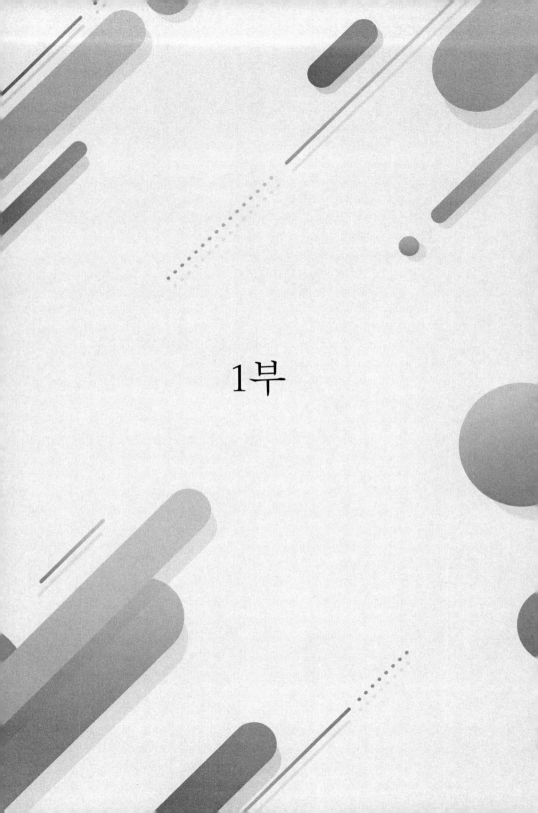

1부

자아의 실존을 규정하는 기억의 기능

단재 신채호는 역사를 나와 타자와의 싸움으로 규정한 다음, 역사를 잊은 민족에게 미래는 없다고 했다. 이미 지나간 것이지만, 그것은 한번 간 것으로 그 생명을 다하지 않는다는 것이다. 이미 지나가버린 것들이 어떻게 해서 미래를 좌우하는 것일까. 이렇게 이야기되는 배경에는 적어도 어떤 신뢰할만한 근거들이 있기에 가능한 것이 아닐까. 그 가운데 하나는 현재와 미래와의 관계에서 찾을 수 있을 것이다. 인간은 적어도 신과 같은 완벽자가 아니기에 앞으로 일어날 일들에 대해 정확히 알 수가 없다. 그렇다고 미래는 예단할 수 없는 것이기에 아무런 준비 없이 맞아야 한다는 것은 아니다. 그리고 그 미래가 던져주는 대로 우리는 그래도 수용해야만 하는 것도 아니다.

만약 다가올 미래가 우리에게 긍정적인 것이라면, 앞으로 다가올 시간들에 대해서 전혀 걱정을 하지 않아도 될 것이다. 그러나 다가올 미래가 부정적인 것이라면 문제는 사뭇 달라지게 된다. 그러한 불행에 대한 준비가 없다면, 우리는 그 혼란 속에서 쉽게 빠져나올 수 없을 뿐더러 경우에 따라서는 치유 불가능한 상황에 놓일 수도 있기 때문이다. 그렇기에 이런 불행한 상황을 미리 알 수만 있다면 얼마나 좋을 것인가. 우리는 그것을 예단할 수 없기에 불안한 현존을 살아갈 수밖에 없는 것이다. 그런데 우리를 이런 불안으로부터 벗어나게 해줄 수 있는 것이 과거의 역사이다. 순환론적인 사고를 받아들이지 않더라도 역사는 언제나 반복되어 왔다. 각 시대마다 다른 인식소가 있다고 하더라도 과거의 일들은 현재의 수면 위로 계속 떠올라 온 것이다. 따라서 미래는 과거의 역사 속에서 예비된다고 하겠는데, 이것이 우리가 역사를 알아야만 하는 이유이다.

　과거의 기억들은 한 국가나 집단에게만 유효한 것은 아니다. 한 개인의 운명을 좌우하는 것도 어찌 보면 개인의 역사, 곧 과거의 기억이 큰 영향력을 발휘하고 있기 때문이다. 기억은 과거에 대한 개인의 보존이며, 언제든 현재화할 가능성을 갖고 있다. 그러한 까닭에 그것은 의식의 심연 속에서 언제든 개인의 현재와 미래에 강력한 파장을 미칠 수가 있다.

　　청솔가지 타는 연기
　　저녁어스름으로 깔리고
　　청솔가지 연기 같은 매캐한 삶이 매워
　　연신 눈물을 치마에 찍어대던 어머니

　　등 굽은 소나무에 올라가
　　솔방울을 따던
　　머리에 기계충 없은
　　솔방울만 한 아이들

소나무 숲이
포대기 둘러
둥개둥개 업어주던
고향 마을
어깨 너머로 떠오르던
솔잎처럼 푸르던 저녁별

지금도 고향 마을엔
솔잎 가는 채로 걸러 보내던
솔바람 불고 있을까
어머니 분첩의 분가루 같던
송화 가루 날리고 있을까

삶이 힘들 때면
야들야들 살이 오른 소나무 속껍질로
어머니가 쪄 주던 보름달 같은 송기떡
베어 먹고 싶다
이빨이 솔잎처럼 푸르게 물들도록
　　　　　　이준관, 「고향 마을 소나무 숲」, 『시와 시학』, 2019 여름호.

　모든 인간에게 있어 고향은 아름다운 기억의 장소일 것이다. 수구초심이라는 말이 있듯이 고향은 원점 회귀의 공간으로 사유된다. 탄생과 죽음의 시간이 일치하지 않더라도 기억이나 의식의 차원에서 합일하는 것이 수구초심의 근본 원리이다. 이준관 시인이 묘파한 고향의 정서도 이 원리의 연장선에 놓여 있다. 지금 현재 시적 화자가 놓인 처지는 긍정적인 상황과는 무관하다. 그런 부정적 상황이 시인의 의식을 붙잡아서 머나먼 과거 속으로 인도한다. 청솔가지가 타는 연기가 있는 곳, 그것을 태워서 저녁을 준비하는 어머니가 있는 곳, 그리고 등 굽은 소나무에 올라타 푸른 꿈을 키워가던 자아의 모습이 있던 곳 등등, 그러한 공간을 일깨우는 기억들을 시적 자아는 고스란히 재현시키고 있는 것이다.

시인은 고향의 아름다운 정서를 어떤 선언에 의해서 현재화시키지 않는다. 그는 이 정서를 감각적 이미지를 통해서 구현시키고 있는데, 가령 '청솔가지 타는 연기'라든가 '솔잎'의 푸름과 '솔바람' 등에서 알 수 있듯이 시각적, 청각적, 후각적 이미지들을 총 동원하여 고향의 아름다운 정서들을 환기시키고 있는 것이다.

이런 감각과 정서가 혼돈의 늪에서 허우적거리는 시적 영혼의 외로움을 구제해준다. 그것은 근대 이후 모든 인간에게 부여된 인식의 불구성과 불가분의 관계를 형성하고 있는 것일 수 있는데, 어떻든 존재가 불완전하다는 것은 근대 이후 인간에게 던져진 최대의 화두 가운데 하나이다. 불구화된 의식은 영원성이라든가 전일성의 상실에서 비롯되는 것이고, 이는 영원이 사라진 시대의 보편적인 감각이다. 그런 불구성에 하나의 준거점이 될 수 있는 것이 바로 고향이라는 전일성의 정서, 거기서 배태된 영원의 기억일 것이다. 그러한 감각을 이 시인도 굳이 부정하지 않는다. "삶이 힘들 때면" 고향의 아우라를 통해서 그런 불구성을 초월하고자 하기 때문이다.

사막의 여인숙, 이라 써 놓고 들여다보네, 새벽 두시, 달그림자 베고
잠들었을 기억의 우편함 속으로 낙타가 물 냄새 찾아가듯 터벅터벅 들

어가볼까, 그리운 이름들에게 엽서를 쓸까

쓸쓸한 사랑마저 남겨두고 떠나던
청량리발 북평행 야간열차는 늘 입석이었지
한사코 바닥에 앉아 젖은 술병 기울이며 덜컹거리다
중산역 선로에 쭉 서서 오줌을 누고
구절리행 비둘기호를 갈아타던 아픈 청춘들, 졸다 깨다
몇은 선평역이나 별어곡 쯤에서 달 그늘 속으로 숨어들고
무저갱을 빠져나온 듯 비틀비틀
정선역에 내리면
여인숙 외등이 달려 나와
사구를 넘어가는 새벽별같이 반짝였지
그 시절 진부한 추억이나 실패한 연애가
수묵 빛으로 뒤척이던 역전의 그 여인숙 아직 남아있을까
연탄을 갈고 이불 밑에 손을 넣어보곤 배시시 웃던
여인숙 그 여자, 얼굴도 떠오르지 않네
환하게 문을 열어주던 덧니가 기억의 전부
모두 사막의 어둠속으로 흩어진 바람이 되었나

날 밝으면 나는 또 동면 가는 첫차를 타야해서
도망치듯 여인숙을 나서곤 했지만
장처 지나 툴툴대는 완행버스에 오를 때까지
서산마루에 반쯤 걸려 바래지고 있던 달

정선은 그런 곳, 내 그리움의 가장 깊숙한 유적지

세상의 슬픔이란 슬픔 모두 모여
　　달빛에 소스라쳐 울던 곳

　　지금은 새벽 두 시, 편지 쓰기에 적당한 시간, 벽에 걸린 거울에서 앳
　된 유령 하나 쭈뼛쭈뼛 걸어 나올 것 같은,
　　　　　　김종호, 「새벽에 쓰는 편지-정선 2」. 『시와 시학』, 2019 여름호.

　　인용시는 매우 특이한 의장을 통해서 과거 속의 기억을 아름답게
재현한 시이다. 이 작품의 특이한 구성은 우선 액자 구성에서 찾을 수
있다. 이런 기법이 소설에서 주로 사용되고 있음은 익히 알려진 일이
거니와 가령 김동리의 「무녀도」가 그러하지 않은가. 김동리는 어느 한
가정이 외래 정서의 유입을 통해서 어떻게 무너져 내리고 있는가 하
는 것을 이 액자 소설의 형태로 잘 그려낸 바 있다. 「무녀도」에서 알
수 있듯이 이런 기법은 작품 속의 내용을 객관화시키고 가치중립적으
로 시야를 갖게끔 하는데 매우 효과적인 것으로 알려져 있다. 실상 김
종호의 「새벽에 쓰는 편지-정선2」도 이런 액자 구성을 통해서 시인이
갖고 있었던 과거의 정서를 객관화시키고 중립적인 판단을 하게끔 만
들어준다.
　　그러나 서정적 자아의 균일한 통일에 의해서 쓰여진 서정시가 산문
의 영역만큼 효과적이지 않은 것 또한 자명한 일일 것이다. 어떻든 시
인의 기억을 환기하는 것은 새벽이라는 시간이고, 그 시간 속에서 시
인이 한때 경험했을 기억의 흔적들을 되살려낸다. 그 기억의 장소가
곧 정선인데, 그곳에 이르는 길이 여러 여정을 통해서 단계적으로 환
기되고 있는 것이다. 야간 열차의 모습이라든가 중간 정차역에서 소

변을 보는 모습, 그리고 여러 인간 군상들이 스쳐지나간 여인숙의 모습이 섬세하게 펼쳐지는 것이다.

이렇듯 정선은 시인에게 그리움의 가장 깊숙한 유적지이다. 문제는 시인의 정서가 왜 이른 새벽 시간에 그 정선의 아련한 모습을 환기시키는 것일까에 놓여 있을 것이다. 실상 이 작품을 읽다보면 작품 속에 구현된 정선의 아련한 모습이 현재의 자아에게 어떤 파장을 일으키는지 혹은 어떤 정서의 폭을 갖고 있는지 명확하지 않은 것이 사실이다. 그러나 이 시를 쓴 의도가 무엇인지 이해할 수 있는 실마리가 전혀 알수 없는 것도 아니다. 액자 구성의 첫 부분에서 "그리운 이름들에게 엽서를 쓰"고자 했던 의도가 드러나 있는 까닭이다. 시인은 타인들에게 자신이 경험했던 아름다운 정서를 유포시키고 싶었던 것이다. 이런 정서야말로 현재의 메마른 곳을 어루만져 주고 삶의 활력소를 주는 것으로 믿었기 때문이다. 이런 의도가 충분히 전달되기 위해서 시인은 액자 구성이라는 수법을 구사했고, 정선의 풍경을 자세하게 드러내기 위해서 소위 세태적인 묘사를 시도했던 것이다.

그때 나이 열 아홉 살이었으니
물질한 지 50년이 되었다
용머리에 물살 험하게 치받던 날들이
날마다 마지막이었다

쪼르륵 쏟아놓은 새끼들 때문에

이게 마지막이라

이게 마지막이라
휘이
휘이
귓전에 숨비 소리 들리면
그제서, 살았구나

물질 그만하고
해 중천에 뜰 때까지
등 따슨 아랫목에 누웠다가
이쁜 며느리가 차려온
김 모락모락 나는
밥상 한번 받아보는 꿈을 꾸어온 것도
이제는 가물거린다만

괜찮다
내 숨비 소리 그치는 날도 다 됐다
깊은 나라로 긴 나들이 갈 날 다 왔다

괜찮다
억울하지 않다

이렇게 산 것도 다 뜻이다.

박용주, 「숨비소리」. 『시사사』, 2019 5-6.

기억은 아름다운 추억으로 남아있기도 하지만 그 반대의 경우도 있다. 뿐만 아니라 이를 통해 현재의 자아를 되돌아보기도 하지만 이를 현실의 구체적인 상황과 견주어보기도 한다. 기억에 대한 현재화가 현실에 대한 대항담론의 성격을 갖게 되는 것이 대부분이긴 하지만, 그렇다고 이를 곧바로 일반화시킬 수 있는 것도 아니다. 박용주의 「숨비소리」는 기억이 긍정적인 요소로 재현되는 것은 아니지만 그렇다고 부정적인 요인으로 현재화되지도 않는다. 시인의 기억은 어떤 절대적인 극점에서 사유되는 것이 아니라 현재의 자아를 반추하는 점이지대에서 읽혀지기 때문이다.

서정적 자아는 과거 바닷가에서 생업에 종사했던 것으로 보인다. 숨비소리가 "해녀들이 물질할 때 숨이 차오르면 물 밖으로 내뿜는 소리"라는 시인의 설명이 그 해답의 실마리를 제공해주고 있기 때문이다. 다른 모든 생업과 마찬가지로 해녀로서의 직업은 시인에게 삶을 영위해가는 수단이었다. 그러나 그 일은 결코 녹록한 것이 못되었지만 중간에 포기할 수 있는 일도 아니었다. 바다 속에 들어가는 일들이 쉽지 않은 것이었음에도 불구하고, 끊임없이 이 일에 종사할 수밖에 없었던 것은 "쪼르륵 쏟아놓은 새끼들 때문"이었다. 이들을 위한 일이었기에 해녀로서의 극한 직업은 늘 기도의 여정이었고, 시작이 마지막이라는 외침 속에서 진행될 수밖에 없었다. 그러한 도정 속에서 서정적 자아는 "김이 모락모락 나는 밥상 한번 받아보는 꿈"을 가져보지만 그러나 쉽게 여기에 이르지는 못한다.

시인에게 해녀로서의 기억은 이렇듯 아픈 것이었고, 지금 여기에 이르기까지 계속 진행될 수 없는 것이었다. 그것은 과거의 어느 특정 시기에 끝내야 했던 것이고, 현재의 시간 속에 틈입되어 들어올 수 없는 것임에도 불구하고 시인은 과거의 그러한 아픈 기억을 결코 억울한 것으로 되돌리지는 않는다. "이렇게 산 것도 다 뜻이다"라고 하면서 운명에 대한 절대 순응의 자세를 포지하고 있기 때문이다. 이 작품에서도 기억은 서정적 자아의 격한 몸짓을 조율하는 기능을 한다. 그기억이 결코 삶의 긍정성을 담보하지 못함에도 불구하고 현재의 자아에게는 이렇듯 강력한 자장으로 남아있는 것이다. 그 여운이 바로 운명에의 순응이다. 서정적 정열이 이곳에 저장됨으로써 여러 갈래로 분산되는 자아의 걸음을 한 곳에 모을 수가 있었다. 그런 정서의 통일을 가져오게 한 것이 바로 기억의 역능이었던 것이다.

> 저물녘에 들려오는 오뉴월 무논의 개구리 울음소리와
> 건넛말 외딴집 불빛 새로 들려오는 다듬이질 소리
> 한여름 밤 떡갈나무 잎에 떨어지는 굵은 빗방울 소리와
> 먼 마을서 들려오는 저녁나절 닭 울음소리
> 보름도 갓 지난 초가을 빈 마을 우물터서 들려오는
> 풀벌레 가늘고 긴 울음소리 들으며 고요히 깊어가고 싶다
>
> 김용화, 「매봉산 베고 누워 푸른 별 쳐다보며」.
> 『시와 시학』, 2019 여름호.

이 작품을 이끌어가는 주요 기제는 소리의 감각이다. 비록 짧은 형식이긴 하지만 시인은 작품 속에 여러 소리를 구현시키면서 무의식 속에 저장된 기억의 혼을 일깨워낸다. 실상 이 작품은 지금 이 계절의 감각에 꼭 들어맞는 시이다. 시인이 구현한 소리들은 이 시기가 아니면 결코 들을 수 없는 것들이기 때문이다.

이 작품의 기본 어조가 소리에 있다고 했거니와 이 가운데 우리의

주목을 끄는 소리는 다름 아닌 '다듬이질 소리'이다. 이 소리는 지금 여기의 시간에서는 듣기 힘들다는 점에서 그것은 현재와 거리화되어 있는 것이라 할 수 있다. 따라서 이 소리는 아주 과거적인 것이면서 결코 현재적인 것이 될 수 없는 대상이라 하겠다. 그리고 그 운용의 주체가 어머니이기에 그것은 모성적인 것과 분리하기 어려운 성격 또한 갖고 있다.

실상 이 시인이 가장 주목하고자 했던 기억의 기능도 아마 이 모성적인 것에서 찾을 수 있을 것이다. "오뉴월 무논의 개구리 소리"라든가 "한 여름의 굵은 빗방울 소리", 그리고 "저녁나절 닭 울음소리"나 '풀벌레 소리' 등은 모두 고향적인 것이면서 자연적인 속성을 가지고 있는데, 그것이 영원의 감각과 분리할 수 없는 것이라면, 이는 곧 모성적인 정서로 곧바로 편입시킬 수 있을 것이다. 시인은 자신의 현존이 어떤 것인지 구체적으로 밝혀놓은 것이 없긴 하지만, 모성적 그리움의 정서를 표명했다는 것만으로도 그가 편편치 못한 상황에 놓여 있음을 알 수 있게 된다. 그는 그러한 현존을 아름다운 과거의 기억, 곧 모성적 그리움 속에서 승화하고자 했기 때문이다.

코홀리개 적에 뜻도 모른 채
라디오 따라 불러 젖히던 노래가
이제는 말캉한 구석을 후빈다

새끼손가락 끝 닿을 듯 말 듯한 쾌함처럼
아픈 것 같기도 하고 후련한 것 같기도 한 노랫말들

가요는 방목된 채 풀 뜯고 있는 나이들을 몰아
아늑한 스피커에 가둬준다 그런 날이면
늙은 노래일수록 홰에 올라
심금을 울린다

태어나기도 전의 작사가
오래 기다렸다는 듯
가만가만 토닥여준다

故人은 가요를 그렇게, 이 세상에 터주고 가셨다

예나 지금이나 사랑은 꺾어 부를 때 아릿한 것처럼
힙합을 하든 발라드를 하든 락을 하든
사랑은 사랑을 전부로 하는 것처럼

그 옛날 노래가 내 귀로 나를 듣고 있다
그 옛날 노래가 나를 부르고 있다

중얼중얼, 흥얼흥얼
　　　　　　　　윤성택, 「옛날 노래」. 『시산맥』, 2019 여름호.

　윤성택의 「옛날 노래」는 소리에 대한 기억을 통해서 현재의 조건을
이해하고 있다는 관점에서 「매봉산 베고 누워 푸른 별 쳐다보며」의 연
장선에 놓여 있는 시이다. 과거에 시인의 정서를 지배했던 것은 어떤
알 수 없는 노래들이었다. 그는 그 노래를 아무런 여과 장치 없이 무심

코 받아들여 왔고, 그 소리들은 시인의 뇌리 속에 자연스럽게 들어와 시인의 의식에 자리 잡아 왔다. 그리고는 시인의 의식을 알게 모르게 세뇌시켜버렸다.

이 노래는 세월을 돌고 돌아 이제 작품의 제목처럼 '옛날 노래'가 되었다. 그런데 시인의 무의식에 깊게 자리한 이 노래들은 이제 서서히 깨어나기 시작한다. 다시 들려오는, 지금 현재의 노래들은 기억의 저장소에 갇혀 있던 정서를 일깨우면서 새롭게 깨어나기 시작한 것이다. 과거의 무매개적인 전달이 아니라 현재의 그것과 과거의 그것이 겹쳐지면서 아름다운 승화의 과정이 이루어지고 있는 것이다.

과거의 기억이 의식으로 서서히 점령하는 것은 현재의 시간이 더 이상 진행하지 않을 때 일어나는 자연스런 과정이다. 따라서 이 과정은 의식에 급격한 충격을 가할만한 사건이나 혹은 정서의 급격한 단절을 가져오는 충격 속에 쉽게 일어난다. 과거로 향하는 서정적 자아의 모습이란 대개의 경우 이러한 과정을 통해서 일어나게 되는데, 어떻든 서정적 자아는 과거의 기억 속에 갇혀 있는 소리의 감각을 현재화시키면서 그런 단절을 뛰어넘고자 시도한다. 소리를 통해서 과거와 현재가 자연스럽게 만나고, 그 만남의 장에서 자아는 서정의 황홀 속에 빠져 들고 있는 것이다.

> 뒷골목 국밥집 난로 위
> 뜨거운 김을 내뿜는 주전자가 놓여 있었다
> 긴 세월, 수많은 손아귀에 살과 뼈가 부딪쳐
> 몸 한 쪽이 조금 찌그러져 있었다

가슴 깊이 품은 끓는 물의 경쾌한 소리
사나운 불의 침이 온몸을 말벌 떼처럼 쏠 때마다
뚜껑 위에 뚫린 작은 구멍 밖으로
가쁜 숨을 내쉬며 생의 절규를 토해낸다

푸 푸우, 좁은 틈새로 새어나오는
주전자의 하소연, 그 여자의 뜨거운 비명
잉걸불로 타는 마음도 차가운 잔 하나에 채워져
젖은 자들의 몸을 따뜻이 데워준다

저렇게, 우리의 양철 인생도 사람과 사람에 부딪쳐
얇은 사랑 일그러져 바람에 삐걱대지만

작은 구멍 저 멀리 생의 울혈을 풀어내어
하얀 날갯짓으로 날려 보내면 얼마나 좋으랴

증오와 눈보라로 응고된 세상
그 돌같이 완강한 빙벽을 맑은 정소리로 뚫고서
숨길 한 번 틔어준다면 얼마나 가슴 떨리랴

뒷골목 국밥집 난로 앞
보글보글 끓는 물소리에 얼굴은 또 달아오르고
한 여자가 피워 올리는 뜨거운 생의 음표가
불씨처럼 날리며 창문에 부딪치고 있었다.

이진엽, 「뜨거운 주전자」, 『시와 정신』, 2019 여름호.

이 작품의 배경은 뒷골목의 국밥집으로 기억이라는 의장보다는 현장감이 보다 앞서 있는 시이다. 작품의 배경이 되고 있는, 추운 겨울철 연탄 난로 위에 올려진 주전자에서 물이 끓고 있는 모습은 결코 낯선 풍경이 아니다. 이 작품은 그러한 모습을 그린 것인데, 이를 두고 과거의 기억으로 한정시켜 논의하는 것은 어려운 일일지 모른다. 지금도 조그만 뒷골목의 국밥집에서 이런 모습들은 얼마든지 볼 수 있기 때문이다. 그런데 이런 풍경들은 지금보다는 과거의 어느 시절에 더 일반화되어 있었다는 점에서 과거의 기억 속에 편입시켜 논의해도 좋을 것이다.

어떻든 이 작품이 함의하는 것은 과거의 기억이 개인의 테두리에서 의미화되고 있지 않다는 점일 것이다. 기억이 개인의 영역 속에서만 사유하게 되면 인식의 통일이나 정서의 합일과 같은 관념으로부터 자유롭지 못하게 되지만, 대사회적인 영역으로 확대하게 되면, 그 협소한 관념의 틀로부터 쉽게 벗어날 수 있을 것이다. 이 작품의 의의는 일단 여기서 찾아야 할 것이다.

시인은 사회가 어떤 견고한 틀에 갇혀 있게 되면, 그 유폐된 영역으로부터 벗어나는 것이 쉽지 않은 것으로 이해한다. 인간이나 집단 사이에 구분이 생기고 경계가 확실하게 되면 삶의 유연성이 사라지고 소통의 기능은 더 이상 유효할 수 없는 지대로 남게 될 것이다. 그러한 상황이 가져올 수 있는 부정적 국면들에 대해서 일일이 발언하는 것은 적절하지 않거니와 시인은 그러한 상황을 '녹이기'라는 물리적 변화를 통해서 이루어내고자 한다. 그 감각이 끓는 물이 갖는 상징적 의미일 것이다.

개인의 기억은 긍정적인 것도 있고, 부정적인 것도 있다. 그러나 어떤 것이든 그것은 시인의 정서 속에 녹아들어가 언제든 수면 위로 나오려고 한다는 점이다. 그리고 개인의 현존은 그러한 기억의 조정을 통해서 언제나 새롭게 태어나고 정립된다. 시에서 기억이 중요한 것은 이 때문인데, 특히 분열적 징후가 심화되는 경우에 기억의 기능은 더 큰 힘을 발휘하게 된다는 사실이다. 시인의 정서 속에 녹아들어간 기억의 정서들이 결코 소홀히 취급할 수 없는 것은 이런 함수관계 때문일 것이다.(『시와시학』, 2019 가을)

시의 산문화 경향

요즘 문단에 나가보면 시가 산문화되어 가고 있다고 하고, 또 시를 많이 읽어야 하는 비평가의 입장에서 이를 어떻게 생각하느냐하는 질문을 받곤 한다. 이런 질문이 있기 전에도 여러 잡지에서 발표되고 있는 시들에서 서정의 흐흡이 길어지고 있다는 느낌을 받고 있는 터였다. 어느 잡지를 들춰도 시가 산문화되어 가는 경향을 쉽게 발견할 수 있는데, 그 양이 많아지고 있다는 것은 그 질이 어떠하든 간에 무언가 하나의 경향으로 굳어지고 있다는 뜻도 될 것이다.

서정시가 음악성을 지향하고 정서의 단일한 통일 속에서 생산되고 있다는 것은 상식에 속하는 일이거니와 그것이 서정시의 존재이유이기도 했다. 특히 근대 이전의 시가에서는 그러한 경향이 더욱 짙어서 모든 시가 양식은 음악적인 요소와 분리하기 어렵게 결합되어 있었다. 음악적 요소와 불가분의 관계에 놓여 있다는 것은 시가 곧 노래라는 등식이 성립하는 것이었다. 근대 이전에서 흔히 볼 수 있었던 시와 음악의 결합은 18세기 전후로 시가 산문화됨으로써 그 정식이 깨어지기 시작했다. 많은 연구자들은 이때의 현상을 두고 유교질서의 파탄으로 오는 것으로 설명하기도 했고, 근대적인 산문 정신의 발산을 그 원인으로 이해하기도 했다. 어떤 것이 보다 근본적인 요인이든 간에 통일된 질서의 와해가 산문 정신을 일깨웠고, 그것이 그대로 시가 양식에 반영되었다고 하는 것은 틀림없는 일일 것이다.

시와 음악 사이에 놓인 이런 작용과 반작용의 관계를 이해하게 되면, 음악적인 것을 요구하는 사회와 산문적인 것을 요구하는 사회는 어느 정도 구분되는 것처럼 보인다. 실제 18세기 이후 우리 근대 시사를 일별하게 되면 이런 흐름들은 어느 정도 정합성이 있었던 것으로 이해된다. 미래에 대한 전망이 상실되었다고 생각되는 1920년대가 시의 시대, 혹은 음악의 시대였고 할 수 있고, 1980년대가 또한 그러했다고 할 수 있다. 이 시기들은 모두 역사의 전망 부재와 밀접한 상관관계를 갖고 있던 시기였는데, 리듬이 갖는 사회적 의미에 기대어도 이런 이해는 어느 정도 일치하는 것처럼 보인다. 여러 이질적인 요소들을 하나로 수렴할 필요가 있을 때, 리듬이 주는 동질성내지 통일성은 절대적으로 요구되는 것이기 때문이다. 요컨대, 절대 정신이 요구되면 시의 음악성이 도드라지고, 그렇지 않으면 산문정신이 강조되는 경향을 보인다고 하겠다.

이런 맥락에 기대어보면, 지금 문단에서 펼쳐지고 있는 시의 산문화 경향을 어느 정도 이해하는 것이 가능할 것으로 보인다. 시대를 이끌어가는 절대 정신의 부족이 우선 그 하나의 이유가 될 것이다. 21세기를 전후로 문단의 주조가 상실되었다고 하는 것은 모두가 동의하는 사항이다. 80년대의 문예사조만큼 뚜렷이 부각되는 주조가 없기에 그 공백은 더욱 크게 다가오는 것인지 모르겠지만 어떻든 이 시기 문학의 흐름을 예단하고 선도하는 주조가 없다는 것은 분명하다고 할 수 있다. 작품을 선도할 새로운 동력이 없으니 정서의 통일이나 황홀과 같은 단형의 서정시가 많이 창작될 수 있는 것처럼 생각될 수 있지만 창작의 현장은 전혀 그렇지가 않은 것이다.

　과거의 시사적 흐름으로 볼 때, 현재 진행되고 있는 시의 산문적 경향을 설명해줄 수 있는 요인들은 무척이나 부족해 보인다. 그럼에도 산문화 경향이 진행되고 있는 현실에서 그 전개가 전혀 근거 없이 진행된다고 생각하는 것도 잘못된 견해라 할 수 있다. 우리 시의 산문화 경향은 과거 식으로 이해하면 전망의 부재와 어느 정도 관련이 있어 보인다. 그러나 1920년대식 전망 부재가 낳았던 시의 시대라든가 여성편향의 흐름과는 사뭇 다른 것이 현재의 경우이다. 앞서 언급대로 산문 정신은 통일지향적인 정서의 흐름과 멀리 떨어져 있는 정신이다. 이런 맥락에서, 현재 진행되고 있는 시단의 산문적 경형은 모색의 시대, 주조의 상실과 어느 정도 관련이 있는 것이 아닌가 하는 생각이 든다. 현재를 인도하는 뚜렷한 흐름이 보이지 않을 때, 시는 그 모색의 차원에서 원인과 결과라는 인과론의 사유가 무엇인지에 대해서 계속 매달리고 있는 형국을 보여주고 있기 때문이다. 그러니 시의 호흡이 길게 늘어지고, 발언해야 할 것들이 많이 생겨나는 것이 아닌가. 이런 이유에다가 한 가지 더 덧붙일 것이 있다. 바로 현대 생활의 복잡성이다. 실상 이 문제는 어제 오늘의 문제는 아니다. 시가 산문화되고 난해지는 경향이 있을 때마다 현대 정신의 복잡성은 항상 제기되어 왔기 때문이다. 그런데 현대 정신의 다양성은 시의 주류화 경향과 일정 정도 관련이 있다는 점에서 주목해야 할 필요가 있을 것이다. 가령, 하나의 단선적 경향이나 흐름이 존재한다면, 현대 정신의 복잡성도 어느 정도 상쇄할 수 있는 것이기 때문이다.

이런 요인들이 어우러지면서 우리 시는 과거의 시들보다 장형화되고 산문적 흐름을 보이고 있다. 그것은 한 개인의 기질상의 문제가 아니고, 사회의 흐름과 그것이 요구하는 경향을 반영한 결과로 이해해야 할 것이다. 실제로 시인의 작품을 면밀히 검토해보면 미래에 대한 예언이랄까 현재를 모색의 도정으로 이해하는 시들이 많이 발표되기도 한다.

우리 유니버스(universe)는 어떻게 탄생 하였을까요
비슈누의 연꽃 꿈에서 브라흐마가 3조 1천1백4억 년의 수명으로 창조 했을까요
야훼가 태초의 말씀으로 7일 만에 만들었을까요
우주알 속의 반고(班固)가 자라면서 껍질이 천지가 되고 몸이 만물로 변신 했을까요
카오스(chaos)의 공간에서 코스모스(cosmos) 가 자기조직화(self-organization) 하였을까요
빅뱅의 특이점에서 시간과 공간과 에너지와 물질이 풍선처럼 폭발하였을까요

태초의 빛이 얼음처럼 식은 에덴-지구 행성에 당신과 내가 있습니다
시간과 공간은 얼마나 크고 넓은 걸까요
천문학 책들은 유니버스(universe)가 십억 개의 별을 가진 십억 개의 은하성단으로 관측된다고 말합니다.
「거품 우주론」은 관측된 우리 우주가 태초에서 부푼 거품 우주의 하나라고 그림을 그립니다
우주를 움직이는 다양한 힘들의 통섭을 시도한 「끈(string) 이론」은

십의 오백 제곱에 해당하는 다른 우주-「폴리버스(polybus)」가 있을 수
잇다고 하는 군요

　불타는 눈과 갈기를 세운 사자-스페이스(space)의 몸통에서 암흑
에너지가 중중무진(重重無盡)의 사건을 천지사방에 수놓았습니다
　별들이 초신성의 폭발을 지나 블랙홀로 사라지는 물질 여행이 아라
비아의 양탄자처럼 화려했습니다
　시공간에는 이상한 에너지파인 전자기파와 광파와 중력장의 파도들
이 무한 바다로 흘러갔습니다
　물극필반(物極必反)의 시간은 구만리장천의 하늘처럼 까마득한데
천문(天文)이 펼친 주역 64괘(掛)는 델포이의 신탁처럼 무서웠습니다

　오호라
　「엘러건트 유니버스(elagant universe)」는 불타는 양자(陽子)들이 존
재의 도약을 꿈꾸는 「홍루몽(紅樓夢)」 대하소설
　평행 우주의 다른 앙코르와 사원에 부조(浮彫)한 하늘 왕국의 서사
가 궁굼합니다
　고대 인도의 「마하바라타(Mahabharata)」 신화 같은 스페이스
(space)의 모든 탄생과 소멸이 수록된 하늘 문학은 언제 출판이 되는
것일까요
김백겸, 「하늘 문학」, 『시와표현』 2019년 9-10월호

　김백겸의 「하늘 문학」은 첫 시행에 나와 있는 대로 "우리 유니버스
(universe)는 어떻게 탄생 하였을까요"를 묻고 있는 시이다. 우주의
근원이나 인류의 시원에 대한 의문을 갖는 것은 이 시대를 살아가는

사람들, 아니 그 이전의 모든 사람들이 품었던 보편적인 회의 가운데 하나이다. 시인의 물음 또한 이전의 그들이 품었던 회의의 연장선에 놓여 있는 것이다. 김백겸 시인은 이 작품 외에도 우주의 근원이라든가 새로운 문명에 대한 예비를 준비하고 꿈꾸어왔던 시인이다. 따라서 이 작품에서 던지는 질문들이 시인의 작품 세계에서 그리 낯설게 느껴지지 않는 것은 이 때문이라 할 수 있다.

김백겸은 우주의 근원과 지금 여기에서 펼쳐지고 있는 회의의 근원을 탐색해 들어가기 위해서 동서양의 시공간을 넘나들 뿐만 아니라 그 시원을 밝혀줄 고전의 세계 속으로 빨려 들어간다. 그러나 이 모든 것은 가설의 단계에 머물러 있을 뿐 어느 하나 정식으로 굳어진 것은 없다. 그렇기에 근원에 대한 시인의 갈증은 채워지지 않는다. 그래서 시인은 진지한 의문을 다시 던지게 된다. "고대 인도의 「마하바라타(Mahabharata)」 신화 같은 스페이스(space)의 모든 탄생과 소멸이 수록된 하늘 문학은 언제 출판이 되는 것일까요"라고 의문을 던지고 있는 것이다.

우주의 근원에 대한 대서사의 세계를 짧은 단형의 양식으로 표현하는 것은 쉬운 일이 아니다. 그리고 그 서사를 회감이나 황홀의 양식으로 재구성하는, 짧은 서정의 세계에서 만드는 것도 불가능하다. 산문의 세계, 인과론의 세계만이 그 의문의 갈증을 씻어줄 수가 있다. 시가 장형화되고 산문화되는 것은 이런 이유 때문이다.

우주란 무엇인가, 그리고 그것은 어떤 원인과 경과에 의해 지금 현재에 이르렀는가와 같은 형이상학적인 질문은 어쩌면 초월적인 것이고 관념적이라는 울타리를 벗어나기 어려운 것이다. 그럼에도 이러한 질문은 얼마든지 할 수 있는 것이고, 또 근원 설화로부터 자유롭지 않은 인간의 운명에 기대어 보면 지극히 자연스러운 것이라 할 수 있다. 역사 속에서 이해되는 근원에 대한 문제 역시 크게 다르지 않다고 할 수 있다. 전길자의 「흔적 없는 대 자연의 파노라마」가 이를 잘 말해준다.

어느 모임에서 노 시인은
바뀌는 세상이 궁금해서 오래 살고 싶다 하셨는데
우리가 내는 시청료로 앉아서
티베트의 서쪽 아리 지역
흔적만 남은 구게 왕국의 파노라마를 걸어본다
햇살이 하늘이어서 흙이 자연이어서 풀 한포기 살아남지 못하는 티
베트 사막까지
라다크 군대에 밀려온 사람들
햇살을 피해 동굴을 주거지로 정했을까 적의 침입을 두려워해서 일까
카타콤은 믿음을 목숨보다 중하게 지켜낸 흔적인데
산꼭대기의 구게 왕국의 동굴은 넉넉한 금광을 퍼 안일하게
700년 동안 먹고 마시며 불교 예술을 꽃피웠지만,
풀 한포기 나무 한 구루 없는 티베트에서
히말라이의 고도롤 약대와 사람의 등에
나무를 지고 걷고 걸어서 찬란한 왕궁을 건설했던 백성들
어디로 사라졌을까
산꼭대기 동굴 속 부서진 불교 미술의 금색 벽화조각으로 남아 있는
구게 왕국의 슬픈 잔해는
광활한 티베트 대 자연의 동굴로 남아 있다

전길자, 「흔적 없는 대 자연의 파노라마」,
『시와표현』, 2019년 9-10월호

요즘 전길자 시인이 관심을 갖는 분야는 파노라마적인 삶이나 역사성에 관한 것들이다. 이런 것에 관심을 둘 경우 허무주의라는 폐쇄적 정서에 쉽게 갇히게 되지만 이 시인의 경우는 그런 부분으로부터 한 발짝 비껴서 있다. 그런 단면을 「흔적 없는 대 자연의 파노라마」에서 읽을 수 있는데, 이 작품이 말하고자 하는 것은 대자연의 질서에 관한 물음들이다.

　　시인은 장쾌하게 펼쳐지고 있는 역사나 인간의 삶 속에서 자연이 우리에게 어떤 교훈이나 정서적 공감대를 가져다 줄 것인지에 대해 끊임없는 탐색을 거듭해 왔다. 이런 열정이 대개 역동적 힘으로 연결되는데, 시공간을 넘나드는 상상력의 여행이나 과거로의 여행은 모두 시인의 이 에너지와 불가분의 관계에 놓여 있는 것이라 할 수 있다. 그 도정에서 만난 것이 구게 왕국의 역사이다. 시인의 설명에 의하면, 구게 왕국은 700년 동안 영화를 누리다가 1635년에 사라진 티베트의 동굴왕국이라고 한다. 반대편의 거대한 힘에 의해 이 왕국이 소멸한 것이겠지만, 시인이 관심을 두고 있는 것은 이 나라의 생성과 종말의 과정이 아니다. 시인이 응시한 것은 그들이 남긴 흔적과 그것이 지금 현재 우리에게 주는 의미이다.

　　시인은 이 왕국의 흥망을 자연이라는 거대 질서 속에 편입시켜 사유하고 있다. 그리고 이 국가의 생성이나 소멸이라는 역사적 상황에는 관심이 없다. 그러나 그것이 자연이라는 맥락 속에 놓이게 되면 그 함의는 현저하게 달라지게 된다. "구게 왕국의 슬픈 잔해는/광활한 티베트 대 자연의 동굴로 남아 있"다는 것인데, 자연이라는 거대 질서에서 보면, 그들의 아픈 역사가 결코 상처가 될 수 없다는 뜻이다. 과거의 그들이나 현재의 우리 모두 자연의 한 과정에 놓인 찰나의 존재에 지나지 않기 때문이다. 자연의 영원함이라든가 혹은 그것이 주는 이법은 거역할 수 없는 진리라는 점을 강조할 경우, 짧은 서정 양식에서 얼마든지 설명할 수 있다. 그러나 역사라는 서사성을 자연의 한 과정으로 이해하기 위해서는 짧은 단형의 서정 양식으로는 그 설명이 불가능하다. 시인이 설명하는 자연의 구경적 의미는 자연 그 자체에서 찾은 것이 아니라 역사라는 맥락에서 찾아내었다. 그 역사성이 시의 긴 호흡을 이끌어낸 것이다.

> 시간 속에 스며 있던 침묵이 하루하루의 몸을 일으킨다
>
> 가장 먼저 광장에 도착한 아이들이 공 놀이를 한다.
> 공이 담벼락에 맞아 튕겨 나오듯 아이들의 말소리가 마치 봄의 사물에게 길을 가르쳐 주듯 튕겨 나온다
>
> 그렇게 돌연 봄이 오고
> 침묵의 체에서 떨어져 나온 하얀 꽃들
> 시간의 갈라진 틈으로 돋아나오는 어린 이파리들
> 한 그루 나무에서 또 한 그루 나무에게로 옮겨 가는 연둣빛 침묵
>
> 숲속의 침묵이 여름 한낮의 터널을 빠져나온다
> 거칠게 여름을 부려놓을 적의는 아무에게도 들리지 않았으나 여름은 소란스럽게 찾아왔다 울울한 숲 사이를 뛰노는 정령들, 고라니가 등불처럼 까만 눈동자를 밝히는 한낮의 고요, 물러날 것 같지 않은 푸른 기세도

침묵이 한 번 숨을 고르고 가을이 오면 먼 길 떠나기 전 전깃줄에 앉은 철새들처럼 사과나무 가지에 매달려 익어가는 사과들, 떨어지는 사과를 받으려고 내미는 손 사이에 흐르는 고요, 사물의 색이 점차 짙어지고 침묵은 이미 추수의 감사로 사과주를 마시는 사람들의 노래 속에서 공명한다

침묵이 눈이 되어 내린다, 모든 사물과 공간은 순백에 침묵에게 점령당하고 시간 안에서 일어났던 일들도 인간의 말도 침묵 속에 갇힌다, 침묵은 이정표와도 같이 망각과 용서만이 남은 하얀 들판, 시간이 정지된 무음의 세계로 우리를 인도한다

김혜진, 「침묵의 사계」, 『시와표현』 2019년 9-10월호

이 작품은 자연의 질서를 침묵의 한 과정으로 풀어낸 시이다. 실상이 시인이 관심을 가졌던 것은 자연의 현상적 변화라기보다는 선험적인 시간의 흐름으로 이해하는데 놓여 있다. 세계 속에 던져진 지상의 모든 것들은 시간의 지배로부터 자유로운 것이 아무 것도 없다. 모두가 시간의 노예인 까닭이다. 시간이 공포스러운 것은 그것이 쉽게 감각되거나 느껴지지 않는다는 것이다. 그것은 어느 날 갑자기 그 변화된 모습을 우리에게 드러낼 뿐이다. 그런 돌발성이 우리를 두렵게 만든다.

시인은 시간의 유연한 흐름과 그 선험적 특성을 사물들과의 적절한 결합 속에서 읽어내고 있다. 그리고 그러한 흐름을 더 매끄럽게 만든 것이 산문적 흐름이다. 만약 이런 함의를 담고 있는 시를 쓸 경우 간결성과 압축성이 동반된 짧은 서정시로 한다면, 그 흐름이 단속적으

로 될 가능성이 매우 크다. 그러면 시간의 자연스런 흐름이라는 서정적 주제가 손상을 입게 되는 것은 자명할 것인데, 시인은 그러한 위험을 회피하기 위해 산문적 흐름의 방식을 도입한 것처럼 보인다. 산문적 형식과 시간의 전개라는 내용이 적절한 조합을 이루면서 이 작품은 '침묵의 사계'라는 주제의식으로 표출되고 있는 것이다.

　　외출 준비에 바쁘다기에 먼 길을 한걸음에 달려왔는데 이 게 다 뭐야?

　　혹시 미팅 나갈 준비라도 하는 것 아냐?
　　아님 먼저 가신 아버지라도 찾아 만날 계획?

　　아무리 잘 보이고 싶어도 그렇지
　　장신구도 한두 개 할 때 빛이 나는 거지
　　엄마가 생각해도 이건 좀 너무 한 것 같지 않아.

　　수액, 영양제, 항생제, 마약진통제, 산소통, 담즙 주머니, 소변주머니
　　이 많은 걸 몸에 걸었으니 숨이 턱에 닿을 수밖에,

　　좀 전에 바삐 다녀간 남자 선생님이 예쁘다고 하던가?
　　아무 반응이 없어 화가 난다고? 그들도 살아야하니 어쩌겠어

　　엄마 눈엔 지금 이 모습이 맘에 드시는가?
　　먼 여행길을 떠나기엔 심플한 게 좋을 것 같은데,

과거에도 미래에도 이런 패션은 누구도 선호하지 않을 것 같아,
그 흉측한 장신구들을 엄마 손으로 내려놓으면 안 될까?

이렇게 미적거리다 미팅 시간 늦겠어
숨이 차서 도저히 한 걸음도 뗄 수가 없다고,

그럼 어떡하지?
엄마를 좋은 곳으로 보내 드릴 수만 있다면 뭔들 못하겠어

다 내려놓았으니, 새롭게 발길을 뗄 수 있겠지?
말로만 듣던 여행길이 새의 깃털보다 가볍겠다

엄마, 이젠 어때?

김찬옥, 「마지막 외출」, 『시와표현』, 2019년 9-10월호

   이 작품의 중심에 놓인 것 역시 서사성이다. 그것은 한 개인의 일생과 관련된 것인데, 그렇다고 그 일생이 파노라마적으로 구성되고 있는 것은 아니다. 그런 서사적 구현을 서정시가 담당하는 것은 불가능한 일인데, 그럼에도 「마지막 외출」은 어떻든 한 개인의 서사적 순간을 단편적이나마 담아내고 있다. 그것이 이 작품의 특이한 의장이다.
   죽음이란 모든 것과의 작별이 동반되는 과정이다. 단지 죽는다는 생물학적 사실을 뛰어넘어 자신의 주변에 있는 모든 것들, 심지어 자신의 일부분을 이루고 있는 장식품과도 완벽한 고별이 이루어진다. 자신의 주변에서 형성되었던 모든 욕망의 끈들이 하나둘씩 떨어져 나가야 이 행위가 정당성을 갖는 것이다. 그런 서사성이 구현되기 위해

서는 하나에서 열까지, 곧 알파와 오메가에 이르기까지 줄줄이 서정의 진실 앞에 놓여야 한다. 그래야만 욕망이라는 전차가 멈추어서고, 그로부터 확실한 단절이 이루어지는 모습으로 비춰질 수 있기 때문이다. 이런 과정이 만들어지기 위해서 파노라마적인 구성이 필요했다. 이 작품의 서사적 구성은 이런 맥락에서 만들어진 경우이다. 게다가 두 명 이상의 인물이 등장함으로서 극적 구성에까지 이르고 있다. 서정과 서사의 결합이 삶과 작별하는 주인공의 극적인 순간을 더욱 효과적으로 만들어주고 있는 것이 이 작품의 특색인 것이다.

시가 서사화되는 것은 서정적 순간이 감당할 수 없는 상황과 밀접한 관련이 있다. 서정적 순간으로 모든 것이 통일되는 공간에서 시의 서사화는 상당히 제한적이라는 것을 우리는 시사에서 체득한 바 있다. 그런 만큼 현재 우리 시단에서 전개되고 시의 서사화는 통일성과 일체성이 요구되는 시기와는 상당히 거리가 먼 상황에서 이루어지고 있다고 할 수 있다. 하나로 수렴되어야 하는 뚜렷한 목표가 있는 것이 아니기에, 그 연장선에서 집단화의 경향을 가질 수도 있는 것이 아니기에 서정시는 짧은 시형식으로부터 벗어나고 있다. 이런 현상은 사회의 걷잡을 수 없는 혼돈과도 관련이 있을 것이다. 그러나 지금 여기의 현실이 하나의 단선적인 리듬으로 통일해야만 하는 그러한 혼돈과는 거리가 있다는 점에서 리듬의 사회적 요구는 그 설득력이 떨어진다. 그 보다는 새로운 세계에 대한 전망의 부재가 시의 리듬화를 경계하는 것이 아닌가 하는 생각이 더 설득력이 있어 보인다. 산문적 흐름은 사회의 다변화와 그 모색의 과정 속에서 형성되어 왔다는 것이 우리 현대시가 보여준 확실한 예증이었다는 점에서 그러하다.(『시와표현』, 2019, 11-12)

화해와 상생을 위한 도정

현재 우리 사회에서 진행되고 있는 여러 집회들을 지켜보면서 참으로 많은 걱정을 하게 된다. 자신이 지향하는 생각과 이념적 토대를 바탕으로 갈라져 극단적 방향으로 나아가고 있기 때문이다. 하루가 멀다 하고 상대를 비난하는 담론이 쏟아지는가 하면, 거리에서는 경쟁하듯 군중들이 모여서 자신들을 위한 구호를 외치면서 상대방을 향한 비난을 쏟아낸다. 집회와 표현의 자유가 있다는 것은 한 사회가 건강하다는 뜻이라는 점에서 이를 두고 지나치게 부정적으로 볼 필요는 없다고 하는 사람도 있다. 하기야 전제주의 국가나 독재국가에서 볼 수 있는 담론의 단일성이 없다는 것, 곧 담론의 다양성이 존재한다는 점에서 일견 긍정적이라 할 수도 있을 것이다.

하지만 문제는 그것이 갖는 정도의 문제에 있을 것이다. 의견이 다양한 것은 건전한 것이고 건강한 것이지만, 상대방의 의견을 받아들일 자세가 되지 않는 의견이나 신념이란 한갓 신기루에 불과할 뿐이다. 이는 역사가 입증하는 일인데, 과거 우리는 그런 사례를 여러 차례 목도한 바 있다. 그 가운데 하나가 임진왜란이 일어나기 직전의 상황이다. 왜국이 조선을 침략할 것이 거의 기정사실화되어 있음에도 당파적 이해관계가 다르다는 이유로 한쪽은 허위보고를 하며 전쟁의 가능성을 부인했다. 그것이 가져온 결과가 무엇인지는 굳이 긴 설명이 필요치 않다. 어디 이뿐인가. 그러한 분열이 사람들을 죽음의 골짜기로 몰아넣는 비극적 경험을 했음에도 불구하고, 거기서 끝나지 않았다는 점이다. 임진왜란을 겪고도 우리 민족은 정신을 차리지 못한 것이 그러하다. 왜란 이후 심화된 당파적 분열은 지속되었는바, 그것이 얼마나 심했으면, 영조는 탕평책으로 다스리려고까지 했다. 여기서 알 수 있듯 임금도 어찌하지 못했던 것이 우리 민족의 분열상이었다.

문제는 여기서 끝난 것이 아니고 그것이 계속 이어지고 있다는 사실이다. 다시 말해 그런 상황은 현재에도 진행되고 있고, 또 미래에도 그러할 것이라고 예단되는 것이라는 점에서 문제의 심각성이 놓여 있는 것이다. 분열이 궁극에는 국가상실로 이어졌고, 민족 분단이라는 아픈 결과를 초래했다는 점이다. 이런 현실 앞에 우리는 반성했어야 한다. 일제 강점기 독립 운동가들이 시급히 당부한 말들도 모두 이와 관련된 것이었다. 그들은 독립운동이 성공하기 위해서는 첫째도 단결이고, 둘째도 단결이라 했으며, 셋째도 단결이라고 했다. 분열이 얼마나 우리 민족을 불행하게 했으면, 그리고 나라를 망치게 있으면 이런 발언을 했을까.

현재 진행되고 있는 진영논리라든가 분열의 양상 또한 과거의 그것과 하나도 다르지 않다. 상대를 밟고 일어서야 이기는 것이고 그 반대의 경우는 오로지 패배로 받아들인다. 이런 논리에 기대어보면 타협이란 불필요한 것이고, 중립의 지대는 더더욱 의미 없는 것이 된다. 중립이나 중용 같은 중간의 담론들은 철학이나 형이상의 사전에만 있는 단어에 불과할 뿐이다.

과거 우리는 중립적 자세를 취하고 있는 사람들을 회색인이라고 비난할 뿐 포용하지 않았다. 이쪽 아니면 저쪽이 존재할 뿐, 그 중앙에서 걸친 사람들을 어중간한 중간자, 곧 회색인으로 백안시했던 것이다. 그러니 양극단을 중화하는 중간자라든가 중용의 담론들은 점점 설 자리를 잃고 만 것이다.

타협되지 않는 양 극단의 논리들은 사회를 어둡고 불운하게 만든다. 인터넷이나 휴대폰의 발달은 그러한 분열을 더욱 가중시킨다. 공유하기라든가 퍼나르기 등과 같은 방식들이 여과 없이 유행하는 것이다. 정보의 빠른 확산과 그에 따른 공유가 쉽게 이루어진다는 측면에서 이런 정보 기술들은 권장할 만한 것들이라 할 수 있다. 그런데 문제는 이런 의장들이 통섭되지 않는, 그들만의 사고를 만들어내기 위한 방식으로만 악용된다면 문제는 심각해질 수밖에 없다. 그들이 퍼나르는 담론들은 사실 여부에 상관없이 자신들의 생각과 맞아떨어지면 진실로 받아들일 뿐이다. 사실에 기반하지 않는 정보들이 그저 자신들의 잘못된 사고체계를 공고히 하는 데에 무턱대고 이용되고 있을 뿐이다. 그러니 한번 굳어진 사고는 더욱 경직화되고, 진실은 전달되기 어려운 시스템 속에 갇히게 된다.

이념이 다르고 생각이 다르다고 하더라도 그것이 항구적으로 지속되는 절대 신념이라고는 할 수 없을 것이다. 우리는 다민족 국가도 아니고, 전통이 없는 것도 아니다. 역사가 유구하고 민족이 단일하기에 우리를 하나로 묶을 수 있는 요인들은 얼마든지 많을 것이다. 우리는 그런 요인들에 대해서 사색하고 발굴해야 한다. 우리들은 어떻든 하나였기에, 그 하나로 나아갈 수 있는 요인들을 찾아내고 이를 선양해야 할 의무가 있다.

　우리 대다수는 몇몇 불온한 정치인들의 분열적 담론에 넘어가지 말아야 한다. 특히나 우리를 와해시키는 담론을 아무렇게나 발설하는 자들에 대해서는 무섭게 경계해야 한다. 우리는　하나라는 동일성을 향하여 나아가야지 결코 분열로 나아가서는 안 되기 때문이다. 만약 그러하다면 역사는 또다시 우리에게서 태평성대를 요원한 꿈으로 만들 것이다.

> 우리들 세상살이에는
> 얼마나 많고 많은가
> 풀어야 할 매듭이
>
> 애써 풀어 놓은 매듭
> 꾸깃꾸깃 구겨져
> 어디에도 쓸모없어 보여
>
> 그래도 사람들은
> 풀라고 풀라고 한다
>
> 잘라버리고 나면
> 되돌릴 수 없는 일상의 삶
>
> 참고 기다리는 시간을
> 어찌,
> 허송세월이라고만 하겠는가
> 　　　조영숙, 「매듭은 푸는 거라고?」, 『시와시학』 2019년 가을호

이 계절에 발표된 시들 가운데 가장 먼저 눈에 들어온 것이 이 작품이다. 시국이 그러하니 이와 관계 깊은 작품이 나의 시선을 붙잡은 것이다. 누군가 기록은 깨어지기 위해서 있는 것이라 했다. 이 작품의 상상력 또한 이와 비슷한데, 매듭은 풀기 위해서 있는 것이라는 말이 기록의 의미한 비슷한 것이 아닌가. 그런데 문제는 그러한 매듭이 어떻게 생긴 것이고, 또 풀어헤치는 것은 어떤 방법에 의해 가능한 것일까에 놓여 있을 것이다.

시인은 우리가 이 세상을 살아가는데 무수한 많은 매듭이 있다고 진단한다. 인간이 갖고 있는 이러한 한계는 실상 종교적인 것에 그 원인이 있기도 하고, 존재 자체에 그 원인이 있는 것이기도 할 것이다. 욕망이라는 전차를 타고 살아가야 하는 것이 인간의 숙명이기에 인간 사회는 이 매듭으로부터 결코 자유롭지 않기 때문이다. 그러나 원인이 있으면 해법이 있고, 결과 또한 당연히 있을 것이다. 시인은 어떤 원인에 의해 맺어진 매듭이지만, 그러나 그것이 해소되었을 때, 정말 보잘 것 없는 사물에 불과할 뿐이라고 이해한다. 매듭을 풀어헤친 결과 그 원인은 정말 사소한 것임을 알기에, "풀라고 풀라고 한다". 그것이 존재하는 한 공존을 향한 인간의 아름다운 여정은 결코 수행될 수 없는 까닭이다.

매듭은 인간 사회에서 어찌할 수 없는 필요악일지도 모른다. 건강한 사회, 공정한 사회를 위해서는 경쟁이 필요하고, 또 그 정당한 결과에 의해 자리매김되는 것이 인간의 자리이기 때문에 그 도정에서 매듭이 만들어지는 것은 당연하다고 하겠다. 그런데 문제는 공정성이 담보되지 못하는 경우이다. 그럴 경우 반칙이 통용되고 위법이 발생하며, 이러할 때 인간의 자리는 정당하게 만들어지지 않는다. 그것이 가져오는 결과가 무엇인지에 대해 굳이 말하지 않아도 된다. 우리는 그저 그 매듭을 없앨 방법을 고민하기만 하면 된다. 그러기 위해서는 물리적인 힘뿐만이 아니라 고독한 인내도 필요하다. 사회의 건강성은 쉽고 빠르게 이루어지지 않은 까닭이다.

모처럼 작심하고
하루 쉬려는데 오가는 이 많다

이른 아침부터 물까치가 다녀간다

아침 좀 먹는데 다람쥐가 다녀가고
오전이 가기 전에 여치가 다녀간다

점심엔 네발나비가 다녀가고
이른 오후엔 동네 고양이가 다녀간다

이제 좀 한가해지나 싶은데
오후에 들어서서 소나기가 다녀간다

늦은 오후엔 호박벌이 다녀가고
날 저물자마자 고라니가 다녀간다

초저녁별과 초저녁달이
오기도 전부터 밀고 들어왔던
귀뚜라미 소리는 아예 눌러앉는가 싶은데,

밤 깊으니 어쩌자고
소쩍새 소리까지 다니러 온다

소쩍소쩍, 맘먹고 와서
이래저래 쉬려던 나를 기어이 불러내
초가을 밤 마당에 오래도록 세워둔다
박성우, 「바쁜 하루」, 『시와시학』, 2019년 가을호

　박성우의 시는 분주한 하루의 일상을 다룬 시이다. 그런데 이렇게 바쁜 것은 그 자신으로부터 오는 것이 아니다. 육체나 정신의 노동 같은 것이 아닌 것이다. 시인은 가만히 있는데, 그 주변에 있는 온갖 물상들이 시인의 내면과 외면을 드나드는 데에서 분주한 하루의 일상이 만들어진다. 그가 바쁘다고 느끼는 것은 이런 군상들이 시인의 주변에서 계속 맴돌기 때문이다. 하루의 삶이 이러하다면 일주일이나 한 달, 혹은 일 년의 그것도 동일할 것이다. 그렇다면 이런 분주한 삶이란 도대체 무엇이고, 그것이 우리의 삶의 조건과 어떤 관계가 있는 것일까.

　앞서 우리는 매듭이 있는 사회, 그것이 존재할 때 일어날 수 있는 사회의 병리적인 현상에 대해 이야기한 바 있다. 이 세상의 불운한 삶의 모습들은 어쩌면 이 매듭, 경계가 만들어낸 모순에서 온 것일지도 모른다. 나 혼자의 영역, 우리라는 영역, 집단이라는 영역이 배타적으로 형성될 때 일어나는 온갖 갈등과 모순에 대해 우리는 이미 이해한 바 있다. 우리가 꿈꾸는 유토피아 혹은 진정성이 있는 삶이란 결국 이런 구분의 세계, 경계의 영토로는 만들어지지 않는 다. 그 경계가 무너져

서 자유로운 소통이 일어날 때, 조화라든가 공동체라는 것이 가능하지 않을까 한다.

이런 뜻에서 「바쁜 하루」가 우리 사회에 시사하는 바는 매우 크다고 하겠다. 시인의 일상을 지배하고 있는 것은 구분을 만들어내는 삶이 아니다. 모든 것은 갇혀 있는 것이 아니라 열려있는 세계 속에 놓여 있다. 그 개방된 공간에서는 나의 세계라든가 그들만의 세계로 따로 존재하지 않는다. 애초부터 모든 것은 하나에서 시작되었다. 지상의 존재인 서정적 자아를 중심으로 하늘의 물상과 지상의 물상들은 궁극적으로 하나였던 것이다. 너와 나의 구분이 없는, 전일한 공동체가 지상의 삶 속에 고스란히 실현되고 있는 것이 이 작품의 함의이다. 이런 상황이 우리가 꿈꾸어온 경계없는 사회, 갈등없는 사회가 아닌가. 그리고 그런 사회를 통해서 하나의 동일성이라는 인류의 영원한 꿈이 실현되는 것은 아닐까.

나는 세상 모든 남자의 애인이고 싶은데
세상은 오직 한 남자의 애인이어야만 한다고 하네

살을 에는 바람 속
국경 지키는 철모 쓴 앳된 병사 화면 보며
달려가 그 언 입술 녹여주고 싶네

전동차 손잡이 의지해 축 쳐져 있는
애인이라 부를 수 없는 그대들 보며
그들 어깨 두드려주고 싶네

가끔은 나도
피라루쿠 잡아 올리는 싱싱한 팔뚝의 사내 보면
그 팔뚝 매달려 맘껏 허리 꼭 안아달라고
떼쓰고 싶네

세상 버리고 싶어 하는 남자,
절망의 늪 헤매는 남자들의
스산한 소리 귓가를 스칠 때마다
그의 늑골에 가만 손 넣고
바람벽 모래 흘러내리는 소리
함께 듣는 밤이고 싶네

창밖에선 칼바람이
창문을 마구 뒤흔들어도

최도선, 「내 남자」, 『그 남자의 손』, 시와문화, 2019

    최도선 시인이 오랜만에 시집을 상재했다. 이 시인이 관심을 가졌
던 것은 주로 통합의 상상력이었다. 갈등이 필연적으로 존재할 수밖
에 없는 인간의 삶을 자연의 질서 속에 투영함으로써 이를 무화시키
려 했던 것이 이 시인이 갖는 주제의식이었다.

    「내 남자」 역시 그러한 상상력의 연장선에서 쓰여진 시이다. 작품의
제목도 그러하거니와 시의 내용 역시 세속적 관심을 이끌어내기에 충
분한 요소로 갖춰져 있다. 그것이 이 작품이 갖는 매혹 가운데 하나가
아닐까 한다. 하지만 제목과 달리 이 작품이 지향하는 주제 의식 역시
시인의 지금까지 펼쳐보였던 상상력과 전연 다른 것이 아니다.

우선, 제목을 보면, 이 작품은 '내 남자'로 되어 있다. 이 담론에는 분명 경계라든가 구분 혹은 구속과 같은 부정적 사유가 녹아들어가 있음을 알 수 있다. '내 남자'는 다른 남자가 되어서도 아니고, 오직 나만의 남자이어야 하는 의미에 갇혀 있기 때문이다. 동일성의 사유를 지향하는 시인이 이런 세속적 감옥에 갇혀 있을 리 만무한데, 그러한 사유는 시의 첫 행에 고스란히 드러나 있다. "나는 세상 모든 남자의 애인고 싶은데/세상은 오직 한 남자의 애인이어야만 한다고 하네"라는 것이 그것이다.

일찍이 황진이는 자신을 짝사랑하다 죽은 동네 총각의 죽음을 애도하면서 자신이 어느 한 남자에게만 소속된 삶을 가져서는 안 된다고 생각했다고 한다. 그래서 기생이 되어 만인의 연인으로 살아가고자 결심했다고 한다. 이 작품의 자아도 궁극적으로 보면, 황진이가 추구하고자 했던 삶과 크게 다른 것은 아니다. 하지만 황진이의 삶이 이성적 관계로 한정된다는 점에서 이 시인의 삶과는 현저히 다른 것이라 할 수 있다. 시인이 추구하고자 했던 것은 이성적인 남자가 아니라 보편적인 인간애로 방향 지어져 있기 때문이다. 시인은 세상에서 낙오된 남자, 소외된 남자, 절망하는 남자를 어루만지고 싶어한다. 이들의 일상이란 결국 경계 지어진 삶, 구분되어진 삶에서 만들어진 불운의 아이콘들이 아니가. 시인은 그러한 경계를 자신의 휴머니즘으로 덧씌워 이를 뛰어넘고자 한다. 무리로부터 일탈된 생존이야말로 가장 위험한 것임을 알고 있는 까닭이다.

근사한 남자들 보면 내 나이 아랑곳없이
건드리고 싶어 도무지 내 마음은 믿을 게 못돼

붙들어 매 둘 수가 없어

설렘과 수치의 자궁 치마로 감추고

거리로 나서면 사람들은 근엄해 모두 근엄해

나는 들킬라 더욱 뻣뻣해져 맥주 서너 병으로도

풀어지지 않아 취할수록 흐트러질까 고쳐 앉으며

처량해져 성균관 유생을 생각했네

남자는 세상과 함께 취하고 여자는 단지 혼자

취하네 저물도록 혼자 취하네

안정옥, 「끼」, 『연애의 위대함에 대하여』, 시와반시, 2019

이 작품 역시 「내 남자」의 상상력과 비슷한 경우이다. 사랑의 감수
성이라는 측면에서 특히 그러한데, 사랑은 혼자만의 경계에서 머무르
지 않는 이타적인 것이라는 점에서 이른바 경계를 초월하는 인식이라
할 수 있을 것이다. 사랑으로 충만될 경우 구분이나 경계의 영역이 소
멸되는 것은 이런 이유 때문이다.

「끼」는 사랑의 그러한 내밀한 의식의 변이 작용을 섬세한 정서의 흐
름 속에 읽어낸 수작이다. 특히 사랑이라는 정서를 두고 남성과 여성
이 갖는 정서의 은밀한 변화 과정이 밀도있게 그려진 부분이 독자의
흥미를 불러일으킨다. 이성을 만날 때 일어나는 정서적 변화는 남자
나 여자나 동일할 것이다. 그럼에도 그것이 정확히 일치한다고 볼 수
는 없을 것이다. 시인은 그러한 차이를 내밀한 것, 고립된 것으로 한정
시킨 데서 찾고 있다. 여성들의 이런 자의식은 남성들의 그것과 다른
것이라고 이해한다. "남자는 세상과 함께 취하고 여자는 단지 혼자 취
하네"가 그것인데, 실상 이런 담론의 차이를 두고 여성성이나 남성성

의 차이라는 관점에서 고려할 필요는 없을 것이다. 개인들이 갖고 있는 기질상의 차이들은 같은 남성, 혹은 여성 속에서도 얼마든지 일어날 수 있는 것이기 때문이다.

중요한 것은 사랑의 정서를 두고 일어나는 이런 차이에 있는 것이 아니라 상대를 향해 나아가는 열린 정신의 유무에 있지 않을까 한다. 이 시인이 강조하는 담론은 사랑이다. 사랑이야말로 구분을 없애고 경계를 초월하는, 포용의 정서일 것이다. 이런 의식에 충실할 때, 편을 가르거나 갈등을 일으키는 구분의 세계, 혹은 경계의 정서들은 사라질 것이다.

길은 아직 계속되고 있다

명퇴서를 내고 나서 교감이 된 나와
교감이 되고나서 명퇴를 한
내 친구와는 얼마나 다르고
또 얼마만큼 같은가?

나는 내가 사륜구동인 줄 착각하지만
여기는 돌, 자갈, 비포장도로

요절한 후배의 추모사를 쓸 때
삶과 죽음은
얼마나 멀고
또 얼마나 가까운가?

다시 오월이 되고
담장 너머로 장미넝쿨이 꽃을 피우고
올해에는 꼭 끊는다는 담배를
나는 아직도 피우고 있다
길은 어디서 끝나는가?

안과 밖, 어딜 가도 비포장도로
나는 내가 전천후인 줄 착각하지만
길은 비포장, 아직 계속되고 있다
저기! 긴 행렬을 이루고 있는 가로수들

길은 정말 어디서 장렬히 끝나는가?
　　　　성선경, 「다시 뫼비우스의 띠」, 『시와시학』, 2019년 가을호

　역사를 응시하는 방식에는 여러 가지 있을 수 있지만, 흔히 받아들여지는 것 가운데 대표적인 것이 발전 사관과 순환 사관이다. 이들 가운데 어느 것이 보다 사회에 정합성을 갖는 것인가 하는 것은 전적으로 인식 주체의 세계관과 밀접하게 관련이 있을 것이다. 그렇기에 호불호(好不好)를 정한다든가 순위를 정하는 것은 의미가 없다고 하겠다.
　「다시 모비우스의 띠」는 이 두 가지 사관과 굳이 연결시킨다면 순환사관에 가까운 것이라 할 수 있다. 세상이란 결국 돌고 돌아서 어느 하나의 지점으로 수렴되기도 하고, 다시 이를 기점으로 또다시 나아가는 과정이라는 관점을 유지하고 있기 때문이다. 갈등과 매듭이라

는 관점에서 이 작품을 주목하게 되면, 우리는 여기서 매우 중요한 시사점을 얻게 된다. 이를 알 수 있게 해주는 것이 바로 2연이다. 여기서 시인은 "명퇴서를 내고 나서 교감이 된 나와/교감이 되고나서 명퇴를 한/내 친구와는 얼마나 다르고/또 얼마만큼 같은가?"라고 의문을 던지고 있다. 행위의 선후라든가 담론의 차이는 분명 있겠지만, 시인의 말하고자 했던 것은 말과 행동이 다르지만 결국은 동일하다는 것이다.

이런 논리를 한 단계로부터 더 나아가게 되면, 처음과 끝은 존재하지 않으며, 나와 너의 견해의 차이라든가 혹은 집단 사이에 일어나는 이념들이란 결국 따로 존재하지 않고, 어쩌면 동일하다는 논리에 이르게 된다. 그러니 초월적인 시각에서 보면, 실존적인 상황에서 일어나는 모든 것들이란 결국은 동일한 뿌리를 갖는 것이고, 동일한 가치체계에 놓여 있다는 것으로 귀결된다. 똑같은 것을 두고 사람들은 그것이 다르다고 우기는 것밖에 되지 않는다는 것이다. 이 얼마나 우습고 허망한 일인가. 시인이 이 작품에서 경계하고자 했던 것은 이런 논리이다.

우리 사회는 경계가 만들어낸 혼돈의 시대, 불온의 시대에 살고 있다. 나만 옳고 너는 틀리며, 모든 것이 흑백 논리에 갇혀서 출구가 보이지 않는다. 그 감옥에서 그들은 상대방의 입장이나 이야기를 들으려고 하지 않고 자기의 주장만 펼친다. 자신들의 세계관에 맞는 이야기, 소위 입맛에 맞는 이야기만 들으려고 할 뿐이다. 그러니 담론의 가치들은 더욱 섹트화되고 외곬으로 흘러나간다. 열린 정신이 없으니 상대방의 이야기에는 귀를 막아버린다. 그러니 타협은 쉽게 이루어지지 않는다. 서로의 의견을 절충할 수 있는 중간의 지대는 사라진 지 오래되었다. 이런 상황 속에서 진실이란 수면 아래에 갇혀서 출구를 찾지 못한다. 지금 여기에서 우리가 목도하는 진영논리나 혼돈의 극한 모습들은 모두 이런 잘못된 인식이나 한계에서 오는 것들이다.

지금 서정적 동일성이 중요한 것은 이런 사회적 분위기와 무관치 않다. 이에 대한 해법을 주어야 하는 것이 지금 우리 시대가 당면한 서정시의 목적이기 때문이다. 서정의 동일성, 서정의 유토피아가 실현되어야 하는 이유를 우리는 똑똑히 보고 있는 것이다. 그러려면 나만의 경계, 우리들만의 경계를 무너뜨려야 한다. 소통을 향한 열린 정신으로 나아가는 것, 그 첫단계가 나의 경계, 우리의 경계를 무화시키는 일이다. 오늘의 시들은 그것을 분명히 말해주고 있다.(『시와시학』, 2019 겨울)

새로운 민족문학을 위하여

　익히 알려진 대로 소설의 기본 구조는 갈등에 있다. 시평을 쓰는 자리에서 소설의 주요 구성 요소 가운데 하나인 갈등을 이야기 하는 것은 그것이 우리 사회, 아니 인류 사회의 특성과 밀접한 상관관계를 갖고 있기 때문이다.

　현대 사회를 대표하는 장르가 소설임을 부인할 사람은 아무도 없다. 소설의 기원이 어디에 있는가에 대해서는 여러 다양한 견해가 있긴 하지만, 고대의 서사시(epic)에서 유래되었다는 사실에 대부분이 동의하고 있다. 이 양식이 평범한 대중들의 삶과는 무관한, 신의 세계라든가 건국의 이야기 같은 주제를 다루고 있음도 잘 알려진 일이다. 그것이 중세의 로망스를 거쳐서 오늘의 소설로 변한 것이고, 이 장르의 양식적 특색은 평범한 대중들의 갈등을 그 주제로 하고 있는 것이다. 이런 시각의 이면에 헤겔의 변증법적인 논리가 깔려 있음은 부인하기 어렵지만, 어떻든 소설이 갈등을 그 기본 구성 요소로 되어 있다는 것은 틀림없는 사실일 것이다.

　여기서 소설의 양식적 특성을 이야기 하고, 그것이 이 시대를 이끌어가는 주된 양식 가운데 하나임을 표나게 강조하는 것은 이 장르가 시대의 맥락과 분리하기 어렵기 때문이다. 갈등의 양상들이 우리 시대의 면면들과 밀접하게 연결되어 있기에 그러한데, 이를 다른 말로 하면 이 요소가 우리 사회에 있어서 중심으로 자리하고 있다는 말과도 같다. 현대 사회의 불가결한 특징인 갈등 양상을 극복하기 위해서, 그리하여 인간의 영원한 꿈 가운데 하나인 무갈등의 사회를 위해서, 비록 실현가능성은 요원하다고 하더라도 소설 양식은 그 변증법적인 지양, 곧 유토피아적 통일을 위해서 부단히 노력하는 것이다.

갈등에 대한 양상을 소설 장르에 빗대어 이야기 했지만, 실상 시 양식이라고 해서 여기서 자유로운 것이 아니다. 시 역시 자아와 세계의 불화 속에서 탄생하는 장르라는 점에서는 동일하기 때문이다. 세계에 대한 불화 없이 서정의 정열은 일어날 수 없는 것이며, 그에 대한 에네르기가 서정의 진폭을 넓혀나가는 것이 이 양식의 특징이다. 그렇기에 자아와 세계가 통합하는, 서정의 동일화를 향한 거룩한 행보 없이 서정시를 쓴다는 것은 있을 수 없는 일이다.   따라서 갈등을 이해하고 그 아름다운 통합을 위해 나아가는 것이 시인의 임무이자 문학인의 임무이기도 할 것이다.

다시 우리의 현실을 되짚어보자. 인간들이 부대끼고 사는 현장에서 갈등은 피할 수 없는 일이라 했다. 더구나 역사적으로 혹은 현재 진행되는 국면을 목도할 때, 우리 사회는 다른 어떤 사회보다는 이로부터 자유로운 사회가 아니다. 어느 민족은 둘이 모이면 단결하고자 하는데, 우리 민족은 둘 이상이 모이면 분열한다고 들어왔던 터이다.

그런데 이런 구조적, 혹은 사회적 문제가 근원적으로 우리 내부에 내재해 있음에도 불구하고, 우리 사회는 전혀 다른 방향으로 가고 있다. 통합보다는 분열에, 조화보다는 갈등에 보다 큰 강조점을 두고 있기 때문이다. 인간들의 삶 자체가 갈등을 피할 수 없는 구조로 되어 있다. 소설은 그래서 탄생했고, 서정의 틈 역시 마찬가지이다. 이런 근원적 한계를 인식할 경우에 우리는 통합이라는 문 앞에 비로소 설 수 있을 것이다.

그러나 우리 사회의 경우는 이런 필연적 방향과는 무관한 듯 보인다. 통합보다는 분열을 이야기해야 치열한 이해관계의 현장에서 이길수 있다고 믿는다. 또 다른 한편에서는 자신들을 위한 지지층을 끌어모을 수 있다고도 믿는다. 조화보다는 갈등을 이야기해야 정치적 목적을 달성할 수 있다고 이들은 굳게 생각하고 있는 것이다. 그런데 이런 현실은 믿음의 차원에서 그치는 것이 아니라 실제로 또 그렇게 이루어지기도 한다. 그러니 갈등을 조장하고 분열을 획책하는 것이 아닌가. 이렇듯 우리는 갈등하는 사회적 구조 속에서 자유롭지 못하다. 아니 집단적, 정치적 목적을 위해 선동하는 사람들에 의해 우리가 이용당하거나 부화뇌동하는 것인지도 모르겠다.

어느 특수한 사례를 들어 일반화는 것은 매우 위험한 일이지만, 그럼에도 가끔은 이런 일반화가 정합성을 갖는 경우도 있다. 가령, 미국의 사례를 보자. 몇 년 전 이곳에 있을 때, 관광차 워싱턴에 들른 적이 있다. 역사가 일천한 미국의 현실을 벌충하고자 하는 의도에서 그런 것인지는 몰라도, 이들은 과거 인물들에 대한 기념의 정도는 좀 과하다 싶을 정도로 심하게 추켜세우는 편이다. 그 가운데 하나가 링컨과 제퍼슨의 기념관이다. 전자는 독립전쟁을 승리로 이끈 경우이고, 후자는 독립선언서를 작성한 경우이다. 그들의 입장에서 보면 경중을 따질 수 없을 정도로 동일한 비중을 가진 인물들이라 할 수 있다. 그런데 이들이 훨씬 존경하고 가치를 두는 인물은 링컨이었다. 이를 증명하는 것이 이들 기념관에 모여드는 사람들의 숫자이다. 제퍼슨 기념관은 파리가 날릴 정도로 한산한 편이었다. 왜 이런 결과가 만들어졌을까. 실상 이를 해소하는 데에는 오랜 시간이 걸리지 않았다. 전자는 미국 연방을 지켜야 한다는 쪽이었고, 후자는 연방을 해체해도 좋다는 쪽이었다. 개개인의 이해관계를 따지게 되면, 당시에는 후자가 더 설득력이 있었는지도 모른다. 그러나 현재를 반추하게 되면, 결과는 판이하게 달라지게 된다. 만약 이 나라가 여러 부분으로 갈라졌다면, 오늘날과 같은 강력한 팍스아메리카는 만들어지지 않았을 것이기 때문이다.

타산지석이라는 말이 있다. 우리는 이런 사실에서 배워야 할 것이 있다. 정치는 정치이고, 우리는 우리일 뿐이다. 우리가 그들의 이해관계에 따라 좌우될 이유는 없다고 본다. 우리에게 필요한 것은 정치적 이해관계가 아니라 하나의 민족, 하나의 국가, 다시 말하면 강력한 팍스코리아나이다. 그것이 현재의 우리를 지켜줄 뿐만 아니라 먼 후대에도 그러할 것이다. 정치적 이해관계가 다르기에 차이가 노정되고, 그에 따라 갈등하고 경쟁하는 것은 자연스러운 일이다. 그리고 인간이란 필연적으로 갈등하면서 살 수밖에 없는 존재이기에 이런 현상으로 자연스럽게 비춰질 수 있다.

그렇다고 해서 이런 숙명을 갖고 태어난 인간의 조건을 자극해서 더 심한 갈등의 늪으로 몰아넣는 것이 옳은 일인가. 집단 이기주의자들은, 그리고 정치 협잡꾼들은 그런 인간의 숙명적 조건을 교묘하게 이용하려 든다. 갈등을 조장해야만 그들의 목적을 달성할 수 있다고 보는 까닭이다.

갈등에도 종류가 있을 것이지만, 이 가운데 무엇보다 경계해야 할 것이 있다. 민족의 정체성을 훼손시키고, 민족의 분열을 일상화하는 일이 그것이다. 그것이 습관화, 혹은 관습화된다면, 사회의 통합은 언제 이루어질 것이며, 또 민족이 하나 되는 날은 언제 도래할 것인가. 집단을 분열시키고 민족을 분열시키는 말을 해서는 안 되는 이유가 바로 여기에 있다. 우리가 굳이 정치적 의사표시를 해야 한다면 분열보다는 통합, 갈등보다는 조화를 이야기하는 사람에게 강력한 지지를 보내야 할 것이다. 그것이 현재를 위한, 그리고 후대를 위한, 역사가 부과한 우리의 임무가 아니겠는가.

> 옆집 아지매는 서초동으로 가고
> 앞집 아재는 광화문으로 갔다
>
> 서로 사랑하며 나누던 말들은
> 화살이 되어 사방으로 날아 거미줄처럼 얽혀
> 2019년 가을을 간다
>
> 가슴가슴으로 살가웠던 꽃밭들
> 어제같이 정겨웠던 마실들
> 이 가을엔 왜 이리도 멀까
> 언제쯤 따스히 잡았던 손들
>
> 누구든 사랑하기 위해
> 가을은 꽃을 피워 향기를 나누는데
> ―우기정, 「2019년 가을에」, 『시와시학』, 2019년 겨울호

우리 시대가 처한 상황의 심각성을 이 작품만큼 효과적으로 보여주는 시도 없을 것이다. 반대를 위한 반대가 있어야 살아남고, 갈등을 위한 갈등이 조장되어야 우뚝 설 수 있다는 흑백논리가 만들어낸 풍경이 1연의 모습이다. 한쪽의 주장을 떠받들기 위해 "옆집 아지매는 서초동으로 가고", 또 그 반대의 주장을 내세우기 위해 "옆집 아재는 광화문으로 갔다". 지금 여기에서 이 두 장소가 상징하는 것이 무엇인지 굳이 말하지 않아도 된다. 그곳은 누구를 위한 장소가 아니다. 그저 상대방의 주장을 무너뜨리기 위해, 자신만의 주관적 논리를 발언하고 관철시키는 장소일 뿐이다.

　　누가 이렇게 만들었는가? 일단 우리는 누구를 꼭 집어서 탓하기 전에 우리 스스로를 되돌아봐야 하지 않을까 한다. 그런 연후에 남을 탓해야 그 순서가 맞는다고 본다. 그러면 모두의 문제로 귀결될 것인데, 어쩌면 이게 정답일지도 모른다. 누구를 탓하기 전에 자신을 반성하고, 타인을, 집단을 되돌아봐야 하는 까닭이다. 그 이면에 나만의 이기주의, 집단의 이기주의가 자리한 것은 아닌가 반추해보아야 하는 것이다.

　　얼마 전 독도문제로 유명한 호사카 유지교수는 이런 말을 했다. 일본에 가면 무척 편하다고 했다. 물론 그가 일본인이라서 그런 말을 한 것이 아니다. 그는 귀화한 한국인이다. 그가 말한 편한 마음이란 다른 데 있는 것이 아니었다. 일본에는 갈등을 부추기는 방송이나 신문이 비교적 적다는 것이다. 한국의 TV는 쟁점이 있는 것만 주로 다루고 그리고 자주 방송한다고 한다. 공정을 기한다는 논리에서 이편과 상대편을 동시에 출연시켜 토론까지 한다. 이것을 보고 있노라면, 자신의 입장이 잘 그리고 분명히 정리되는 면도 있을 것이다. 하지만 이런 토론이야말로 상대를, 시청자를 불편하게 하고 경우에 따라 흥분시키기도 한다는 것이다. 그러니 이런 방송이 난무하는 한국의 현실이 편치 않다는 것이다. 무슨 진단, 무슨 토론 등이 일본에 비해 우리 방송에 너무 많이 편성되어 있다는 것이다. 물론 그것의 순기능을 전연 도외시할 수는 없지만, 역기능 또한 이를 능가한다는 것이 그의 판단이다.

「2019년 가을에」의 시인은 우리 사회에서 전개되고 있는 이 갈등의 현장을 올곧이 응시하고 있다. "서로 사랑하며 나누던 말"들은 "화살이 되어 거미줄처럼 엉켜서" 그 기능을 잃어버렸다. 뿐만 아니라 마을 공동체를 이루었던 아름다운 '꽃밭'이라든가 '마실'의 문화는 사라진 지 오래이다. 이를 다시 회복할 수 있는 길들에는 어떤 것들이 있을까.

시인은 일단 그것을 자연에서 배우자고 했다. 자연은 이법과 섭리와 같은 형이상학의 의미만 내포하고 있는 것은 아니다. 자연은 연속체이고, 구분이 없는 세계이다. 구분을 만들고 이해집단을 만드는 것은 인간뿐이다. 그러니 자연과 인간은 자연스럽게 대비된다. 인간은 오직 자신만의 이익을 만들어내기 위해 구분을 짓고 무리를 만들어낸다. 그러나 자연의 논리는 그 반대의 경우이다. 인간의 이기주의에 파괴되어도 자연은 자신이 지니고 있는 책무를 충실히 수행해낸다. "누구를 사랑하기 위해/가을은 꽃을 피워 향기를 나누고자" 하기 때문이다. 자연의 꽃처럼, 누군가와 향기를 나누고자 했다면, 상대방과 나의 차이를 인정하고 이를 좁히려는 노력을 하고자 했다면, 광화문과 서초동은 만들어지지 않았을 것이다. 대다수 민중들의 행복과 조화를 생각했다면, 이 두 집단은 형성되지 않았을 것이다. 그들의 외침과 함성이 과연 고스란히 민중의 것이었던가 하고 반문하지 않을 수 없는 이유가 여기에 있다.

네가 내 앞에서
한 발
멀어져 간다는 건

네가 내 등 뒤로
한 발
가까워졌다는 것

어디에 있어도
너는
내 앞이거나 내 등 뒤에서
한 발
내딛는 것일 뿐

지구는 둥그니까
　　　－서대선, 「지구인끼리의 인사」, 『시와시학』, 2019년 겨울호

　인간의 부도덕한 욕망을 이야기할 때마다 늘상 등장하던 것이 자연
의 의미였다. 중세의 영원이 세상을 지배할 때에는 자연의 구경적 의
미는 주목의 대상이 되지 못했다. 문제는 인간이 자연으로부터 떨어
져 나와 그것과 맞서는 양상이 시작되면서 자연은 새로운 탐구의 대
상이 되었다. 자연은 근대적 인간이 받아들여야할 운명적 존재, 중세
의 영원을 회복시켜줄 유일한 대상으로 새롭게 부각된 것이다. 「2019
년 가을에」는 그러한 자연의 함의를 잘 보여준 시이다. 그 연장선에서
이 계절에 발표된 시 가운데 주목의 대상이 되는 작품이 「지구인끼리

의 인사」이다.

이 작품의 주된 소재로 자리한 것이 지구이다. 지구도 그것이 우주의 한 부분인 이상, 이법이나 질서의 세계로 구현되는 것은 당연한 이치일 것이다. 그러나 이 작품에서 내포되는 지구의 의미는 그러한 자장으로부터 한걸음 비껴서 있다. 아주 탁월한 상상력이 빚어낸 이 작품의 가치는 일단 신화적 국면에서 찾아진다. 신화적 의미에서 원은 원만함의 상징일 뿐만 아니라 영원성의 상징이다. 과거와 현재, 그리고 미래가 이어지는 시간의 순환성이라든가 봄부터 겨울, 다시 봄에 이르는 자연의 원형적 질서야말로 영원한 것이기 때문이다. 이 작품은 그런 원의 의미를 인간이 만들어낸 삶의 조건 속에서 풀어낸 시이다.

시의 표현대로 "네가 내 앞에서/한 발/멀어져 간다는 건" "네가 내 등 뒤로/한 발/가까워진다는 것"을 의미한다. 다시 말해 나의 앞으로부터의 멀어짐이란 곧 뒤로부터의 가까워짐을 뜻한다는 것이다. 이렇게 되면, 편차가 있긴 하지만 '너'는 '나'로부터 멀어지는 것이 아니고 언제나 동일한 위치에서 간극을 유지하게 된다. 이를 가능하게 한 것이 지구의 원이라는 사실이다. 이런 원형적 질서에 놓여 있기에 '너'와 '나' 사이에 존재하는 간극이랄까 거리는 의미가 없다는 것이다. 이런 상대성의 논리야 말로 각자의 고유성이 올곧게 보존되는 것이 아닌가. 뿐만 아니라 원이라는 신화적 상상력 역시 근원적인 것이 아닌가. 고유성과 근원성이야말로 갈등이 전제된 사회를 무화시킬 수 있는 좋은 매개이기 때문이다. 이 작품의 의의는 이런 가치를 지구라는 일상적 진실에서 찾아낸 데 있다고 하겠다.

시인의 생가 담장에
만국기가 휘날린다

상형문자의 담벼락에선
수많은 언어가 웅얼거리고

아무리해도 풀 수 없는
암호를 들여다보다
어느 틈에

나는
암호가 되어
시의 주문을 읊조리고 있다

       -김구슬, 「시인의 생가」, 『시와시학』, 2019년 겨울호

 문학의 강점 가운데 하나는 자유로운 상상력과, 거기서 차질되는 이해의 폭에 있을 것이다. 상상력과 이해의 진폭이 크고 깊다는 것은 그만큼 시의 미학적 깊이와도 관련이 있을 것이다. 그러한 시 가운데 하나가 김구슬의 「시인의 생가」이다. 이 작품의 시도 동기는 시인이 알고 있는 어떤 작가의 축제에서 이루어진다. 한 시인을 기리기 위한 축제에, 세계의 다양한 언어들이 화려한 치장을 하고 몰려든다. 서정적 자아는 그 현란하게 펼쳐진 언어의 장을 자기화하고자 언어 속에 뛰어들지만 거기서 헤어나지 못하고 좌절하게 된다. 그러나 그 좌절은 오래가지 못한다. 거기에 녹아들어가 능동적 주체로 새롭게 탄생하기 때문이다. 곧 해독되지 못한 언어의 늪 속에서 그 역시 또 다른

주문을 읊어대는 암호자로 존재의 변이를 하는 것이다.

언어란 민족을 구성하는 주요한 잣대 가운데 하나이다. 일찍이 주시경 선생은 한 국가를 구성하는 주요한 요소로, 언어, 땅, 민족을 그 예로 든 바 있다. 이 세 가지 요소가 있어야만 비로소 하나의 국가가 된다는 뜻이다. 민족의 자립성과 고유성을 지켜나가기 위해서 국가란 반드시 필요한 것이라 할 수 있을 것이다. 하지만 인디언적인 삶, 자연과 인간이 하나 되고자 했던 그런 주체들의 생활상과 비교해보면, 국가란 결국 그들만의 이기적인 의도가 만들어낸 결과일지도 모르겠다. 어떻든 그런 국가를 표상하고 대표하는 것이 언어이다.

시인은 그러한 인간의 욕망이 만들어낸 언어를 이해하지 못한다. 아니 그 늪에 빠져서 헤어 나오지 못할 정도이다. 이해란 자기만의 영토를 만들어내는 또 다른 이기주의적 행위일지도 모른다. 그래서 시인은 자신의 의식 속에 이해의 장을 만들지 않고, 이내 거기에 함몰되어 또 다른 암호자가 된다. 그러한 암호가 만들어내는 것이 시라는 주문이다. 시인은 어쩌면 제사장이 되어 공통 관계에 놓인 시라는 장르를 읊고 싶었던 것인지 모른다. 따라서 그가 발언하는 주문이나 거기서 솟아오르는 시형식은 차이를 무화하는, 동일성을 향한 통합의 장이라 이해해도 무방할 것이다.

갈등과 차이는 동일성을 향한 강렬한 에네르기이다. 따라서 한 사회가 발전하기 위해서는 갈등과 투쟁이 반드시 필요하다. 문제는 그러한 갈등이 건강한 것이라야 한다는 점이다. 정반합이라는 변증법적인 모형을 만들어내지 못하는 갈등과 모순은 사회를 불온하게 만들 뿐이다. 따라서 변증적 존재의 변이를 하지 못하고 그 자체로 남아있어서는 곤란하다. 그것은 상대방이 인정하는 범주에서 수용될 수 있는 것이어야 한다. 그렇지 않으면 그것은 상처를 만들어낸다. 그것이 깊게 패이면, 봉합은 쉽게 이루어지지 않을 뿐만 아니라 결국은 치유되지 않는다. 갈등은 하되 그 차이와 다름이 존중되어야하고, 치열하게 싸우되 상처를 주지 않는 싸움이 되어야 한다.

이제 우리는 우리를 피곤케하고 분열시키는 현장으로부터 관심을 좀 다른데 돌려야 하지 않을까 한다. 피곤하고 힘든 정치적, 사회적 갈등으로부터 좀 멀어질 필요가 있는 것이다. 그러면 우리의 마음도 편해지고, 우리를 이용하려는 갈등의 담론도 더 이상 난무하지 않을 것이다.

갈등과 분열을 조장하는 담론으로부터 이제 다른 곳을 보자. 관심을 가져야 할 곳이 정치나 집단의 이해관계에만 있는 것은 아니지 않은가, 우리 주변에는 관심 가져야 할 것들, 큰 것이 아니라 작은 것들이 얼마든지 있지 않은가. 어쩌면 이것이 우리가 주의해야할 가장 소중한 것들이 아닐까 한다.

　　지하철 공중변소 한 구석 겨울옷 한 벌
　　널브러져 있다.
　　어느 노숙자가 겨우내 입었던 옷인가 보다.

　　웅크린 채, 견뎌왔을
　　고단한 삶의 굴곡, 그대로 드러낸 채
　　버려져 있다.

　　밖으론 초여름의 더위 이제 막 시작되고 있는데

화단으로는 알 수 없는 들풀들
한창 웃통 벗어부치고 있는데

바쁜 걸음으로 잠시 일들을 보고
지나치는 지하철, 공중변소 한 구석
아무의 눈길도 되지 못하는,
혹독하게 견딘 지난 겨울
우리의 관심 밖, 다만 그렇게 널브러져 있다.
 -윤석산, 「지난 겨울」, 『시와시학』, 2019년 겨울호

　우리가 눈을 다른데 돌리게 되면, 들여다보아야 할 곳이 얼마나 많은가. 「지난 겨울」은 이를 상징적으로 표현한 시이다. 고단한 삶의 흔적인 '겨울옷'을 보게 될 때, 큰 것에서만 머무른 우리의 갈등이 역으로 얼마나 하찮은 것인가 하는 것을 알게 될 것이다. 그들만의 이익을 위해 발언하는 엉터리 담론에 현혹되지 말고, 이 '겨울옷'에 눈을 돌리게 될 때, 우리의 삶은 비로소 아름다워지는 것이 아닐까.

　인간이 사회를 영위해나가면서 갈등과 분열은 피할 수가 없다. 그것이 인간의 운명이고 숙명이기 때문이다. 그런데 이런 숙명을 부추기는 것이 지금 여기의 현실이다. 우리는 그들의 손길로부터 벗어나야 하고, 또 시야를 그들이 아닌 다른 데로 돌려야 한다. 그런 다음 무언가 하나의 동일성을 향해 지속적으로 나아가야 한다. 우리를 향한 진정한 문학, 민족을 향한 새로운 문학은 여기서 비로소 새롭게 탄생할 것이다. 인접 민족이 음식이나 노래 앞에 화(和)를 굳이 붙여 화식(和食)을 먹으며 하나의 동일성을 확보해나가고자 하는 이유를 알아

야 한다. 또한 저 멀리의 민족이 유나이티드(united)라는 말을 애써 붙이는 이유 역시 알아야 한다. 우리에게도 하나의 존재성을 일러주는 한(韓)이란 좋은 말이 우리의 일상 앞에 놓여 있지 않은가. 맛있는 한식(韓食)을 먹으면서 그것이 갖는 의미를 다시 한번 환기하자.(『시와 시학』, 2020 봄)

문명과 팬데믹, 그리고 서정시의 임무

지금 우리는 이전에 겪어보지 못한 새로운 충격을 경험하고 있다. 일명 코로나 바이러스라는 매우 낯선 체험이 그것이다. 이 병이 낯선 것은 치사율이 높기 때문이 아니라 그것이 갖고 있는 가공할 정도의 강한 전파력 때문이다. 감염자와 스치기만 해도 걸리고 동일한 공간에 있기만 해도 걸릴 위험성이 대단히 높은 것이 이 병의 특징이다. 면역력이 강한 사람도 문제지만 그렇지 못한 사람들은 이 병을 이겨낼 재간이 없다. 이런 전파력이 기왕의 일상을 완전히 뒤바꿔놓고 있는데, 현재 이 바이러스에서 이기는 길은 단지 접촉을 하지 않는 일뿐이다.

신을 믿든 혹은 그렇지 않든 간에 인간의 삶은 조물주가 만들어 놓은 완벽한 전일성과 조화의 세계 속에서 진행되어 왔다. 창조자는 잘 물려 돌아가는 톱니바퀴처럼 완전한 조화의 세계, 유기체적인 조화의 전일성을 이 지상에 펼쳐놓았기 때문에 이런 삶이 가능했다. 적어도 근대 이전에는 이에 대한 신뢰가 있었고, 또 그 질서 안에서 순응하며 자신들의 삶을 영위해 왔다. 그렇다고 해서 근대 이전의 사회가 질병의 감옥으로부터 완전히 자유로운 것은 아니었다. 역사가 기록하고 있는 중세의 페스트나 각종의 역병 등은 언제나 있어왔기 때문이다. 그러나 이런 현상들은 모두 어느 특정 지역에 국한되었던 문제였고, 또 그 나름의 방역체계에서 스스로 치유되기도 했다.

　그러나 문제는 근대 이후에 일어나는 질병들이다. 일찍이 금세기 초에 서구는 스페인 독감이라는 무서운 전염병을 경험한 바 있고, 이 과정에서 수많은 목숨들을 잃었다. 뿐만 아니라 가장 최근에는 사스라든가 메르스, 에볼라 등등의 바이러스에 의해 인간들은 무지막지한 공격을 당하기도 했다. 그뿐만이 아니다. 계절마다 유행하는 조류 독감과 돼지 바이러스 등이 매년 거듭거듭해서 창궐하고 있는 것이 현재의 실정이다. 지금까지는 이런 저런 방역의 과정을 통해서 그렁저렁 넘어왔다. 그러나 외줄타기 하듯 위태롭게 넘겨온, 그리고 지나간 위기 극복과 행운 등이 더 이상 인간에게 오지 않는다는 사실에 문제의 심각성이 놓여 있다. 앞으로는 더욱 강력한 바이러스, 제어되지 않는 슈퍼 박테리아가 계속 출몰할 개연성이 높기 때문이다.

　신은 우리에게 완벽한 유기체를 선사했고, 인간은 그에 만족해서 살게 되면 실상 아무 일도 일어나지 않았던 것이 지난 과거의 일상이었다. 하지만 인간은 오만했고, 늘 신의 영역을 넘보려 했다. 여기서 문제가 발생하기 시작했다. 이를 증거하는 것 가운데 하나가 에덴동산의 비극이었다. 이를 추동케 한 것이 인간의 욕망에서 비롯되었음은 잘 알려진 일이다. 서정주는 「화사」에서 인간의 그러한 운명이랄까 속성을 예리하게 지적해낸 바 있다. 신과 같이 밝은 눈을 가지려는 인간의 욕망, 그 밝음에 의해서 깨어나기 시작한 관능의 정서를 이 작품에서 담아낸 것이다.

이제 인간은 신과 동일한 밝은 눈을 갖추는 것에서 만족하지 않고 더 많은 것을 소유하고자 했다. 에덴동산의 동일체를 무너뜨린 것도 모자라 자연의 일부에 지나지 않은 자신의 육체를 이로부터 분리시키고자 했던 것이다. 그리하여 인간 이외의 모든 것들은 단지 인간을 위한 부속품 쯤으로 간주하기 시작했다. 이렇게 팽창하는 인간의 욕망을 자연은 언제까지나 용인해줄 것이라고 믿고 있는 것인가. 자연은 이런 무절제한 인간의 욕망을 더 이상 참기 어려워졌다. 그리하여 이에 대해 응징하기 시작했다. 코로나19는 그 단적인 예가 될 것이다. 에덴동산에서 인간을 추방한 신의 심판처럼, 자연은 이 슈퍼바이러스를 통해 인간을 단죄하기 시작한 것이다.

코로나19의 등장이 어떻게 시작되었는지에 대해 현재까지 정확히 알려진 것이 없다. 그렇지만 그것이 자연의 징벌적 심판임을 부정하기는 어려운 일일 것이다. 코로나 19가 박쥐 등의 야생 동물에서 온 것이든, 혹은 인위적인 개발 과정에서 온 것이든, 결국은 그것이 인간의 거침없는 욕망에서 비롯된 것이기 때문이다.

그러나 오랜 시간동안 팽창하는 인간의 욕망에 대해 자연의 거대한 경고가 시작되었음에도 불구하고 인간은 이에 대한 경각심을 갖지 못한 것처럼 보인다. 이 또한 인간의 오만함의 발로일 것이다.

태평한 세상에
소란을 피우지 말라며
누군가 그의 입을 틀어막았지요

병속에 갇혀야 할 세균들은

온 세상 밖을 헤집어 떠도는데
수많은 사람의 목숨을 빼앗는데

그는 조그만 비석에
'말'을 새겨달라고 절규하며
세상을 떠났지요

"그는 세상의 모든 이를 위하여 말을 했다"라고.
　　　　-조영숙, 「그는 말을 했습니다」, 『시와 시학』, 2020년 봄호

　중국 우한 지역에서 코로나19의 존재를 처음 인지하고 알린 사람은 리원량(李文亮)이라는 의사이다. 작품의 내용대로 그는 이 바이러스를 처음 발견하고 세상에 알리려 했지만, "태평한 세상에/소란을 피우지 말라고/그의 입을 틀어 막"았다. 그는 오히려 이 담론을 발설한 대가로 처벌까지 받았다. 세상에 알려야 한다는 윤리적 당위성에도 불구하고 그의 외침은 받아들여지지 않은 것이다. 그리고 궁극적으로 그는 이 병에 걸려 생을 마감하게 된 불우한 운명의 소유자가 되었다.

　이 바이러스와 관련하여 인용시에서 리원량이라는 이름을 소환한 것은 지극히 자연스러운 일이거니와 그의 묘비명에 새겨진 "그는 세상의 모든 이를 위하여 말을 했다"라는 구절은 무척이나 상징적인 의미를 갖는다. 여기서 중요한 것은 '말'의 역능이라 할 수 있다. '말'이란 세상으로 나아가는 통로가 되어야 그것이 존재하는 의의를 인정받게 된다. 하지만 그의 '말'은 밖으로 나아가지 못했고 싸움은 이루어지지 못했다. 말이 갇혀 있는 동안, 세상을 단죄하려는 자연의 공격은 거침

없이 시작되었다.

'말'은 세상으로 나아가는 통로라 했거니와 실상 그것이 제 기능을
하지 못할 때, 어떤 일이 일어날 수 있는가는 우리는 역사에서 똑똑히
보아온 터이다. 우리 시대의 어두운 축이었던 군부통치가 그러했고,
그 정권에서 벌어졌던 몇몇 의혹의 사건들이, 그리고 최근의 세월호
사건이 그러했다. 말이 진실을 타고 나오지 않으니까 가짜라는 외피
를 입고 스며나오기 시작한다. 이런 허위들은 또 다른 가짜를 만들어
내게 되고 결국은 거짓으로 치장된 말의 풍년이 생겨난다. 그러한 풍
년이 세상을 올바른 길로 인도할 수 없거니와 오히려 온갖 왜곡된 현
실만을 거듭해서 양산시킬 뿐이다. 우리는 그런 뉴스를 하루가 멀다
하고 계속 목도하고 있다. 세상으로 나아가지 못하는 말, 건강하지 못
한 말이란 또 다른 바이러스, 치유되기 어려운 코로나 바이러스일 것
이다.

따라서 말을 막혀서는 안 된다. 세상으로 나아가기 위한 문은 말을
매개로 항상 열려있어야 한다. 더욱이 그것이 건강한 것이라면 더욱
그래야 한다. 그렇지 못하면, 제2의 '우한'과 또다른 리원량을 만들어
낼 것이다.

딜레마에 빠졌다

신천지 두더지 게임 한창이다

텅 빈 상가
차가운 공포로 가득한 광장

검은 마스크도 콜록인다

안 보이는 바이러스가 창궐하는 시대
국경 없이 국경 넘나들며
해시태그 달고 저승사자 밥줄을 노린다

암호 지령은 '인간 접촉 금지'

확진자, 동선 파악 전화벨 울린다
너 거기 갔어?
너는 거기 갔어?

목이 따갑다
환상통에 시달리는 우리들

나무들아 바위들아 새들아
너희들도 바이러스를 앓니

가만히 공중을 올려다본다
                    ─박정선, 「#코로나19」, 『시에티카』, 2020년 상반기

  이 작품은 2020년 봄에 펼쳐지고 있는 우리 사회의 한 표정을 담아
내고 있다. 이 역시 말과 밀접한 관련이 있다. 그것은 곧 신천지라는
말이다. 여기서 이들 집단의 성격에 대해 말하고자 하는 것은 아니다.
하지만 지금 횡행하고 있는 바이러스가 이 집단과 밀접한 관련이 있

음은 부인하기 어렵다. 어떤 경로에 의해 이 바이러스가 여기에 유입되었고, 또 그것이 확산되었는가에 대해서는 정확히 알려진 바가 없다. 그럼에도 분명한 것은 이 집단이 감염의 주요 매개였다는 사실이다.

그런데 문제는 그것이 말이라는 외피를 갖지 못한 채 숨겨져 있다는 사실이다. 리원량이 전하고자 했던 말의 법칙이 이 상황에서도 여전히 유효했다는 점이다. 감염병의 전파와 확산을 막기 위해서 필요한 것은 빠른 진단과 격리에 있다고 한다. 이는 전파력이 강한 코로나19에 더더욱 유효하다는 것이 방역 당국의 진단이다. 그런데, 신천지 교인들은 자신들을 숨겼다. 감추어야 할 무엇이 있어서 그러한 것인가. 뿐만 아니라 이 이전에도 이들은 자신들을 떳떳이 드러내지 않은 바 있다. 하물며 이 병과 관련하여 자신들이 공공의 적이 된 바에야 이들이 무엇을 더 말할 수 있으랴. 언어에 의해 이들은 세상에 나올 수가 없었던 것, 그것이 문제였던 것이다.

어떻든 병은 전파되었고, 그것은 우리의 일상 깊숙이 침투해 들어와 우리들의 삶을 전복시켰다. 그것의 확산을 막기 위해 온갖 디지털 문화가 작동되었는데, 가령 동선 파악을 위한 전화벨이 울리는가 하면, 자가 진단 앱이 작동하기도 하고, 자가 격리의 강제가 펼쳐지기도 했다. 근대 초기에 채플린이 우려했던 기계가 다시 인간의 삶을 지배하기 시작한 것이다. 자연의 질서를 어긴 대가는 이렇듯 가혹한 것이었다. 인간은 자연으로부터 혹은 인간들끼리도 상호 간에 고립되는 운명을 맞이했다. 자연으로부터 떨어져 나온 죄, 그리하여 무한으로 욕망을 발산시켜온 죄로 인해, 인간은 통제되고 스스로의 감옥 속에 갇히는 신세가 되었다. 인간은 이제 고립무원의 상태로 내몰리게 된 것이다. 이런 상황 속에서 우리의 일상은 산산이 부서지고 이제 이전의 일상이란 추억의 저편에서만 남아있게 되었다.

코로나바이러스 때문에
○○축제 취소됐다는
벽보가 나붙었다
무대 입구와
철골 세트 마빡에도
어김없이 붙었다
집달리 딱지처럼
저승사자처럼
자리를 지키고 앉았다

살을 에는 바람이
등줄기를 훼치듯 마구
죽죽 그어놓고 달아난다
머리 위
길게 팔 벌린 현수막
아까부터 거센 바람에
온몸을 파르르 떤다
늑대울음소릴 낸다

무대 설치업자 공씨는
매년 열리는 축제여서
허리 풀었다가

코로나바이러스 한방에
올겨울 엉덩이 시리게 됐다

"망할 놈의 코로나 때문이니 난들 어떡합니까?"

시(市) 관계자 말이 비수되어
온몸을 뚫고 들어온다
무대 해체하는 일은
설치하는 것보다 몇 년은 더 걸릴 것 같다

바람먹은 점퍼는 곱사등처럼 불룩해졌다
　　　-이지현, 「코로나바이러스」, 『시에티카』, 2020년 상반기

　코로나19는 접촉을 통해서만 전염된다고 한다. 그러니 이 질병으로부터 벗어나기 위해서는 무엇보다 밀집된 공간을 만들지 말아야 한다. 상호 간의 거리를 두어야 전파를 막을 수가 있기 때문이다. 그렇기에 밀폐된 공간은 최악이다. 인간이란 더불어 사는 존재이고 그러한 삶만이 최선의 윤리로 수용되어 왔다. 공존하지 않는 삶이란 최상의 가치가 아니었다. 그런데 이제 이 바이러스는 그러한 가치를 전복시켰다. 더불어 사는 삶이란 더 이상 유효하지 않게 된 것이다. 집단으로부터 멀어질수록, 그리하여 개인만의 공간 속에 갇힐수록 삶의 건강성이 보장받게 설계되기 시작했다. 형이상학적인 가치보다 지금 여기 고립된 공간이 실존을 향한 중요한 덕목이 된 것이다. 전쟁이라는 극한 속에 꽃피어난 실존주의가 다시 한번 우리에 우뚝 서 있는 현실을

맞이하게 된 것이다. 이런 상황 속에서 존재론이란 더 이상 의미가 없다. 어떻든 이로부터 격리되어 나만의 실존이 영위되면 그뿐인 현실이 된 것이다.

우리가 마주한 패러다임은 이 바이러스를 매개로 크게 변화되었다. 더 이상 우리들의 공존이나 더불어 사는 가치는 유의미하지 않게 되었다. 삶이 공존 속에서 더 많은 경제적 가치와 풍요, 그리고 기회의 장을 가져다 준 것이 사실이지만, 이제 이런 인식성 속에서 더 이상 그런 가치들에 대해 이야기할 수 없게 되었다. 이제 대단위가 아니라 소단위가 우선시 될 것이고, 축제의 장이 아니라 고립의 장이 더 선호되는 삶을 맞이하게 될 것이다. 패러다임의 변화는 전통적인 가치를 이렇듯 대번에 전복시켰다. 이 전복의 과정에서 생존을 향한 열정이 강렬해지는 것은 또 다른 이면이 될 것이다. 「코로나바이러스」는 이렇듯 변화 속에 놓인 삶, 과정 속에 놓인 일상의 현실을 예리하게 포착해내고 있다.

종말을 기다리며
나는 폐허가 되어버린 정거장에서 마지막 기차를 기다리고 있다
검은 가방을 든 사내들이 내 앞을 지나가고
구름 같은 담배연기를 내뿜으며 휴가 나온 병사들이 지나가고
가석방된 죄수들이 묵묵히 지나가고 손을 맞잡은 십대 소녀들이 재
잘거림을 흩뿌리며 지나간다
종말을 기다리며
나는 오지 않는 기차를 기다리고 있다
건너편 신문 가판대를 지키는 할머니만이 가끔씩 나를 쳐다볼 뿐

비 한 방울 내려주지 않겠다는 표정으로 하늘은 내 앞에서 유유히 흘러간다

녹슨 스피커에서 가끔씩 윙윙거리는 소리가 울려퍼지다 그치고

정거장 옆 활량한 공터에서 불어온 바람이 모래먼지를 끼얹고 간다

종말을 기다리며

기다리는 것은 이것이 정말 마지막이라고 거듭 다짐하며

나는 기차가 서지 않는 역 퇴색한 플랫폼 벤치에 앉아 있다

일감이 떨어진 늙은 제화공처럼 망연히 제 신발을 굽어다보며 한없이 느리게 흘러가는 시간을 견디고 있다

아이 하나 승강장에 발을 대롱거리며 앉아 있지만 누구 하나 상관하지 않는다

전쟁과 혁명의 시절을 지나 정부군과 반군이 번갈아 이 역을 점령했고

하늘에서 비행기가 공습을 하는 동안 멀리 해안에선 함포사격 소리가 메아리쳐왔다

종말을 기다리며

평생 배급을 기다리듯 인생을 살 순 없는 것이라고 중얼거리며

나는 보수 중인 낡은 호텔 구석진 방 침대에 누워 있는 나를 상상한다

한때는 유명했던 이 역을 거쳐간 숱한 왕과 총통과 수상과 여배우의 얼굴을 떠올린다

가끔 이곳에 쉬지 않는 기차만이 굉음을 울리며 스쳐가는 역에서

나는 초조하게 손목시계를 들여다보고 헛기침을 하며

아직도 지평선 저편 먼 곳에서 이 역을 향해 한없이 천천히 오고 있는 기차를 기다린다

요란한 기적소리도 없이 환영의 팡파레도 없이

그 기차는 마침내 올 것이고 나는 그 기차에 올라탄 유일한 승객이

될 것이다

　종말을 기다리며

　나는 폐허가 되어버린 정거장에서 상연되는 마지막 영화를 지켜보
고 있다

　무대 중앙을 가르고 객석을 향해 돌진할 기차가 느리게 아주 느리게
다가오고 있다

-남진우, 「귀향수첩」, 『시사사』, 2020년 봄

　전염병이 세계적으로 유행하고 있는 요즈음 우리 앞에는 새로운 도
전이 놓여 있다. 아니 도전이라고 하기 보다는 진단이라고 해야 보다
옳은 말인지도 모르겠다. 이른바 종말론의 등장이 바로 그러하다. 종
말론은 세기적 질서가 도전 받거나 밀레니엄의 시기에, 혹은 사회적
혼돈의 시기가 되면 늘상 등장하곤 했던 담론 가운데 하나이다. 이를
담보로 매 시기마다 등장했던 구원 사상들은 그 대표적인 경우라 할
수 있다. 우리 민족의 심연에 내려오던 미륵신앙도 그 가운데 하나이
다. 그런데 인과론이 지배하는, 합리주의 사고가 만연된 현대 사회에
도 종말론은 여전히 그 힘을 유지하고 있다. 실상 원죄론과 종말론이
야말로 종교를 지탱하고 있는 두 가지 중심 축이라 할 수 있는데, 심신
이 미약한 인간들에게 강력한 자장으로 스며들어오는 이 틀로부터 자
유로운 존재는 없을 것이다.

　우리 사회를 좌절의 늪으로 밀어넣은 바이러스의 창궐도 종말의식
과, 그에 따른 구원사상을 촉발시키기에 충분한 에네르기를 갖고 있
다고 하겠다. 「귀향수첩」이 말하고자 한 것도 이것이다. 이 작품의 중
심 주제는 '종말에 대한 대망의식'이다. 서정적 자아는 종말을 기다린

다고 했지만, 그것은 서정적 자아의 의지에 의해 자연스럽게 다가오는 것이 아니다. 종말은 자아의 의지가 아니라 외적 힘의 필연에 의해서만 가능하기 때문이다. 일찍이 엘리어트는 「황무지」에서 자본주의 문명의 종말을 예언했고, 이에 힘입은 김기림 역시 자신의 역작 「기상도」에서 이 문명이 가져다 줄 수 있는 불길한 그림자들에 대해 예기한 바 있다. 「귀향수첩」 또한 그 연장선에 놓여 있는데, 시인은 이 장편의 서정시에서 종말의 원인과 경과, 결과에 대해 굳이 말하지 않는다. 이에 대한 유추를 기꺼이 내릴 수 있다면, 그것은 인간의 온갖 그릇된 욕망, 도구적 욕망이 빚어낸 결과쯤으로 이해할 수 있을 것이다.

온갖 욕망이 난무하고, 그에 따른 험악한 현실 속에서 이 작품의 자아는 이를 종말로 사유하고, 이를 증거할 마지막 열차를 기다린다. 그런데 종말에 따른 새로운 기대나 미래에 대한 예기는 찾아볼 수가 없다. 그런 만큼 현실을 응시하는 그의 시선은 무척 비관적이다. 기대나 예기가 희망의 에너지를 끌어들이지 않는다. 그의 서정적 정열은 긍정적인 미래로 나아가지 못하고 있기 때문이다. 정열은 있으되 그것이 뜨거운 것이 아니라 차가운 채로 남겨져 있다. 그 서늘한 온도가 만들어내는 것이 바로 일상에 대한 비극적 인식이었던 것이다.

종말에 대한 인식이 우울한 것이라 해도 그 속에서 어떤 희망의 메시지도 읽어낼 수 없다면, 서정의 에네르기는 불타오르지 않을 것이다. 그러나 서정의 리리시즘은 우리에게 언제나 희망의 전언을 잃지 않았다. 인간의 사악한 욕망이 만들어낸 것이 코로나 바이러스이긴 하나 이를 극복하는 치유의 장 또한 조만간 열릴 것이다. 그 온전한 극복은 치료제나 백신에 의해 가능하겠지만, 그러나 그것으로 이 모든 상황이 종료될 수 있다고는 생각되지 않는다. 보다 근원적인 무엇이 필요할 것으로 보인다. 인간의 욕망이 인간의 삶을 훼손했기에 이를 극복하기 위해서는 이를 다스리는 방법밖에는 달리 없을 것이다. 인간이 창조주의 뜻을 어길 수는 없을 것이다. 마찬가지로 우주라는 질서를 벗어나서는 살 수가 없다. 그러니 근원적인 치료약이나 백신 또한 이 맥락에서 찾아야 할 것이다.

삶의 욕망이 절실해
네게 달려가고 싶어,
시끄러운 세상 이야기 뒤로한 채
숨죽여 네게 잠들고 싶어

아카시아 숲에
도란도란 모여 앉은 새들의 재잘거림
노을이 붉게 타오를 무렵
빨대로 쪽쪽 소리 내듯
나무에 물오르는 소리

내 안에 들어앉은 큰 바위가
숲에서 구르다가 말랑말랑해진다.

아침에 눈을 뜨니
창공이 보이기 시작한다.
이젠 환하게 웃을 수 있어
숲에서 진리와 친구 맺었으니까.

-김민정, 「숲 치유」, 『시와표현』, 2020년 봄

이 시를 이끌어가는 힘은 욕망이다. 그러나 그것은 근대를 혼돈의 지대로 이끈 도구적 욕망은 아니다. 단순히 살고자 하는 긍정적 욕망이 작품의 저변에 깔려 있다. 그렇기에 그것은 근원적이고 본질적인 것이다. 그것은 근대에 대항하는 안티 담론이다. 그런데 서정적 자아의 욕망은 무슨 거대한 형이상학에 기대서 얻어진 것이 아니다. 지극히 소소한 일상의 자연에서 얻어진 것이다. 근대 초기의 어느 철학자가 읊은 것처럼, "자연으로 돌아가라"는 평범한 진리에서 온 것이다. 인용시의 자아는 치유라는 매개를 거치지 않고서는 일상을 영위할 수 없는 존재이다. 이 자아가 어떤 경로에 의해서, 또 상처를 받았는가에 대해서 굳이 이야기하지 않아도 된다. 병든 영육은 자연과 하나되는 삶의 과정을 통해서 그 건강성을 확보했을 따름이다. 자연과 경계짓지 않은 삶을 통해서, 자연과 하나되는 삶을 통해서 자아의 건강한 일상성이 확보되고, 삶의 전일성이 성취되었을 따름이다. 자연이 인간화될수록 그것은 우리와 공존된 삶을 거부한다. 그 조화로운 공존이 훼손될 때, 어떤 결과가 빚어지는가에 대해서는, 지금 우리 사회, 아니 지구촌 사회가 겪는 이 바이러스의 팬데믹(감염병 세계유행)이 말해 주고 있는 것이 아닌가.

반짝이는 고요가 피어나네

눈석임물 흐르면 씨앗들 톡톡-
연두로 눈뜨는 마법의 꽃이 되네

안개비가 움을 틔우는 들녘

연두의 활, 빛의 음계를 오르내리네

어둠 속 뿌리들 마냥 두근두근
냇물은 좋아라―찰랑거리며 노래하네

눈부신 바람의 부드러운 손길
저 연두의 꿈길을 하염없이 탁본하네
                        ―문현미, 「연두 속으로」, 『시와시학』, 2020년 봄

 자연은 위대하다고 말해지지만, 그것은 선언에 의해 가능한 것이
아니라 실천에 의해 가능한 일이다. 이 거룩한 자연은 언제나 또다시
위기에 처한 우리에게 손짓을 보낼 것이다. 우리를 그들의 체계 속에
부드럽게 편입시켜서 새로운 공존의 장을 제공하고자 할 것이다. 우
리는 그러한 자연에 대해 곧바로 응답해야 한다. 아니 굳이 의도적으
로 그렇게 할 필요가 없다. 자연이 연두 빛으로 채색하고 치장하면, 우
리도 그런 방식으로 동질화하면 된다. 자연이 물들면 같이 물들고, 마
법의 꽃을 피우면, 우리도 그 꽃 속에 파묻혀 하나가 되면 그 뿐이다.
게다가 눈부신 바람의 부드러운 손길이 뻗어나오면 우리는 그것을 기
꺼이 붙잡으면 된다. 자연이 만들어내는 아름다운 무늬를 내 마음의
무늬로 동일하게 탁본하면 아무 일도 일어나지 않을 것이다. 그러면
모든 것이 갖추어지게 되고, 자연과 인간은 둘이 아니라 하나가 될 수
있다. 이런 그림이야말로 창조주가 꿈꾸었던 세계이고, 에덴의 세계가
아니었던가.
 인간은 자연이 펼쳐놓은 연두빛을 쫓아가야 하고 그것이 깔아놓은

카펫을 살포시 밟고 가야 한다. 그리하여 그것과 닮고 궁극에는 하나가 되어야 한다. 그러면, 인간의 욕망을 뚫고 나온 바이러스는 더 이상 활성화되지 못할 것이다. 자연과 인간이 하나되는 길, 거기에 치유의 답이 있다. 그래서 서정시는 이를 말로 담아내야 하고 세상에 말로 알려야 한다. 그것이 이 시대에 할 수 있는 서정시의 주요한 당위적 임무 가운데 하나가 될 것이다.(『시와시학』, 2020 여름)

불화, 서정시의 기본 조건

　서정시가 자아와 세계의 불화 속에 쓰여진다는 것은 익히 알려진 사실이다. 물론 그렇지 않은 경우도 있을 것이다. 서정적 동일성이 유지되는 상황에서의 시쓰기가 그러하다. 이런 조건의 시가 성립되기 위해서는 영원이라든가 유기적 조화가 유지되어야 한다는 전제가 뒤따라야 한다. 그런데 현대 사회에서 이런 환경을 찾아내는 것은 결코 쉬운 일이 아니거니와 또 가능한 것이라고 생각되지도 않는다. 그만큼 서정시는 자아와 세계 속의 불화가 전제되어야 성립하는 양식이라 하겠다.

　서정 양식이 이런 특성을 갖는 것이라면, 그러한 서정의 조건이 언제 어떻게 형성되었는가 하는 의문이 떠오르게 된다. 시양식은 과거에도 있었고 여전히 현재 진행형인 채 남아 있다. 과거의 서정양식과 현재의 서정 양식은 또 어떻게 다른 것인가. 이런 의문에 뚜렷한 답을 주는 것은 어려운 일이지만, 그것이 시대의 맥락과 밀접한 연관관계를 갖고 있는 것은 엄연한 사실이라 하겠다.

　그런데 자아와 세계의 불화와 그에 따른 창작 조건이 꼭 서정시에만 국한되는 문제라고 볼 수는 없다. 이는 산문의 경우에도 곧바로 적용될 수 있는 것이기 때문이다. 근대 문화의 꽃이라 할 수 있는 서사양식이 그 대표적인 경우이다. 이 양식의 특성은 인물들 간의 갈등을 전제로 하고 있는데, 그 갈등의 토대가 개인적, 혹은 생물학적 조건에서 나온 것이 아니다. 인물의 물적 토대를 바탕으로 인물의 계층 혹은 계급이 만들어지고, 이를 토대로 서사적 갈등이 일어나는 것이 이 양식의 주된 특성이다. 그러한 갈등이야말로 자아와 세계 사이에 내재된 것임은 지극히 자명한 것이다.

문제는 이러한 불화 내지 갈등의 기원이랄까 뿌리에 있다고 하겠다. 지금 우리가 이야기하고 있는 자아와 세계의 거리란 도대체 언제 시작된 것일까. 이런 질문에 대한 해법은 실로 다대한 것이지만, 또 이미 결론이 나 있는 아주 단순한 것일 수도 있다. 이른바 영원의 감각이 사라진 때가 그 기점 가운데 하나가 될 수 있기 때문이다.

잘 알려진 대로 인간에게서 영원의 감각이 사라진 것은 근대 이후의 일이다. 그것은 일시성을 바탕으로 한 과학적 진리의 전파와 밀접한 관계를 맺고 있는데, 인간이 이런 감각을 수용하면서부터 영원은 인간에게 작별을 고하게 된 것이다.

영원이 지배하고 있던 시기에 자아와 세계 사이의 간극이란 불가능한 일이다. 영원이라는 아우라에 놓인 개체가 여기서 벗어나서 자신의 고유성이라든가 개별성을 주장할 근거라든가 이유가 존재하지 않기 때문이다. 이 시기에는 오직 영원회귀만이 하나의 정당한 가치로 수용될 수 있었을 뿐이다. 하지만 인과론이라는 합리주의 사상의 전파는 인간을 이런 감각으로부터 분리시켰다. 영원은 단지 비과학적이고 초현실적이며, 지상의 현실에서는 결코 일어날 수 없는 신비주의에 불과한 것임을 수용하도록 강요했던 것이다.

영원의 감각이 유효하던 시기에도 문학은 있었고, 자아와 세계의 관계는 굳건히 자리하고 있었다. 이런 조건하에서는 개성이라든가 자아 등이 그 나름의 개별성이라든가 고유성을 주장할 수 없었다. 이때 서정 양식은 이런 조건을 충실히 반영하고 있었다. 이를 내용적인 면과 형식적인 면 등 두 가지 국면에서 이해할 수 있는데, 우선 전자의 경우 이 시기에는 서정적 동일성이 굳건하게 유지되었다. 자아와 세계의 불화에 따른 창작의 동기가 없었을 뿐만 아니라 이를 토대로 변증적 자아발전을 이루고자 하는 열망 또한 존재하지 않은 것이다. 이른바 서정적 동일성이 유지되는 시기에 시의식의 변화라든가 정반합을 통한 발전구조를 찾아보는 것은 매우 어려운 일이었다. 이런 면들은 형식적인 국면에서도 동일한 틀을 유지했다. 가령 리듬의식이 그러한데, 근대 이전에 서정 양식을 지배한 리듬은 익히 알려진 대로 정형률이다. 그런데 이 리듬의식은 집단의 기억에 의존해 있고, 시인들은 이를 막연히 따라야 했다. 어떤 생리적인 리듬도 허용하지 않았는데, 이는 개인의 고유성이 전혀 고려되지 않았다는 사실을 의미하는 것이다. 이런 현상들은 모두 영원의 틀에 갇힌 개체들의 일반화된 모습을 일러주는 것이 아닐 수 없다.

서정 양식이 이러하다면 소설의 경우도 마찬가지였다. 앞서 언급대로 서사양식은 갈등을 전제로 한다. 서사적 갈등의 전제조건은 발전구조 없이는 상상하기 어려운 것이었다. 갈등을 통한 미래로의 열린 전망이 이 양식의 기본 구조였기 때문이다.

그리고 서사적 갈등의 주체들은 서로 각기 다른 물적 토대를 갖고 있었다. 그런 이질성을 갖고 있는 인물들이 갈등하는 장이 바로 서사

양식의 구조였던 것이다. 그리고 그러한 갈등 양상, 곧 상호간의 인정 투쟁을 통해서 미래적 통합의 구조로 나아가는 것이 서사 양식의 일반적 여로구조이다. 이 여정의 끝이 바로 유토피아의 구경이다.

문학 양식에서 보이는 서정적, 혹은 서사적 불화는 모두 영원의 상실과 분리하기 어렵게 얽혀있는 것이라 할 수 있다. 영원이 지배하는 시대에 이와 상위되는 자의식을 갖는 것은 불가능한 일이었다. 그러한 동일성을 훼손한 것이 근대이다. 근대는 자아와 세계 사이에 놓인 틈을 크게 벌여 놓았다. 그 간극을 메우려는 시도, 그것이 곧 서정에 대한 열정이었던 것이다.

자아와 세계 사이에 놓인 불화가 서정 양식의 본질이라고 했지만, 그 내밀한 영역에까지 이르게 되면, 그 양상은 무척이나 다양한 형태로 나타난다. 이를 몇 가지 갈래로 구분해볼 수 있는데, 먼저 광의의 의미에서의 서정 양식에서 그 특징적 단면을 이해할 수 있다. 앞서 언급대로 근대적 의미의 서정 양식은 자아와 세계 사이의 불화 없이는 성립할 수 없는 것이었다. 만약 가능하다면 그것은 갈등 없는 사회에서나 가능할 것이다. 이른바 무갈등의 사회가 바로 그러하다.

둘째는 보다 좁은 의미에서의 서정 양식이다. 여기에는 전통적인 리리시즘 뿐만 아니라 리얼리즘이라든가 모더니즘 양식이 포함될 수 있는데, 실상 그 불화의 뿌리는 광의적 의미의 서정 양식이 존재하는 조건과 하등 다를 것이 없겠다. 어쨌든 불화의 양상이랄까 그 드러냄의 조건은 그 형식과 내용이라는 국면에서 볼 때, 전혀 다른 양상에서 시작되는 경우들이었다.

근대성의 양상들은 여러 국면에서 설명할 수 있지만, 이를 단순화 내지는 계통화할 수 있다면, 하나는 근대 과학 문화의 태동에서, 다른 하나는 자본의 법칙에 따른 경제적 위계질서의 양산에서 찾을 수 있을 것이다. 그러나 이 모델들이 영원의 감각과는 거리가 있는 것이고, 또 부조화가 무엇인지를 인식하게끔 했다는 점에서는 동일하다고 하겠다.

그리고 이에 대한 문학적 응전 또한 범박하게 말하면, 크게 두 가지 양상으로 표출되었다. 하나가 모더니즘이라면, 다른 하나는 리얼리즘이다. 이 사조들은 그 정신사적 국면에서 양극단에 있는 것이긴 하지만, 자아와 세계의 불화를 그 공통분모로 하고 있다.

우선 모더니즘의 경우, 이 사조는 일단 자아의 해체 내지는 파편화의 경향에서 그 특징적 단면을 찾을 수 있다. 영원이 상실된, 자아를 둘러싼 세계는 이해불가능한 것이어서 자아가 이를 헤쳐나가는 것은 힘겨운 일이 되어버렸다. 서정적 자아는 이런 현실에 절망하여 다양한 방식으로 그 나아갈 출구를 찾고자 했다. 가령, 이상이 펼쳐보였던 기호놀이의 세계가 있는가 하면, 다다이즘이나 초현실주의에서 보이는 자동글쓰기의 방법에 의존하기도 했다. 그것이 80년대에 들어서는 패러디나 패스티시 같은 혼성 모방의 기법에까지 그 방법적 자각이 확대되기도 했다.

형식의 파괴와 의미의 해체는 결국 세계의 동일성을 향한 자아의 와해를 의미한다. 자아는 대상의 전일성을 감각하지 못했고, 기호 앞에 무너져버렸다. 자아 밖의 세상은 견고했기에 자아가 이를 초월하기에는 자신의 에너지가 너무나 부족했음을 알게 되었다. 그렇기에 자아는 그 현실 앞에 좌절할 수밖에 없었고, 궁극에는 자신의 소멸이라는 극단에까지 이르게 되었다.

자아의 해체는 자본주의를 대표하는 모더니즘의 영역에서만 이루어진 것이 아니다. 리얼리즘의 영역 역시 마찬가지의 경우였다. 하지만 자본주의 문화를 그 동일한 기반으로 하고 있음에도 불구하고 이 두 사조가 이에 응전하는 방식은 매우 상이했다. 하나는 주체의 해체 방식이라면, 다른 하나는 주체의 정립으로 맞서 대응했기 때문이다. 실상 주체가 포지하는 사유가 다를 경우에, 그리고 이를 극복해야 할 당위가 서 있을 경우에, 이에 대응하는 자아를 무기력한 상태로 놓아서는 그 초월의 이상에 도달할 수 없을 것이다. 그렇기에 자아는 굳게 정립되어야 하고 더욱 강해질 필요가 있다. 그것이 집단의 사유와 자아의 사유를 일치시키는, 우리들의 담론을 창출해내는 일이다. 리얼리즘에서 흔히 운위되는 주인공의 성격 변화라든가 주체의 정립 문제는 모두 이런 전제로부터 자유로운 것이 아니다. 나와 우리들은 사유의 동일성, 곧 우리들의 주체로, 우리들의 담론으로 거듭 태어나야 하는 것이다.

세계를 향한 도전의 방식이나 초월의 방식이 상이하더라도 그 저변에 깔려있는 주체의 성격이랄까 입장은 동일하다. 모두 세계를 향한 불화의 정서가 그 밑바탕에 깔려 있기 때문이다.

오늘날의 문학 양식은 모두 이 불화에서 비롯된다. 현대 사회는 자아와 세계 사이의 동일성이 거부되는 공간이다. 아니 거부된다기 보다는 애초에 선험적으로 불화가 전제되어 있다고 보는 것이 옳다고 하겠다. 서정 시인은 단지 그것을 감각하고 이해하고 있을 뿐이다. 따라서 시인마다 서정의 밀도들은 달리 나타날 수 있겠지만, 서정적 자아가 시도하는 서정의 동기들은 동일하다고 할 수 있다. 그것이 리얼리즘의 영역이든 혹은 모더니즘의 영역이든 상관없이 말이다.

영원이라는 신은 근대 이후에 사라졌다. 지금 여기를 지배하고 있는 것은 일시성, 순간성의 세계일 뿐이다. 그것은 휘발적 속성을 갖고 있기에 언제든 다시 사라질 준비를 하고 있다. 자아가 불안한 것은 그러한 시간성 때문이다. 순간적으로 없어질 것이기에 자아는 스스로에 대해 중심을 잡고 정립해나가야 한다. 그런데 그것은 그리 녹록한 일이 아니다. 그 어려움이 세상에 대한 동일한 감각을 유지하기 어렵게 만들고, 그들과의 유기적 조화 또한 불가능하게 만든다. 세상에 대한 자아의 불안이랄까 불화가 싹트는 것은 이런 환경 조건 때문이다. 그 불화가 서정적 글쓰기를 유발시키고 추동시킨다. 시인은 여기서 얻어진 서정의 정열을 기반으로 불화를 다스려보고자 한다. 그 초월을 향한 영원한 도정 그것이 곧 서정 시인의 임무, 서정적 글쓰기의 목적이다. (『시로여는 세상』, 2020 가을)

나만의 '밀실' 혹은 모두의 건강한 '광장' 만들기

 질병은 건강한 육체를 파괴한다는 점에서 폭력적이다. 하지만 사람 간의 갈등이나 투쟁에서 오는 폭력이 아니기에 커다란 전투성을 느끼지 못한다. 그렇기에 두렵긴 하지만 큰 위험을 느끼지 않는 것도 사실이다. 그러나 이것은 표면적인 이유일 뿐, 그 파괴와 전파력이 무척 크다는 점에서 다른 어떤 경우보다 위협적이라는 사실에 대부분 동의하고 있다.

 지금 세계적으로 유행하고 있는 코로나 바이러스는 그런 위험의 단면을 우리에게 잘 보여주고 있다. 이 유행으로 말미암아 세계로 향한 소통 뿐만 아니라 인간들을 향한 소통 역시 단절되어 있다. 이 이전에는 활발한 교류와 소통이 최고의 미덕이었고, 또 권장되어 왔다. 그럴 경우에만 인간 사이에 내재된 벽이라든가 절대 권력조차 무화되는 것으로 이해되었던 까닭이다. 그러나 이제는 반대가 되었다. 되도록 접촉하지 말아야 되고 또 만나지 말아야 하는 상황이 온 것이다.

 일찍이 최인훈은 기념비적인 작품 『광장』을 통해서 '밀실'과 '광장'의 현실에 대해 모두 비판한 적이 있다. 물론 그가 이들 공간을 타매한 이유는 분명 이데올로기적인 것에서 온 것이었다. 그래서 그 이념의 중화를 최선의 가치로 생각한 최인훈은 그 두 공간의 중간쯤을 이상 향으로 생각했었는지도 모른다. 실제로 작품의 주인공 이명훈이 남북 이라는 공간에 거리를 두면서 자신이 살아야 할 곳을 '중립국'으로 설 정한 것도 여기에 그 원인이 있었을 것이다.

코로나 바이러스가 횡행하는 현실에서 최인훈의 『광장』을 소환한 것은 이 병든 현실과 『광장』의 세계가 어느 정도 그 연관 관계가 있기 에 그러하다. 최인훈이 '밀실'과 '광장'을 거부한 것처럼, 코로나 역시 이들 공간을 똑같이 거부한다. 어쩌면 후자의 요인이 이들 공간에 대 해 더 거부하는 것인지도 모르겠다. 그렇다고 해서 어중간한 중간 지 대를 코로나의 시국이 요구하는 것은 아니다. 이는 중용이라는, 흔히 건강성의 모델로 사유되는 그러한 감각조차 설 자리가 없기 때문이 다. 보다 정확하게는 '밀실'과 '광장'으로부터 절대적 거리를 두는 것 이 코로나 바이러스의 시국일 것이다.

코로나 바이러스는 '광장'보다 '밀실'을 더 선호한다. 다수의 사람들 이 좁은 공간에서 활동하는 것이야말로 이 바이러스가 생존할 수 있 는 최적의 조건이기 때문이다. 하지만 '광장'이 완전히 배제되는 것은 아니다. '밀실'보다는 덜 위험하지만, 그래도 다수의 인간이 모인다는 점에서는 '밀실'의 역능과 다를 바가 없기 때문이다. 이는 결국 공간의 개방성 여부가 중요한 것이 아니라 사람이 모이는 것의 여부와 문제 로 귀결되는 것이라 할 것이다.

코로나 바이러스는 이제 인간 사회에 새로운 패러다임을 요구한다. 최인훈이 부정했던 '광장'과 '밀실' 뿐만 아니라 전통적인 사회적 미덕 까지 전복시키고 있는 것이다. 인간들은 이제 거리라는 물리적 공간에 대해 새로운 주목을 하게 되었다. 그러한 주목이 축소지향적인 삶의 양태를 만들었고, 나만의 공간을 추구하게 된 것이다. 이제 나만의 차단된 공간, 나만의 '밀실'이 새롭게 주목의 대상이 된 것이다. '밀실'은 부정적 대상이 아니라 긍정적 대상으로 새롭게 탄생하게 된 것이다.

지난 반년의 시간 동안 우리는 만남이라는 행위를 되도록 피하면서 지내왔다. 이는 과거에 비하면 매우 낯선 풍경이고 또 체험이었다. 미메시스라는 의장, 반영이라는 사회적 임무로부터 자유롭지 않았던 서정시가 이런 체험으로부터 한발짝 비껴서는 일 또한 불가능했다. 서정의 황홀과 회감을 장르적 특성으로 하는 서정시가 이런 현상에 대해 즉자적으로 반응해 왔기 때문이다.

시간이 주는 편차랄까 여유는 이제 이런 현상들로부터 한걸음 비껴서 있을 수 있는 간극을 제공해주었다. 전에는 미처 경험해보지 못했던 낯선 영역들에 대해 이제는 거리를 두고 응시할 수 있는 틈이 생겼기 때문이다. 하지만 이런 거리가 마땅히 해야할 임무의 방기를 의미하는 것은 아니다. 이제 시인들은 이에 대해서 차분히 그렇지만 꼼꼼히 응시할 포으즈를 갖추게 된 것이다.

　　비로소 알았습니다

　　화의 근원이
　　입이라는 것을

　　구취는

저 자신만 모른다는 것을
    -한상호, 「마스크를 쓰며-코로나19」, 『시와시학』, 2020년 여름

  코로나 바이러스가 유행하는 형국에서, 우리가 방역 당국의 지침을 이해하게 되면 어떤 행동이 필요한 것인가를 알게 된다. 물론 가장 상위에 있는 대처 방식이 사람과의 거리두기이다. '밀실'과 '광장'을 만들지 않는 것, 그리고 거기서 어떤 만남도 거부하는 일이다. 이를 매개하는 것이 마크스임은 잘 알고 있거니와 인용시에서 마스크를 쓰는 것은 그 일차적 방역 행위이다.

  하지만 이 작품이 말하고자 하는 것은 코로나 바이러스의 역능에 있는 것은 아니다. 앞서 언급대로 이제 이 바이러스로부터 한걸음 물러서서 그것이 내포하는, 그리하여 그것이 발산하는 의미의 다양성에까지 포착해내기에 이른 것이다.

  이 작품에서 마스크는 '밀실'과 '광장'을 차단하는 매개이면서 또한 나만의 '밀실'을 만들어내는 매개이기도 하다. 이 차단된 공간은 대략 두 가지 의미를 내포하는데, 하나는 코로나의 물리적인 차단 내지는 사람과의 격리이다. 이는 물론 코로나가 가지고 온 일차적인 함의이다. 그러나 시인이 의도한 것은 이런 일차원적인 것에서 그치지 않고 있다. 시인은 마스크를 통해서, 보다 정확히는 마스크에 가려진 입을 통해서 소위 '화의 근원'이 '입'이라는 사실을 이해하게 된다. '입'을 통해서 수신(修身)과 같은 윤리성을 읽어내는 것은 어제 오늘의 일이 아니다. 이는 무척이나 일상화된 풍경 가운데 하나이다. 이는 관습적인 차원이나 형이상학적인 국면에서 늘상 이해되어 왔던 것이기 때문이다. 코로나는 이제 이런 윤리의 문제에까지 그 자장을 넓혀나가고 있

는 것이다.

모두가
입을 가리니

비로소

눈이 보이네
　　　　　　-고두현, 「마스크 대화」, 『시와시학』, 2020년 여름

　짧은 단형의 서정시이지만 이 작품이 내포하는 의미 또한 매우 다
양한 경우인데, 한편으로 「마스크 대화」는 「마스크를 쓰며」의 연장선
에 놓인 작품이다. 마스크의 기능이랄까 역능은 앞의 작품과 동일한
경우이기 때문이다. 그 내포 역시 앞의 작품처럼 물리적인 차원에서
그치고 있지 않다는 점이다.
　시인이 응시한 것은 물리적 응시의 대상인 '입'이 아니다. 하기사 그
것이 마스크에 의해 차단되었으니 시인의 시야에서 사라지는 것은 당
연한 일일 것이다. 어떻든 마스크를 쓴 타자로부터 시인이 발견한 것
은 상대방의 '눈'이다. '비로소'라는 단어가 주는 전환의 의미와, 그것
이 한 행으로 처리됨으로써 그 의미의 반전이 무척 신선하게 일어난
경우이다.
　시인은 그러한 전환을 통해서 '눈'을 발견하게 된 것인데, 실상 이
작품에서 이것이 지시하는 구체적인 의미가 무엇인지 명쾌하지는 않
다. 그것은 또 다른 실체에 대한 접근과 발견일 수도 있고, 인식적 지

평의 새로운 확대일 수도 있기 때문이다. 그러나 그것이 어떤 경우이든 마스크는 차단된 '밀실'의 공간이라는 것, 그리고 그것이 일상의 전복된 풍경을 우리에게 제시하고 있는 점이다. 그리고 이를 통해 새로운 의미의 지대가 만들어졌다는 데에 이 작품의 의의가 있는 것이다.

> 구례 산수유, 임자도 튤립, 영취산 진달래에
> 헝클어진 사회적거리두기 때문에
> 삼척 맹방과 제주도 녹산로 유채밭이 갈아엎어졌다.
>
> 그 소식에 놀란 중부지방 벚꽃들
> 흰 마스크 쓰고 달달 떤다
>
> 진작에 죄 없이 사람 구경 못한
> 진해 벚꽃 눈물만 흩날리고---.
>   -서금복, 「코로나 4월 풍경」, 『시와시학』, 2020년 여름

이 작품의 특징은 우선 '광장'의 파괴에서 찾을 수 있다. 실상 이런 풍경은 지난 계절에 우리 주변에서 자주 목격한 풍광들이다. 봄이 우리에게 주는 것은 '광장'의 축제였다. 봄은 꽃을 만들고 생명체를 탄생시키면서 아름다운 생의 광장을 조성해주기 때문이다. 인간들은 이를 만끽하기 위해 광장에 모여들었다.

코로나 바이러스에는 그러한 광장이야말로 자신들이 생존할 수 있는 최적의 장소였다. 병은 상대방의 가장 약한 고리를 공격하고, 이를 통해서 자신의 거주 공간을 만들어나간다. 인간이 이런 전투에서 이

기려면, 자신들의 약한 고리를 만들지 말아야 한다. 그러기 위해서는 '광장'은 파괴되어야 한다.

그런데 '광장'의 파괴는 인간에게만 유효한 것이 아니다. 이를 구성하는 타자들에게도 그 지배력으로부터 자유롭지 않은데, 광장이 파괴된다는 소식을 들은 "중부지방 벚꽃들"이 "흰 마스크를 쓰고 달달 떠는" 이유가 여기에 있을 것이다. 뿐만 아니라 "죄없이 사람 구경 못한/진해 벚꽃 눈물만 흩날리는 것"도 마찬가지의 경우이다. '광장'의 파괴는 인간만이 아니라 자연에게도 크나큰 손실이었던 것이다.

너와 나
서로 마음의 문 화알짝 열지 않으면,

봄바람의 숨결 거부하며
가슴을 그렇게 꽁꽁 싸매고 서 있기만 하면

네 봄이 쟈스민 보다 더 향기로워도
내가 도저히 느낄 수 없고

내 향기, 라일락보다 더 싱그러워도
너에게 아낌없이 나눠줄 수 없느니
–정 숙, 「학자스민이 새하얀 나래 펼치면서」, 『시와시학』, 2020년 여름

코로나 바이러스가 극성을 부릴 때, 방역 당국은 사회적 거리두기를 시도한 바 있다. 이 상황이 어느 정도 진정된 다음 시도된 것이 생

활 속 거리두기이다. 이들이 제시한 그 다섯 가지 내용을 정리하면 이렇다. 첫째가 아프면 3~4일 집에 머물기, 둘째가 사람과 사람 사이, 두 팔 간격 건강 거리 두기, 셋째가 30초 손 씻기, 기침은 옷소매, 넷째가 매일 2번 이상 환기, 주기적 소독, 다섯째가 거리는 멀어져도 마음은 가까이이다. 그런데 특히 관심이 가는 것이 다섯째의 항목이다. 실상 이 부분은 코로나 시국이 아니어도 인간 사회가 영위되는 현실에서는 결코 배제되어서는 안 될 이상적 사유로 받아들여져 왔다.

생활 속 거리두기란 사회적 거리두기 못지않게 '밀실'이라든가 '광장'을 만들지 말라는 뜻이겠다. 그런데 "거리는 멀어져도 마음은 가까이"하는 방역 수칙은 "마음 속의 거리를 두지 말라"는 함의로 읽혀진다. 정숙 시인이 말하는 것도 이와 밀접한 관련이 있어 우리의 주목을 끄는 경우이다.

「학자스민이 새하얀 나래 펼치면서」는 코로나 정국이 아니어도 자아와 세계의 거리라는, 서정의 불화를 감각하는 시인이라면 늘상 자기 금언으로 간직해야 할 주제일 것이다. 조화와 서정적 동일성이야말로 자아와 세계 사이에 놓인 거리를 초월할 수 있는 절대적인 요소이기 때문이다. 그런 절대선의 세계가 코로나 정국을 맞이하면서 새로운 위기를 맞게 되었으니 서로의 마음을 넓히라는, 다시 말해 마음의 '광장'을 만들어내라는 시인의 외침은 더욱 신선하게 다가오는 것이라 하겠다.

    바닷가 옛 우체국 앞
    녹슬고 망가진 자전거 한 대
    고단했을 한 생애가 잠시 멈추어 있다

빨간 우체통과 집하소에 잠시 머물다

차곡차곡 쌓인 사연들

은빛 부서지는 바큇살에 실려

육지에서 섬으로

섬에서 육지로

섬에서 섬으로

먼 곳에서 더 먼 곳으로

수없는 기다림과 기다림을 잇고 또 이었을

쉼 없이 돌고 구르고 달려온 그가

한 생을 갈무리하고 있다

파도소리만 종일토록 들고나는 포구를

붉게 더 붉게 물들이는 해저물녘

생을 다한 것들을 품은 해송 숲 그늘에

고즈넉이 몸 부린 그가

다시 누군가를 기다리고 있다

젊은 날

끝내 부치지 못한 편지를

내내 기다렸던 그 사람을

    -곽효환, 「옛 우체국 앞 자전거」, 『시와시학』, 2020년 여름

 지금 펼쳐지고 코로나 정국에서 어떤 사람들은 이제 과거의 일상을 영원히 찾을 수 없을지도 모른다는 비관적인 전망을 내놓고 있다. 흔히 이야기되는 "이 또한 지나가리라"라는 낭만적 전망이 더 이상 의미 없는 시간이 되었다는 것이다. 현재 진행되고 있는 이 암울한 상황을 꼼꼼히 들여다보게 되면, 이런 비관적인 전망이 결코 과장된 것이 아

닐 수도 있다는 생각이 든다. 그만큼 이 바이러스의 횡포랄까 유행은 결코 수그러들 기미를 보이지 않고 있는 것이다.

현재가 불행하고 다가올 미래가 뚜렷이 보이지 않을 때, 인간의 사유가 정체되거나 혹은 경우에 따라 과거로 회귀하는 것은 흔히 있어 온 정서이다. 가령, 근대성에 편입된 자아들이 미래라는 낙관적 전망을 얻지 못할 때, 과거지향적인 곳으로 자신들의 시선을 돌린 것은 잘 알려진 일이기 때문이다.

이런 현실을 반영하듯 이 계절에 쓰여진 시들에는 회고적 시간 속에서 서정의 의미를 찾아낸 시들을 많이 만나게 된다. 그런 과거 지향성은 대개 두 가지 방향으로 나타나게 되는데, 하나는 지난 시절에 대한 막연한 향수이고, 다른 하나는 그러한 삶에 대한 그리움 혹은 열망 등의 표현이다. 곽효환의 시는 전자의 경우에 해당한다. 이 작품은 읽는 독자로 하여금 깊은 페이소스를 느끼게 해준다. 마치 50년대 박인환의 「세월이 가면」에서 발언했던 센티멘털한 정서가 여기서 그대로 재현되고 있기 때문이다.

그런데 이런 정서가 구체적인 사물이나 대상을 통해서 걸러진 것이기에 이전 시들에서 산견되던, 관념의 음역과는 거리가 먼 경우이다. 가령, 우체국이나 자전거, 석양의 포구, 편지 등의 소재 표현이 그러하다. 그것은 현재성 뿐만 아니라 과거성까지 담보해낸다. 이런 물상들은 시인만의, 아니 우리들의 내밀한 '밀실'들이다. 그 공간이 지금 여기의 일상에서는 매우 낯선 형식의 것들이긴 하지만, 어떻든 이 시국에 과거의 일상이 그리운 주체들에게 이 '밀실'을 환기하는 일만으로도 대단한 위안을 받게 될 것이다.

굴피집에 가고 싶네

굴피 껍질 덮고

낮은 집에 살고 싶네

저녁 굴뚝 되고 싶네

저문 연기되어 퍼지고 싶네

허릴 굽혀 방문 열고

담벼락 한 컨

아주까리 등잔불 가물거리는

아랫목에 눕고 싶네

육전 소설 읽고 싶네

뒷 산 두견이

삼경을 흠씬 적시다 가고난 후

문풍지 혼자 우는

굴피집에 눕고 싶네

나 굴피집에 가고 싶네

-이건청, 「먼 집」, 『시와시학』, 2020년 여름

굴피란 산간지방에서 지붕을 만들 때 쓰는 나무껍질이다. 특히 이 지방의 주된 지붕 재료 가운데 하나인 너와를 구할 수 없을 때, 이를 사용한다고 알려져 있다. 그러나 굴피는 재질이 강해서 무척이나 오랜 내구성을 갖고 있다고 한다. 오죽하면, "굴피집은 그 수명이 길기 때문에 '기와 천년, 굴피 만년'이라는 속담"이 전해내려 온다고 한다.

굴피를 소재로 한 이 작품의 주제는 우선 근원에 대한 삶의 그리움에서 찾을 수 있다. 서정적 자아의 시선이 과거를 지향한다는 점에서는 과거의 향수와 비슷하지만, 그 향토적 삶에 대한 그리움이라는 측면에서 보면 꼭 과거성에 한정되지 않는 경우이다. 그러한 감각은 이미 이 작품의 제목에서 어느 정도 시사되고 있다. 시인은 제목을 '먼 집'이라고 함으로써 그것이 지금 여기의 현실에서 결코 쉽게 허용될 수 없는 것임을 말하고 있기 때문이다.

그럼에도 이 '먼 집'을 향한 서정적 자아의 열망은 가열차고 항구적이다. 그리고 그러한 열망이 관념적인 사유에서 오는 것임에도 불구하고 곽효환의 시처럼, 무척이나 구체성을 갖고 있는 경우이다. 이를 담보하는 담론이 바로 '육전 소설'이다. 이는 '우체국'이나 '편지'처럼 과거성 표현이거니와 현재적 그리움 내지 열망을 담고 있는 매개이기도 하다.

코로나 시국은 현재의 삶을 무척 힘들게 하고 피곤하게 한다. 그것이 채워가는 시간의 여백들은 사람들로 하여금 이제 서서히 지쳐가게 만드는 것이다. 그러한 피로를 치유해줄 수 있는 매개란 무엇인가. 이 시인은 그러한 치유의 공간을 과거의 전일성이 확보되던 유토피아의 시간, 곧 자신만의 '밀실'로 해결하고자 하는 것은 아닐까. 여기서의 '밀실'이란 사람과의 접촉이 차단된 나만의 공간이라는 점에서 대중들이 모이는 밀폐된 그것과는 전혀 다른 경우이다. 이 공간에 대한 새로운 축조 혹은 향수만이 지금 여기의 위기를 뛰어넘을 수 있다고 시인은 판단하고 있는 것이 아닐까. 좌절된 우리들에게 그러한 '밀실'이야말로 삶의 건강성을 확보해주는 또다른 시금석이 될 것이다.

숲을 가꾸자
도시든, 강가든, 어디든
숲을 가꾸자

황사, 미세먼지
하늘을 뒤덮는 오늘
기댈 곳은 숲밖에 없으랴

숲은 찌든 대기 빨아들이고
산소를 내뿜는
푸르디푸른 분수
인류의 생명나무

신선한 공기
마음껏 마실 수 있는
숲나라, 숲왕국을 만들자

숲은 영혼의 쉼터
우리들의 영원한 고향이다!

　　　　　-김월준,「숲을 가꾸자」,『시와시학』, 2020년 여름

　자연과 인간의 상관 관계에 주목하게 되면 인용시가 말하는 담론의 행방은 이미 정해진 것이나 다름없다. 적어도 자연에 대한 이러한 회귀담론은 늘상 있어 온 까닭이다. 그럼에도 인용시가 예사롭지 않은 것은 지금 여기의 일상과 분리하기 어렵게 얽혀 있기에 그러하다.
　여기서 지시하는 숲의 함의는 '광장'이다. 그러나 이곳은 사람들이 운집하는 그런 혼잡한 공간이 아니다. 인간을 자립적 주체로 인정하지 않는 숲의 음성, 자연의 예언자적 목소리가 담겨있는 곳이 이 공간이기 때문이다. 사람과의 접촉이 이루어지는 곳이 광장의 일반적인

속성인데 시인이 만들어내는 공간은 그런 식으로 열려있는 광장이 아니다. 이 공간은 자연화된 곳, 자연이 소유권을 주장한 곳이다. 적어도 인간적인 자립성과 고유성이 인정되는 그런 곳이 아니다. 만약 그러한 곳이라면, 그것은 이 시대의 불온성을 초월하는 공간으로 더 이상 기능하지 못할 것이다.

생활 속 거리두기를 실천해야만 하는 현실에서 나만의 '밀실'만이 언제나 유효한 것은 아니다. 그것이 건강한 것이라면, '광장' 역시 그러한 현실에서 유의미한 것임을 인용시는 일러주고 있다. 이 시대는, 적어도 코로나 시국은 관습적인 열린 '광장'과 밀폐된 '밀실'을 거부한다. 하지만, 그러한 거부는 인간만의 이기적 군집에만 한정된다. 인간이 자연의 일부가 되는, 인간만의 이기성이 보장되지 않는 '광장'은 허용될 수 있다. 아니 그래야만 한다. 그러한 당위성을 인용시는 잘 보여주고 있는 것인데, 이제 우리에게는 나만의 '밀실' 뿐만 아니라 우리들의 건강한 '광장' 역시 필요하다. 그것이 코로나 팬더믹이 만든 불운한 이 시대의 강을 건너는 진정한 매개가 될 것이다.(『시와시학』, 2020 가을)

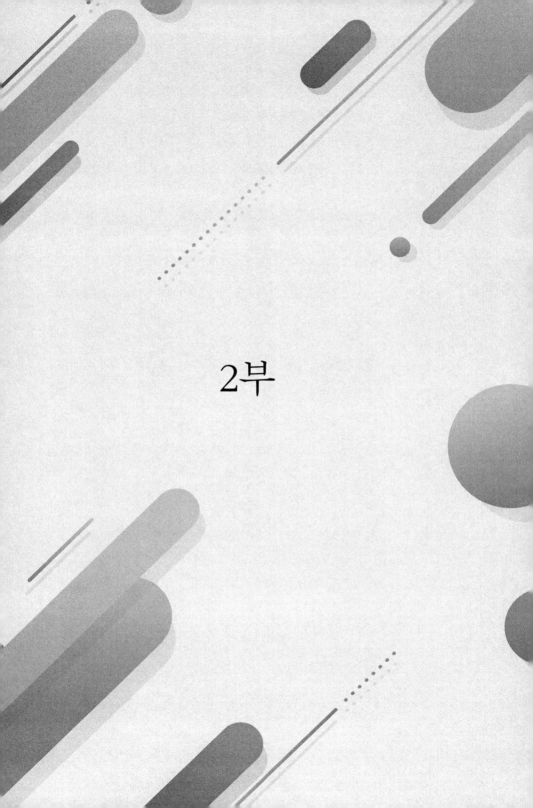

2부

인간을 포획한 자연의 전일성

　시인이 이력을 보니 유승도는 1995년 계간『문예중앙』에서 등단했고, 최근에 상재한『수컷의 속성』을 비롯한 6권의 시집을 펼쳐낸 시인이다. 뿐만 아니라『산에 사는 사람은 산이 되고』를 비롯해서 4권의 산문집도 냈다. 그의 이력이 특이한 것은 이렇게 창작 행위가 열정적이었다는 데에 있는 것이 아니다. 그는 천생 자연인이었던 것인데, 영월 망경대산 중턱에 거처를 마련하고 농사를 짓고 사는, 진짜 자연과 더불어 사는 사람이었던 것이다. 이를 계기로 인기 TV프로그램인〈나는 자연인이다〉에 주인공으로 출연했다고도 한다. 어느 것 하나 일상적이고 보편적인 삶을 찾아볼 수 없을 정도로 시인은 이방인으로 살고 있는 것이다. 이런 이력을 들추고 나니 그의 시세계가 무척이나 궁금해졌다. 몇 권의 시집과 보내온 신작시를 꼼꼼히 들여다보니 일견 수긍이 간다.

　문학을 정의하고 비평하는 주요 방법 가운데 하나로 리얼리즘을 들수 있다. 아니 이 사조뿐만 아니라 문학을 어떤 방식으로 규정하든 간에 체험과 상상력 사이에 놓인 긴장이라든가 관념과 실제라는 미묘한 줄다리기는 언제든 있어 왔다. 그렇기에 그 경계를 정하는 것도 쉬운 일은 아니었다. 하지만 리얼리즘의 영역에서는 이 둘 사이에서 만들어내는 긴장의 강도가 더욱 요구된다. 실천이 동반되지 않는 리얼리즘의 영역은 관념이라는 비판을 피해나가기 어렵기 때문이다.

작가적 실천과 문학적 실천이 동시에 수행되어야 리얼리즘이 요구하는 목적에 꼭 들어맞는다고 대체로 인정해온 터이다. 이런 맥락에서 보면, 유승도 시인은 작가적 실천과 문학적 실천이 동시에 이루어진, 매우 드문 사례, 혹은 서정 시인이라고 할 수 있을 것이다. 그렇다고 그의 시들이 리얼리즘의 영역에서 사유되는 시라는 뜻은 아니다. 그의 시들은 철저히 생활 속에서 나온다. 시와 생활의 일치가 만들어낸 것이 그의 시가 갖는 미학적 특색이라는 것이다. 그러한 까닭에 그의 시들은 생활이 배제된 관념의 영역과는 거리가 멀다고 할 수 있다. 도시 라는 거주 공간 속에서 쓰여진 시가 아니기에, 자연의 현장에서 직접적으로 생산된 시이기에 비관념적이라는 것이고, 그런 창작방법이 독자로 하여금 서정의 진정성을 갖게 한다는 것이 그의 시의 특장이라 할 수 있을 것이다.

관념과 실제 사이에 일어난 괴리의 무화가 이 시인이 갖고 있는 시의 방법적 특색이라면, 시인의 또 다른 시적 특성은 산문성에서 찾을 수 있다. 한편의 서정시를 두고 그 특징을 압축성에서 찾을 것인가 혹은 산문성에서 찾을 것인가 하는 것은 일차적으로 시인의 기질과 관련이 있을 것이다. 시인의 생리적 반응에 따른 결과가 음악성과 산문성을 구분하는 기준의 하나가 될 수 있기 때문이다. 그럼에도 한 시인이 갖는 시의 특성을 기질이나 생리적 특성에서 찾는 것이 올바른 방법이라고는 볼 수 없을 것이다. 그 보다 중요한 것은 현실을 응시하고 이를 자기화하는 과정에서 드러나는 세계관에서 찾는 것이 보다 옳기 때문이다.

유승도 시인의 시들은 산문지향적 특성을 갖고 있다. 시집을 아무렇게나 들춰보아도 투명한 정서와 절제된 형식으로 만들어진 단형의 서정시들은 거의 보이지 않는다. 이런 산문성 역시 시인이 펼쳐 보인 작가적 실천, 곧 문학적 실천과 불가분의 관계에 놓여 있다는 것이 필자의 판단이다.

많은 평자들이 지적하고 있듯이 시인의 작품들은 자연친화적이다. 창문을 열면 곧바로 보이는 것이 자연이고, 또 자연의 내음이 방안으로 스며들어오니 이 감각으로부터 어찌 자유로울 수 있는가. 이런 자연을 시인의 의식으로 매개하거나 변주하는 것은 불가능하거니와 또 굳이 이를 가공해서 창조의 영역으로 한 단계 승화시킬 이유도 없을 것이다. 있는 그대로 보고 수용하면 그만이고 그것이 곧 시가 될 수 있었기 때문이다. 기교를 부릴 이유도 없고, 목월의 경우처럼 자연을 인공적으로 창조할 이유도 없었을 것이다. 작품 속에 있는 그대로의 자연을 곧바로 재현하면 되었던 것이다. 그것이 그의 창작 방법이었다. 그런데 이런 충실한 재현은 산문적 흐름 없이는 불가능하다. 그의 서정시들이 미메시스라는 방법적 의장 속에 놓인 것은 바로 이런 환경에게 기인한 것이라 할 수 있을 것이다.

일찍이 이런 시의 수법에 능한 시인으로 박두진이 있다. 익히 알려진 대로 박두진의 시들은 자연을 자세히 묘사한 경우였다. 자연 속에 놓인 온갖 물상들을 구현해야 했기에 어느 것 하나 소홀히 할 수 없었던 것이 그의 창작방법이었던 것이다. 파괴되지 않은 자연, 기독교적 이념이 구현된 자연을 그려야하는 것이 박두진의 서정이었다. 자연의 구체적인 물상들이 소홀히 취급되어서는 안 된다는, 그의 기독교적 세계관이 이런 작시법을 낳은 것이다. 하지만 이런 미메시스의 방법이 주제를 구현하는 데 있어서는 효과가 있지만, 서정시의 주요한 특색인 압축미나 간결성과는 거리가 있는 것이 사실이다. 그렇다면 박두진의 작시법과 비슷한 유승도 시인의 경우는 어떠한가. 이 시인 역시 미메시스에 충실한 작시법을 갖고 있다는 점에서는 박두진의 경우와 동일하다. 그러나 시에 구현된 물상들은 전연 다르다는 점에서 이들은 구분된다.

가령, 「지옥」의 경우를 살펴보도록 하자.

 염소는 붉은 울음을 내질렀다 까르르르 까르르르 그때마다 웃음소리가 들렸다 살이 오른 아기 같은 나무들이 작업장 옆에서 꽃을 활짝 피우고 있었다 붉음 일색인 꽃송이들이 염소 울음소리가 천지를 가를 때마다 웃었다 둘러서서 구경하던 사람들도 따라 웃었다
 소리를 지르던 염소의 털이 불에 타는 냄새가 진동했다 통통한 줄기와 가지와 잎을 가진 꽃나무들은 가려운 듯 미소를 날렸다 대기하고 있던 염소가 전기충격에도 쉬이 죽지 않고 목청이 찢겨져라 마지막 울음을 토해냈다 꽃들의 웃음소리가 햇살만큼이나 화사하게 퍼졌다
 "애들은 비 한 방울 맞지 않아도 살아간데 그러면서도 이렇게 예쁜 꽃을 일 년 내내 피우다니 참 대단해요"
 사람들은 꽃을 칭찬하며 얼굴에 꽃 같은 웃음을 만들었다
 내가 기른 염소가 해체실로 들어간 뒤, 옆에 문이 열리며 고깃덩어리가 담긴 하얀 스티로폼 상자가 나왔다 기다리던 사람이 다가가 상자 옆에 선 여자에게 꽃이 그려진 돈을 건넸다 사람의 손에서 손으로 건너가는 지폐에 햇살이 비친 순간, 죽은 것도 산 것도 아닌 꽃그림에 화색이

반짝 돌았다

「지옥」 전문

　이 작품의 특색은 우선, 산문적 경향에서 찾을 수 있다. 산문이란 이야기를 진술하는 것이고, 여러 존재들의 객관성을 중점으로 두는 것이기에 자연의 시인인 그가 이런 작시법을 유지하는 것은 지극히 타당하다고 하겠다. 그러나 이런 산문적 속성이 작품의 문학성을 훼손시키거나 시의 압축미를 떨어뜨리는 기제로 작용한다고는 생각지 않는다. 주제 의식을 표나게 전달하기 위해서 구사된 기존의 산문적 수법의 작품들과는 현격한 차이가 있기 때문이다. 산문시임에도 불구하고 이 작품에 등장하는 주요 소재는, 사람을 빼면 염소와 꽃 정도로 매우 단출하다. 다양한 종류의 꽃이름이라든가 자연의 물상들이 일일이 열거되어 있는 것이 아니라 이를 대표하는 '꽃들' 정도가 표현되어 있을 뿐이다.

　산문성에 부합하기 위한 다양한 소재들을 모두 드러내는 것이 아니라 시인은 인용시의 경우처럼 절제해서 표현하고 있다. 자연을 구체화시키고, 그것의 진정성을 드러내기 위해서 자세한 묘사를 하지 않고 있는 것이다. 자연을 묘사하되 절제된 방식으로 하는 것, 그것이 유승도 시인이 묘파해낸 산문시의 특성, 그만의 고유성이라 할 수 있을 것이다. 그렇기에 시인의 시들을 읽으면, 행과 연이 구분된 짧은 단형 서정시를 읽는 것과 같은 내포적 정서를 불러일으키게 한다. 그것이 이 시인만이 갖는 시의 특성, 곧 산문적 경향의 특성이라 할 수 있다.

　유승도 시인의 삶과 시는 분리되지 않는다. 자연에 편입된 자신의 생활과 시의 주제의식이 정확히 일치하고 있는 까닭이다. 이런 동일성은 그의 삶과 시의 주제뿐만 아니라 작품의 내적 경향에서도 유지된다. 이런 맥락에서 「지옥」은 다층적 함의를 갖고 있는 작품이라 할 수 있다. 타인을 위한 염소의 희생은 그 자신에게는 지옥과도 같은 것이다. 자연이라는 전일성의 관점에서 볼 때에도 염소의 삶은 매우 비극적인 것이다. 그러나 시인은 그러한 비극성을 염소 그 자체만의 것으로 한정시키지 않는다. 그 죽음을 꽃으로 승화시키고 있는 까닭이다. 승화란 갈등을 딛고 일어서는 숭고의 미를 전제로 한다. 생과 사라는 극한의 지점은 쉽게 접점을 찾을 수 없다. 그 거리는 너무도 큰 것이어서 어떤 것으로도 대치 불가능하기 때문이다. 그런데 시인은 그 넘어설 수 없는 거리를 꽃이라는 매개를 통해서 뛰어넘고자 하는 것이다.

「지옥」에서 볼 수 있듯이 유승도의 시에서는 '따로' 구현되는 세계는 존재하지 않는다. 모든 것이 '같이' 있고, 함께 공존해 나아간다. 현재 진행되고 있는 인간들의 갈등, 자연과 인간의 부조화가 어디에 그 원인이 있는가를 염두에 두고 본다면, 시인의 이런 판단은 매우 유효한 국면을 갖는 것이라 할 수 있다.

돌을 들추고 바닥에 대고 있던 족대를 재빨리 올리는 수고를 하고 있으니 매운탕 맛이라도 봐야 할 것 아니냐는 생각에 한 마리가 됐건 두 마리가 됐건 잡히는 대로 양파를 담았던 망에 넣는다 피라미 쉬리 퉁가리 꺽지 새코미꾸리 버들치

이름을 아는 것 사이에 알지 못하는 물고기도 더러 걸려든다 보호종일 수도 있는 놈들이지만 어떤 놈은 풀어주고 어떤 놈은 잡아먹는 선택을 하는 짓이 마땅찮아 구태여 명칭을 알려고 하지 않았다

보호할 종과 그렇지 않아도 될 물고기가 있다고 생각하는 건 사람이
가져야할 귀한 시선일 수 있으나 나는 인간이기 전에 동물 혹은 짐승으
로 남고 싶다

「귀한 물고기는 없다」 전문

인류가 유토피아로부터 추방된 것은 인간의 욕망 때문이었다. 그러
나 인간의 욕망은 거기서 끝난 것이 아니고 계속 팽창을 거듭해왔고,
자연의 일부인 인간이 여기서 떨어져 나오면서 비극은 더욱 심화되었
다. 인간과 자연은 하나가 아니라 둘이 되었고, 셋으로 분화되는 국면
을 맞이하게 되었다. 수평이라는 아름다운 질서는 무너졌고, 위계적인
질서, 층위적인 명령이 세상을 지배했다. 진화론이나 양육강식의 논
리는 모두 이런 위계에서 비롯되었다. 그런 불균형을 더욱 심화시킨
것은 문명의 거침없는 팽창이었다. 인간은 자신이 만든 기계와 그것
이 주는 전능의 양탄자를 타고 자연을 계속 지배해 왔다. 인간 스스로
도 그 자신이 자연이라는 사실을 망각한 채, 감각적인 현재에 만족하
기 위해서, 그리고 충족되지 않는 물욕을 채우기 위해서 자연을 인간
화했다. 초기의 자연은 그런 인간의 욕망 앞에 무릎을 꿇고, 속절없이
무너져 내렸다. 그러나 이제 자연은 그러한 인간의 욕망을 더 이상 방
치하지 않았다. 자연의 무서운 반격이 시도되었던 것이다. 자연이 공
격의 방아쇠를 당기자 인간은 비로소 자연의 구경적 가치가 무엇인지
깨닫기 시작했다. 인간은 자연과 결코 분리될 수 없는 하나라는 사실
을 이제야 깨닫기 시작한 것이다.

「귀한 물고기는 없다」는 그런 문제의식에서 쓰여진 시이다. 서정적
자아는 자연과 일체화된 삶을 살고 있고, 생물학적 생존을 위해서 자

연이 주는 식량을 얻어먹고 산다. 곧 자아의 수렵활동은 어떤 경제활동이 전제되지 않고 오직 생존 본능을 위한 행위로만 한정된다. 시인은 그저 자연에 던져져 있는 존재일 뿐이다. 그러한 까닭에 인간계에서 물고기에 부여한 '보호할 종'과 '그렇지 않은 종'에 대한 구분은 중요한 것이 아니다. 서정적 자아에게 고기는 단지 자연이 주는 식량일 뿐이다. 이런 사유는 위계화된 질서 체계와는 전연 무관한 것이다. 오직 자연인만이 내릴 수 있는 판단일 뿐이다. 게다가 시인은 여기서 한 단계 더 나아가는데, 그 스스로가 인간이라는 이기적인 경계를 포기하는 것이다. "나는 인간이기 전에 동물 혹은 짐승으로 남고 싶다"가 그러한데, 실상 현재 우리 앞에 놓여 있는 비극적 환경들은 모두 인간이기를 주장한, 인간과 자연을 구분한 결과에서 온 것들이 아닌가.

경계가 만든 비극의 현장들을 우리는 경험적으로 보아왔다. 얼마전 아들을 묶어서 때려죽인 의붓아버지의 살인이 우리를 충격에 빠뜨린 적이 있다. 경계가 만들어낸 나만의 것이라는 자기 한계가 이런 비극을 만들어냈다. 이런 비극이 사라지려면 나의 자식, 혹은 너의 자식과 같은 구분이 없어져야 한다. 유승도 시인이 묘파하는 자연과 하나 되는 삶이 시사하는 교훈은 바로 이것이다. 자연의 일부로 편입되어 사는 것이 진정한 삶의 모습이듯이 인간의 삶 또한 그러한 경계를 만들지 말아야 한다. 이렇듯 시인의 의도는 더 이상 인간과 자연은 결코 분리될 수 없는 하나의 동일체라는 인식에 있다. 그것만이 현재의 불온한 삶을 극복할 수 있다고 보는 것이다.

마당의 풀을 뽑아 돌담 아래에 모아놓고 오줌이 마려울 때마다 누었다 며칠 동안 반복하자 벌들이 몰려들었다 흙빛으로 변한 풀 위에 내려

앉은 벌들 위로 오줌을 누어도 재빨리 날아올라 오줌발이 그치자마자
다시 내려앉는다

　오줌 속의 염분을 채취하는 게라고 생각하면서 바라다보고 있으면
벌들이 침을 숨기고 있다는 사실이 믿기지 않는다 아니 침조차 여인의
은근한 눈빛쯤으로 여겨진다

　날아가고 날아오는 벌들로 건초더미는 하루 종일 부산하다 오줌을
먹는 벌들이 꽃보다 이쁘다 오줌으로 풀 더미를 꽃송이로 만들었으니
나도 대단타

「내 오줌을 먹는 벌」 전문

　인간과 자연의 동일체라는 시적 발상은 이 작품에서도 그대로 유지
된다. 이 작품은 인간으로 대표되는 시인 자신과 자연으로 대표되는
벌의 세계가 교묘한 대조를 통해 아름다운 승화로 나아간다는 점에서
그 뛰어난 상상력을 인정받을 수 있는 시이다. 오줌은 인간에게는 독
이지만 자연에 들어가면 또 다른 생명을 키워내는 거름이라는 양면성
을 갖고 있다. 벌의 침도 마찬가지이다. 그것은 인간을 공격하는 독이
될 수 있지만, 자아는 그것을 "여인의 은근한 눈빛쯤"으로 사유한다.
이 얼마나 아름다운 공존, 자연과 더불어 생존해나가는 고귀한 무늬
들인가. 조화란 비슷한 것보다는 이질적인 것들의 변증적 통일에 의
해 이루어질 때 더욱 극적이라는 점에서 시인의 상상력은 매우 소중
한 것이라 하겠다.

　이제 그만 줍고 가야지 아 동근이네 기정이네 주울 것도 남겨놔야지
멧돼지도 생각해야지 밤새도록 낙엽 들쑤시고 도토리 서너 개 얻으면

살맛이 나겠어?

　낙엽에 덮인 도토리가 많아서 지나간 자리라도 또 있다니까요

　그런 건 숲에 사는 애들 거라니까 그만 일어섭시다

　숲의 적막은 언제나처럼 깊어 나와 아내의 발자국 소리와 이야기 소리도 나무 아래서 맴돈다

　우리도 숲속 동물인데요 뭐, 먼저 가봐요 난 이 나무 밑에 것만 줍고 갈 테니

　의리 없게 어찌 혼자 가누 근데 도토리가 많기는 많네

　주워도 주워도 도토리는 보인다 주운 곳도 다시 보면 보이지 않았던 도토리가 얼굴을 씩 내민다

　아이구 허리야 이젠 정말 갑시다 싹싹 주우면 욕하는 소리가 집까지 들려온다니까

　어이구 여기에 많네 이리 와 봐요

　응 그려? 이거 너무 많이 줍는 거 아녀?

　아내 옆으로 가서 다시 허리를 숙인다 뭔느무 도토리가 이리 끝도 없다냐

　동근네도 많이 주웠더라고요

　그랴? 하긴 그 부지런한 노인들이 어찌 내버려 두겠어 아이고 허리가 아파 더는 못 하겠네

　나는 많으니까 재미나서 아픈지도 모르겠는데

　큰일 났네 주워도 주워도 계속 보이니 어둠도 내리기 시작하는데

「도토리줍기」 전문

인용시는 시인의 시세계에서 어쩌면 조금 예외적인 경향의 작품이다. 그것은 다른 시편들과 달리 인간의 욕망이 어렴풋이 드러나 있기

때문이다. 작품의 내용대로 이 작품을 이끌어가는 기본 소재는 도토리줍기이다. 작품의 내용은 이러하다. 무리를 지은 인간들이 자신의 욕망을 채우기 위해 자연 속의 식량을 마구 가져간다. 하지만 이런 행위를 자연으로부터의 일탈이나 인간의 거침없는 욕망으로 간주하는 것은 무리가 있어 보인다. 숲속의 다른 구성원, 가령 멧돼지 등에 대해 배려하는 마음의 여유가 있고, 또 「귀한 물고기는 없다」에서 보듯 먹이를 채취하는 하나의 과정, 그것도 자연의 한 과정으로 볼 수 있기 때문이다.

따라서 이 작품은 인간의 욕망을 다룬 것이라기보다는 자연의 질서 속에 놓인 인간의 모습이라고 하는 것이 옳지 않을까. 그것은 이 작품에서 파괴의 감수성이랄까 소위 경제 논리가 전혀 배제되고 있다는 점에서도 그러하다. 이들의 행위는 자연을 배려하고 자연의 자연적 욕망을 채우는 수준에서 그치고 있을 뿐이다. 어쩌면 숲이라는 공동체에서 일어날 수 있는 자연의 한 모습이 풍경화처럼 아름답게 그려진 것이라고 보는 것이 더 설득력 있지 않을까 한다. 이처럼 시인의 시에서 인간과 자연은 결코 분리되지 않는 하나의 수레 속에서 움직이고 있다.

유승도의 시에서 자연과 인간은 피드백 된다. 자연만의 경계가 따로 존재하지 않고, 또 인간만의 경계 역시 존재하지 않는 것이다. 마치 불교의 윤회론처럼, 혹은 자연의 무한반복처럼 유승도의 작품에서는 자연이 돌고 돌면서 순환되고 있다. 시인은 그러한 과정을 인위적인 가식을 통해서 만들어내지 않는다. 생활 속의 실천을 통해서 자연이 주는 공존의 질서가 무엇인지 체득해나가기 때문이다. 따라서 그의 작품에서는 어떤 자의적인 의장이나 의도적인 장치들에서 나오는 인공미가 느껴지지 않는다. 비유가 돌출될 때 나오는 어색함이 그의 시에서는 전혀 감각되지 않는 것이다. 자연에 편입된 자아의 평화로운 모습이 작품 속에서도 그대로 유지되고 있다. 자연을 향한 시들이 관념편향적인 한계를 피할 수 없는 것이 현실임에도 불구하고 시인의 작품 속에서는 그런 관념들이 감각되지 않는다. 자연 속에 걸러진 정서들이 시인의 눈 속에 감각된 대상들과 자연스럽게 만나는 것, 그것이 이 시인의 시적 수법이다. 자연에는 가식이 존재하지 않는다. 마찬가지로 그의 시들 역시 인위가 느껴지지 않는다. 자연을 벗한 그의 삶과 시는 이렇듯 자연이라는 거대 질서 속에서 편안하게 조화를 이룬다. 그런 조화감은 일찍이 우리 시사에서 보지 못한 시인만의 고유한 영역이라 할 수 있을 것이다. (『시에』, 2019 겨울)

역사 기억하기와 초월하기

　올해는 3·1운동이 일어난 지 백년이 되는 해이다. 이를 위하여 기념식도 있었고 다채로운 행사도 있었다. 그런데 3·1운동의 역사적 의미를 우리 민족에게 더욱 각성시켜주기라도 하듯 때마침 일본과의 경제전쟁도 시작되었다. 일본이라는 나라가 우리 민족에게 저지른 죄를 생각하면, 이번 사태는 도저히 용납될 수 없는 일이다. 역사를 기억해 보자. 일본은 삼국 시대, 아니 역사 시대 이후 우리 민족을 끊임없이 괴롭혀 온 것으로 기록되고 있다. 우리 민족을 괴롭히며 사는 것이 그들 민족의 존재이유인 것처럼, 이들의 삶은 곧 우리 민족을 가학하면서 살아온 역사였던 것이다.

　일본의 야만성과 공격성을 한두 번 겪은 것도 아닌데, 우리 민족은 어찌하여 인구의 절반이 죽어나가는 임진왜란을 겪어야 했고, 또 300년이 채 못 되어 나라까지 빼앗기고 말았는가. 그것은 단재 신채호의 말대로 역사를 잊어 왔기 때문이다. 문현미 시인도 자신의 시작 노트에서 역사라는 것이 어떻게 쉽게 잊어버릴 수 있는 것인가를 예리하게 지적했다. "역사의 향기는 투명한 공기 같아서 까마득히 잊고 지내곤 한다"라고 말한 바 있기 때문이다.

문현미 시인의 최근작은 서대문 형무소에서 받은 영감 등을 시로 표현한 것들이다. 개인의 주관적 정서에 의해 직조되는 서정시가 역사라든가 사회로부터 눈을 돌리고 있다는 비난을 받는 것은 어제 오늘의 일이 아니다. 서정시가 서정의 황홀이나 회감의 정서를 통해서 만들어지는 까닭에 사회적 의미망을 획득하기 어려운 것이 사실이었기 때문이다. 따라서 서정시를 두고 역사를, 혹은 사회를 외면한다고 하는 비난은 일견 타당한 것이라 할 수 있다. 그러나 이런 가치평가는 반은 옳고 반은 틀리다고 할 수 있다. 개인의 주관적 정서가 사회와 호흡하게 되면, 이때의 서정시는 역사의 장을 훌륭하게 재현할 수 있기 때문이다.

최근 문현미 시인의 시들은 개인의 정서에 고립되어 있지 않다. 그의 시선은 천상적인 것으로 오르기도 하고 지상적인 것으로 내려오기도 하는 등 광폭으로 이루어지고 있다. 전자가 관념적이고 초월적인 것이라 한다면, 후자는 구체적이고 일상적인 것들이라 할 수 있다. 시인의 시선들이 이렇게 넓게 펼쳐져 있는 것은 서정을 향한 시인의 열정이 고립되어 있지 않고 열려있다는 것을 알 수 있다. 시인의 시선들은 천상과 지상이라는 낙차의 미학을 보여주기도 하고 지상의 무대를 무한대로 확장시켜나가는 넓이의 미학을 보여주기도 하는 것이다. 그 현란한 움직임 속에서 시인은 고립된 사적 시간이 아니라 열린 사회적 시간을 만들어내게 된다. 이번에 발표된 신작시도 불과 5편에 불과하지만, 서정의 넓은 주름을 펼쳐나가는 시인의 공적 시간들은 모두 나타난다.

얼마 전 시인은 「순례」라는 시에서 '그대'를 찾아나서는 길이 서정의 구경이고, 이를 '불후의 대서사시'를 만드는 일이라고 한 바 있다. 천상과 지상에서, 그리고 지상의 저 끝까지 서정의 진실을 향해 나아가는 길이 곧 순례의 길이라고 한 것이다. 순례의 도정이란 쉽고 편안한 길이 아니다. 그렇기에 이를 수행하는 순례자 역시 고독과 엄격한 자기 윤리로부터 올곧게 실천해야 한다. 그런 고행의 과정을 거쳐야 비로소 시인이 의도하는 서정의 진실에 도달할 수 있기 때문이다. 순례자는 부지런히 움직이면서 행동으로 나아가야 한다. 어느 한 곳에 머무를 수가 없는 것이다. 그러한 까닭에 「순례」의 정서와 비슷한 시를 이번 신작시에서 또다시 발견할 수 있는 것은 결코 우연이 아니다.

어디 도롱이 같은 집 한 채 있을까
잠시 등걸잠을 자리니

거기, 문패도 없고 번지도 없는
세상의 지도에서 찾을 수 없는

하늘이 집이고, 구름도 집이거늘

우듬지 사이 허공을 누비는
거기, 마음의 바지랑대 흔들거리는

날마다 새 길을 찾아 떠나리니
부디 가는 곳 묻지 말기를

지구별을 떠날 때까지, 끝없이

간이역에서 다음 행선지를 기다릴지니

「간이역 너머」전문

유랑하는 자에게 잘 빚어진 거주의 공간이란 실상 거추장스러운 것인지도 모른다. 뿐만 아니라 그런 공간에서 편안한 휴식 역시 또 다른 사치가 될 수 있을 것이다. 시인이 순례의 길에서 찾고자 하는 거주의 공간은, 그저 "도롱이 같은 집 한 채"면 충분하다. 잠시 머무르다 가는 공간이기에 문패도, 번지도 필요 없다. 경우에 따라서는 실체적인 공간이 아니어도 된다. "하늘이 집이고, 구름도 집"이 될 수 있는 까닭이다.

유랑하는 주체에게 거주의 공간은 일회적인 수단에 불과하다. 하나의 지점에서 다른 지점으로 나아가는 중간지대의 그것으로 만족될 뿐 물질적 풍요와 현실과는 거리가 있다. 따라서 시인이 이런 순간의 공간을 '간이역'이라고 한 것은 지극히 당연하다. 간이역은 확정된 공간이 아니고, 보다 분명한 지점으로 나아가기 위한 점이지대일 뿐이다. 순례자에게 새로운 인식적 지평이 열리게 되면, 곧 소멸하게 되는 한시적인 공간인 것이다. 그런 유효성을 시인은 "지구별을 떠날 때까지"라고 함으로써 에둘러 인정한다.

실상, 이런 과정이란 존재론적인 국면과도 분리하기 어려운 것이지만, 실존적인 국면과도 멀리 떨어져 있는 것이 아니다. 시인이 펼쳐 보인 시의 세계를 꼼꼼하게 읽어 보면, 이는 실존의 세계와도 밀접하게 결부되어 있는 것을 알 수 있기 때문이다. 존재론적 국면의 한계를 뚫고 나온 실존의 문제가 이번 신작시에서 보듯 시인을 역사의 현장으로 인도하는 것은 자연스러운 절차라 할 수 있을 것이다.

달빛조차 마음껏 내리지 못했던 여기

그대들이 본 하늘은 무슨 빛이었나요
그대들이 본 별들은 무슨 말을 하던가요

생살 찢기는 비명이 형무소 벽돌들을
때리고 찌르고 짓뭉개고 있었는데

그대들 흘린 눈물은 얼마나 붉었던가요
그대들 쏟은 탄식은 또 얼마나 무거웠던가요

절망 너머 간절한 기도가 들리는 듯
지나간 바람의 거친 갈퀴에 찔려
옥사의 마당에서 비틀거리고 있네요

오늘 내가 삼키는 울음이
무척 뜨겁네요

오늘 나를 흔드는 아픔이
무척 서늘하네요

목숨의 씨줄, 날줄로 짜인 흔적들
머리부터 발끝까지 휩싸며 돌고 도는데...

「옥사의 안쪽」 전문

문학원론적인 입장에서 문학을 정의하는 방법 가운데, 소위 체험과 상상력이라는 것이 있다. 어느 것에 보다 더 큰 가치를 두느냐하는 것은 전적으로 작가의 세계관에 의해 결정되는 문제이지만, 문학의 진정성을 논의하는 자리에서는 아무래도 전자의 입장이 좀 더 지지받는 듯 하다. 관념에 의해 쓰여지는 시들이 정서의 공감대를 얻기 어렵다는 점도 이 의장과 어느 정도 관련이 있을 것이다. 간이역에서 나아갈 방향을 모색하던 시인의 발걸음은 이렇듯 역사의 현장, 서대문 형무소 앞에 오도록 인도했다. 시인이 이곳에서 본 것은 이들과의 역사적 일체성이다.

　　역사의 현장에 대해서 피상적 관찰이나 감정이입의 정서가 수반되지 않는다면, 역사의 체험은 결코 자기화되지 않는다. 우리는 한때 이런 노래를 듣고 자란 적이 있다. 유관순 열사를 기리는 노래인데, 바로 다음과 같은 구절이다. "옥속에 갇혔어도 만세부르며, 푸른 하늘 그리며 숨이 졌대요" 하는 가사가 바로 그것인데, 이 가사를 공감의 정서나 감정의 이입이 없으면, 그냥저냥 흘러가는 노래의 하나로 받아들여질 뿐이다. 여기서는 어떤 정서적 공감대나 분노의 정서가 느껴지지 않는다. 필자인 나도 정서적 공감대 없이 그렇게 불렀왔을 따름이다.

　　공감이란 정서적 동일성이 있어야 가능하다. 시인이 서대문 형무소를 찾아간 것처럼, 나 역시 이번 여름 중국의 대련에 간적이 있다. 안중근, 이회영, 신채호가 옥사한 여순 감옥을 보았는데, 우선 놀란 것은 이 공간에 수많은 중국인들이 줄을 서서 관람을 기다리고 있었다는 것이다. 그리고 다른 하나는 일행 중의 우리를 일본인이 아니냐고 적개심을 드러내는 중국인의 모습이었다. 아무튼 이들의 싸늘한 응시를 뒤로 하고 안중근 의사가 순국한 현장을 찾았다. 그가 숨을 거둘 당시로 기억을 되돌리니 평소와 달리 무척이나 숙연한 마음이 들었다. 문현미 시인이 감각했던 서대문 형무소의 체험도 이와 동일했을 것이다. 역사에 대한 공감의 정서가 형성되기 위해서는 이렇듯 감정이입이라는 정서적 장치가 반드시 필요하다고 하겠다.

「옥사의 안쪽」에서 시인의 시선은 공감을 향한 도정처럼 일단 과거로 향해져 있다. 여기서 시인은 과거에 대한 단순한 응시나 회고가 아니라 이들과 호흡하고 그들의 정서와 일체화한다. 이를 통해 그들의 고통과 좌절을 느끼고 그들의 정서를 공유한다. 이런 과정을 통해서 역사는 시인 앞에, 아니 우리 앞에 생생하게 살아나온다. 단재가 말한 역사는 이런 정서의 여과 과정을 거쳐 생생하게 기억되고 있는 것이다.

기억되지 않는 역사는 죽은 것이고, 지금 여기의 일상에서 그것은 아무런 가치가 없다. 망각도 무서운 것이지만 단순한 기억 또한 망각과 하등 다를 것이 없을 것이다. 역사란 그저 흘러간 과거의 퇴적물이 아니라 계속 현재화되어 거듭 새롭게 태어나야 한다. 그러려면 「엄마의 말뚝」에서 박완서가 말한 것처럼 상처를 내고 아물지 않게 계속 덧나게 해야 한다. 그런 아픔이 우리의 정서에 깊이 새겨져야 역사는 결코 잊혀지지 않는 것이다. 상처를 새기는 것이 갈등과 싸움만을 의미하는 것은 아니다. 중요한 것은 잊지 말자는 것이고, 아픔은 되새겨져야 한다는 것이다.

꽃이 진다고 한들
다시 피어나지 못할까

한 송이 꽃도
어두운 세상을 물리칠 수 있으니

저 요란스런 칼바람마저
곡꼿을 멈추고 꽃피우는 일에 함께하리

몸서리치는 무저갱에서
우수수 떨어진 꽃다운 목숨들

벼린 호밋날도 단단히 엉킨
뿌리의 서슬을 베어내지 못했으니

기어이 다가올 봄날에
수천, 수만송이 꽃으로 피어나리

누가 감히 꺾을 수 있을까
몰아치는 폭풍을 이겨낸 그 꽃을

「꽃의 비밀」 전문

  서정주는 일찍이 「국화옆에서」에서 해방된 우리나라를 '국화꽃'에
비유한 바 있다. "한송이 국화꽃을 피우기 위해 봄부터 소쩍새는 그렇
게 울었고", 또 '천둥'이 치고 '먹구름'은 늘상 끼었다고 했다. 하나의
꽃이 탄생하기 위한 과정이 결코 순탄하지 않았음을 에둘러 표현한
것이다. 「꽃의 비밀」은 「국화옆에서」의 연장선에 놓인 시라고 해도 좋
을 것이다. 그러나 「국화옆에서」는 기쁨에 방점이 놓여 있다면, 「꽃의

비밀」은 아픔에 방점이 놓여 있다는 점에서 다른 경우이다. 이 작품에서 우리는 시인의 당찬 결기를 느낄 수 있다. 다가올 미래를 결코 예단할 수 없는, 불확실한 현실 속에서 스스로를 내던진 이들의 희생을 숭고의 정서에서 읊어내고 있기 때문이다. 그 응결체가 바로 '꽃'이다.

이 작품에서 꽃의 의미는 결코 일회적인 것이 아니다. 그런 국면이 「국화옆에서」의 꽃과 다른 경우라 할 수 있다. 여기서의 꽃은 절정에서 올랐다가 내리막으로 치닫는 일회적 속성을 갖고 있지 않다. 다치고 짓밟혀도 결코 좌절하지 않는 것이기에 그러하다. 이 꽃은 오뚝이처럼 다시 일어난다. 바람보다 먼저 눕고 바람보다 먼저 일어나는, 김수영의 '풀'과 비슷한 속성을 갖고 있는 것이 이 '꽃'이다. 그렇기에 강인하고 절대화된 꽃이다.

이런 맥락에서 '꽃'은 재생이면서 승화라는 상징적 의미를 담고 있다고 할 수 있다. 그렇기에 결코 좌절의 감수성으로 읽히지 않는다. 독립투사들의 숭고한 행동들이 이제 꽃으로 승화되어 그들의 가치를, 위상을 보상받고 있는 것이다. 시인은 역사의 아픔을 이야기 했고, 또 그것의 승화를 이야기 했다. 역사를 향한 시선은 애틋한 것이었고, 분노의 정서였다. 그러나 시인은 그런 퇴행적이고 좌절의 정서에 머물지 않았다. 만약 그들을 이 정서 속에 고립시켰다면, 그들의 숭고한 뜻과 열정은 반감될 수 있었을지도 모르는데, 시인은 그들을 그런 한계 속에 가두어 놓지 않았다. 시인의 서정이 역사적 감각을 확보할 수 있었던 것은 이 지점에 놓여 있다. 시인은 그들을 불사조와 같은 '꽃'으로 승화시킴으로써 그들의 아픈 마음을 달래고자 했다. 역사의 승리는 분노 속에서 얻어지는 것이 아니라 승화 속에서 얻어지는 것이기 때문이다.

어떤 붓으로 담아낼 수 있을까
저리 눈부신 묵언의 시간을

얼마나 숱한 눈물의 항아리가
얼마나 간절한 기도의 메아리가

쪽물이 뚝뚝 떨어질 듯
맑은 가락이 파란 무음으로 흐른다

멀리 있는 것은 다만 그리울 뿐

이런 높푸른 날에는
누구라도 용서하고 싶다

다시 사랑하는 법을 배우고 싶다

「사랑이 돌아오는 때」전문

　많지 않은 신작 시편에서 시인은 한권의 시집에서 펼쳐 보일 수 있
는 많은 담론을 제시했다. 쉽지 않은 일이지만, 시인은 이런 시적 작업
을 정말 아무렇지도 않은 듯 이루어내었다. 역사에서 가정처럼 무의
미한 일도 없는 것이지만, 만약 꽃으로 승화한 역사 영웅들에게 지금
여기의 현실에 대해 물음을 주고 답을 하라고 하면 무엇이라고 말을
할까. 또 진정한 역사의 승리는 무엇으로 다가오는 것일까. 시인은 그
런 질문들에 대해 「사랑이 돌아오는 때」에서 하나의 시사점을 주고 있
는 듯하다. 그래서 시인을 미래의 선지자, 예언자라고 하는 것이 아닐

까 한다.

　서정시를 향한 시인의 시선들은 그 폭이 넓고 깊다고 했다. 천상적인 것과 지상적인 것으로 오가는가 하면, 역사의 지평을 끝없이 넓혀 나간다고도 했다. 시인은 개인의 서정을 결코 사적인 것에 가두는 것을 허락하지 않았다. 그것이 형이상학적인 것이든, 역사적인 것이든, 혹은 사회적인 것이든 말이다. 그만큼 시인의 확보하는 서정의 폭은 매우 크다고 할 수 있다. 「사랑이 돌아오는 때」가 그 일단을 보여준 작품이다.

　이 지상의 가장 숭고한 진리 가운데 하나가 용서와 사랑의 정서일 것이다. 그런 열린 자세야말로 진정 승리자의 모습일 것이다. 무덤 속에 갇혀 있는 이들에게 이를 묻는 가정이 성립한다면, 그들 역시 마찬가지 답을 할 것이다. 그렇기에 그들은 패배자가 아니라 승리자이다. 시인은 이들이 영원히 승리하는 길을 마련해두었다. 용서와 사랑으로 말이다. 이 정서는 성경이 가르쳐준 진리, 예수님이 실천한 진리와 동일한 것이다. 그런 면에서 시인의 시들은 천상적인 것이다. 그렇지만 시인의 시들이 단지 여기에서만 머물고 있는 것도 아니다. 용서와 사랑은 종교적 진리를 뛰어넘는, 보편적인 정서이기에 그러한데, 시인의 시들은 이 여과 과정을 거치면서 다시 지상의 아름다운 질서로 편입되어 내려온다.

　시인의 작품에서 역사 영웅들은 용서와 사랑이라는 말을 타고 우리 앞에 다가온다. 시인은 그들에게 이 정서를 투영시킴으로써 그들을 영원 속에 거주하도록 만들었다. 그것은 그들의 영원한 진리이면서 시인의 진리이고, 지금 여기를 살아가는 사람들의 진리일 것이다. 천상적인 것과 지상적인 것, 그리고 역사적인 것은 이 정서 속에서 아름답게 혼융되어 새롭게 태어나고 있는 것이다. 그런 탄생이 문현미 시인이 추구하는 서정의 아름다운 통합일 것이다.(『문파』, 2019 겨울)

고아학(考我學)의 두 가지 방식

  얼마전 '기생충'이라는 영화가 아카데미 4개부분의 상을 수상하여 한국 영화사의 기념비적인 일로 받아들여졌다. 영화도 영화지만, 문학인으로서 이 영화에 관심을 갖게 된 것은 이를 만든 감독 때문이었다. 아니 정확히 말하면, 이 감독의 가계라 할 수 있는데, 잘 알려진 대로 이 영화를 만든 감독은 봉준호이다. 그는 1930년대 대표적 모더니스트 가운데 하나인 박태원 작가의 외손자이다. 박태원은 1930년대를 누구보다도 치열하게 그리고 솔직하게 살아간 작가이다. 여기서 솔직하다는 것은 다소 감성적인 영역의 말이지만, 경우에 따라 그것이 과학적 사유와 밀접히 결합되어 있는 말이기도 하다. 현실에 대한 치밀한 관찰과 그에 대한 이해가 이 작가의 세계관과 창작의 근원이 되었기 때문이다.

  모더니스트 박태원을 떠올릴 때, 가장 먼저 연상되는 것이 청계천이다. 그를 두고 청계천의 작가라고 해도 무방할 정도로 박태원은 이 지역과 분리될 수 없는 존재이다. 그는 도대체 이 조그마한 지역에서 무엇을 보고, 또 무슨 일을 했던 것일까. 앞서 박태원을 두고 현대를

2부 **135**

가장 치열하게 살아간 작가라고 했다. 나는 그런 열정을 현대 사회에 대한 꾸준한, 그리고 성실한 탐색과 무관하지 않은 것으로 이해한다. 그러한 탐색을 이 작가는 청계천 일원에서 시도했던 것이다. 그를 청계천이라는 지역성과 분리할 수 없음도 이와 밀접한 관련이 있다. 그가 탐색한 청계천이라는 지역성, 그리고 현대성에 대한 사유가 바로 고현학(考現學)의 방법론이었다. 이는 다른 말로 하면 현대를 탐색하는 학문, 곧 창작방법이었던 것이다.

고현학은 이 시대를 이해하는 새로운, 그리고 적절한 시도였기에 그것이 갖는 의의는 다대한 것이었고 신선한 것으로 이해되었다. 물론, 현대성이 무엇이고 이를 이해하는 과정이란 이 시기만의 고유성에서 그칠 성질의 것은 아니었다. 그것은 지금 이 시기에도 여전히 유효한, 현재 진행형의 것이기 때문이다.

새로운 신작시를 발표한 문화영과 김기영 등 이 두 시인 역시 박태원이 시도했던 고현학의 방법론으로부터 자유로운 경우가 아니다. 물론 이들의 행보는 박태원이 시도했던 서사적 거리에서 그 방법이 시도되고 있는 것은 아니다. 어쩌면 그것이 박태원과 이들의 차이점일 수도 있을 것이다. 그러한 낙차를 보다 작은 단위의 현대성에 대한 탐색이라 할 수 있는데, 이를 고아학(考我學)에 대한 시도로 명명하는 것이 가능하지 않을까 한다. 자아를 탐색하는 학문, 곧 자아의 현대적 측면을 찾아가는 행보라는 점에서 그러하다.

근대에 편입된 자아는 결코 완전한 자아, 전일한 자아가 아니다. 근대란 영원의 저편에 놓인 것이어서 언제나 주체들로 하여금 불안한 운명을 태생적으로 배태시키고 있기 때문이다. 지금 이 시대를 경과하는 시인들이 자아가 갖는 이런 한계에 관심을 두는 것은 너무도 당연한 일이 아닐 수 없다. 뿐만 아니라 그것은 자아와 세계 사이의 단절로 만들어지는 서정시의 특장이기도 할 것이다.

1. 죽은 욕망과 부활의 감각

문화영 시들은 고아학, 곧 자아를 탐구하는 일들이 다른 어느 누구보다도 충실히 수행하고 있는 경우이다. 비록 많지 않은 작품임에도 불구하고 시인이 겨냥하고 있는 문제점들이 이와 밀접한 관련을 맺고 있기 때문이다. 가령, 이를 대표하는 시가 「모르는 일」이다.

시간은 애초에 없었는지 모른다

심장이 쿵쾅거려 해를 돌게 하는지

하루 속에 나를 넣어 집으로 배송하는지

저녁이 아기처럼 누워 있고 그 위로 오늘이 흐르는지

어두운 방안에서 새벽을 오려붙이며 등이 굽어가는지

눈치보다 늙어버린 아침이 쿨럭거리는지

그림자를 놓친 정오가 이리저리 방황하는지

달아나는 오후를 붙잡으러 엎치락뒤치락 씨름하는지

좁혀지지 않는 당신이 노을 밖에서 서성이는지

떨림을 내일로 미루며 연신 하품을 해대는지

미래를 복사해 밤이 되는지

탈출구를 찾지 못한 시곗바늘이 오늘을 계속 돌고 있는지

모르는 일이다

「모르는 일」 전문

이 작품을 감싸고 있는 것은 무지(無知)의 아우라이다. 서정적 자아 앞에 놓인 대상들은 모호하고 또 불확실한 상태로 남겨져 있다. 현상이 그러하니 이로부터 조종되는 자아의 내부 역시 외부 세계 못지않은 모호한 상태에 놓여 있다. 이 시인의 고아학은 이런 불확실성에 대한 인식과 그 탈출에서 시도된다.

근대적 사유는 원인과 결과에 의한 인과론으로 지배된다. 인과론이란 확실성, 과학성과 분리하기 어려운데, 시적 자아는 이런 과학적 사유가 지배하는 현장의 한가운데 놓여 있다. 당연히 그런 사유의 지배 속에 편입되는 일이 맞는 것이지만 시인의 감각은 이와 거리를 두고 있다. 따라서 지금 여기의 현실에서 그가 할 수 있는 것은 아무 것도 없다. 그를 둘러싼 외피는 무지의 늪만이 존재할 뿐이고, 서정적 자아

는 거기에 함몰되어 헤어 나오지 못하는 처지가 된다.

이런 현실을 두고 자아의 죽음이라고 해도 좋고 자신을 표현해줄 가면의 상실이라고 해도 좋다. 어떻든 자아에게 그러한 고립으로부터 빠져나올 길은 좀처럼 허용되지 않는다. 그 결과 자아의 감각은 점점 무뎌지고 자신의 존재성을 잃어버리게 된다. 우울함과 같은 부정의 정서들만이 시인의 의식에 스며들어온다(「화장의 기술」).

이런 상태는 근대를 횡행하는 이성의 전능 상태가 가져온 결과일 것이다. 따라서 건강한 주체, 혹은 하나의 온전한 유기체로 새롭게 태어나기 위해서는 의식의 전환이나 존재의 변이가 이루어져야 한다. 이성과 대비되는 감성이 다시 살아나야 한다. 말하자면 잠들어 있는 감성의 저변을 일깨워줄 적절한 자극이 있어야 한다.

> 유리상자 안에 피카츄 미키마우스
> 곰탱이 지방이 라이언 네오 푸르도 무지가
> 촉을 세워 기다린다
>
> 눈으로 만지는 촉감이 감질나고
>
> 미끼도 없이 줄을 내린다
> 입질도 없이 죽은 듯이 누워 있는 인형들
> 모로 눕거나 거꾸로 서서 정면으로 유혹한다
>
> 돈 냄새를 맡으면 그중 한 놈은 반응한다

꿈쩍 않고 있다가도
취향만 맞으면 따라나서는 놈들
섣불리 꼬리치는 놈은 붙잡히고
딸려 올라오다 툭, 무심해지는 놈도 있다

소리에 민감하거나
호기심을 자극하면
마비를 풀고 움직이는 감각들

속이 보이는 뽑고 뽑히는 게임
움직여야 하는지 버텨야 하는지
흉내를 내면 지고 마는 밀당

누군가 쌓다간 탑이 손목을 붙잡는다
유모차 세워놓고 딱 한 번만

「유리상자」전문

    1930년대 대표적 모더니스트였던 이상은 자신을 거울 속에 갇힌 존
재, 아니 상자 속에 갇힌 존재라고 생각했다. 그런 모습이야말로 근대
를 살고 있는, 피곤한 세대 혹은 무기력한 세대의 전형적인 모습이라
할 수 있을 것이다. 「유리상자」 속의 시적 자아도 이상의 그것과 하등
다를 것이 없다. 「날개」의 주인공처럼, 자아는 무기력하고, 게다가 꿈
쩍없이 갇혀있기 때문이다. 그런데 그런 유폐감을 더욱 극대화시키는
것이 유리상자이다. 투명한 외부, 다시 말해 탈출할 수 있는 바깥이 어
디든 열려있다는 개방성이야말로 갇혀있는 자아로 하여금 그 초조감

을 극대화시키는 강력한 매개로 작용할 수 있기 때문이다. 자아는 그런 개방성과 폐쇄성 사이에서 더욱 큰 고립감을 체험하게 된다. 탈출해야 하는 바깥세상은 그저 하나의 이상일 뿐 현실로 실현될 수 있는 가능성의 세계가 아닌 것이다.

좌절은 절망을 낳고, 절망은 다시 의식의 무기력으로 이어진다. 「날개」의 주인공이 그러했던 것처럼, 유리상자 안의 '피카츄'라든가 '미키마우스', '곰탱이' 또한 그러하다. 삶의 최저 조건만이 있을 뿐, 생생한 현실이 되기 위한 필요충분조건은 존재하지 않는 것이다. 실존의 무게는 느껴지지만, 그 무게를 명명해줄 적절한 이름은 없는 것이다(「중력이 미칠때」).

죽어있는 자아가 살아나기 위해서는 이를 깨우는 자극이 필요한 것은 당연한 이치일 것이다. 욕망이 필요한 것은 바로 이 지점인데, 온갖 부정적 함의에도 불구하고 욕망은 살아있는 자의 몫이다. 욕망이 없다는 것은 곧 갇힌 자, 죽은 자의 몫일 뿐이다. 현대성에 편입되어 있는 죽어있는 의식을 일깨우기 위한 시인의 몸부림은 매우 치열하고 꼼꼼하다. 죽어 있는 욕망을 일깨우기 위해 다양한 낚싯줄을 드리우는 것은 이와 무관하지 않은데, 그 줄에 대해 어떤 자아는 "돈 남새에 반응"하기도 하고, 또 어떤 경우에는 "취향에 반응하"기도 한다. 뿐만 아니라 "소리에 민감한" 경우도 있고, "호기심에 반응하는" 경우도 있다. 반응이란 시인의 표현대로 곧 마비를 푸는 행위이다. 마비가 풀리게 되면 감각은 살아나게 되어 있다. 여러 가지 오감이나 유혹의 미끼에 의해 유리상자 속에 있는 개체들은 서서히 깨어나기 시작한다. 유리상자는 이제 더 이상 죽어있는 자들의 무덤이 아니라 살아있는 자들의 무대로 새롭게 탄생하게 된다.

근대적 관점에서 욕망이란 늘상 부정적인 국면에서만 사유되어 왔다. 가령 현대의 불온한 국면이나 자연의 기술적 지배같은 부조리한 현상들은 모두 거침없는 욕망의 결과로 이해되었기 때문이다. 그러나 그 반대편의 경우가 순기능 역할을 한 것이라고 보기도 어렵다. 죽은 육체야말로 현대인의 또 다른 병리현상인 까닭이다. 시인이 주목한 것은 이것의 무한한 발산이 아니라 그것의 억제였다. 그 상황들이 만들어낸 것이 바로 유리상자 속의 유기체들이었던 것이다. 이들을 두고 이 시대의 자화상이라고 시인은 판단한 것처럼 보인다. 따라서 시인은 죽어있는 욕망을 깨우는 것, 다시 말해 이를 환기시키는 감각이야말로 이 시대의 자아탐구, 곧 서정의 임무로 이해한 것이다.

2. 숙명과 탈출의 감각

김기화 시들이 응시하는 부분 역시 문화영의 경우와 크게 다른 것이 아니다. 김기화 시인이 천착하고 있는 주제들은 주로 인간의 숙명에 관한 것이다. 도대체 숙명이 인간의 운명, 더구나 근대적 아우라와 어떤 관계가 있다는 것일까. 실상, 영원의 정서가 지배하던 중세 시대에 인간의 숙명이 크게 문제되지는 않았다. 영원 속에 깃든 주체에게서 한계 상황이라든가 실존 혹은 본질과 같은 것들은 모두 수면 위에 올라올 수 있는 문제들이 아니었던 까닭이다. 숙명이란 영원의 상실과 불가분의 관계에 놓여 있는데, 영원의 형이상학적 의미가 부각된 것은 잘 알려진 대로 근대 이후의 일이다. 영원이 상실되었으니 지금 여기의 순간이 문제시되었던 것이고, 근대인들의 보증수표와 같은 자율적 주체는 더욱 크게 부각될 수밖에 없었기 때문이다.

김기화나 문화영의 시들이 근대로 편입된 주체들의 한계 상황, 곧 자아를 탐구하는 자아학을 읽어내고 있다는 점에서는 동일하다. 그러나 이런 주제를 시인의 자의식에 편입시켜 언표화하는 방식은 전연 다른 경우로 표명된다. 문화영의 시들은 외부 속에 무한히 노출된 자아의 감옥을 노래했다면, 김기화 시들은 자아 내부에서 일어나는 형이상학적인 물음들로 채워져 있기 때문이다. 그러나 여기서 자아 내부의 것에 한정되는 국면이 크다 하더라도 이를 개인의 영역으로 국한시켜 이야기하는 것은 적절한 경우가 아니다. 이 문제 역시 근대에 편입된 인간들이 겪을 수밖에 없는 숙명으로부터 자유롭지 않은 까닭이다.

내 의지와 상관없이 세상이라는 도화지에 발도장이 찍힌 거래 바람을 가른 울음과 맞바꾼 족장이었다지 성별에 따라 변하지 않는 바코드를 신고 날마다 현관을 나섰던 거야 문을 통과하기 위한 문서를 타고 났지만 때때로 발가벗겨지고 찢기기도 했다는군 견고한 이력이 아무 소용없어 덩그마니 던져진 광장의 오후는 서로의 거리를 지켜봐야만 했지 반지하 푸른 가방은 어두운 우울로 채워졌고 불어난 체중은 더 깊은 지하로 끙끙 들어앉았어 발도장이여 제발 왈츠로 걷게 해주세요 모자를 쓰고 벗을 때마다 주문처럼 중얼거렸던 현관의 기억, 탈출의 통로인 줄 알았던 그곳이 서서히 낯설어졌어 철컥 뒤통수를 환청이 휘감고 있을 때 꿈틀거리는 서곡처럼 택배가 왔어 문을 연 순간 내 무너진 투지가 햇살을 만난 순간이었지 핏기 없는 허연 빛깔의 익숙한 눈동자는 바로 나였던 거야 우물에 갇혀 있던 정지된 모습을 들어 올린 건 아주

작은 방문이었어 친절한 음악이 흐르고 시시(詩詩)한 사계절이 지났던
가 다시 시작하게 된 타협의 눈부신 날, 그대 문을 열어야겠어

「낙관」 전문

제목이 시사하는 것처럼 이 작품의 주제는 숙명이다. 이와 더불어
실존의 정서가 짙게 묻어나 있는 작품이기도 하다. "내 의지와 상관없
이 세상이라는 도화지에 발도장이 찍힌"거라는 사유는, 실존주의자들
이 늘상 이야기하는 존재의 피투성과 밀접하게 연결되어 있는 까닭이
다. 어떻든 시인이 응시하는 존재의 숙명은 집요하고 철저하게 천착
된다. '바코드'라든가 '견고한 이력' 혹은 '던져진 광장의 오후' 등등에
서 알 수 있는 것처럼, 서정적 자아의 의지와 무관한 기표들에 대해 시
인의 시선이 떠나지 않는 까닭이다. 그의 서정들은 이런 틈을 메우려
는 치열한 싸움의 현장으로 내몰려 있다.

그러나 그 투쟁의 현장이 결코 녹록한 것은 아니다. 싸움의 정열을
담보하는 땀도 없을 뿐만 아니라 승리의 월계관도 쉽게 다가오지 않
는 까닭이다. 시인의 정서에 밀려드는 것은 오직 '우울'과 '정지된 자
아'의 모습이다.

자아는 철저하게 고립되어 있다. 집안에 갇혀있기도 하고 숙명이라
는 덫에 의해 묶여있기도 하다. 여기서 벗어나고자 하지만, 그의 행위
는 번번이 좌절된다. 그런 시도를 할수록 시적 자아에게 다가오는 것
은 절망의 정서뿐이다. 자아가 탈출하고자 하는 경우에 따라 '문'이 낯
설어지고, '투지'가 약화되는 것 역시 이와 무관하지 않다. 숙명이 절
망을 낳고, 절망이 다시 의욕 의 상실로 계속 피이드백되고 있는 것이
다.

탈출에 대한 땀과 승리가 전제되지 않을 때, 시인이 선택할 수 있는 경우의 수는 지극히 한정되어 있어 보인다. 가열찬 열정의 끝으로 나아가거나 절망의 나락으로 한없이 추락하는 일 뿐이다. 그럼에도 시인은 어떻든 이 양극단을 비껴가려고 한 듯 보인다. "타협의 눈부신"을 대망하고, 그날이 오면 자신에게 다가오는 화해의 '문'을 기꺼이 열고자 했기 때문이다.

「낙관」의 연장선에 있는 「미림바 소년」은 그러한 도정의 일단을 잘 보여주는 시이다. 이 작품의 주제 역시 숙명에 관한 문제들로부터 자유롭지 않다. 여기에는 다양한 형태로 운명의 가면을 쓰고 있는 군상들이 등장한다. 이들 역시 소위 '낙관'이 찍혀 세상에 내 던져진 존재들이다. 그러나 자아는 「낙관」의 경우보다 무척 능동적이다. 운명을 수긍하지 않고 그 운명에 적극적으로 저항하는 몸부림을 보여주고 있기 때문이다. '말렛'을 가지고 끊임없이 두드리는 미림바의 건반 소리야말로 그 단적인 표현이라 할 수 있을 것이다. 죽어있는 숙명은 이 소리를 듣고 온전한 생명으로 거듭 태어날 수 있다고 판단하고 있는 듯하다.

몸속의 너를 만나러 간다
단단한 숨을 밀어 넣는 시간
너와 나는 끝없이 교행하는 중이다
미숙한 우리는 부양을 꿈꾸다
종종 평형을 잃기도 하지
외발로 서서 눈을 감는 쉼표
중심이라는 균형으로 성숙하는 우리는

땀방울의 공력을 쌓아가는 것이다
몸 안에 숨어든 통증을 바라보자
몸의 온도를 훑어주는 지느러미들
부풀었던 배꼽이 일상으로 눕고
두 발을 모아 물고기자세에 머문다
심해 어디쯤에서 따라온 파고일까
말아 올린 꼬리뼈에 무게를 내려놓는다
기지개를 켜는 고양이 한 마리
들숨날숨 원을 그리며 낮잠을 편다
눈을 뜨면 가부좌를 튼
빛나는 오후가 앉아 있다

「요가단상」 전문

이 작품은 이상의 「거울」과 쌍생아로 보일 정도로 비슷한 국면을 갖고 있다. 본질적 자아와 현실적 자아의 치열한 대립과 그 변증적 통일의 과정이 무척이나 닮아 있는 것이다. 실상 인간의 숙명이란 이 자아들의 분리와 무관하지 않은 것이고, 이를 감각하는 일이야말로 서정의 진정한 임무일 것이다. 그런 결핍이 자아의 유기성을 훼손하고 인간으로 하여금 숙명의 굴레를 덧씌우게 한 것이 아닌가.

「요가단상」은 이상이 제기했던 의문들, 곧 자아 내부의 치열한 대결이 펼쳐지고 있는 시이다. 다른 점이 있다면 이를 사유케 한 매개의 유무에 있다 할 것이다. 이상이 설정한 것은 거울상의 단계인데 비하여, 김기화 시인은 이런 단계를 두고 있지 않다. 거울과 비슷한 역할을 하고 있는 것이 요가일지 모르겠지만, 시인이 펼쳐가는 상상의 날개는 입몽의 단계와 같은, 현실과 비현실의 중간지대에서 그 대화의 장을 이끌어내고 있다.

하지만 '몸 속의 너'를 만나러 가는 또 다른 자의 행보가 쉽게 이루어지는 것은 아니다. 이러한 시도들이 늘상 그러했던 것처럼, "너와 나는 끝없는 교행", 곧 평행선을 그리고 있기 때문이다. 하지만 시인의 도정 역시 쉽게 포기되지 않는다. 현실적 자아의 외연에 포진하고 있는 본질적 자아 속에 어떻게든 마주 앉아서 그와 일체화하려는 노력을 끊임없이 시도 하고 있는 까닭이다.

영원을 잃고 살아가는 근대인들이 그의 회복을 위해서 할 수 있는 일이란 그리 많지 않을뿐더러 또 녹록한 일도 아니다. 뿐만 아니라 그러한 시도가 시인의 의지만으로 이루어지는 것도 아니다. 아니 의지가 있다고 하더라도 그것이 우리 앞에 쉽게 실현되지 않을 수도 있다. 그것은 단지 저 하늘 위에 떠있는 별과 같이 이상적인 꿈의 상태로만 존재하는 것인지도 모르겠다. 하지만 꿈이 있기에 시도동기가 있는 것이다. 그것이 곧 서정을 길어 올리는 샘일 것이다. 서정의 샘이 있기에 물이 고이는 것이고 시인은 이를 토대로 결핍된 서정의 목을 축일 수가 있는 것이다.

그러기 위해서는 자아의 전일성을 잃게 한 근대와 그 반응의 또 다른 형태, 곧 훼손된 형태로 남아있는 자아에 대해 계속 질문을 던져야한다. 자아를 탐구하는 일, 고아학이 필요한 것은 이런 결핍의 정서 때문이다. 시대를 건너가는 자아가 진정 무엇인지 먼저 체득하는 시인이야말로 결핍된 서정의 갈증을 제일 먼저 채우는 자가 될 것이다. 문화영, 김기화 시인은 이 시대를 가장 예민하게 포착해내는 시대의 해석자이자 자아의 탐색자들이다. 이들의 시가 의미있는 것은 다른 시

인들에게서 찾아볼 수 없는, 자아를 향한 성실한 탐구 때문일 것이다.(『시에티카』, 2020 상반기)

중심 혹은 주체의 부재, 그 낯설음의 여정

　한때, 우리 시단에서는 포스트모던이나 해체, 혹은 탈구조와 같은 비구조체 문예사조 등이 유행한 적이 있다. 어떤 사조치고 시대의 맥락과 조응하지 않는 것은 없는데, 이 시기를 지배했던 주조들 역시 사회와의 대화 속에서 만들어진 것이었다. 하지만 시간이 어느 정도 흘렀고, 시대도 바뀌었으니 이에 응전하는 문학 형식도 어느 정도 달라졌을 것으로 생각된다. 그런 변화가 이제 문단이나 시인들의 정신사적 흐름에도 일정 정도 영향을 미쳤을 것으로 이해된다.

　해체로 특징지어지던 문예적 흐름이 융성했던 시기는 잘 알려진 대로 1980년대 후반이다. 지금이 2020년이니 대략 40년 전후의 편차가 있는 셈이다. 하나의 주조가 사라지게 되면, 전형기를 맞게 되고, 그것이 끝나면 또다시 새로운 주조가 형성되는 것이 문예학의 자연스런 흐름이다. 이런 필연성에 기대게 되면 적어도 지금의 시점에서는 새로운 지배소가 나타날 때도 되었다. 하지만 지금 전개되고 있는 문단의 흐름은 어떠한가. 저 치열했던 80년대와, 이를 딛고 새로운 자리정립을 모색해보던 신서정이 등장한 이후로 이를 대신할 새로운 주조가 형성되었다라고 볼 수 있는 것인가. 실상 이런 질문 앞에 어떤 뚜렷한 정답을 제시하는 것은 불가능한 일이거니와 굳이 필요한 것도 아니다. 하나의 사조가 명쾌히 정리되는 것도 불가능할 뿐만 아니라 새로운 대항 담론의 출현 역시 현재로서는 무척 요원하기 때문이다.

지금 박성현 시인을 논하는 자리에서 80년대 이후의 문예학적 흐름을 일별하는 것은 이 시인이 갖고 있는, 아니 정확히는 이 시인의 작품 세계가 놓여있는 시사적 위치랄까 의의와 탐색과 무관하지 않기 때문이다.

박성현의 시들은 매우 낯설다. 우선, 이를 감각케 하는 것은 그의 시가 갖는 난해성 때문이다. 하지만 그의 시에서 표출되는 낯선 감각이란 꼭 이런 난해성에서만 기인한 것은 아닐 것이다. 난해성이란 보통 형식의 파괴와 함께, 소기로 향하는 능기들의 교묘한 방해에서 발생하는 것이 일반적인 경우다. 하지만 박성현의 시들은 능기와 소기가 결합되지 않는 데서 오는, 그런 일반화된 난해성이 아니다. 만약 그러하다면 그것은 1930년대 이상이 시도했던, 혹은 이 시기 〈3.4문학 동인〉이나 50년대 조향이 구사했던 기호 놀이의 세계와 별반 다를 것이 없을 것이다. 뿐만 아니라 80년대를 풍미한 기호 해체 혹은 주체 해체를 시도했던 문예적 흐름과도 차별되지 않을 것이다.

박성현의 시들은 난해하고 낯설지만, 그러나 이전과는 차별되는, 그 자신만의 고유성이 내재한다. 그런 특수성이 1930년대의 이상이나 80년대 해체주의자들과 구분되는 지점이라 할 수 있는데, 우선 그는 기호의 미끄러짐을 용인하거나 주체에 대해 쉽게 해체하려 하지 않는다. 서정적 자아는 있되, 그것이 완전히 형체를 잃지 않고 있는 것이다. 그런 특이성이야말로 박성현 시인만이 갖는 고유한 시적 특성일 것이다.

　　마른 볕에 당신이 고여 있었다 뜻밖이라 한걸음에 달려갔지만 당신
은 꼭 그만큼 물러났다 볼 수만 있고 닿을 수 없어 마음만 우둑했다 볕
은 숲을 흔들면서 꽃가루를 날렸다 북쪽으로 떠나는 철새처럼 크게 휘
어지고 출렁거렸다 하늘이 노랗게 덧칠되다가 물에 씻긴 듯 맑아졌다
너는 어디를 보고 있냐는 당신의 옛 물음 같았다 나는 소리가 없으므로
가만히 바라보기만 했다 한참을 바라보는데 그만 몸이 무너졌다
「바라보다」 전문

　　박성현 시학의 주된 특징 가운데 하나는 이른바 응시의 미학에서
찾을 수 있다. 서정적 자아는 사물을 뚜렷이 응시하고, 또 그런 과정을
통해서 자아는 사물의 형질이나 고유성을 특정하려 든다. 하지만 사
물은 그의 시선을 용인하거나 고정된 의미를 제공하지 않는다. 자아
의 시선이 다가올수록 대상은 저멀리 비껴서기 때문이다. 이러한 과
정은 몇 번 반복되지만 결과는 언제나 마찬가지이다. 다만 차이가 있
다면 하나의 고정된 이미지가 형성되지 않고 여러 다양한 이미지들이
흩어져 나타난다는 점이다. 물론 그런 이미지들이 하나의 중심으로
모여지거나 동일한 의미창출에 참여하지는 않는다. 그것은 단지 끊임
없이 만들어져 의식의 조각을 형성하고 있을 뿐이다. 독자는 그 만들
어진 이미지를 통해서 그와 더불어 사유의 여행을 떠나기만 하면 된
다.
　　대상과의 거침없는 합일, 혹은 의미화의 과정은 시인에게 결코 녹
록한 일이 아니다. 그런 일련의 과정을 통해서 자아는 좌절하고 결국

에는 굳건한 주체로 새롭게 탄생하지 못하기 때문이다. "나는 소리가 없으므로 가만히 바라보기만 했다 한참을 바라보는데 그만 몸이 무너졌다"는 것은 이런 인식적 기반이 있기에 가능했다고 하겠다.

이와 함께 박성현의 시들의 또다른 특징은 중심을 거부한다는 데에서도 드러난다. 아니 거부하는 것이 아니라 하나의 지대에 뿌리박고 있는 중심 축이 없다는 말이 적당한 것인지도 모르겠다. 고정된 시선을 갖고 있지 않다는 면에서 시인이 사용하는 의장들은 80년대 시인들이 흔히 구사했던, 데리다 식의 차연의 기법을 소환할지도 모르겠다. 하지만 시인이 응시하는 것은 층위를 달리하는 시선이 아니다. 가령 하나의 지점을 정해놓고 이를 여러 각도에서 응시하는 의미의 다발을 만들어내는 방식이 아니다. 이런 의장이야말로 해체의 독특한 수법일 것이다. 그러나 시인의 경우는 이와 썩 다른데, 이런 면들은 이 시인만의 고유한 수법이라고 해도 좋을 것이다.

검정은 묵묵히 어두워졌다 바람이 곁에 있으니 침묵도 살얼음 졌다 나는 견딜 수 없이 비좁은 이곳에 플라스틱 화초처럼 꽂혀 있다 사람들이 검정을 휘휘 저으며 빠르게 일어섰다 검정은 흐린 바깥으로 몸을 돌렸다 중얼거리거나 빙그레 웃거나 작은 소리로 부스럭거렸다 화초가 기울며 그 부드러운 입술과 어두운 시야와 거친 표면을 바라봤다 온몸에 달라붙은 검정이 모서리를 감싸 안자 중력이 사라졌다 더 어두워진 검정이었다 미안해요 저 문은 내가 여는 게 아녜요 그 말을 듣자 검정은 모두 약봉지처럼 구겨지며 화초에 얼굴을 묻었다 지하철이 그 비좁은 시간을 묵묵히 흔들었다

「검정은 멀리 갔을까」 전문

시인은 응시하되 거기서 어떤 고정적인 물상이나 견고한 의미를 만들어내지 않는다. 이런 면들은 기호 연쇄를 통한 의미의 다발을 생산하는, 80년대 식의 해체주의와는 분명 다른 경우이다. 「검정은 멀리 갔을까」 역시 응시에서 시작된다. 그리고 중심 소재인 '검정' 또한 「바라보다」의 '무너진 자아'와 밀접한 상관관계를 갖는다. 검정은 아직 결정되지 않은 미정형의 상태이기 때문이다. 그것은 단지 새로운 탄생을 예비하는 존재이다. 뿐만 아니라 도회적 삶을 담지하고 있는 또 다른 아우라라는 형상 역시 갖고 있다.

검정은 형상화되지 않은 무엇이고, 또 어떤 것을 고유한 존재로 탄생시킬 수 있는 매개이기도 하다. 말하자면 대상을 조종할 수도 있고 새로운 탄생을 예비시킬 수도 있는 존재인 것이다. 그러니 검정은 마이다스의 손과 같은 것일 수도 있다. 그의 손이 닿으면 중력은 아무런 의미가 없게 된다. 중력이 있다는 것은 정립된 주체가 있다는 뜻인데, 어둠이 다가오면 주체의 정립은 어려워지기 때문이다. 주체가 없기에 그것이 실제로 실천할 수 있는 행동이 있는 것은 불가능하다. 이럴 때, 욕망이 틈을 벌리고 주체를 뚫고 올라올 수도 있을 것이다. 그러나 그것은 제대로된 행동이라고는 할 수 없다. 욕망이 저지른 "저 문은 내가 여는 게 아녜요"라는 판단착오가 일어나는 것도 이와 밀접한 상관관계를 갖고 있다.

어둠은 동일성으로 나아가게 할 수도 있고, 그 반대의 경우일 수도 있다. 그것이 이런 능력을 갖게 된 것은 단지 미정형의 상태에 놓여 있다는 점 때문이다. 어둠 속에 있는 주체들이 "말의 눈과 말과 꿈을 기록할 수 있는 것"(「밤의 휘장 노래」)도 그 연장선에 놓여 있다. 이렇듯 자유롭게 상상하고 새로운 지대를 만들어낼 수 있는 것은 오직 미정형의 상태에서만 가능하다. 하나의 정형이 만들어지면 이런 공간이나 형상은 만들어지지 않는다. 서정적 자아가 밤의 지대만큼이나 미정형의 상태를 유지하는 것도 이 때문이다.

새는 잘게 부서지고 끊임없이 빠져나갔다 새는 울음을 멈추고 나뭇가지 사이로 스며드는 황혼을 바라봤던 것인데 그때 그는 자신의 목숨이 얼마 남지 않았다는 것을 깨달았다 새는 자신이 날아다녔던 장소를 몇 겹으로 접었다 사랑하고 이별했던 기억들을 외투에 묻은 사소한 냄새와 함께 한 올씩 새겼으며 '맨발'이나 '발꿈치', '사마르칸트'라고 이름 붙였다 새는 밤의 침묵과 거미들의 수다와 놀라운 홍얼거림을, 또한 모든 죽음 이후 남겨진 의지와 예의를 도처에 떠도는 바람에게 들려 줬으며 멀리 밀어보내기도 했다 그렇게 새는 서쪽의 뺨이 더 붉어질 때까지 자신이 수집한 시간의 더미를, 입술에 묻은 새파란 웃음과 날개를 활짝 펼친 바람개비를 잊어버리고 또 잊어버렸다 어느 날 새는 자신이 연필이나 종이일지도 모른다고 생각했다 검정 글자나 혹은 메마른 화분일지도 더 이상 기록하고 잊어버릴 것이 없을 때 새의 눈 속에서 황혼이 다시 솟아올랐다 새의 서쪽은 완벽하게 부서졌고 기억의 그물을 끊임없이 빠져나갔다

「새와 의지」 전문

새로운 지대와 사물의 완성은 무의 상태, 곧 제로의 상태에서만 가능하다. 이런 조건에서만 비로소 새로운 물상이 형성될 수 있기 때문이다「새와 의지」가 말하는 것도 이런 맥락과 긴밀히 연결되어 있다.
무의 상태, 곧 미정형의 상태가 되기 위해서는 주체의 고유성은 더 이상 의미가 없다. 아니 자기 지시성을 잃어버려야 한다. "새는 잘게

부서지고 끊임없이 빠져나갔다"는 조건은 그런 지향을 위한 좋은 예비 상태이다. 잘게 부서진다는 것은 해체를, 끊임없이 빠져나갔다는 것은 기억의 상실을 의미한다. 물리적 조건과 정신적 조건의 상실이란 곧 순수무의 상태라 할 수 있다. 새는 이미 그러한 조건을 예비한 존재이다. 그러나 거기서 그치지 않는데, 그것은 무언가 새로운 지대를 생산해내야 하기 때문이다. 그것이 새의 의지일 것이다. 게다가 그것은 자신의 목숨조차 얼마 남지 않았다는 육체적인 한계, 그리고 정신적인 절박성에 시달리기까지 한다. 그래서 새로운 물상이 더더욱 필요한 것인지도 모르겠다, 그것이 새의 처지를 무척이나 초조하게 만드는 계기가된다. 그리하여 새는 '맨발', '발꿈치', '사마르칸트'와 같은 이미지군을 소환해서 상상력의 여행을 아주 급하게 떠나게 된다.

그러한 도정에서 새는 자신이 "연필이나 종이일지도 모른다"는 상상을 하게 된다. 연필이나 종이는 무한한 가능성을 만들어 낼 수 있는 지대이다. 따라서 그러한 열망이 새의 의지가 되는 것은 당연하다고 하겠다. 하지만 그 의지조차 마지막 종착역에 이르지는 못한다. 그의 작업이 어느 한순간 끝나야 할 운명, 곧 "새의 서쪽은 완벽하게 부서졌고 기억의 그물을 끊없이 빠져나가는" 자신의 본모습을 발견하기 때문이다.

말랑말랑은 발목과 의지가 없는데도 계속 걸었다 한강대교를 건넜고, 남태령에서 잠시 쉬었으며 과천에서는 수많은 달빛에 뛰어들었다 사막과 어두운 계절을 걸으면서 질문을 쏟아냈다 말랑말랑은 걸으면서 답을 찾았는데, 신이 잠든 곳에 이르러서야 마침내 입과 눈을 봉했으며, 자신에게 남겨진 삶들을 모조리 뽑아내기 시작했다스멀스멀 기어오르는 냄새를 쓸어 모았다 주머니에 넣고 입구를 꿰맸다 발목과 의지는 없어도 괜찮았다 말랑말랑은 걸었다 소금을 씹으며 계곡을 올랐다 말랑말랑은 자기가 창조된 시점이 눈앞에 보일 때까지 걸었다 양철주전자가 끓었다 난로에 석탄을 넣다가 말랑말랑은 창문을 열었다 걷는 사람들이, 털실처럼 뭉쳐 있었다 방향을 잃어버린 채 걸음에 집중했다 말랑말랑은, 모르는 사람들이야 발목과 의지가 없는데 새는 날았다

*

오늘의 소설은 삼인칭이다 말랑말랑은 비에 방치됐는데 자꾸만 우산이 구겨졌다 연필은 뭉툭한 소리를 내며 백지를 걸어 다녔다 남태령에서 갈라지고 한강대교에서 사막과 계절을 보냈다 숨을 멈추면 신이 잠든 곳이 손에 잡혔다 말랑말랑은, 말랑말랑해진 뼈를 붙들고 정확히 오후 네 시에 뛰어든다

「발목과 의지」 전문

이 작품의 중심 소재인 '말랑말랑' 역시 '어둠'이나 '새'의 모습과 동일선상에 놓여 있는 경우이다. 말랑말랑은 어떤 고정된 실체의 반대편에 놓이는 대항 담론이다. 따라서 그것에는 굳건한 중심을 잡아줄 '발목'과 '의지'가 없다. 그럼에도 서정적 자아는 중심을 향한 열망을 포기하지 않는다. "한강대교를 건넜고, 남태령에서 잠시 쉬었으며 과천에서는 수많은 달빛"과 대화를 나눌 정도로 왕성한 실천력을 갖고 있기 때문이다. 발목과 의지가 없는 데도 그것이 있는 것처럼 활동하는 것은 대단한 역설이 아닐 수 없다. 실상 박성현의 시학은 이 역설이 주는 의미의 샘이 만들어내는 축제 속에 놓여 있다고 해도 과언이 아니다.

박성현의 시들에서 건강한 주체, 아니 굳건한 주체를 찾는 것은 쉽지 않다. 아니 자기 정립된 고유한 주체가 없다고 하는 것이 옳은 말인지도 모르겠다. 주체가 없으니 "오늘의 소설은 삼인칭이다"라는 전제가 성립하는 것이 아니겠는가. 그런 삼인칭을 덮어쓰고 등장한 것이 '말랑말랑'의 기능적 속성 혹은 실체이다. 이런 형질을 갖고 있는 것이기에 그것은 '밤'처럼, '잘게 부서진 새'처럼, 새로운 어떤 정형을 만들어낼 수 있는 예비 단계가 될 수 있다. 새가 "자신이 연필이나 종이일지도 모른다고 상상한 것"(「새와 의지」)처럼, '말랑말랑' 역시 스스로가 연필이 되어 "뭉툭한 소리를 내며 백지 위를 걸어다니는", 곧 새로운 창조를 위한 거룩한 걸음을 처음 내딛는 것인지도 모르겠다.

박성현의 시들에 나타난 주체들은 굳건하지 않다. 어둡고, 중심이 없는, 흐물거리는 주체들만 이미지군을 이루면서 분산되어 있다. 굳건한 중심이 없기에 서정적 자아는 어둠과 말랑말랑한 비정형의 상태, 혹은 유동적 상태에 놓여 있다. 모두 불확정한 상태로 새로운 형상을 만들기 위한 예비단계에 맴돌고 있는 것이다.

시인의 시정신은 여기서 시작되고, 이를 바탕으로 새로운 단계를 향한 다양한 이미지들을 만들어내고 탐색하는 것이 이 시인만이 갖고 있는 고유성이다. 그 이미지들은 하나의 음역으로 수렴되지 않고 다양하게 분산되어 있다. 어쩌면 그렇게 흩어진 지대에서 작은 주체들이 그 나름의 자동적 자양분을 만들어내고 있는 것인지도 모르겠다. 물론 이를 생산해내는 것은 주체없는 주체의 힘과 의지일 것이다.

시인은 기호의 연쇄를 통해서 의미의 중심을 파괴하지 않는다. 응시의 시학이 만들어냈던 차연의 논리, 그리하여 의미의 집중화를 파괴하려는 시도는 그의 시에서 잘 드러나지 않는 까닭이다. 반면, 그는 대상을 끊임없이 응시하면서 새로운 물상을 만들어보고자 한다. 하지만 이를 응시하는 주체가 역동적 힘을 갖고 있는 경우는 무척이나 드물다. 만약 존재한다면, 응시의 대상은 고정되고 관습화될 것이다. 그것은 의미의 고정일 뿐, 의미의 다발을 형성하는 여러 지점은 갖지 못하게 될 것이다.

시인의 시선은 고정되어 있지 않다. 아니 시선이 아니라 응시의 주체가 고착되어 있는 것이 아니다. 그는 그런 상태에서 새로운 물상과의 만남을 시도한다. 미정형의 상태가 만들어낸 새로운 대상에 대한 열망, 그것이 그의 시학의 특성이다. 그의 작품들은 과정으로서의 주체, 만들어가는 주체들의 투기장이다. 이런 면이야말로 그의 시를 탈구조의 일반화된 방식과 거리를 두게 하는 특징들이라 할 수 있을 것이다. (『시산맥』, 2020 가을)

서정의 새로운 경로들

1. 영원의 원점 단위-『어리신 어머니』(나태주 시집)

나태주 시인이 최근 『어리신 어머니』를 출간했다. 등단이후 50여년
의 세월동안 50권 가까운 시집을 펼쳐보였으니 실로 대단한 창작열이
라 하지 않을 수 없다. 나태주 시학의 특성은 짧은 시형식 속에 서정
의 진실을 촘촘히 담아내는 압축의 의장에서 찾을 수 있다. 점점 복잡
해지는 현대 사회에서 단형의 서정 양식으로 현대인의 감수성을 올곧
게 담아내는 것은 결코 쉬운 일이 아니다. 그럼에도 시인은 그런 난해
한 작업을 거침없이 해내고 있다. 인생의 진리를 풀어헤치는 형식이
아니라 압축하는 방법을 통해서 그는 서정시가 나아갈 새로운 해법을
모색하고 있는 것이다.

그러나 그런 작시법이 서정을 향한 아름다운 길이라 할지라도 짧은
시형식을 통해서 현대인의 감수성을 모두 담아내는 것은 자칫 관념의
나락으로 떨어지는 것을 피할 수 없게 된다. 시가 사회와의 철저한 교
합으로 이루어지기 어려운 이상, 이런 한계는 어쩔 수 없는 것처럼 보

인다. 그런 한계에도 불구하고 나태주의 시학은 이런 위험성으로부터 어느 정도 자유로운 것 같다. 그는 시의 관념화 경향을 삶의 실천이랄까 반영론의 의장을 통해서 이를 극복하려 하기 때문이다. 그는 서정시의 관념화 경향을, "움직이면서 쓴"다고 함으로써 그러한 창작방법과는 거리를 두려고 하는 것이다. 말하자면, 생활 속에서 시의 씨앗과 주제를 만들어내는 것이다. 그러한 단면을 이번 시집의 제목이기도 한 「어리신 어머니」에서 엿볼 수 있다.

어머니 돌아가시면 가슴속에
또 다른 어머니가 태어납니다

상가에 와서 어떤 시인이
위로해주고 간 말이다

어머니, 어머니, 살아계실 때
잘해드리지 못해 죄송해요

부디 제 마음속에 다시 태어나
어리신 어머니로 자라주세요

저와 함께 웃고 얘기하고
먼 나라 여행도 다니고 그래 주세요

「어리신 어머니」 전문

이 시의 배경은 어머니의 죽음이다. 이 사건은 가상의 공간이 아니라 실제로 시인이 경험한 현실에서 생겨난 것이다. 시인은 이런 직접적인 체험을 통해서 시를 만들어내고 있는 것인데, 나태주 시인의 시를 읽는 것이 구체적이고 세밀한 정서를 갖게 하는 것은 모두 이런 이유 때문일 것이다. 이렇듯 그의 시들은 지금 여기의 현장을 떠나서는 어려운 경우이다.

따라서 나태주의 시들은 일상성과 밀접한 관련을 맺고 있다. 뿐만 아니라 현실에 대한 그러한 탐색이나 밀도가 있기에 그의 시를 읽는 독자들에게도 깊은 정서의 울림을 주게 된다. 그것이 나태주 시학의 구성원리이자 주제의식이다.

시집의 제목에서 알 수 있는 것처럼, 시인이 이번 시집에서 주요 소재로 인유하고 있는 것이 '어머니'이다. 인용시뿐만 아니라 어머니를 소재로 한 시편들이 많은 것을 보면, 시인의 일상에 어머니라는 존재가 무척 크게 자리하고 있음을 알 수 있다. 아마도 그것은 시인에게 다가온 일련의 사건과 밀접한 관련이 있는 것은 아닐까. 실제로 시인은 최근 어머니와 사별한 것으로 알려져 있다. 그것이 시인의 작품 세계에 다대한 영향을 끼쳤던 것으로 이해된다. 그 이별에 대한 슬픔과 그것이 만들어내는 정서의 깊이가 시집 『어리신 어머니』의 세계일 것이다.

시집의 중심 소재이자 주제이기도 한 어머니는 이번 시집에서 대략 세 가지 영역으로 분류된다. 효의 차원이 그 하나이고, 그와 연관된 삶의 자세가 다른 하나이다. 그리고 세 번째는 모성적 상상력으로 일반화되는 이른바 근원에 대한 감각이다.

시인은 어머니와 사별했지만, 결코 헤어지지 못한다. "어머니는 돌아가셨지만/또 다른 어머니가 태어나는" 까닭이다. 이런 감각은 물론 효라는 전통적 감수성의 차원을 떠나서는 성립하기 어려운 정서이다. 그리고 그 재생의 과정이 물리적 질서라든가 시간의 흐름과 무관한 경우이다. 그 희망적 욕망의 발현이 '어리신 어머니'라는 역설의 담론을 낳고 있기 때문이다.

둘째는 근원에 대한 감각, 곧 모성적 상상력에서 찾아진다. 시인에게 어머니는 생물학적 범위 내에서만 한정되는 존재가 아니다. 어머니는 그의 모든 일상을 지배하는 절대적인 그 무엇이다. 따라서 어머니는 시인의 삶을 지탱하게 하는 중심 역할을 하게 된다.

> 집에 있을 때나
> 밖에 있을 때나 자식은
> 엄마에게
>
> 길잃은 짐승이거나
> 배고픈 짐승이다
>
> 너 지금 어디에 있는 거니?
> 밥이나 먹고 다니는 거니?

「모성」 부분

인간이 모성적인 것과 분리되어 사유하는 것은 무척 어려운 일이다. 그것은 생물학적인 국면이나 관념적인 국면에서 동일하게 적용된다. 그 가운데 특히 주목의 대상이 되는 것이 모성적 상상력이다. 모성은 모든 것을 포회하는 절대적인 그 무엇이다. 하지만 그것이 모성의 본능으로 국한될 경우, 그 지배력은 더욱 극대화된다. 작품 「모성」이 일러주는 것도 이 부분이다. 인간은 모성이라는 규율로부터 결코 자유로울 수 없는 태생적 한계를 갖고 있다. 그렇기에 자식은, 곧 시인은 부모의 입장에서 "길잃은 짐승이거나/배고픈 짐승"에 불과할 뿐이라는 사유가 가능해지는 것이다.

그러나 인간이 언제나 모성의 본능 속에서만 한정되고 유효한 존재가 되는 것은 아니다. 인간이 모성의 영역 속에 한정될 경우, 위기랄까 유토피아의 영역으로 남겨진 영원의 상실이란 결코 일어날 수 없을 것이다. 하지만, 근대는 혹은 과학은 인간을 영원의 영역으로부터 분리시켰다. 그리하여 스스로를 조율해나갈 수밖에 없는 존재, 곧 한계지어진 존재로 전락되어 버렸다. 인간에게 억압이라든가 소외의 정서가 생겨난 것은 바로 이 지점에서이다.

그리하여 소위 행동과 책임, 그리고 그에 따른 반성의 정서라든가 윤리와 같은 감각들이 필연적으로 생겨나기 시작했다. 이는 곧 어떻게 살 것인가의 문제를 환기하게 되었고, 도덕이나 윤리의 구경적 가치가 무엇인지에 대해 묻지 않을 수 없는 현실과 직면하게끔 만들었다.

이런 실존의 문제들은 나태주 시인의 경우에도 예외가 아니다. 존재론적 국면들이 모성의 정서와 정비례의 관계에 놓여 있지 못하게 되면서, 그의 시들은 삶의 윤리적 자세가 무엇인지에 대해 묻는 단계에 이르게 된 것이다.

나는 참 어리석은 인간이다
시간이 소중하다는 것을 알기까지

너무나도 많은 시간을 낭비해버린 것이다
어떤 때는 배당받은 시간을 버리고도 싶었다
자발적인 반납이다
마치 돈을 탕진하고 난 다음에야
돈의 소중함을 깨닫는 가난뱅이와 같고
건강을 잃어버린 뒤에야
건강의 필요성을 알게 된 병원의 환자와 같이
어찌할 건가?
이제라도 돈을 아끼고 건강을 아껴서 써야만 하겠지
남은 시간을 어디에 어떻게 써먹을까를 생각해야만 하겠지
나는 참 어리석기도 한 인간이다
쓸모없는 인간이고 대책 없는 인간이다
어리석다는 것이라도 알았으니 다행이고
시간이 조금 남았다는 것을 알기라도 했으니 다행이다
이것 하나 알기까지 나는 70년 하고서도 5년을 버리고 말았다

「아침의 명상」 전문

　　이 시를 지배하는 정서는 시인의 철저한 자기 회의 내지는 반성이다. "나는 참 어리석은 인간이다"라는 선언이야말로 영원의 감각이 떠난 자리에서만 가능한 사유일 것이다. 시인은 지금 마음의 거울 앞에서 있다. 그리하여 거기서 반추되어 나오는 또 다른 자아를 마주하게된다. 마치 이상이 그러했던 것처럼, 혹은 윤동주가 그러했던 것처럼 근원적 자아를 찾아서 사유의 여정을 떠나는 운명에 서게 되는 것이다. 그러나 시인이 떠나는 여행은 이상이 사유했던 것과는 전혀 다른 경우이다. 그의 여행이 관념의 영역에서 자유롭지 못한 것인데, 나태

주의 경우는 이를 적절히 비껴가고 있기 때문이다.

시집의 후기에서 말하고 있는 것처럼, 나태주의 시들은 지금 여기의 현장, 일상의 현장에서 만들어지고 있다. 그가 내딛는 발걸음 속에서, 혹은 그가 만난 익명의 존재들을 통해서 그는 창작의 샘을 길어올리고 있다. 그가 일구어낸 시의 씨앗들은 일상의 현실에서 얻어지는 것이기에 경험의 폭들이 무척이나 일반적이다. 그의 시들이 넓은 경험의 폭을 갖고 독자들의 공감대를 이끌어낼 수 있었던 것은 여기에 그 원인이 있다고 하겠다.

인간에게 혹은 시인에게 어머니는 쉽게 사라지는 존재가 아니다. 어쩌면 그의 사유의 끈을 끈끈하게 붙들어 매고 있는 견고한 생명의 줄인지도 모르겠다. 그러한 어머니가 이제 막 시인으로부터 떠났기에 그 빈공간이 시인에게 더 크게 다가오는 것인지도 모르겠다. 상처가 크면 클수록 그 공백을 메우려는 시도가 강렬해질 수밖에 없다는 사실을 이해하게 되면, 모성으로 향하는 복원의 힘들은 충분히 이해할 만한 것이라 할 수 있다. 하지만, 시인은 자신의 개인사를 그만의 것으로 한정시켜 이해하려고 하지 않는다. 그 열정의 일단이 시집의 곳곳에서 표현되는 신화적 국면으로 표명된다. 이른바 근원이라는 신화적 감각 혹은 음역이다. 작품 「모성」이 의미있는 것은 이와 무관하지 않다.

셋째는 존재론적 완성의 국면이다. 모성의 반대편에 놓인 것이 파편화의 감각이다. 이런 정식을 수용하게 되면, 모성은 분열의 대항담론으로 우뚝 자리하게 된다. 실제로 시인이 삶의 자세라든가 윤리라는 정서에 기대게 된 것도 이와 무관하지 않은데, 그의 사유를 더듬어 들어가게 되면, 모성은 언제나 그 중심에 자리하고 있음을 알게 된다.

가다가 가다가
돌아보면 그 자리

가다가 가다가
다시 돌아보면
또 그 자리

어머니, 어머니,
또 어머니.

「둥구나무」 전문

　1930년대의 오장환은 자기의 근원을 부정하고 새로운 세계를 찾아
나선 바 있다. 자신의 실존적 불행과 현실적 고난을 타개하기 위해서
길고긴 사유의 여행을 떠난 것이다. 그러나 새로운 장을 자기화하기
위한 고난의 과정에서도 그의 의식의 저변에는 고향과 어머니가 언제
나 자리하고 있었다. "가도 가도 고향 뿐이더라"라는 오장환의 절규는
그의 자의식에서 분리되지 않은 끈끈한 사유의 끈이 만들어낸 것이
다. 근원적인 것과의 질긴 인연은 나태주 시인의 경우에도 예외가 아
니다. 시인이 나아가는 발자국마다 어머니의 그림자는 언제나 무늬져
되살아나고 있기 때문이다.
　영원이라는 모성적 상상력과 그 음역이 인도하는 자리에서 자아의
일탈이란 사실상 불가능하다. 그러한 난해성이야말로 도덕적, 혹은 윤
리적 완성과 분리하기 어려운 것이다. 따라서 그 완결된 삶에의 지향
이란 곧 존재론적 완성에 대한 열망과 곧바로 연결된다고 하겠다.

그러하다
절을 하는 동물은 인간 밖에는 없다
생각 끝에 궁둥이를 더욱 내리고
납작 엎드려 절을 하기로 했다
마음이 점점 편해지기 시작했다

될수록 납작 엎드려 절을 드려라
그것이 사는 길이고 이기는 방법이란다
어머니 가시는 마당에 한 수
가르쳐주고 가셨다

「납작 엎드리다」 부분

이 시가 말하고자 하는 것은 인생의 보편적 원리이다. 하지만 그것은 처세술과 관련이 있는 것은 아니다. 잘 산다라든가 잘 살았다고 하는 것은 실존이라든가 생존에 걸리는 것이고, 그럴 경우 그것은 처세술과 분리하기 어려울 것이다. 하지만 시인이 말하고자 하는 것은 이런 영역과는 거리가 있다. 세상을 헤쳐나가는 방법일 수 있지만, 시인이 수용하고자 한 것은 윤리라든가 도덕적 실천이기에 실용적 삶과는 무관한 경우이다.

시인이 욕망하는 삶의 진리는 자신의 윤리적 수양을 통해서 얻어진 것이 아니다. 그것은 어머니가 가르쳐 준, 일종의 선험적인 것이다. 시인에게 어머니는 이처럼 절대선의 세계로 구현된다. 시인은 이런 절대성을 매개로 완결된 존재로 거듭 태어나고자 열망했고, 또 이를 실천하고자 했다. 그에게 어머니는 실존적 차원의 존재가 아니라 형이상학적 차원의 존재였던 것이다. 말하자면 시인의 시작과 끝에 어머니가 있었던 것이다. 따라서 그의 어머니는 생물학적 한계를 갖고 있는 존재가 아니다. 적어도 시인이 실존하는 시간만이라도 어머니는 영원의 존재로 재구성되어야 한다. 생명의 한계가 있어서는 곤란하다는 의미이다. 따라서 "어리신 어머니"라는 역설은 이런 자의식이 만들어낸 것이기에 그 의미의 진폭이 무척이나 크게 울리는 것이라 할 수 있다.

2. 황장목의 사상 - 『고요의 그늘』(임동윤 시집)

『고요의 그늘』은 임동윤의 13번째 시집이다. 적지도 그렇다고 많지도 않은 양이다. 1968년 〈〈강원일보〉〉 신춘 문예에 당선한 이후 50여 년이 흘렀으니 이 정도 분량의 시업을 갖는 것은 당연한 것처럼 보였다. 하지만 시간을 정량적으로 계산해보면, 시인은 결코 많은 시집을 낸 경우는 아니다. 3-4년의 시간차를 두고 한 권의 시집이 나왔으니 그를 다작의 시인이라 할 수는 없을 것이다.

『고요의 그늘』을 논하는 자리에서 시인이 펼쳐보인 시의 양을 언급하는 것은 무척 예외적인 일이긴 하다. 하지만 이를 굳이 언표화하는 것은 그러한 진단이 시인의 시세계를 이해하는 하나의 단초가 되지 않을까 해서이다. 시인은 『고요의 그늘』의 끝에 써놓은 에스프리에서 자신의 작품 세계가 '눈'이나 '어둠'과 같은 부정적 정서에 기인해 있고, 이를 바탕으로 '희망'의 빛을 보고자 한 데서 자신의 주제의식을 찾고 있다. 『고요의 그늘』을 읽어보면 시인의 이런 발언이 전혀 엉뚱

한 것이 아님을 알게 된다. 그의 설명대로 그의 시들은 이질적인 세계에 대한 불화와 거기서 생기하는 역동적인 힘이 그 주제로 되어 있기 때문이다. 그런 도정을 시인은 "눈과 불의 이미지 대조를 통해서 삶의 모순성 혹은 삶의 양면성을 반영하는 동시에 서정적 형상력의 아름다운 긴장력을 성취하는" 것으로 설명했다. 그는 그러한 모순성이 깃든 세계를 '겨울의식'으로 설명하고 있거니와 실상 그의 시들은 겨울을 표상하는 '눈'이 시집의 전략적인 이미지로 설정되어 있음을 알 수 있다.

'눈'은 신화적인 의미에서 죽음의 세계이고 불임의 상태로 표상된다. 생산이라는 국면, 활동이라는 지대와는 전연 동떨어진 세계가 겨울의 이미저리인 것이다. 그런 불임의 시간 속에 놓여 있는 것이 겨울이라는 계절이다. 그 동토의 세계에서 봄을 기다리는 것, 그 어둠 속에서 밝은 빛을 찾고자 하는 것이 『고요의 그늘』이 탐색하고자 하는 시 의식이다. 아니 이 시집뿐만 아니라 이전의 시세계도 이런 음역으로부터 자유롭지 않은 것이 이 시인의 작품 세계였다. 그의 시들은 '눈' 속에서 태동하고 '어둠' 속에서 움직인다. 거기서 시인은 '봄'이라는 생명의 계절을, '빛'이라는 희망의 메시지를 탐색하고자 한다. 따라서 대상을 향한 그의 시선들은 하강적이지도 않고 또 퇴행적이지도 않다. 그의 작품 세계가 표명하는 서정의 목소리나 자세들이 늘상 앞으로 전진하고 상승적인 포즈를 취하는 것도 이와 무관하지 않다.

　　모든 꽃은 어둠을 딛고 일어선다
　　몸에 달라붙는 어둠을 낱낱이 걷어내는 그 힘으로
　　이 아침 눈부시게 자신을 세상에 내건다

그렇게 어둠을 견딘 것들은 아침을 만난다

모든 아침은 그렇게 오는 것이다
아침은 언제나 어둠이 있어야 태어날 수 있다
버려둔 텃밭에서도 푸성귀가 자라듯
오래 죽었다고 생각한 풀들도
저마다의 가슴에 힘을 감추고 있다

그렇게 목숨은 끈질긴 힘을 감추고 있다
바라보자, 새로움은 늘 내 안에 있음을
나를 바꾸는 힘이 바로 내 안에 있음을 바라보자

짜디짠 울음으로 펄펄 끓는 분노의 가슴으로
오래 견딘 나무처럼 그렇게
우리는 절망 끝에서 꽃을 피운다
꽃은 스스로 목말라 뒹구는 절망 속에서
소담스럽게 피어난다
어둠을 딛고 피는 꽃들은 모두 아름다운 법이다
「어둠을 딛고 일어서는」 전문

'꽃'은 시인이 지향하는 절대 목표이자 이상 세계이다. 그것이 실제의 공간이든 혹은 관념적인 이상이든 상관없다. 중요한 것은 그것의 이면에 '어둠'이 자리하고 있다는 사실이다. 어떻든 그것을 초월해야 비로소 꽃의 또 다른 은유인 '아침'을 만날 수가 있다. '꽃'이나 '아침'은 순리나 우주의 이법에서처럼 자연스럽게 도래하는 것이 아니다.

만약 그렇다면, 시인 자신의 의지란 것은 전혀 윤리적인 의미를 갖지 못할 것이다. 그것은 시인 자신의 수양이나 절대 의지가 있어야만 도달할 수 있는 경지인 까닭이다.

그렇다면, 임동윤 시인이 인식하는 '어둠'이라든가 '눈'의 사유적 기반이란 무엇인가. 아니 정확히 말해서 무엇이 이런 부정적 사유의 틀을 만들어낸 것일까. 실상 시인의 시집을 꼼꼼히 읽어 보아도 이 실마리를 찾아내는 것은 쉬운 일이 아니다. 그의 시들이 이분법적인 대립구도에서 형성되고 그 양 끝에 놓여 있는 의미의 저변을 추적해 들어가도 그 진실은 쉽게 감각되지 않기 때문이다. 가령, "희망은 눈물속에 있다"(「눈물」)이나 "아침은 어둠이 있어야"(「문밖」)한다는 이항 대립은 분명 존재하지만, 무엇이 '눈물'이고 '어둠'인지는 분명하지 않은 것이다. 시인은 그 본질을 독자의 몫으로 남겨두었을 수도 있다. 서정시가 은유의 묶음이라는 사실을 수용하게 되면, 이는 충분히 납득할 만한 일이다. 하지만 그렇다고 해서 그런 은유의 지대가 무정형의 상태로 남아서 독자의 상상력을 자극하는 매개라고 자위해서는 안 될 일이다. 시인이 의도한 그 사유의 저변은 분명 마련되어 있기 때문이다.

나는 그것을 '속도'라는 물리적 시간성, 혹은 형이상학적 의미에서 이해하고자 한다. 시인은 오랜 시력에도 불구하고 많지 않은 시집을 상재했다고 했다. 이는 물론 그의 개인적 기질과 연관된 것일 수도 있다. 하지만 그것이 그의 시력이라든가 소위 '속도'가 지니고 있는 불온적 함의를 전부 설명해주지는 못할 것이다.

> 저 고드름 같은 종유석들이 천정에서/원통형으로 길게 바닥까지 목
> 을 늘이면서/한 치의 오차도 없이/같은 자리에다 똑똑 물방울을 떨구

고 있다/천년의 시간이 차곡차곡 쌓여가고/일정한 간격으로 떨어지는 물방울 궤적이/쌓여서 탑이 된다는 것을 생각조차 할 수 없다/저들이 거꾸로 자라는 일은/천년의 세월이 흘러야만 겨우 손톱만 하게/제 키를 늘이는 일이라서 아무도 눈치채지 못한다/이 동굴을 탐방하는 자들에게/느림의 미학을 깨우쳐주는 일,/혹은, 너무 느려서 죽은 듯 멈추어 있다가/간혹 얇은 빨대 모양의 종유석들이/제 몸이 피리 구멍인 줄 알고/일정한 간격의 물방울들을 모아/제 크기만큼의 소리 공명이 된다/톡, 토옥, 토토옥---/그래서 동굴은 침묵하는 법이 없다/바라보면 모두 캄캄한 벽이라 해도/보이지 않게 자라나는 저 파동은 뜨겁다/이 여름, 잠시 머물 뿐인데/저들의 느리디느린 행보가/갈길 바쁜 내 생각을 오래 붙잡아둔다/

「동굴은 잠들지 못한다」전문

근대의 부정적 국면을 '속도'에서 이해하고 있다는 사실은 잘 알려져 있다. 전통과 근대를 구분짓는 가장 절대적인 요소는 속도이기 때문이다. 하지만 『고요의 그늘』에서 근대성에 편입된 속도의 미학이 천착된 시편들을 찾는 것은 쉽지 않은 일이다. 가령, 속도에 의해 파편화된 의식이나 정신의 분열상 등이 묘파된 경우는 거의 없기 때문이다. 그러나 물질적 국면이 아니라 정신적 국면에서 의미화되고 있는 이 음역들은 얼마든지 산견되는 것 또한 사실이다. 예를 들어 「동굴은 잠들지 못한다」뿐만 아니라 「직선과 곡선」의 경우라 그러하고, 「속도가 속도를 몰고가는」의 경우가 그러하다. 시인이 여기서 이해하고 있는 속도란 분명 근대성의 한 양상으로 설명해도 전혀 이상할 것이 없다. 특히 그러한 양상 가운데 하나를 욕망의 문제로 빗댄 「직선과 곡선」의 경우가 더욱 그러하다.

지금 이곳의 사회는 빨라야 한다. 만약 이 속도에 적응하지 못하면 낙오자가 된다. "세상은 빨리빨리 가야 하는데/과장에서 부장으로 이사로 초고속을 해야 하는데"(「곡선과 직선」), 만약 그렇지 못하는 사람은 낙오자가 된다. 말하자면 근대 사회에, 세상에 적응하지 못하는 자가 되는 것이다.

하지만 그러한 속도에 부응한 자라고 해서 이 세상에서 성공한 자, 승리한 자라고는 할 수 없을 것이다. 시인은 이 점을 예리하게 묘파해낸다. "출세한 것은 그대가 아니라 그대의 거품일 뿐"(「곡선과 직선」)이라는 인식에 도달하기 때문이다. 여기서 거품이란 전혀 쓸모없는 것, 혹은 사상해도 가능한 것이 아니다. 어쩌면 속도를 따라잡기 위해서, 그리하여 근대인으로 정립하기 위한 불가피한 도정, 곧 욕망의 문제와도 무관하지 않기 때문이다.

「동굴은 잠들지 못한다」가 일러주는 것은 직선의 대항담론 곧, 곡선의 세계이다. 직선은 빠르고 거침없이 앞으로 전진한다. 그러나 곡선은 그런 속도감을 담보해내지 못한다. 게다가 동굴의 어둠이라는, 열악한 물리적 조건이 구비되어 있기에 더욱 그러하다. 그렇기에 동굴은 직선만큼 앞으로 빠르게 나아가지 못한다. 이런 환경 속에서는 속도가 제한될 수밖에 없다. 또 그래야만 최소한 행보가 가능하다. 동굴은, 곡선은 이런 섭리를 서정적 자아에게 가르쳐준다.

직선이 주는 속도야말로 시인이 경계해야 할 최소한의 보루가 아니었을까. 그런 자의식이 시인이라는 길, 시의 양을 조절하는 길이 아니었을까. 물론 많은 시세계를 펼쳐보인다는 것이야말로 시인이라면 할 수 있는 최대한의 미덕일 것이다. 그리고 거기서 담아내는 다양한 함축적 의미들이 시인의 정서를, 독자의 상상력을 자극시켜줄 수도 있을 것이다. 그러나 그것만이 서정시가 할 수 있는 최선의 정도일까. 또한 서정시인이 할 수 있는 최고의 이상일까.

임동윤 시인은 오랜 시력의 도정에서 그러한 속도에 대해 누구보다도 민감한 시인이었던 것으로 보인다. 속도가 전부가 아니라는 것, 그리고 그것은 단지 욕망의 불온한 덩어리일 수 있다는 것을 일찍부터 깨달은 것이 아닐까. 시인은 자신의 시세계를 절제해왔고, 욕망의 절제를 말하면서 거침없는 시편을 남발하는 또다른 욕망의 과잉에 대해 무척이나 경계해왔던 것으로 보인다. 그의 시들이 무결하고 감칠맛나는 것은 이런 절제의 결과가 아닐까. 그런 도정만으로도 시인은 서정시가 나아가야 할 임무가 무엇이고, 그것이 담아내야 할 세계가 무엇인지에 대해 이해했던 것으로 판단된다. 어떻든 시인의 절제된 시학은 이런 배경과 무관하지 않을 것이다.

> 하늘 찌를 듯 몸 꼿꼿이 세운 수만 그루의 소나무가
> 내리는 눈발을 머리로 어깨로 받아먹고 있네
>
> 시퍼런 침엽이 내리는 눈송이를 환관처럼 두르다가
> 불어오는 바람결에 눈송이를 털며 침엽이 되는 것을 보네
> 눈송이를 받아먹는 것은 자신을 흩트리는 일이라는 듯
> 다시 원래의 모습인 직립의 자세를 가다듬네
>
> 천년의 시간을 건너는 한 채의 집을 위하여
> 백 년이 지나야 비로소 황장목이 되는 일

바람에 머리칼 휘날리다가 한 사나흘 내리는 폭설에 얼어붙었다가
진달래꽃으로 화전을 부치다가 참매미 울음에 속 간장을 태우다가
마침내 모든 것을 내려놓고 다시 꼿꼿이 하늘만 쳐다보다가

내리는 눈송이를 환관처럼 받아들고 직립으로 설 때
쓸모없는 시간을 건너 쓸모있는 존재가 되는 일
나무 속에서 천년 나무가 되는 일
황장목이 되는 일

사람 안에서 사람이 되는 일
황장목이 되는 일

「황장목 찾기」 전문

　직선으로만 나아가는 사람들, 그리고 그 길 이외의 것을 생각할 수
없었던 사람들이 어느 한순간 그 반대편에 놓인 길도 쉽게 감각하는
것은 아닐까. 물론 이런 전환에는 끊임없는 윤리적 결단과 실존적 고
뇌가 있어야 가능한 경우이다. 그런 과정이란 누구나 쉽게 혹은 보편
적으로 감각될 수 있는 것이지만, 임동윤 시인의 경우에는 무척 절박
했던 것으로 이해된다. 성찰이라는 윤리적 결단이 이를 증거한다. 시
인은 자신 속에 숨겨진 돌출기를 찾아내 이를 떼어내기도 하고(「대패
질의 시간」), 욕망의 꽃이 만들어낸 열꽃을 태우기도 한다(「몸 엘러
지」). 뿐만 아니라 자신의 내부 속에 가득차 있는, 그리하여 올바른 본
질에 다가가지 못하도록 방해하는 욕망을 비우기도 한다(「중심에 대
하여」). 이런 과정이야말로 올바른 자아, 완결된 자아로 나아가고자

하는 서정의 정열일 것이다. 그런 과정을 거쳐서 시인이 목도한 것이 바로 곡선의 세계였다. 따라서 시인의 시선에 들어온 곡선은 오랜 윤리적, 실존적 실천을 통해서 얻어진 정밀의 세계라 해도 무방하다.

시인은 자신의 이력에서 밝힌 바와 같이 자연과 더불어 살아온 존재이다. 울진의 금강송과 더불어 평생을 이 지대에서 살아왔기 때문이다. 그의 삶은 마치 설악산을 이웃하며 살아온 이성선의 삶과도 같다. 그러니 그러한 실존이 곧 시가 되고, 서정의 이상의 되는 것은 자연스러운 것이라 하겠다. 이번 시집에서 시인의 그러한 삶은 매우 정밀하게 반영되어 나타나는데, 이는 단지 미메시스의 차원에서 그치는 문제가 아니다. 시인에게 울진은 영원의 품이고, 거기서 가지쳐나온 자연은 시인의 흔들리지 않는 정서, 곧 사상으로 굳어지게 된다. 「황장목 찾기」는 시인의 그러한 사유를 잘 반영한 시이다.

'황장목'은 시인의 설명에 의하면, 속이 누런 소나무이다. 이런 특이성이야말로 황장목의 사상을 정립해가는 시인의 사유를 잘 보여주는 것이라 할 것이다. 황장목은 울진에만 있는 단순한 자연물에서 그치지 않는다. 그것은 곧 시인의 전유물이고 시인의 사유를 집대성해주는 사상의 정점이기 때문이다.

이 작품 속에 구현된 황장목은 『고요의 그늘』의 주제이자 소재이다. 시인이 황장목에서 가장 먼저 발견한 것은 이른바 '직립의 자세'이다. 이 형상은 어둠과 겨울을 뚫고 나아가고자 하는 의지가 그대로 구현된 것이다. 게다가 이 나무의 존재성을 확인시켜주는 '눈'이 있는가 하면, 봄의 전령 '진달래꽃'도 그 배음에 깔려 있다. 말하자면, '눈'과 '어둠'을 뚫고, '봄'과 '아침'을 열고자 하는 곧은 직립의 자세가 황장목의 정체성을 이루고 있는 것이다. 그렇기에 황장목은 시의 소재를 뛰어넘는 곳에서 그 음역이 형성된다. 그것은 곧 시인을 지탱하는 올곧은 사상으로 전화되는 것이다. 시인은 "나무 속에서 천년 나무가 되는 일"이나 "사람 안에서 사람이 되는 일"을 두고 "황장목이 되는 일"이라고 했다. 황장목이야말로 '눈'과 '어둠', '욕망'을 뒤안길로 몰아내는 '봄'과 '아침', '해탈'의 상징으로 거듭 태어나고 있는 것이다. 그것이 자연의 법칙이고, 그 이법을 올곧이 담아내고 있는 것이 '황장목'이라는 것이다. 시인에게 그것은 이제 단순한 물리적 대상이 아니라 정신적 지주이자 사상으로 새롭게 태어난다. 『고요의 그늘』 뿐만 아니라 앞으로 전개될 그의 시들은 이 황장목을 통해서 계속 가지쳐 나올 것이다. 이를 매개할 참신한 사유 혹은 사상들을 새롭게 만들어내면서 말이다.(『시와정신』, 2020 가을)

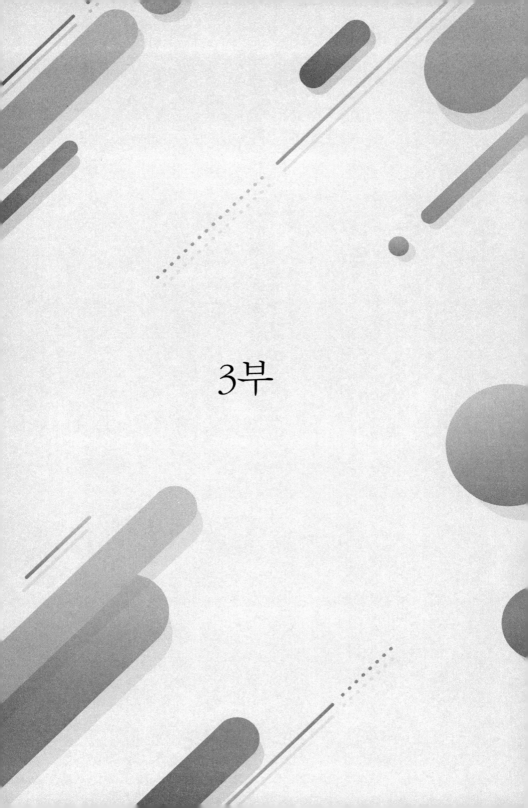

3부

운명에의 순응과 승화 사이에서

1. 나는 누구인가?

한때 우리 시단에는 자아란 무엇인가에 대해 진지하게 따져 물은 적이 있다. 자아를 둘러싼 환경이 위악적이고, 또 결코 무너지지 않을 듯한 거대한 성채들이 하나둘씩 무너져 내리면서 자아는 벌거숭이 상태가 되었다. 그리하여 '나란 누구인가'라는 물음들이 여기저기서 자연스럽게 던져지게 되었다. 그런 자아에 대한 물음과 회의들이 포스트모던 시대의 주된 담론이었거니와 그 회의의 여파는 아직도 지금 여기에 강력한 자장으로 남아있는 듯하다.

나병춘 시인은 1994년 계간 『시와 시학』 신인상을 받으며 문단에 발을 들여 놓게 된다. 여기서 구체적으로 시인이 등단한 시기를 언급한 이유는 시를 쓰기 시작한 이후, 아니 그 이전부터 시작에 관심을 기울인 시기가 '나'에 대한 서정적 물음들이 문단에 넘쳐나고 있었던 때라는 사실 때문이다. 소련 동구가 무너지고, 민주화 운동이 일단락됨으로써 거대 담론들이 서서히 퇴조하게 되고, 그 이면에 자리한 작은 서사들, 곧 자아의 문제들이 수면으로 떠오르게 된 것이 이 시기이다. 이때부터 자아에 대한 관심과 성찰이 문단의 주류로 떠오르게 되었는데, 그의 시세계들이 이런 문단의 흐름과 연결되는 것은 자연스러운 일일 것이다. 따라서 이번 시집의 주된 화두가 '자아에 대한 물음'이라는 점은 그 시사하는 바가 크다고 하겠다.

시인은 이번 시집 이외에도 몇 권의 시집을 묶어낸 적이 있다. 자연에 대한 깊은 정서와 소회를 읊어낸 시가 많은 부분을 점유하고 있긴 하지만, 시인은 자아에 대한 근본적인 물음들을 결코 소홀히 한 적이 없었다. 그러한 물음들은 이번 시집에도 크게 달라지지 않았을 뿐더러 오히려 좀 더 심오한 경지에까지 이르지 않았나 할 정도로 여기에 서정의 정열을 쏟아 붓고 있는 것이다. 그런 정열이 하나의 힘으로 응결되어 서정의 열매로 탄생한 것이 이번 시집 『쉿』의 특색이다.

　　어떤 돌은 라니 눈동자 닮은 느낌표어떤 돌은 백로처럼 고갤 쑥 내밀고물음표로 앉아 있다
　　어떤 돌은 가랑잎 같은 쉼표또 다른 돌은 말없음표,

　　어떤 바위는 슈베르트의 겨울나그네 얼굴다른 놈은 비발디 사계, 사뿐사뿐 손가락 건반이다아니 고 옆은 반 고흐의 붓파도처럼 박진감 넘쳐 춤추는 불꽃
　　도대체 마음이란 요상한 돌은
　　어디로 가는가이 뭐꼬?

「돌 2」 전문

인용시는 시집의 연작시들 가운데 '돌'을 소재로 한 작품이다. 연작시란 시인의 사유를 지속적으로 드러낼 수 있다는 점에서 시인들이 흔히 선호하는 작시법 가운데 하나이다. 따라서 '돌'을 소재로 한 연작시는 시인이 표백해낸 서정의 색채를 간취해낼 수 있다는 점에서 의미가 있는 경우라 하겠다.

'돌'이 갖는 보편적 의미는 원만함이라든가 비정(非情) 등으로 구현된다. 우리는 그러한 시적 사유를 표명한 경우를 전봉건이나 유치환에서 찾을 수 있다. 전봉건은 전후의 상처를 돌의 원만함 속에서 치유하려 했고, 유치환은 자식을 잃은 슬픈 정서를 바위의 비정(非情)을 통해 초월하고자 했다. 나병춘이 '돌'의 이미지에서 얻고자 했던 것도 전봉건이나 유치환의 그것과 하등 다를 것이 없다. '돌' 속에 내재된 의미의 자락을 더듬어 들어가 거기에 내재된 심연을 자신의 자아와 굳건히 연결시키고자 했기 때문이다.

「돌2」에서 그러한 돌의 의미들은 다양하게 변주된다. 가령, 어떤 돌은 "눈동자 닮은 느낌표"가 되기도 하고 "백로처럼 고갤 쑥 내밀고/물음표로 앉아 있"는가 하면, 또 어떤 돌은 "가랑잎 같은 쉼표"나 "말없음표"가 되기도 한다. 이런 돌의 변신에서 알 수 있는 것처럼, 이 작품에서 그것의 의미는 하나로 석화되어 있지 않을뿐더러, 그 지시대상이 분명히 드러나 있다. 이는 돌이 지향하는 방향성이 뚜렷하다는 뜻일 텐데, 그러나 자신을 대리하는 돌, 곧 "마음이라는 요상한 돌"은 전혀 그렇지가 않다. 지시어와 지시대상이 어긋나 있는데, '마음이란 요상한 돌', 다시 말해 자아는 그 방향성을 상실한 채 "어디로 가는지" 알 수가 없는 상태로 구현되고 있는 것이다.

침묵 속에 고여 흐르는 하늘과 땅 바람소리햇살과 달빛 별빛이하나
로 응결된
　강물심연에환한 어둠결코 스러지지 않는 별자리
　탐방 탐방 통통거리며물결이 몰래 눈물처럼 휘감다딱 멎은 그 자리
천년 바위 올연한 자세누가 이 후미진 곳에버려두었을까

　한때는 사랑처절한 절망그리움이었을
　산양처럼 외로운 나여

「돌5」전문

　「돌2」에서 던져진 자아에 대한 질문은 「돌5」에 이르면 좀 더 구체적
인 모습을 띠고 우리 앞에 다가온다. 이 작품에서 그것은 두 가지 의미
로 표상된다. 하나는 유치환이 「바위」에서 펼쳐 보인 돌의 모습이다.
「바위」에서 돌은 오랜 세월동안 안으로만 단련된, 그리하여 정서의 발
산과는 거리가 먼 비정(非情)으로 인유된다. 「돌5」에서의 '돌' 역시 유
치환의 그것과 유사하다. 여기서 돌은 한때는 사랑이었고, 한때는 처
절한 절망과 그리움의 결정체였지만 지금은 그 모든 것을 뒤로한 채,
절벽 아래 후미진 곳에 버려진 채 방기되어 있다. 온갖 감정과 정서의
무게로부터 벗어나 외따로 고립된 채 자기의 존재성을 드러내고 있는
것이다.
　그러나, 외부와 고립된 채 비정의 사물로 존재화된 돌은 마지막 연
에 이르게 되면, 자아와 겹쳐지면서 존재의 변이를 새롭게 하게 된다.
'외로운 나'로 새롭게 탄생하는 것이다. 「돌2」에서의 돌이 방향성을
상실한 채 떠도는 것이라면, 「돌5」에서의 그것은 외로움이라는 정서
로 착색한 채 고정된 모습을 보이게 된다. 하지만 이런 존재의 전이가

시인이 추구하는 자아의 구경적 모습은 아닐 것이다. 시인은 여전히 '나'는 누구인가 혹은 '자아'의 방향성에 대해 가열찬 탐색을 지속하고 있기 때문이다. 돌에 기투된 자아의 모습이 마지막 여정이 아니기에 이를 향한 열정은 계속 나아가고 있는 것이다.

허공에 떠가면
달이다
땅에 떨어지면
돌이다

돌.돌.돌. 구르는 소리
달 굴러가는 소리
딱, 소리가 멈추면
침묵의 돌

달은 허공을 환히 비추어
희망을 노래하고
땅바닥에 옴짝달싹할 수 없는 돌은
절망을 되새긴다

나는 달 속에 숨은
텅 빈 절망을 찾아
돌 속에 가만히 구르는
소리의 희망을 찾아

오늘도
새벽을 홀로 달린다
달리므로 나는 달
딱, 멈추어 뒤돌아보면
나는 돌

돌과 달 사이
그 아득한 거리를
헤매는 중이다

「돌과 달」 전문

이 작품은 달과 돌의 존재론적 변이를 통해서 자아를 탐색한 가편의 시이다. 일반적인 관점에서 달은 천상적인 것을, 돌은 지상적인 것을 상징하는데 이 작품에서도 이런 의미화들은 여전히 유효하다. 그리고 전자가 희망으로, 후자가 절망으로 의미화되는 것도 동일한 경우이다. 희망과 절망이 교차하는 것이 인생의 진리임을 감안하면, 시인이 설정한 이런 구도는 지극히 자연스러워 보인다.

시인은 이런 양극단에서 자아의 본질을 향한 교묘한 줄타기를 시도한다. 마치 불교의 윤회를 연상할 수 있는 듯한 의미의 전복을 통해서 자아의 모습을 탐색해 들어가는 것이다. 시인은 여기서도 하나의 대상에 의미를 고정시키지 않는다. 거기에 숨겨진 또 다른 의미를 거듭해서 찾아들어가기 때문이다. 이런 행위를 두고 세밀함이라든가 철저함과 같은 생리적인 차원에서 그 의미를 부여할 수도 있겠지만, 중요한 것은 시인의 자아탐색이 그만큼 치열하다는 뜻이 될 것이다. 시인은 희망과 절망을 경험하고 이를 수용하거나 거부하는 등의 피이드백을 거듭 거듭 한다. 즉 "돌과 달 사이/그 아득한 거리를 헤매면서" 숨겨진 자아를 찾아서 서정의 정열을 쏟아 붓고 있는 것이다. '나'는 누구인지 쉽게 알 수 있는 것이 아니기에, '자아'는 어떤 형상을 하고 있는 것인지 알 수 없는 것이기에 말이다.

2. 운명에의 순응

희망과 절망 사이에서 시인은 끊임없는 줄타기를 시도해 왔다. 나는 누구인가에 대한 회의와 질문을 던지면서 시인은 뚜벅뚜벅 걸어온 것이다. 이런 모색의 과정에서 시인이 먼저 발견한 것은 어떤 형이상학적인 관념이 아니다. 시인은 아주 평범한 데서 일상의 진리를 탐색해냈기 때문이다. 그러나 그가 발견한 진리가 평범하다고 해서 그것이 시인의 사유와 정비례 관계에 놓인다는 뜻은 아니다. 경우에 따라서 일상의 진리란 아주 심오한 형이상학의 한 단면을 보여줄 수도 있기 때문이다.

감당 못할 마그마
활화산 같은
성난 맹수의 포효 같은
아득히 밀려드는
광풍의 해일 같은
아무도 어쩌지 못할
운명,

오도 가도 못할
아모르 파티

뚜벅뚜벅 걸어가리
낙타처럼
용감무쌍하게 맞으리
무소의 뿔처럼
기쁘게 맞이하리
철부지 아이처럼

운명아
어서 오너라
아모르
*아모르 파티 (Amor Fati) : 니체가 말한 '운명愛' 파티

「아모르 파티1」전문

　운명을 사랑한다는 것은 자기애의 궁극적인 표현일 것이다. 자아에
대한 거침없는 탐색과 모색의 과정에서 시인이 마주한 자아의 모습이
란 이처럼 '아모르 파티'였다. 아모르 파티란 시인의 설명에 의하면 니
체가 말한 운명애(運命愛)라고 한다. 운명을 사랑할 수 있다는 것은
자기 자신에 대한 사랑 없이는 불가능한 정서이다. 시인의 운명애가
남다른 것은 자아를 향한 애정의 정서가 그만큼 강렬했다는 뜻일 것
이다.
　그러나 운명이라고 쉽게 말할 수 있어도 그것은 결코 순탄하거나
평온한 것은 아니다. 그것은 시인의 표현대로 "감당 못할 마그마"이며

"활화산 같은 성난 맹수의 포효"같은 '광풍'과도 같은 것이기 때문이다. 운명 속에 내재된 이런 난폭성이야말로 인간의 괴로운 숙명일 것이다. 그러한 운명이 인간을 존재론적 고독이나 소외에 놓이게 하는 것이기 때문에 이로부터 자유로운 사람은 아무도 없을 것이다.

인간에게 있어 그러한 운명을 우회하거나 거부하는 방법이 경우에 따라서는 올바른 삶의 조건일지도 모른다. 신을 찾아가거나 샤머니즘에 기대는 행위는 그러한 운명을 우회하는 존재론적인 몸부림 가운데 하나일 것이다. 그러나 시인은 이를 신의 영역이나 샤머니즘의 영역과 교환하지 않는다. 시인은 이를 순전히 시인 자신의 몫으로 받아들이고 있기 때문이다. 운명을 극복하고자 하는 시인의 서정의 샘들은 여기서 길러진다. 거기서 뿜어지는 샘의 물결을 시인은 온전히 받아들인다. 그리하여 낙타처럼 뚜벅뚜벅 걸어가거나 무소의 뿔처럼 용감무쌍하게 맞아들인다.

시인은 운명을 회피하지 않고 이를 순순히 받아들이려고 했다. 비록 그것이 삶의 외피를 벗겨내는 아픈 것이라 해도 우회하지 않고, 이에 순응하려고 한 것이다. 이 얼마나 기막힌 달관의 자세인가. 그런 태도가 있기에 서정적 자아는 더 이상 스스로를 갱신하거나 그 모습을 새롭게 그리려 하지 않는다. 운명 자체가 곧 자아의 본질이었기 때문이다.

나비는 사랑이다
사랑을 찾아 눈 먼 자이다
그의 앞길 막을 자
누구던가

꽃밭에 이슬도 채 마르기 전
꽃술 속으로 스며든다
이슬방울보다
바람보다
먼저

나비는 첫이다
나비는 먼저이다
아무도 틈타기 전에
꽃에게 엎드려 고백해야 하리라

바람이 훔쳐가버릴 향기를
엄청난 수억 년 꽃가루를
훔쳐가야 나비이다
운명을 사랑하는 자

나비를 교과서로 삼아라
그 일거수일투족에 목을 매거라
황금빛 왕오색나비떼
물결 속으로 침투한다

스파이 중의 스파이
우주의 핵, 크리토리스를 훔치는
저 날갯짓을 보아라

아무도 못 말리는 춤사위
멈출 때를 아는
미학주의자

과유불급
아닌 것은 아닌 것이다
메멘토 모리
죽을 때도 흔적없이
바람 속으로 날아간다

「아모르 파티 4」 전문

   순응의 자세는 거부의 몸짓과는 거리가 있을 것이다. 시인은 운명을 사랑하고 이를 자연스럽게 받아들이고자 했기에 물길을 거슬러 올라가는 자세를 취하지 않는다. 여기서 수용과 긍정이라는 이 시인만의 독특한 서정 미학이 나온다. 실상 나병춘 시인의 작품에서 대상에 대한 부정의 정서나 반담론의 세계를 찾아보기가 쉽지 않은 것은 이와 밀접히 관련이 있을 것이다.

   「아모르 파티 4」를 이끄는 정서는 「아모르 파티 1」의 연장선에 놓인다. 「아모르 파티 1」에서 펼쳐지는 운명에 대한 사랑의 정서는 「아모르 파티 4」에서도 그대로 이어지고 있기 때문이다. 그러나 「아모르 파티 4」에서는 그 방향성이 좀 더 구체적으로 드러나 있는데, 여기서는 운명을 단지 사랑하고 있다는 선언에서 그치고 있지 않기 때문이다.

   그 방향이 곧 본능의 세계이다. 익히 알려진 대로 본능은 이성이나 초자아의 간섭을 받지 않는 영역이다. 지금 여기에서 감각하는 대로 움직이면 되는 것이 이 영역의 특색이다. 이를 두고 자연스러움이라 할 수 있다면, 그것은 시인이 순응하고자 했던 운명의 노선과 하등 다를 것이 없다. 실제로 시인의 작품을 꼼꼼히 읽어가다 보면, 운명을 대하는 자세와 본능의 영역은 교묘히 일치하는 것처럼 보인다. 그리고 이런 음역들은 모두 포스트모더니즘에서 흔히 볼 수 있는 의장들이라는 점에서 주목을 요하는 경우이다. 그렇다고 나병춘의 시들을 포스트모더니즘 속에 편입시켜 논의하는 것은 적절하지 않다. 이 사조가 지향하는 형식 미학을 이 시인의 작품 세계에서 찾아보는 것은 쉽지 않은 까닭이다. 그럼에도 나병춘의 작품에서 그러한 세계를 포착해내는 것도 어려운 일이 아니다. '나'란 무엇인가에 대한 질문이 그러하고, 본능의 정서에 충실한 그의 미학이 또한 그러하지 않은가. 그리고 언어의 순수 본질에 다가가고자 하는 그의 언어관(「언어」) 또한 여기서 멀리 벗어나 있는 것이 아니기 때문이다.

먼지들 보이지도 않는
저것들이 끌어당긴다
나비도 벌도 응애도
그 손에서 벗어날 수 없다

저 보이지 않는 손길에
나도 머뭇
머뭇거리며 탐한다
단 한번 본 적 없는
들은 적도 없는

알 수 없는 꽃에 끌려서
그 빛나는 결정체를 찾아서

오늘 내일 언제까지
찾아 댕길 건가
그 무욕한 먼지
그 아무도 가질 수 없는
그 허무의 알 수 없는 무게
그 빛깔 그 향기에 끌려서

나는 향수*의 주인공이 되고
나비가 되고 말았네
먼지의 황홀에 젖어
나도 먼지가 되었네
아무도 알 수 없는
그 누구도 볼 수 없는
*빠트릭 쥐스킨트의 '향수'

「아모르 파티 6」 전문

시인은 운명을 사랑하고 순리를 사랑한다. 그 사랑을 향한 열정이
서정의 길을 만들어내고, 그것이 시인의 시 정신을 형성하게끔 한다.
그리고 그러한 계기적 질서나 시간적 흐름에 대한 이해의 정서들은
시인의 주관을 초월하는 곳에서도 확인된다. 가령, 「아모르 파티 7」
이 그러하다. 이 작품 속에 묘사된 대상들은 시인의 주관 속에서 새롭
게 탄생하는 것이 아니다. 그것은 기왕에 있었던 것이고, 시인의 정서

와는 무관하게 선험적으로 만들어진 세계이다. 그의 시세계에서 인식 주관의 세계와 그 밖의 세계는 이렇듯 나란히 간다. 서로의 간섭을 배제하면서 선험적 시간으로 구성되고 있는 것이다.

이런 흐름은 「아모르 파티 6」에서 그대로 구현된다. 서정적 자아는 보이지 않는 힘들에 의해서 이끌려지게 되는데, 서정적 자아뿐만 아니라 "나비도 벌도 응애도 그 손에서 벗어날 수 없"을 정도로 그 자장은 강력하다. 그런데 이런 역동성 속에서 서정적 자아는 일방적으로 끌려가지만 않는다. "저 보이지 않는 손길에/나도 머뭇/머뭇거리며 탐하는" 주체적 모습으로 변신하기 때문이다. 그런 능동성이 곧 본능의 영역일 것이다. 시인이 '향수'의 내음에 이끌려 들어가는 것도 이와 밀접한 관련이 있다. 향수란 가장 강력한 마취력과 흡입력을 갖고 있다는 점에서 그러하다.

3. 시원의 언어와 우주의 이법

시인의 시쓰기는 일차적으로 자아란 무엇인가를 탐색하는 데 놓여 있다고 했다. 그리고 그 도정에서 그는 운명을 발견하고 그것에 순응하는 자세를 취해왔다. 하지만 시인은 운명에 순응하되 그것에 전적으로 맡긴 것은 아니다. 시인은 운명을 사랑하되 거기서 존재의 의미, 삶의 의미를 찾아가고 있기 때문이다. 시를 쓰는 것은 그러한 의미를 간취해내고 거기에 존재의 의의를 부여하는 일과도 같은 것이다. 그렇기에 시쓰기는 어떤 목적을 이루기 위한 수단이기도 하지만 이에 이르는 도정이기도 하다.

농부가 쟁기를 가는 것은
들판에 주름을 만드는 일이다
이랴 이랴!
고요 속에 퍼지는 파장
소의 큰 귀가 펄렁거리며 땀방울 쏟을 때
밭에도 부드러운 귓바퀴가 돋아난다

주름과 주름들이 멀리 멀리
파장을 이어가
먼 지평선과 맞닿을 때
농부와 소는 너무 멀리 온 것을
깨닫고
붉은 종소리 해그림자 밟으며
천천히 되돌아온다

내가 백지에 글자를 심는 일도
이랑에 씨앗을 뿌리는 일이다
행간과 행간 사이 새로운 입술을 만들어 속삭이면
들판에 쟁기를 가는 소처럼
주름들이 메아리치기 시작한다
새로운 눈과 귀가 생기고
난데없는 파도가 일어나고
먹구름이 북동쪽으로 미끌어지더니
뜬금없는 소낙비가 좍좍 긋는다

삶은 끊임없이 주름살을 만드는 것

들판에 죽죽 그어지는 살이랑들

백지에 아롱거리는 피어린 눈물방울들

이마에 주름지듯 바람결에 일어섰다

낌새도 없이 스러진다

꿈꾸는 이랑이랑

천지현황 우주홍황* 주름살들

금강에 살어리랏다

*천자문 첫머리 인용

「주름살」 전문

시인은 자신의 시쓰기를 농부가 쟁기를 가는 일로 비유했다. 쟁기
를 가는 일은 들판에 주름을 만드는 일이다. 그 주름 속에 농부의 노동
이 들어가고 결국에는 새로운 생산이 예비된다. 그러한 일은 시쓰기
와도 동일한 작업이라고 본다. 시인이 "백지에 글자를 심는 일도/이랑
에 싸앗을 뿌리는 일"로 보기 때문이다. 그리하여 농부의 일과 시인의
시쓰기는 여기서 완벽하게 겹쳐진다.

시인이 만들어낸 주름 속에는 삶의 그늘이 녹아들어가 있다. 세월
이 흐를수록 그러한 주름들은 더욱 많아질 것이고 또 깊이 패일 것이
다. 그 속에는 '피어린 눈물방울'도 있을 것이고, 거친 '바람결'도 있을
것이다. 그러나 이 주름이 서정적 고뇌만으로 한정된다고 볼 수는 없
을 것이다. 거기에는 "새로운 눈과 귀가 생기고", '먹구름'과 '소나기'
가 오는 생산의 공간도 만들어지기 때문이다.

시인은 시를 통해서 끊임없이 삶의 주름을 일구어낸다. 새로운 자

아를 정립하기도 하고 운명에 순응하기도 한다. 뿐만 아니라 본능에 충실한 자아 또한 발견하기도 한다. 시인은 그러한 과정을 주름을 만드는 일로 비유했다. 주름이 삶의 다층성과 분리될 수 없다는 점에서 시인의 그러한 작업은 매우 의미있는 것이었다고 하겠다.

        비움은 쉼을 낳고
        밥을 낳고
        잠을 낳고
        그 모오든 들숨을 낳으니
        만병통치의 조상이며
        새끼들이며
        잎사귀이며
        줄기 뿌리이다
        또한 생노병사의 열쇠이며
        평화의 지름길이며
        자유의 징검다리
        삶의 지극한 오르가즘이니
        그대여
        맘껏 비움과 채움을 누리시라

        꼴림과
        끌림의 무지막지한
        천상의 떨림이여
        울림이여
        열림이여

어울림들이여
영원히 부활하라
생명의 알파벳 가나다라
평화의 복된 니르바나여
황홀한 무지개 나라여

밀물 썰물의
아득한 합궁이여
그곳에서
해가 뜨고 달이 뜨고
별나라가 펼쳐지나니
마음껏 놀고 배우고
꿈꾸며 사랑하라
우리가 할 일은
사랑과 또 쾌락
감사할 일
그 뿐인 것을

아라바자나
디디디디 디디디디디*
*'말하는 그대로 다 이루어진다'는 금강경의 주문

「아모르 파티 5」 전문

    이 작품은 운명에 순응하는 자세를 표명한 '아모르' 연작시 가운데
하나이다. 이 작품의 기저에 깔려 있는 사유도 운명을 대하는 시인의

자세와 별반 다를 것이 없다. 여기서도 운명은 거역할 수 없는 절대 성채로 구현되고 있기 때문이다. 그럼에도 이 작품은 앞의 경우와 다른 면을 갖고 있는데, 성찰의 윤리가 그 배경으로 깔려 있다는 점에서 그러하다.

운명에 순응하고 본능의 자연스러움을 한껏 강조했던 서정의 자세는 「아모르 파티5」에 이르면, 이제 전연 다른 양상으로 바뀌게 된다. 이른바 '비움'의 미학이라는 형이상학이 등장하는 것이다. '비움'이란 '채움'의 상대어인데, 그것이 지향하는 정서의 폭과 넓이는 매우 다르다. 전자가 윤리적 성찰을 수반하는 것이라면, 후자는 이와 정반대의 경우에 놓이는 것이기 때문이다. 우선 윤리는 본능의 영역과 반대되는 자리에 놓인다. 시인은 운명과 본능을 동일한 차원에 놓고 이를 자연스럽게 수용하고자 했다. 그것이 운명애였는데, 그러나 그러한 감각은 「아모르 파티5」에 이르면 현저하게 바뀌게 된다. '비움'이라는 윤리적 실천이 있어야 비로소 생산의 단계에 이를 수가 있다고 시인은 판단하고 있는 까닭이다. 이런 정서의 변이는 매우 중요한데, 욕망의 감옥 속에서는 결코 생산이라든가 존재의 완성이란 불가능하기 때문이다. 이를 두고 시적 성숙이나 존재의 긍정적 변이라고 할 수 있다면, 운명에 순응하고자 했던 시인의 시적 작업은 이제 새로운 단계를 맞이했다고 볼 수 있을 것이다.

언어는 연어보다 작고 씩씩한 물고기 깊은 계곡에서 태어나 수평선
지나 머나먼 난바다로 갔다가 다시 맑고 시원한 고향으로 돌아오는 물
고기
그 싱싱한 언어를 찾아 수많은 시인과 화가 음악가들이 천년 하늘 땅

을 샅샅이 찾아 헤매지만 아무에게도 발견되지 않았다고 한다

어부도 낚시꾼도 그 희한한 물고기 낚으러 어제도 오늘도 바다와 호수를 찾아다녔지만 아무도 그 얼굴 모습과 색깔과 향기를 모른다

다만 그 언어라는 물고기 지느러미를 느껴본 자는 어린아이뿐 배고파 울 적에 제아무리 멀리 가 있는 어머니라도 안타까운 소리 찾아 냉큼 달려온다는 오묘한 물고기

그 물고기를 언젠가 잠깐 본 적이 있다 아무도 없는 캄캄한 밤 물고기자리 별자리로 떠서 물끄러미 내려다보는 젖은 눈썹을 본 적이 있다

언어는 새끼연어보다 물방울보다 더 은은하게 빛나는 신비로운 물고기 나의 입술에서 너의 하늘로 헤엄쳐가는 아무도 본 적 없는

풍경소리 물고기댕그렁 대앵

「언어」 전문

이 작품을 꼼꼼히 읽게 되면 시인이 이번 시집에서 지향하는 바가 무엇인지 분명하게 알게 된다. 바로 시원의 언어, 근원의 언어관이다. 그 언어란 태초의 언어, 곧 에덴동산의 언어이자 하느님의 언어와도 같은 것이다. 언어가 오염되었다고 생각될 때, 그 안티 담론으로 생각하는 것이 바로 이 언어의 감각이다. 이 언어는 순수하고 절대 무의 세계이다. 시인은 그러한 언어를 연어에 비유했고, 자신은 이를 낚는 어부로 비유했다. 구도자라는 서정의 정열을 그대로 보여주고 있는 것이다.

이 작품에서도 언어는 태초의 언어로 구현된다. 연어가 모천을 찾아 회귀하듯 이 언어 또한 그러하다는 것이다. 수많은 시인과 화가 등이 이 언어를 찾으려 하지만 끝내 발견하지 못한다. 아니 할 수 없는

것이 아닐까 한다. 만약 발견할 수 있다면, 시적 고뇌나 서정의 열정이 곧바로 식어버릴 수밖에 없는 것이기에 그러하다. 어떻든 시인은 그런 시원의 언어를 찾아 여타의 시인이나 화가처럼 머나먼 여정을 떠난다. 그러나 그 언어에 이르는 길은 만만치가 않다. 그 도정은 현실 세계가 아니라 환상 세계에서나 가능할 뿐이기 때문이다. 그렇지만 시인은 결코 포기하지 않는다. 아무도 본적이 없는 물고기, 그 시원의 언어를 찾아서 계속 나아가야 하기 때문이다. 그것이 시인에게 시의 존재이유이고 시쓰기의 근본 목적이다.

절대 순수 언어를 향해 나아가는 시인의 자세는 자아를 성찰하고자 했던 열정과 분리되는 것은 아니다. '내'가 누구인가를 묻는 것이라든가 본능에의 침윤, 그리고 절대 순수 언어란 모두 거대 서사의 붕괴와 밀접히 연결되어 있는 것이기에 그러하다. 언어는 때가 묻었다는 것, 자아는 거대 서사에 갇혀있다는 것, 그리고 이성의 억압 하에 놓인 본능이라는 것이 포스트모던이 지양 극복해야 하는 사유들이다. 그런데 이런 면들은 자연에 대한 긍정성과도 밀접히 연결되어 있다는 점에서 주목을 요하는 것이라 할 수 있다.

바람이 지나간 능선 위에영원이 누워 있다어둠이 누워 있다별들이
내려와 눕는다영원 밖에아무것도 없는 모래언덕,

영원은 영 원,제로다돈이 필요 없는삶과 죽음이 없는너와 내가 없는
절대 허무동그라미

0원으로 누워서공짜로 공기를 마신다공짜로 별과 달을 마신다내일

아침엔공짜로 해가 뜰 것이다
영원인 것은 늘 0원이다
소소리바람처럼그 바람에 휩쓸려 날아오르는독수리처럼
단지 그곳에서 노래하고 춤추어라

「고비 7」전문

인용시 역시 이번 시집의 연작시 가운데 하나이다. 그만큼 시인의
사유를 잘 이해할 수 있는 작품이라 할 수 있는데, 여기에 함의된 의미
는 자연에 대한 외경심이다. 자연이란 이법이고 질서이며 영원 그 자
체이다. 불구화된 인간의 의식에 통일적 질서를 부여하는 것 가운데
하나가 자연의 내포적 의미일 것이다.

영원을 '영 원'이란 담론으로 치환한 것이 이채롭고 또 의미심장하
다. '영 원'과 제로가 될 때, 인간은 비로소 욕망의 노예로부터 자유로
운 것이 아닌가. 이를 절대적으로 수용한 채 서정적 자아는 자연 속
에 몰입하여 그것과 하나가 되고자 한다. "공짜로 공기를 마시며", "공
짜로 별과 달도 마"시려 든다. 뿐만 아니라 "내일 아침 해도 공짜로 뜰
것"이라고 예단한다. 모든 가치와 소유를 내려놓은 채 모두가 빈 세상,
공짜인 세상에서 하나가 되고자 하는 것이다. 그 세상이 욕망으로부
터 해방되는 곳이고, 시원의 언어를 만날 수 있는 장소가 아닐까 한다.

이건 비밀인데요

봄이 날 품었다
알 수 없는 통증이

쓰나미로 밀려와 메아리쳤다

몸에서 새치름히 새싹이 돋아났다
한참 후 붉은 꽃이 피었다

봄이 씨익
웃는다

「쉿」전문

시인은 이런 언어가 지배하는 세상을 비밀의 영역으로 남겨두고자 했다. 그러나 그것은 굳이 비밀일 필요도 없다. 누구나 알 수 있는 뻔한 진리를 우리는 기꺼이 빈 여백으로 남겨왔을 뿐이기 때문이다. 어떻든 시인이 꿈꾸는 세상은 이런 자연스러움의 세계이다. 봄이 와서 서정적 자아를 품고, 서정적 자아는 그에 자연스럽게 반응하는 일이면 족한 경우이다. 이런 세계가 자연의 질서, 우주의 이법이 고스란히 재연되는 세계가 아닐까. 자아를 탐색하고 운명에 순응하며, 본능을 받아들인 시인이 나아간 공간이란 바로 이런 곳이다. 시원의 언어를 찾아서, 우주의 이법을 찾아서 시인이 도달한 곳은 이렇듯 아름다운 자연의 질서였던 것이다. 그 먼 길을 돌아서 이제 시인은 이 공간에 안주하려 한다. 그리고 거기서 분열된 자아에 통일성을 주려 한다. 그것이 그가 그토록 찾았던 "붉은 과녁"(「머리말」)이 아닐까 한다. (나병춘, 『쉿』해설, 시학, 2019)

자아를 정립하는 건강한 언어를 향하여

서정시는 일인칭을 기본으로 한 장르이기에 강한 주관성을 띠게 마련이다. 객관과 마주하여 치열한 조율의 과정을 생략하기에 주관이라는 경계를 벗어나기 힘든 까닭이다. 서정시의 이런 특성을 두고 총체성의 구현이 쉽지 않은 양식이라고 비판하는 것은 일견 타당한 듯 보인다. 그러나 객관만이 문학의 특수성을 보증하는 것은 아니며, 그러한 이유로 해서 서정시가 비난받아야 할 이유는 전혀 없다고 생각한다. 왜 그러냐 하면 주관이라고 해서 가치가 없는 것도 아니며, 또 이런 경계 속에서 그 나름의 문학적 특색을 얼마든지 보증할 수 있기 때문이다.

서정시가 구현하는 문학적 가치 가운데 중요한 하나는 서정적 자아의 내성에 관한 것이다. 실상 이 문제는 서정적 자아만의 것에서 한정되지는 않는데, 가령 영원으로부터 분리된, 세계 속에 내던져진 존재라면 이런 내성으로부터 자유로운 존재는 아무도 없기 때문이다. 그런데 이 내성의 문제를 가장 세밀하게 탐색하는 것이 서정시의 장르적 특색이다. 서정시는 스스로에게 말하고 답하는 자기 고백의 과정이 다른 어떤 양식보다 발달해 있기 때문이다.

　서정시가 갖는 이런 특색에 비추어볼 때, 송인자 시인이 이번에 상
재하는 시집의 주제는 매우 의미심장한 경우이다. 시인은 서정시가
갖는 장르적 특성에 매우 충실할 뿐만 아니라 내성의 문제에 대해서
도 가열찬 탐색의지를 보여주고 있기 때문이다. 그런 의지는 시인으
로 하여금 시 쓰는 일을 연가를 만드는 일로 간주하게끔 만든다.

　　시는 노예다
　　어둠 속 목마름에
　　사슴은 걷다 뛰다
　　썰매를 매고 끌고

　　시는 늪 가에서
　　큰 눈망울 터널을 뚫고
　　고뇌에 속 씨름 한다

　　스쳐 지쳐가는
　　외줄을 꼭 움켜잡고
　　한치의 바람도 놓치 않는다

　　곡예를 타고
　　오르고 내리고
　　힘줄이 땡긴다

　　글 속을 헤매며

멈출 수 없이 주저리다
낚시대에 물렸다

머릿속에서
강물이 흐르다
밖으로 뛰쳐나와

달은 나뭇가지에 걸려
푸른 잎으로
뜬구름을 달래주고

깨알 같은 미완성
불똥이 튀고
지우고 또 맞추다

백지가 살아 꿈틀거려
숨 쉴 때까지
부둥켜안고 뒹군다.

「시의 연가」 전문

　일상적 담론의 차원에서 보면 연가란 연인에게 주는 노래이거나 이
를 상정하고 부르는 시인 자신의 내밀한 음성이다. 이때의 음성이 내
밀하고 차분한 것이라고 했지만 그 이면을 들여다보게 되면, 그 담론
은 다른 어떤 경우보다 가열차고 치열한 것이 사실이다. 연인의 마음
을 얻고 그와 영원히 관계를 맺고자 하는 매우 중요한 일이기에 그 담

론 속에 담겨진 열정이 어떤 것인지 짐작이 간다.

시인은 자신의 시 쓰기를 연가의 행위와 동일한 차원에 놓았다. "시는 노예"라고 한 것이 그 일단을 드러낸 것이거니와 이 감각은 대상으로부터 쉽게 벗어날 수 없음을 의미한다. 연가의 대상, 곧 연애의 대상이 모든 열정을 집어삼키고 여기서 헤어날 수 없게 만드는 것처럼, 시를 향한 시인의 열정 또한 이와 다르지 않다. 시는 자신의 열정을 담아내는 통로이기에, 그리하여 자신이 사유하는 모든 것을 담아내야 하기에 절박한 짝사랑의 대상으로 구현될 수밖에 없는 것이 아닌가. 그 도정으로 나아가기 위해서 시는 "늪 가에서/큰 눈망울 터널을 뚫고/고뇌의 속씨름"을 해야 한다. 뿐만 아니라 "스쳐 지쳐가는/외줄을 꼭 움켜잡고/한치의 바람도 놓지 않"아야 하고, "곡예를 타고/오르고 내리고"하면서 "힘줄을 당겨야" 하는 노력 또한 기울여야 한다. 백지 속에 그려지는 언어들이 자신이 추구하는 정당한 사유, 적절한 목적을 달성할 때까지 말이다. 시인의 표현대로, "백지가 살아 꿈틀거려/숨쉴 때까지/부둥켜안고 뒹굴어야" 하는 것이다.

시인은 왜 이렇게 펜을 잡고 언어를 솎아내면서 백지 속에서 살아나기까지, 곧 시가 만들어질 때까지 부둥켜안고 뒹굴어야 하는가. 자아와 세계의 화해할 수 없는 불화가 서정시의 본령이기에 이런 싸움은 일견 당연한 일이 아닌가. 그럼에도 시인의 고뇌는 이런 형이상학적인 것보다 좀 더 세밀하고 구체적인 데에서 비롯된다.

보이지 않는 허공을 움켜 잡고
골을 쏟아 밀담에 시달린다
너무 멀리 돌아온 탓에 퍼즐은

세월만큼이나 낡았다
남은 숫자를 헤아리며 씨름을 하다
하나를 맞추면 둘이 떨어져나간다

예측 불허의 희망의 삭제는 없다
높은 산을 바라볼 수 있는 용기다
정상을 정복 할 수 있는 힘이다

끝까지 버티지 못하고
절벽에 부딪혀 좌절한다 해도
포기하지 않고 오뚜기처럼 다시 일어나는
이 상황은 고통의 줄을 내려놓지 못하는
집착일 수도 욕망일 수도 있다
나는 할 수 있다, 자신감은 본인만
감지 할 수 있는 능력이다

최종 답안지를 쓴다
내가 아닌 다른 지식을 인정받기 위함이 아니다
자기만족의 자존감 성취와 기쁨이다
목적이 살아 인내한다면 나태하지 않고
부지런해야 한다. 그게 전부다

「번뇌」 전문

　제목이 시사하는 것처럼, 시인은 어떤 목적에 이르기 위해서 끊임
없는 '번뇌'에 사로잡힌다. 시인이 도달하고자 하는 목적은 녹록지 않

은데, 가령 그것은 '허공'처럼 쉽게 감각되지 않거나 쉽게 맞춰지지 않는 '퍼즐'과도 같은 것이다. 경우에 따라서 이곳에 금방 도달할 수 있을 것처럼 보이지만, 그러나 그것은 생각만큼 쉽지가 않다. 그 도정은 "하나를 맞추면 둘이 떨어져 나가"고 "오뚝이처럼 다시 일어나야" 하는 과정의 연속이기 때문이다.

이러한 좌절과 실패는 왜 연속적으로 일어나야 하는 것일까. 시인은 "고통의 줄을 내려놓지 못하는" 것을 '집착'이나 '욕망'으로 이해하는데, 실상 세상에 기투된 존재들이 이런 아우라로부터 자유롭지 않다는 사실을 감안하면, 이런 피드백 과정은 어느 정도 타당한 정서라 하겠다. 어떻든 시인은 그러한 부정적 국면들을 회피하지 않고 적극적으로 대응한다. "나는 할 수 있다"는 능동적 자세가 그러한데, 실상 이런 포오즈는 쉽게 이루어지지 않는다는 점에서 매우 예외적인 것이라 할 수 있다. 이를 자의적 주관성으로 치부할 수 있을지언정, 서정적 자아는 그런 주관적 위험성을 애써 무시한다. 이를 초월하고자 하는 의지가 그만큼 강한 까닭이다.

시인은 시쓰기를 삶에 대한 고난의 과정으로 이해했다. 그리고 그 이면에 잠재된 부정성들에 대해서도 이해했다. '집착'과 '욕망'이 서정적 동일성, 존재론적 완성에 이르는 길을 막아서는 장애물로 판단했던 것이다. 이외에도 시인은 이타심이 배제된, 자기중심적인 사고(「삶의 정화」) 속에 갇혀 있는 자신과, 타인에 대한 배려가 없었던 자신(「나를 거울어 비추어본다」)을 발견하기도 한다. 이런 부정적 국면들을 초월하기 위한 것, 그것이 시쓰기를 향한 여정이었고 서정적 자아가 나아갈 방향들이었다.

하늘을 우러러 흩어진
뭉게구름을 모아 조각을
다듬어 갑니다

나무에 걸린 달을 쓰다듬어
베개 삼아 마음을 다듬어 주고

창가에 서성대는 별들을 모아
머리맡에 등불을 달아맨다

나를 이해하기 위한 속사정을
순풍에 바람을 받아

서서히 품성 따라 노를 저어
맛도 좋고 질감도 좋은
싱싱한 언어를 낚는다

「싱싱한 언어를 찾아서」 전문

　이 작품은 시인이 이번 시집에서 의도하는 바가 무엇인지 일러주
는, 일종의 시론시에 해당하는 경우이다. 그런 의도는 대개 두 가지 방
향에서 시사받을 수 있는데, 하나가 방법적 국면이라면, 다른 하나는
주제론적 국면이다. 시인은 「번뇌」에서 서정적 동일성에 이르는 도정
이 퍼즐 맞추기에 있다고 했다. 퍼즐이란 절대 완성에 이르기 위한 일
종의 짝을 맞추는 행위인데, 만약 짝이 맞추어진다면, 시인이 의도하
는 목적에 다다를 수 있을 것이다. 그런데 시인은 인용시에서 보듯 그

것이 자꾸만 엇나간다고 했다. 이 작품에서도 그러한 과정은 계속 반복된다. "하늘을 우러러 흩어진/뭉게구름을 모아 조각을/다듬어 가는" 과정으로 시쓰기를 이해하고 있기 때문이다. 2연의 "나무에 걸린 달을 쓰다듬어/베개 삼아 마음을 다듬어 주고" 역시 그 연장선에 놓여 있는 경우이다.

이것이 서정적 동일성에 이르는 방법적 국면이라면, 다른 하나는 주제론적 국면이다. 그러나 이런 국면이 방법적 국면과 분리하기 어렵게 얽혀 있는 것도 사실이다. 시인은 「시의 연가」에서 시 쓰는 일을 언어가 백지와 만나는 과정으로 규정한 바 있는데, 여기서 언어란 시인이 탐색하고자 했던 정신의 은유이고, 백지란 작품의 탄생과 대응할 것이다. 이렇게 본다면 시인의 시쓰기는 깨끗한 여백에 순수한 언어로 그려나가는 과정으로 이해할 수 있을 것이다.

깨끗한 여백이 '백지'라면, 순수한 언어, 곧 '싱싱한 언어'란 무엇일까. 실상 이 물음에 대한 답이야말로 이 시인이 추구하는 시쓰기의 목적에 해당한다고 할 수 있을 것이다. 시인은 싱싱한 언어를 찾아서 이를 백지에 그려 넣는 것, 그것이 곧 이 시인의 시쓰기의 목적이며, 작품 「싱싱한 언어를 찾아서」의 주제일 것이다.

그렇다면, 시인이 애써 강조하는 싱싱한 언어란 무엇인가. 시인은 이 언어가 갖는 일차적인 특성을 이미 작품 속에 어렴풋이 시사해둔 바가 있다. 시쓰기의 과정을 두고 "서서히 품성 따라 노를 저어/맛도 좋고 질감도 좋은/싱싱한 언어를 낚는"일로 판단했기 때문이다. 이 글의 문맥대로라면 이 언어는 일차적으로 바다의 언어, 혹은 바다와 결부된 언어일 것이다. 바다란 자연의 일부이고, 또 그러한 특성 때문에 영원이라는 형이상학의 의미로 수용된다. 따라서 시인이 추구하는 시의 언어가 이런 속성을 포지한다는 것은 어느 정도 설득력이 있는 경우이다.

시인이 즐겨 찾는 태초의 언어는 가장 순수한 언어로 알려져 있다. 에덴동산에 처음 발언되었던 하느님의 언어, 곧 태초의 언어야말로 이성의 때가 묻지 않은 순수의 언어라는 것이다. 이에 동의한다면, 영원을 상실한 지금 현재의 언어는 무척이나 때가 묻은 언어가 된다. 따라서 태초 이후로 언어는 그 순수의 본질을 잃어버리고 계속 타락해왔다는 가정이 성립하는 것이다. 그 타락, 곧 때 묻은 언어란 시인의 말대로 '욕망의 언어', '집착의 언어', 그리고 '자기중심적인 언어'가 될 것이다. 그리고 욕망과 집착이 없는 언어, 이타적인 언어가 곧 '싱싱한 언어'가 될 것이다. 따라서 시인이 낚고자 하는 것이 바로 이 언어가 아닐까 조심스럽게 추측해본다.

맑고 순수한 언어, 타락하지 않은 언어를 통해 시를 만들어내고, 시인의 정서를 순화하고자 하는 시인의 사유는 지극히 정당한 것처럼 보인다. 시인은 어떤 선언에 의해 가식을 만들지 않고, 이를 오직 시쓰기의 과정을 통해서, 그리하여 싱싱한 언어의 발견을 통해서 서정의 동일성, 존재론적 완성으로 나아가려 하기 때문이다. 그러나 이런 과정이 당위나 선언을 통해서 실현되는 것은 아니다. 거기에는 그러한 과정에 도달하고자하는 철저한 자기 성찰이나 실존적 결단이라는 실천이 병행되어야 가능할 것이다

눈발이 비로 변한다
처마 끝에 고여있는 살얼음이 녹아
빗물로 변했다.

먼 산 한 번 바라볼 때
회색 구름이 산등선을 넘어 온 동네가
검은색으로 변하기 시작하면
한줄기 글귀가 사랑방 틈 사이로 새어 나와
호롱불 떨리는 작은 설레임의
책장 넘기는 소리

눈과 귀를 열어 심장에 붉은 화살의 메세지가
가슴을 파고들어 화끈하게 꽂힌다

나는 변해야 한다
열병을 토해낼 때
입술의 경련의 떨림은 목선을 타고
심호흡을 할 때마다
점점 작아지는 자신을 내려다본다

자만심을 내려놓고 낮아져 작은 글들의
문장속으로 들어가 성실하게 변해야 한다
예리한 펜촉 무기의 손 떨림의 흥이
내 안에 잠재해 있다

진정한 성숙은 자신을 잃지 않는 것
결코 포기하지 않는 것이다.

「변해야 한다」 전문

건강한 언어를 발견하기 위해서 이런 결단은 반드시 필요한 전제 조건이다. 존재의 변이 과정 없이 새로운 단계로 나아가는 것은 원칙적으로 불가능하기 때문이다. 모든 부정적 국면들은 내 안에 잠재해 있다는 철저한 자기반성이 필요하고, 거기에서 오염된 자아를 구출해야 한다. 그래야만 비로소 새로운 선의 세계에 도달할 수 있을 것이다.

이런 변이를 통해서 시인은 이웃을 다독이고 싶어하고(「그런 줄도 모르고」), 타인의 허물을 덮어주고자 한다(「기다리는 봄」). 이렇게 변화된 실존의 모습들은 자기중심적인 사고로부터 탈피하는 과정이 있었기에 가능했다. 그리고 그 이면에는 그러한 발언이 가능케 했던 건강한 언어의 발견, 곧 '싱싱한 언어'에 대한 가열찬 탐색이 있었기에 가능했다.

요란한 소리가 뇌리를 자극 해오고
일제히 함성이 머리 위로 퍼져
쏟아져 내린다

찌르르 싸아 찌르르 찌르르 싸아
연주는 열을 올리고 있었다
촉각을 세우고 반사적으로 느낌을 모은다

새삼스레
사방으로 어지러움을 맴돌며
짙은 녹색으로 하늘을 가리 우고
쭉쭉 뻗은 울창한 고목 시원한 바람

빼곡히 둘러친 나뭇잎

드문드문 내비치는 하늘빛 사이사이

은빛 계단이 놓이고

푸른 대공연장으로 변한다

열광 속으로

이별의 교향곡 을 장렬하게 마치고

박수갈채를 받으며

미련 없이 내려놓고

하나 둘 땅바닥으로 떨어져 죽는다.

「매미의 교향곡」 전문

    인간이 자연의 일부라는 것은 상식에 속하는 일이거니와 인간의 현존재가 불안한 것은 이 자연의 질서로부터 일탈되어 있기 때문이다. 인간의 불행한 역사는 인간만의 고립된 역사를 만들면서 시작되었다. 에덴동산의 유토피아가 인간으로부터 멀어진 것도, 중세의 영원주의가 사라진 것도, 근대 이후 자연을 기술적으로 지배하면서 인간만의 욕망을 확장시켜온 것도, 인간의 그런 불행한 역사의 단초들이었다. 이런 일련의 과정을 거치면서 인간은 영원이라는 정서를 완벽하게 상실하고 말았다. 만약 인간만의 고립된 역사가 성공을 거두었더라면, 곧 인간의 불행이 만들어지지 않았더라면, 에덴동산의 신화라든가 영원의 정서는 더 이상 인간에게 유효한 감각으로 남아있지 않았을 것이다.

    그러나 신과 자연 속에 포회된 영원의 역사에서 떨어져 인간은 불행의 터널 속에 갇히게 되었고, 이후 영원에 안겼던 과거의 영광을 계속 갈망하게 되었다. 시인의 표현대로 때 묻지 않은 싱싱한 언어에 대한 그리움은 이런 배경 하에서 탄생하게 된 것이다. 시인 역시 그런 자연의 질서에 대한 그리움만이 현존의 불안을 극복할 수 있는 대안으로 판단하고 있는 듯하다. 그것을 「매미의 교향곡」에서 확인할 수 있는데, 이 작품에서 매미의 행위는 인간의 그것과 유사하게 대비된다. 매미는 잘 알려진 것처럼, 한 계절을 풍미하다가 그 시절이 끝나면 죽는 운명, 곧 자연의 일부로 되돌아가야 하는 존재이다. 가열찬 욕망의 발휘가 매미의 울음이라면, 그것은 인간 내부에 불타고 있는 욕망과 하등 다를 것이 없을 것이다. 그럼에도 매미의 운명과 인간의 운명은 결코 동일한 것이 아니다. 매미는 자연의 섭리에 따라 욕망을 거두어들일 수 있지만, 인간은 그렇지 않기 때문이다.

매미는 자연과 합일될 수 있는 자연 그 자체이다. 매미의 성장과 죽음에서 시사받을 수 있는 것처럼, 자연은 순리와 이법이 작동하는 세계이지만 인간의 세계는 전혀 그렇지 못하다. 이런 모습들은 여전히 자연의 섭리를 자기화하지 못하는 인간의 욕망이 낳은 비극의 결과일 것이다. 그러한 비극으로부터 자유롭기 위해서 인간은 자연의 질서, 우주의 섭리를 당위적으로 받아들여야 한다. 시인은 그런 자연의 교훈을 매미의 일생을 통해서 일러주고 싶은 것이다. 시인이 이번 시집에서 가장 역설하고자 한 것이 자연이 주는 그러한 교훈일 것이다. 시인은 '꽃'의 아름다움과 질서(「곱게 피었다」)를 통해서, 그리고 '강물'의 유연한 흐름(「강물이고 싶어라」)을 통해서 우리에게 계속 이런 감각을 환기시키고 있기 때문이다. 이 자연의 질서만이 욕망에 의해서, 그리고 집착에 의해서 사라진 영원의 감각을 회복시켜줄 수 있을 것이다. 시인은 이를 신념처럼 믿고 있는 것처럼 보인다. 그러한 시인의 함의와 경고를 받아들일 때, 그리고 이를 실천할 때, 이 사회는 건강해질 수 있다고 보는 것이다. 자연에 대한 경외를 읽고 이를 자기화하는 것, 그것이 이번 시집의 주제일 것이다.(송인자, 『시는 노예다』해설, 시와정신, 2019)

영원을 향한 그리움의 여정

    고미자 시인의 시들은 차분하다. 그리고 경우에 따라서는 경건한 느낌마저 준다. 그렇다고 시인의 시들이 인생에 대한 치열한 모색이나 열정이 없는 것도 아니다. 대개 이런 정서들이 노정될 때 서정의 밀도는 촘촘하게 나타날 수밖에 없는데, 이 시인의 경우는 전혀 그렇지가 않다. 대체 이런 상위와 거리는 어디에서 오는 것일까.

    이런 요인들은 여러 측면에서 살펴볼 수 있는데, 그 하나가 이 시인의 디아스포라적 정서에서 찾을 수 있지 않을까 한다. 전기적 이력에서 알 수 있듯이 시인은 모국을 떠난 지 오래되었고, 그 경험론적인 것들이 그의 작품 세계에 어느 정도 영향을 주었을 것으로 판단된다. 이국적 정서들은, 근원에 대한 안티 담론과 밀접한 관련이 있을 것이다. 시인의 작품들에서 회고의 정서들이 진하게 묻어나오는 것은 이런 이유 때문이다.

    그리고 다른 하나는 세월의 무게이다. 서정적 정열이 세월의 깊이와 정비례하는 것은 아니지만, 그렇다고 해서 전혀 무관한 것이라고 보기도 어렵다. 열정의 정서들이 미래지향적인 것과 결부되고, 그 반대의 정서들은 과거지향적인 것과 분리하기 어렵다는 점에서 그러하다. 고미자 시인의 작품 세계가 정서의 진폭이나 서정의 울림이 크지 않다는 것은 이런 요인들과 무관해 보이지 않는 것이다. 물론 이런 것이 모두는 아닐지도 모른다. 그것은 시인의 기질과 생리적인 측면과 밀접히 결부되어 있을 수도 있기 때문이다. 시인의 작품들에서 긴 호흡을 요구하는 시편들이 희소한 것도, 또 이야기성에 바탕을 둔 서사적 특성들이 배제되어 있는 것도 여기에 그 원인이 있을 것이다. 어떻든 시인의 작품들은 차분하고 경건하며 경우에 따라서는 정밀한 느낌마저 있을 정도이다.

가을은 떨구는 계절일가
나무는 비에 젖고
바람에 아파하는 잎파랑이 들을
허공에 띄워 보냅니다

삶의 무게   하도   무거워
뒤뚱거리며 아파하던 것들을
하나씩 하나씩   떨구듯

이 가을에는 빈 마음을
당신께서 채워 주시고

내 영혼
곱게 물들이는
지혜 주시라고

두 손을 모으옵니다

「가을의 기도」전문

인용시는 시인의 작품 세계를 드러내는 대표작이라 해도 무방할 정
도로, 차분함과 경건함이 잘 드러난 작품이다. 마치 김현승의 작품을
다시 보고 있는 듯한 착각을 불러일으킬 정도로 유사하게 닮아 있는
것이다.

가을은 채움이 아니라 비움의 정서를 대변한다. 신화적으로 가을은
소멸의 의미 또한 갖고 있다. 그러한 가을의 속성을, 시인은 스스로를
성찰하는 과정으로 인유한다. 하나씩 떨어져나가고 결국에는 소멸하
는 가을의 신화적 의미를 통해서 성찰할 필요가 있는 정서들을 지우
려 하는 것이다. 그러한 정서 가운데 대표적인 것은 아마도 욕망의 문
제가 아닐까 한다. 인간은 욕망하기 때문에 억압되고, 그러한 억압이
결국은 인간의 존재론적 완성에 이르는 길을 막는 기능적 요인으로
사유되어 왔다. 따라서 소멸이라는 가을의 정서 속에서 시인 자신 속
에 내재한 욕망을 동일하게 제거하려는 시인의 노력은 내성의 도정으
로 이해할 수 있을 것이다.

문득 문득
문턱 그 넘어 건너간
그리운 모습들 생각이 난다.

시간은 살아있는 존재들 속
휴식 없이 흐르는 실체 없는 것

얼마나 많은 희 노 애락의 순간들이
연기처럼 증발 했을까

나의 존재 의미를 깨달기 전
소멸의 순간이 마중 오며 서두르겠지
먼먼 날처럼 느껴지던 순간들
들숨 날숨은 어디로부터 오는 걸까

숨을 쉬는 순간순간
문턱 그 넘어 기웃거림은
보고 싶은 얼굴들
그리운 모습들이 있어서일까

「문턱 그 넘어」 전문

  욕망이라는 덫에서 헤어 나오지 못하는 것이 인간의 숙명이다. 생을 영위하는 과정은 어쩌면 이 정서와의 끊임없는 싸움의 과정일지도 모르겠다. 그러한 과정이 「가을의 기도」라는 성찰의 형식으로 표명되었지만, 어쩌면 그 이면에 자리하고 있는 것은 인생 자체의 모호성일지도 모른다. 뚜렷하지 않고 무언가 정립되지 않는 것이 인간의 삶 자체이기 때문이다. 그런 감각을 다룬 작품이 「문턱 그 넘어」이다. 시인은 문턱이라는 절대 중심축을 설정한 다음, 여기로부터 자유롭지 못한 인간의 숙명에 대해 말하고 있다. 그것은 쉽게 넘을 수 있는 물리적인 것이기도 하고, 또 절대적으로 초월할 수 없는 형이상학적인 것이기도 하다. 그 경계에서 시인이 던지는 화두는 알지 못할 삶의 방향성,

정립되지 못한 인간의 숙명에 관한 것이다. "들숨 날숨은 어디로부터 오는 걸까"라는 이 회의의 담론이야말로 이런 정서를 잘 대변해주는 것이 아닐 수 없다.

지나온 과거와 앞으로 다가올 미래의 도정에 놓인 것이 현재 시적 자아가 처한 상황이다. 아니 이런 중간형의 모습들은 어쩌면 모든 인간들에게 동일하게 다가오는 것일지도 모른다. 그 도정에서 시인은, 아니 모든 인간들은 방향감각을 상실하기 시작한다. 특히나 지나온 과거가 문제가 아니라 앞으로 다가올 미래가 더욱 문제시 된다. 실상 이런 불안의식이야말로 완전하지 못한 인간의 숙명과 불가분의 관계에 놓이는 것이며, 영원을 상실한 인간들이 헤매는 전형적인 모습일 것이다. 시인이 감각하는 회의와 숙명은 여기서 비롯된다.

산다는 것
숨을 쉰다는 것은
환희와 눈물의 조각
즐거움과 아픔의 조각들을

한층 또 한층
우주의 공간에 쌓아 올려
사닥다리를 만드는 일 이리
발맞춤 하듯 그렇게
철길처럼 나란히

미세한 바람에도

사닥다리는 흔들 춤추는

어쩌면 산다는 것은
흔들거리는 사닥다리 위
위태로운 춤을 추는 것
두려워 떨며 추는 춤

「위태로운 춤」 전문

시인은 인간이 살아가야 하는 삶의 도정을 위태로운 것이라고 했
다. 마치 아슬아슬한 외줄에서 춤을 추는 것처럼, 인간이라는 존재가,
삶이라는 것이 위태롭고 경우에 따라서는 두려운 것으로 이해한 것이
다. 인간의 현존이 위태롭다는 것은, 그리고 시인 자신이 그렇다는 것
은 신이 사라진 이 시대를 살아가는 모든 인간들에게 보편적으로 다
가오는 감각일 것이다.

이런 위기 감각이 어떤 것에서 비롯되었는가 하는 것은 역사철학적
이고 신화적이며, 경우에 따라서는 심리적인 국면과 분리하기 어려울
것이다. 그러나 그것이 어떤 것에 원인을 두고 있든, 중요한 것은 인간
은 이 세상에 내던져진, 그리하여 영원을 상실한 존재라는 것이고, 그
때문에 이런 불확실성에 놓이게 되었다는 점일 것이다. 만약 그 누군
가가 있어서, 불안에 떨고 있는 존재의 나약한 영혼을 잡아줄 수 있다
면, 시인은 그러한 공포로부터 쉽게 벗어날 수 있을 것이다.

그러나 그런 생명의 동아줄이 쉽게 다가오는 것이 않을뿐더러 또
존재한다고 하더라도 이를 쉽게 자기화할 수 있는 것도 아니다. 그 구
원의 손길에 다가가기 위해서는 인간 스스로가 의무적으로 해야 할

일들이 너무나도 많기 때문이다. 그 가운데 하나가 「가을의 기도」에서 보듯 자기를 낮추는 것, 그리하여 보다 확실한 윤리적 존재로 거듭 태어나는 일일 것이다. 그러한 노력이 바로 서정의 정열이고 서정시의 존재 이유가 아닐까. 어떻든 시인이 시를 쓰고, 그 도정에서 생명의 동아줄을 잡으려고 하는 것도 이 때문이다.

친구여 우리
길 떠날까 이런 날은
서성이는 구름 한 점 불러다
바람의 붓으로 풍경화 한 폭 그려
생각의 폴더에 저장하고

투 메가바이트 메모리 칩 챙겨
어디든지 어느 곳이든지 지구의 벼랑까지
우주의 정거장까지 떠날까

초대장도 여벌의 옷도 여권이나
비행기 표 기차표도
운전면허증도 없이
엑스선 투시도 하지 않고
국적이 어디냐고 묻지도 않는
국경과 인종도 초월한
우주의 언어를 만나러 가자

가끔은 영혼에도 휴식을 주어

녹 슬은 생각을 거두어내자
출렁대는 파도에 생각 싣고
떠나자 어디든지
어느 곳이든지

「친구여 우리 길 떠날까」 전문

피폐된 영혼을 구원해 줄 수 있는 것은 무매개적으로 그냥 오지 않는다. 찾아내고 이를 자기화해야만 가능하다. 그래야 불구화된 영혼, 숙명에 빠진 자아의 해방을 맞이할 수 있을 것이다. 그래서 시인은 이를 찾아서 떠나려고 한다. 잃어버린 시간, 잃어버린 영원을 찾아서 머나먼 길을 떠나는 것이다. 그런데 그러한 도정에 혼자 가는 것은 낯설고, 불안하다. 순례를 떠나는 자신이 위로받고, 불안을 분산하기 위해서는 응원군이 필요하다. 시인이 동행자와 더불어 이 길에 나서는 것은 이 때문이다.

도대체 시인이 찾아나서는, 자신의 불구화된 영혼을 구원해주는 매개란 진정 무엇일까. 인용시에서도 얼핏 알 수 있는 것처럼, 그 세계는 일단 '우주의 언어'라 할 수 있다. 그렇다면 이 우주의 언어란 무엇일까. 이 언어는 사고를 다시 제한하는 관념의 언어일까, 혹은 시인의 의도대로 존재론적 불구를 치유해줄 영원의 관념일까.

작품의 내용에 나와 있는 대로, 이 '우주의 언어'란 시원의 언어 혹은 태초의 언어와 같은 성격을 갖는다. 이 언어는 구분이나 경계가 만들지 않는다. 절대 영원의 세계가 갈라지지 않은 영토라면, 우주의 언어란 이런 세계와 밀접한 상관이 있을 것이다. 아담과 이브가 살던 에덴동산의 세계가 계통적인 구분이 없었다는 것은 잘 알려진 일이거니와 양육강식으로 표상되는 인과론적 세계도 존재하지 않았다. 그러나 그런 일원론적 세계를 깬 것은 불행하게도 인간 자신이었다. 거침없이 확산하는 욕망을 제어하지 못해서 인간은 신과 동등한 반열에 오르려는 오기를 부렸다. 이는 가당치 않은 욕심에 불과할 뿐 결코 성취될 수 있는 것이 아니었다. 그런 인간을 신은 용서하지 않았고, 스스로의 힘과 성찰에 의해서만 에덴동산에 오르는 것이 허락되었을 뿐이었다. 인간의 영혼을 감싸 주었던 영원의 아우라는 이 시점부터 인간에게 작별을 고하고 떠난 것이다.

시인이 찾아 나선 것은 이때의 언어였다. 곧 우주의 언어가 그것인데, 이 언어는 "비행기표나 기차표도 필요"로 하지 않고 "운전면허증이나 엑스선 투시도 필요치 않"다. 게다가 국적이나 국경, 인종과 같은 인간의 필요에 의해 만들어진 경계를 무시한다. 이를 가능케 하는 것이 우주의 언어이다. 이제 그 언어만 자기화하면 서정적 자아를 고난 행군으로 밀어 넣은 불행한 숙명들은 극복될 수 있을 것이다. 그 도정이 시인의 의무이고, 서정의 간극을 메꾸는 시쓰기의 책무가 될 것이다.

산다는 것
숨을 쉰다는 것은
환희와 눈물의 조각
즐거움과 아픔의 조각들을

한층 또 한층
우주의 공간에 쌓아 올려
사닥다리를 만드는 일 이리

발맞춤 하듯 그렇게
철길처럼 나란히

미세한 바람에도
사닥다리는 흔들 춤추는

어쩌면 산다는 것은
흔들거리는 사닥다리 위
위태로운 춤을 추는 것
두려워 떨며 추는 춤

「침묵의 외침」전문

　　시인은 갇힌 영혼을 일깨우고자 한다. 숙명이나 불행한 영혼의 단
면들은 모두 이 감옥에서 얻어진 것들이다. 숙명으로부터 벗어나려면,
그리하여 아름다운 영혼이 되기 위해서는 이를 딛고 일어나야 한다.
마치 무덤 속에 갇힌 혼을 깨우는 피리소리처럼 시인은 영혼의 종, 운
명의 종을 계속 울려대는 것이다.
　　「침묵의 외침」이 말하고자 한 것도 이 부분이다. 시인은 자신 속에
잠재되어 있는 "고독한 영혼을 부르고", "외로워 떨고 있는 혼을 불러"
내려 한다. 영혼이 해방되기 위해서는 고요히 잠들어 있는 상태로는 불
가능하다. 그러니 계속 일깨우고 현재의 이 시간으로 끌어내야 한다.
시인이 영혼을 일깨우고 현실로 불러내는 것은 이런 이유 때문이다.
　　불행한 혼을 일깨우는 시인의 행위는 정당한 자기 성찰의 과정이
다. 잠자는 영혼의 상태에서 각성이란 전연 불가능한 일이기 때문이

다. 그렇다면, 이 잠자는 영혼을 일깨우는 것은 무엇인가. 실상 이 물음에 대한 답이야말로 시인이 이번 시집에서 추구하는 주제일 것인데, 작품의 표현대로 그 매개랄까 수단은 '가을 숲'이다.「가을의 기도」에서 보듯 시인에게 가을은 이번 시집에서 매우 중요한 전략적 이미지로 구사된다. 모든 것을 떨구어버리는, 가을의 신화적 의미는 내성의 길을 가는 시인에게 의미심장한 기제 가운데 하나였다. 실제로 시인은 가을의 이미저리들을 이번 시집에서 효과적으로 은유화한다. 가령, 시인은 "가을에 떠나거"나(「나는 가을」), 우주의 질서에 순응하는 가을(「떠나는 가을」)이 그러하다. 뿐만 아니라 고향과 결부된 시에서도 가을은 매우 중요한 전략적 이미지로 등장(「내고향」)하기도 하고, 영원을 건너는 징검다리(「계절의 건널목」)로 사유되기도 한다.

계절과 결부된 숲은 그것이 자연의 한 부분이라는 점에서 그 의미가 있는 경우이다. 자연이란 영원을 잃어버린 인간이 찾을 수 있는 가장 흔한 대상이기 때문이다. 인간은 신화 속에 등장하는 에덴의 의미에 대해서 구체적으로 체감한 적이 없다. 그렇기에 여기서 말하는 영원의 감각이 무엇인지에 대해서도 관념적으로 이해하고 있을 뿐이다. 그런데 이 모호한 영원의 의미를 지금 여기에서 가장 잘 보여주는 것이 자연이다. 자연은 순환론적 관점에서 영원으로 수용되고, 또 모성적인 이미지라는 점에서도 영원의 상징으로 구현된다.

이 골목 저 길에서
숨 가삐 달려와 도란거린다,
내가 연두 빛 얼굴을 내밀 때
대지는 환희로 출렁거렸다

새들은 연두 빛 노래 부르고
진초록의 숨을 쉴 때는
매미도 노래   불렀지

나 노을 빛 옷 입고
귀뚜라미 노래 멈추니
무서리만 나를 반긴다.

저무는 길 수액은 뿌리에
나는 대지와 하나 되어
별들의 이야기며 바람의 숨소리
초승달의 이야기 들으리

「갈잎의 독백」 전문

작품의 제목을 '갈잎의 독백'이라 했지만 실제적으로 서정적 자아의 독백으로 보아도 무방하다. 이 작품에서 자연과 서정적 자아는 적절하게 상응하고 조우하는 관계이다. 가령, "내가 연두빛 얼굴을 내밀 때/대지는 환희로 출렁거리는 것"이 그러하다. 이런 조화는 자연과 인간이 구분되는 세계, 경계로 나누어진 세계에서만 가능하다. 자연 속에서 경계란 존재하지 않기 때문이다. 경계를 만들어낸 것이 인간이다. 인간을 에덴동산에서 추방하게 했던 욕망이 그렇게 만든 것이다. 시인은 욕망이 갖는 한계를 알고 있기에, 이를 버리는 연습을 지금껏 해 온 터이다. 그러한 도정의 마지막 단계가 이렇게 자연과 호응하고 그것과 하나가 되는 과정으로 나아가는 일이었다. 그러면 인간과 자연 사이에 놓인 경계가 사라진다고 보는 것이다. 경계가 무화된다는 것은 자연의 일부, 곧 자연 그 자체가 된다는 뜻이다. 그러면 더 이상 영혼의 불행이나 숙명과 같은, 인간의 원죄들은 설 자리가 없게 될 것이다. "나는 대지와 하나"된다는 이 자세에서 시인의 결기가 느껴지는 것은 이런 정합성이 있기 때문이다.

> 하늘이며 땅이요
> 풍성한 가을 들녘이며
> 포근한 함박눈
> 시린 어깨를 감싸주는 가슴입니다
>
> 비를 피하는 처마
> 더위를 식혀주는 바람
> 갈증을 덜어주는 생수이며
> 햇살 뜨거운 여름날의 그늘입니다
>
> 초봄 눈 티우는 새싹의 환희이고
> 바이올랫의 잔잔한 미소이며
> 영혼의 길 밝혀주는 등대
>
> 무시로 내 삶의 길잡이
> 어둠 밀어내는 빛이며
> 등대 어머니는 영원의 빛입니다
>
> 「등대 나의 어머니」 전문

서정적 자아가 자연과 하나 될 때, 비로소 자연의 준엄한 음성을 들을 수가 있었다. 자아가 욕망으로 물들어 있을 때, 자연이 주는 소리를 듣는 것은 불가능하다. 욕망에 갇힌 인간이 들을 수 있는 것은 물질이 내뿜는 동전의 짤랑거리는 소리뿐이다. 하지만 그것은 욕망을 채워줄 수 있을지언정 정신의 공백은 메울 수가 없다. 존재론적 불안에 시달리는 인간의 고뇌가 시작되는 곳이 바로 이 지점이다. 이런 영혼에 의해 지배되는 인간의 삶이 인간에게 유토피아를 가져다줄 수 없는 것은 당연한 일이다.

불운한 삶과 불행한 영혼을 포회해줄 수 있는 것은 오직 영원의 감각뿐이다. 영원을 잃은 인간은 '시린 어깨'로부터 벗어날 수 없고, 뜨거운 여름날의 '햇살'로부터도 피해나갈 길이 없다. '시린 어깨'나 '햇살'을 덮어줄 수 있는 것은 포근함이며 시원함이다. 이를 만들어주는 것이 자연이다. 시인은 그러한 자연을 '등대'로 비유했다. 그리고 자신은 길 잃은 배로 치환하면서 그를 구원해줄 등대를 찾아 나선 것이다. 그 등대가 바로 자연이었던 것이다. 자연은 이런 불구성을 치유해줌과 동시에 "초봄 눈 티우는 새싹의 환희"이면서 "바이올렛의 잔잔한 미소"와도 같은 것이다. 그런 희망의 메시지에 올라타고 시인은 앞으로 전진한다. 시인이 그러한 길을 자신 있게 나설 수 있었던 것은 "영혼의 길 밝혀주는 등대"가 저 앞에서 길을 인도해주고 있기에 가능했다. 이 등대, 곧 자연은 "무시로 내 삶의 길잡이"역할을 하고 있었고, 경우에 따라서는 "어둠 밀어내는 빛"과도 같은 구실을 해주었다. 결국 등대란 어머니이며 영원의 빛과도 같은 것이었다.

모든 서정 시인이 다 그러하지만 고미자 시인의 경우는 서정적 감수성이 남다른 경우라 할 수 있을 것이다. 이런 정서는 디아스포라적 환경이 길러준 것일 수도 있고 시인 자신의 기질에서 오는 것일 수도 있다. 어떻든 시인은 그러한 감수성을 적절히 활용하면서 인간의 숙명이라든가 불행한 영혼의 정서에 대해 누구보다도 치열하게 읽어내고자 했다. 과장이나 현학이 아니고 또 현란한 비유의 의장을 거치지 않고도 시인은 이를 자연스럽게 표명했다. 그 탐색의 여정에서 시인은 가을의 신화적 의미를 읽어냈고, 자연의 형이상학적 의미, 곧 영원의 정서를 발견했다. 그는 이를 매개로 불행한 영혼의 한 단면을 읽어내면서, 이를 초월한 매개, 곧 자연의 구경적 의미를 담아내고자 했다. 이는 시인의 예민한 감수성이 만들어낸 서정의 치열한 결과라는 점에서 의미 있는 것이라 할 수 있다. (고미자, 『시카고의 0시』해설, 시와 정신, 2019)

'바람'의 변이와 승화

1. 훼손과 일탈로서의 바람

조성순의 이번 시집 『바람의 도시』는 제목이 시사해주는 것처럼, '바람'이 전략적 이미지로 제시되어 있다. '바람'은 신화적 의미로는 흐름이나 떠남과 같은, 자유지향적인 성향 혹은 방황으로 읽힌다. 하나의 장소에 정주하지 못하고 흘러갈 수밖에 없는 것, 그런 유동성을 내재하고 있는 것이 이 바람의 신화적 의미인 것이다.

바람 속에 내재된 이런 이미지들은 문학작품에서 흔히 정립되지 못한, 본원적 자아의 모습을 대변해주기도 하고, 거주 공간을 확보하지 못한 떠돌이의 모습으로 인유되기도 한다. 전자가 존재론적인 것이라면, 후자는 실존적인 것과 밀접한 관련이 있을 것이다. 바람의 그러한 모습들은 존재와 결부된 것이어서 흔히 형이상학적인 국면으로 이해되기도 했다.

그러나 바람이 항상 이런 존재론적인 국면에서 의미화되는 것은 아니다. 그것은 경우에 따라서 자연의 일부로 편입되기도 하고, 또 그 반대의 경우로 이해될 수도 있기 때문이다. 바람이 자연의 한 과정이기에 그것이 자연의 일부로 사유되는 것은 전혀 이상할 것이 없다. 그럴 경우 그것은 대개 치유의 미학으로 받아들여지거니와 이런 맥락은 흐름이나 유동과 같은 방황의 정서와 거리가 있는 것으로 받아들여진다. 문명과 대립되는 자연이란 항상 긍정적인 국면에서 이해되어 왔기 때문에, 바람의 이런 의미론적 변이는 지극히 당연한 것이라 할 수 있다.

그러나 바람은 자연의 일부라는 긍정적인 의미에도 불구하고 그 반대의 경우에서도 의미가 만들어질 수 있다. 바람이 속도를 타게 되면, 그것은 거친 파괴자가 된다. 바람의 그런 속성을 노아의 방주라는 신화적 국면에서 알 수 있고, 또 일상적으로는 태풍과 같은 자연 현상 속에서도 알 수 있다. 바람이 이런 국면으로 이해되게 되면, 그것은 긍정적인 것이 아니라 부정적인 가치로 받아들여지게 된다. 그것이 자연의 일부임에도 불구하고 폭풍과 같은 물리적 힘을 동반할 경우 더 이상 아름다운 생산이라든가 삶의 전일성을 확보하는 국면과는 거리가 있게 된다.

> 바람이 분다
> 멀어진 하늘 빈 공간으로
> 낙엽을 데려와 술렁인다
> 마른 잎 가득한 가슴에
> 햇살부싯돌 들면 호로록 타버릴
> 바람이 분다
> 마음이 흔들거린다

방문을 걸어 잠근다
바람은 잔다
심장이 벌떡벌떡 뛰어다닌다
머리칼이 엉켜버린다
차라리
바람 속을 가자
머리를 흔들며 바람을 맞자
킥킥대며 손가락질 하는 자동차
눈물이
바람 되어 분다

「바람의 도시4」 전문

　이 작품은 시인이 이번 시집의 연작시 가운데 하나인 바람을 소재로 쓴 시이다. 여기서 알 수 있듯이 바람은 시인에게 어떤 긍정성도 담보하지 않는다. 시인이 보기에 바람은 매우 불온한 것으로 받아들여지는데, 그러한 분위기는 1행의 단도직입적인 선언에서 감지된다. 시인은 "바람이 분다"라고 곧바로 말하면서 이 작품을 시작하고 있는데, 이런 전제가 주는 것은 뭔가 불길한 징조에 대한 암시의 정서이다. 마치 1930년대 김기림이 「기상도」에서 보여주었던 태풍의 내습과 같은 분위기를 연상시키고 있는 것이다. 김기림은 자본주의의 현실과 미래를 진단하면서 그것이 마치 태풍의 내습과 같은 불길한 것으로 이해한 바 있다. 이런 내포가 있기에 「바람의 도시4」에서 묘사된 '바람'은 김기림의 그것과 유사하다고 하겠다.
　「바람의 도시4」에서 바람은 혼자 오지 않고, "멀어진 빈 공간으로/

낙엽을 데려온"다. 이는 당연한 자연의 한 현상이지만, 그러나 그 결과는 '술렁이는' 혼돈을 가져오게 된다. 그리고 그러한 무질서는 그 자체에서 멈추는 것이 아니라 사물을 태울 수 있는 불로 발전하기도 한다. 바람은 파괴의 속성뿐만 아니라 소멸이라는 공포의 정서까지 환기 시키고 있는 것이다.

바람은 시인에게 자연의 일부가 아닐뿐더러 상처를 치유해주는 매개도 아니다. 그리고 시적 자아의 일탈이나 방황과 같은 정서로 환기되지도 않는다. 바람은 파괴적이고, 자아의 현존을 불안하게 만드는 매개로 기능할 뿐이다. '바람'에 대한 시인의 그러한 상상력은 '바람' 연작시에 일관적으로 묘사되고 사유된다. "바람이 어지럽고", 그 바람에 의해 자아는 "연안부두에서 휘청거리다 병원에 실려갈 정도로" 난폭한 경험을 하게 된다(「바람의 도시5」). 게다가 그 바람에 의해 상처받은 도시 역시 건강한 것으로 비춰지지 않는다. 바람에 의해 훼손된 도시는 자아의 정서를 훼손시키거나(「바람의 도시3」) 일상으로부터 격리된 낯선 자아를 만들기(「바람의 도시2」) 때문이다.

갈 수 없는 길
벼랑과 마주 섰다
길은 있으나 길이 아니다
폭설이 내리고
산에 들었다
눈은 모든 길을 지우고
나는
가려진 길 한 끝을 잡고

흔들거리고 있다
세상은 허허로운 벌판
눈보라 속에도
길은 숨어 있는 것
사라진 길 틈을 비집고
오늘도 나는
산을 오른다

길 없는 길을 따라
바람 속을 간다

「미로」 전문

    시인의 일상은 바람에 의해 손상을 입었고, 그로 인해 현존을 위한 삶의 공간도 잃어버렸다. 그 결과 자아는 나아갈 공간을 상실한 채 갇힌 존재, 곧 고립된 존재가 된다. 「미로」는 그러한 자아의 현존을 잘 보여주는 시이다. 서정적 자아에게 앞으로 나아갈 길은 보이지 않는다. 자신 앞에 놓인 길들은 "갈 수 없는 길"이기 때문이다. 바람이 막고 있는 까닭에 그러한데, 따라서 "길이 있으나 길이 아닌 것"이라는 판단은 지극히 당연한 것이라 할 수 있다.

    불온한 현실에 대한 상황 판단이 이루어지게 되면, 대개의 경우 그 현실을 뚫고 나가기 위한 해법을 찾게 마련이다. 그러나 「미로」에서 자아는 이 해법을 찾지 못한 채 고립되어 있다. 바람에 의해 막힌 길이 '폭설'에 의해 또다시 덮여 있는 까닭이다.

    나아갈 길의 상실과 그에 따른, 미로와 같은 현실 속에서 자아는 절망한다. 현재의 길과 나아갈 길의 공백은 넓고 깊은 까닭이다. 그러나 이 간극에서 서정적 동일성을 향한 강렬한 힘이 나오게 되는데, 그 열정이 미래의 시간과 앞으로 나아갈 공간을 열어줄 에네르기가 된다. 그것이 시인이 이번에 펼쳐 보이는 『바람의 도시』의 주제일 것이다.

자아를 정립하고 미래의 아름다운 공간을 향한 시인의 열정은 강렬하게 나타난다. 시인은 그러한 도정에 이르는 길에 대해서 매우 적극적으로 대응하고 있는 까닭이다. 「바람의 도시4」에서 보듯 시인은 바람의 파괴에 대해 좌절하지 않는다. 심장이 뛰는 답답함이나 머리칼이 엉켜지는 혼돈을 수동적으로 받아들이는 것이 아니라 이에 적극적으로 대응하고자 한다. "차라리/바람 속을 가자"라는 결단이 그러하다. 그런 적극적인 의지는 「미로」에서도 동일하게 나타난다. 길은 숨어있지만 시인은 앞길을 열어줄 길에 대해 적극적으로 찾아 나선다. 뿐만 아니라 사라진 길조차 찾아낼 만큼 강한 능동적 자세를 유지하기까지 한다. 그 결과 그는 "오늘도 산을 오르"는 행군을 시작하면서 "길없는 길을 따라/바람 속"으로 나아가는 것이다.

2. 문명에 밀려난 자아

시인은 현재의 완결성을 파괴하는 원인으로 우선 '바람'을 지목했다. 그것은 파괴적이고 인간의 현존을 방해하는 매개로 판단했기에, 시인은 그러한 바람에 맞서 불구화된 자신의 정신을 일깨우고 보다 건강한 미래를 기원했다. 피할 수 없다면, 바람에 당당히 맞서 싸우고자 했던 것이다. 자연의 일부임에도 불구하고 시인의 작품 세계에서

그것은 건강한 세계를 만들어내는 긍정적인 요소로 기능하지 못하고
있었던 것이다.

　그런데 시인의 작품 세계에서 바람이 부정적인 것임에도 불구하고
그것의 구체적인 실체랄까 부정성이 뚜렷이 나타난 경우는 드물었다.
도시는 바람에 의해 그저 속절없이 무너진 공간이 되어버렸고 여기에
거주하는 개인 역시 고립된 모습으로만 비춰졌을 뿐이다. 그러나 시집
을 꼼꼼히 읽게 되면, 바람에 의해 만들어진 불온의 결과가 어떤 것인
지 그 실체가 서서히 떠오르게 된다. 그 가운데 하나가 '곰팡이'이다.

　　　장맛비는 초록이다
　　　쉽게 들 수 없는 산중에
　　　망태기를 맨 사내가
　　　쓰러진 고목을 때리고 다닌다
　　　하늘도 뵈지 않는 숲이거늘
　　　무시로 드나드는 혼이 있었나
　　　비거스렁이 속에서
　　　죽은 참나무 온몸에
　　　소름 돋듯 버섯이 피어났다
　　　고물고물 돋아난 곰팡이
　　　고목에 핀 꽃이다, 약이다

　　　장맛비는 흙탕물이다
　　　나는 자판을 두드려
　　　스멀스멀 곰팡이를 피워낸다
　　　모니터에 뜬 버섯, 독이다

약도 없는 병이다

「곰팡이」 전문

　이 작품은 바람에 의해 만들어질 수밖에 없는 일상의 모습이 선명하게 드러난 경우이다. 여기서 선명하다는 것은 이미지의 조형성이 뚜렷하고, 그런 대비를 통해서 시의 음역이 멋지게 만들어진다는 뜻이다. 작품의 제목처럼 이 작품의 중심 소재는 곰팡이다. 곰팡이는 익히 알려진 대로 시각적 이미지가 매우 농밀하게 나타나는 경우이다. 검다는 강렬성이 주는 효과가 그러한데, 실상 이 이미지가 우리에게 일러주는 것은 부정적인 국면들이 먼저이다. 검은 것은 죽음의 이미지와 가깝거니와 설사 그것이 생산의 이미지와 관련이 있다고 하더라도 여기서 어떤 긍정의 가치를 이끌어내기가 쉽지 않은 것이 사실이다. 이 작품에서도 곰팡이의 검은색은 그런 사유로부터 자유롭지가 않다.

　그런데 시인은 이 이미지 속에서 단선적인 한 면에만 주목하지 않는다. 그는 여기서 그것이 갖고 있는 양가성에 주목하게 되는데, 이를 가능케 한 것 역시 시각적 이미저리이다. 그 거리는 색채의 차이에서 온다. 곰팡이와 연결된 이미지가 하나는 초록이고 다른 하나는 황토이다. 검은 색이 초록과 결부되게 되면 긍정성에, 후자와 연결되면 부정성에 관련이 있다고 보는 것이다. 검정이라는 부정의 의미도 자연과 결부되면 "고목에 핀 꽃, 곧 약"이 되는 것이고, 인공과 결부되면, "모니터에 뜬 버섯, 곧 독"으로 비유하는 것이다.

　이 작품은 검은 색이 주는 어두운 이미지를 중심으로, 초록이 주는 밝은 이미지와 황토색이 주는 어두운 이미지가 어우러지면서 새로운 의미의 조각을 만들어낸 시이다. 초록 앞에 자연이 놓여 있고, 황토 앞에 문명이 놓여 있었던 것인데, 이런 대비를 통해서 유추해보면, 현재의 어두운 국면을 만들어낸 바람이 궁극적으로 무엇이고, 또 그런 불온성에서 시인이 추구해야할 구경적 가치가 어떤 것일까를 이해할 수 있는 근거가 만들어진다.

테크노벨리 아파트 화단 무성한 철쭉아래 새치름히 핀 제비꽃
경비아저씨 발소리에 소스라친다
반갑단 출근 인사에 못 본 척 가라는 눈짓이 글썽하다

25층 아파트 지을 때 밀려나
겨우 강바람에 흥겨워지려던 차에
사대강 운운하는 포크레인에 번쩍 들려 버려진 여기
고향이건만 고향이 아니다

억지로 끼운 보도블록 틈에는 빼앗긴 땅을 찾으려는
잡초들이 아우성치고
날마다 플라스틱 빗자루에 얻어맞아
허리가 꺾인 냉이꽃이 며칠째 시위중이다

지친 하루를 건너오는 길목 우뚝한 점령군 그늘이 오싹하다
화단 깊이 숨은 제비꽃 내가 무섭고
난 하늘을 찌르고 강을 휘젓는
저 콘크리트 덩어리가 너무 두렵다

「제비꽃」 전문

자연과 문명의 오랜 대립은 근대가 풀어야할 숙제이다. 자연은 원상 그대로이지만 문명은 자연을 그 본연의 상태로 놓아두지 않았다. 욕망 위에 올라탄 문명은 자연 속에 거침없이 뛰어들어 왔다. 자연은 마치 인간을 위해 존재하는 것인 양 용서도, 아량도 받을 수가 없었다. 인간의 이익을 위해서라면, 자연은 그저 그들의 욕구를 채워주기 위한 도구에 불과했을 뿐이다. 그 결과가 지금 여기 욕망에 물든 인간의 적나라한 자화상이 아닌가.

　「제비꽃」은 거침없이 파괴해 들어오는 문명의 모습을 고발한 시이다. 순수 자연인 '제비꽃'이 감내해야하는 실존의 어려운 과정을 통해서 자연의 비극성을 그려낸 작품이다. 아파트의 화단에 있는 제비꽃의 고향은 원래 이곳이 아니다. "사대강 운운하는 포크레인에 번쩍 들려서" 이곳까지 그저 떠밀려 온 이방인에 불과하다. 그럼에도 제비꽃은 이곳에 뿌리를 내리고 살면서 고향 아닌 고향 속에 살고 있다. 그러나 고향이라면 마땅히 누려야할 모성적 따뜻함은 여기서도 전혀 느끼지 못한다. 계속된 인간들의 욕망의 팽창을 견딜 수가 없는 까닭이다.

　　그렇다면 제비꽃의 반대편에 놓인 인간은 이런 현실 속에서 어떤 만족을 느낀 것일까. 자연을 딛고 일어선 인간들의 욕망은 과연 만족할 만한 결과를 얻었는가. 만약 그러하다면 자아와 세계의 간극을 채우려는 서정의 강렬한 힘은 더 이상 필요하지 않은 것인지도 모른다. 그 화해할 수 없는 거리가 있기에 서정의 동일성을 향한 정서가 일어나고 이를 좁히려는 노력이 생겨나기 때문이다. 시인이 이 작품에서 포착해낸 것도 이 지점인데, 자연은 인간을 두려워하고("화단 깊이 숨은 제비꽃 내가 무섭고"), 인간 역시 두렵기는 자연과 마찬가지라는 ("저 콘크리트 덩어리가 너무 두렵다") 사유가 바로 그러하다. 욕망을 위한 자연의 파괴는 결국 부메랑이 되어 인간자신에게 돌아오기 때문이다.

> 녀석의 까까머리 같은
> 벼 그루터기에 무서리가 내렸다
> 안개 자욱한 들판에 키 큰 감나무 한 그루
> 달빛같은 까치밥 아스라하다
> 감꽃 목걸이 선물하던 개구진 녀석 사라진 자리
> 불쑥불쑥 아파트 들어서더니
> 동구 밖 감나무는 가로수 되었다
>
> 가로등에 지쳐가고 있다
>
> 　　　　　　　　　　　　「감나무-사랑가6」 전문

「감나무」는, 늦가을의 황량함이 이미지의 멋진 조형을 통해서 풍경화처럼 묘사된 작품이다. "녀석의 까까머리 같은/벼 그루터기에 내린 무서리"는 피폐화된 인간사에 대한 은유일 것이다. 개발은 유년의 아름다운 모습을 앗아갔고 동구 밖 감나무까지 그 본연의 모습을 잃게 만든 까닭이다. 밭에서 생산의 주체가 되어야할 감나무는 이제 더 이상 그 기능을 수행할 수가 없다. 그것은 이제 감을 만들어내는 나무, 고향의 애틋한 정서를 환기시켜주는 나무가 아니라 '가로수'라는 기능적 존재로 전락해버린 까닭이다. 그러나 감나무로서는 이마저도 버겁다. 문명이 만들어낸 가로등 불빛에 의해 스스로가 너무 지쳐가고 있기 때문이다.

3. 영원한 자연, 그 안식처를 향하여

『바람의 도시』에서, 서정적 자아는 이 시대를 숙명처럼 살아갈 수밖에 없는 근대인의 우울을 앓고 있다. 이 아픈 정서는 시인 스스로가 만든 것도 아니고 시인만이 앓고 있는 것도 아니다. 이 시대를 살아가는 사람이라면 누구나 아파해야 하고, 또 당연히 감수해야 할 문제이기 때문이다. 그리고 이에 대한 나름의 해법을 찾아야 하는 것 역시 이 시대를 사는 사람들 모두가 짊어져야할 숙명일 것이다.

조성순은 이런 커다란 형이상학적인 문제에 대해 어떤 선언이나 과감한 관념을 들이대면서 그 해답을 얻으려 하지 않는다. 그의 시들은 차분하고 일상적이다. 이런 일상성이 있기에 시인의 시들은 서정시가 흔히 빠질 수 있는 관념의 늪에 가라앉지 않는다. 시인은 일상의 현실에서 이 시대를 살아가는 삶의 의미와 그 윤리적 실천 혹은 당위적 임무에 대해 지난한 자기 천착을 시도하고 있다.

욕망에 물든 도시, 문명의 늪에서 허우적거리는 모습을 시인은 계속 주시해온 터이다. 그리고 그 매개랄까 원인을 시인은 '바람'의 부정적 이미지 속에서 찾아내었다. 바람은 회색의 도시를 만들었는가 하면, 욕망에 물든 인간 군상들의 적나라한 모습들을 수면 위로 떠오르게 했다. 그 과정에서 자연은 언제나 희생양이었고, 인간의 욕망을 채워주는 단순한 매개에 불과했다. 시인의 서정은 이런 공백에서 강렬하게 타오르기 시작했는데, 그 열정은 문명이란 무엇이고 욕망이란 무엇일까, 그리고 이를 매개하는 바람이란 어떤 것일까, 또한 그 근본 원인이 된 '바람'은 어떻게 잡을 것이고, 이를 토대로 시인이 꿈꾸는 미래의 유토피아는 어떻게 만들어낼 수 있을까, 이런 고민의 흔적들을 시집 속에 어떻게 담아낼 수 있을까에 모아지기 시작했다. 그리하여 시인은 그런 유토피아를 위해서 '바람'에 다시 주목하기에 이른다.

미친바람이 잡혔다
울다가 웃는다
웃다가 울어댄다
웃는 가슴 솔가지에 묶어두고
우는 심장 조릿대에 넣는다
눈 감고 뛰어다니는 바람을
뜨거운 나체로 감싸 안는다

까만 밤
서슬퍼런 산고 끝에
하얗게 피어난
환희여

「상고대」 전문

『바람의 도시』의 전략적 이미지가 '바람'이라고 했을 경우, 「상고대」가 갖는 의미의 중요성은 아무리 강조해도 지나치지 않다. 이 작품의 첫 행은 매우 도발적으로 시작된다. '바람'을 미쳤다고도 했고 또 '잡혔다'라고 아주 격하게 선언하고 있기 때문이다. '바람'의 이미지는 이 작품에 이르러 그 정점을 지나고 있는 듯하다. 미치기도 했고 잡히기도 했기 때문에 그러한데, 이 '바람'은 이제 시인의 의식 속에서 새로운 단계로 나아갈 준비가 된 것처럼 보인다.

'바람'은 울다가 웃다가를 반복할 만큼 불안한 존재이다. 인간의 욕망을 충족시키기 위해 자연을 파괴했고, 인간만의 문명을 만들어냈으니 말이다. 그렇다고 이렇게 만들어진 문명이 인간에게 만족을 가져온 것은 아니다. 만약 그러하다면 인간은 잃어버린 영원을 그리워하지도, 또 시인의 표현대로 '콘크리트'를 두려하지도 않았을 것이기 때문이다. 이 모든 부정성을 바로 잡기 위해서 '바람'은 이제 멈춰야 하고 궁극적으로는 잠잠해져야 한다. 시인은 바람의 이런 궁극적 모습을 '잡혔다'라고 표현했다. 『바람의 도시』를 꼼꼼히 읽어보면 이 표현이 얼마나 의미심장한지를 대번에 이해할 수 있게 된다. 그것이 정지되어야 시인이 꿈꾸어온 서정의 유토피아가 완성될 수 있었기 때문이다.

그런데 이 야생적 바람이 잡히는 과정이 매우 이채롭고 의미심장하다. 시인은 그것의 속성 가운데 하나인 "웃는 가슴은 솔가지에 묶어두고", "우는 심장 조릿대에 넣는다"라고 했다. 뿐만 아니라 "눈 감고 뛰어다니는 바람을/뜨거운 나체로 감싸 안는다"고도 했다. 그런 과정을 통해서 바람이 비로소 정지한다는 것인데, 이 도정을 꼼꼼히 관찰하게 되면 하나의 일관성을 얻게 된다. 바로 자연의 한 과정을 통해서 바람을 잡는다는 것이 그러하다. 솔가지가 그러하고 조릿대가 그러하지 않은가. 그리고 무엇보다 중요한 담론은 '뜨거운 나체'일 것이다. 이런 형상만이, 인위적인 것은 물론이거니와 '바람' 속에 내재된 부정적 국면을 진정시킬 수가 있다고 보는 것이다.

4. 캔 맥주하나로 겨우 잠든 겨울 밤

몸이 달은 녀석이 콧소리로 추근대는 통에 잠이 깨고 말았다
몇 번 오늘은 아니라고 돌아누웠지만, 기어이 날 일으켜 세운다
그래 한번 해보자. 훤한 형광등 아래 한번 덤벼봐라
너무 적극적이었나, 녀석은 어디로 숨어 나오지를 못한다
겨우 진정하고 잠이 들었는데 이 앙큼한 녀석 자는 동안 날
얼마나 물고 빨아댔는지 온몸이 울긋불긋하다
우리가 이팔청춘도 아닌데 조용히 잠만 자는 게 어떨까
밖에 하얗게 눈도 내리는데

철없는 모기 녀석 날 지켜주는가

「동침」전문

　문명이 자연의 저편에 놓인 것이고, 그것이 자연 속에 거침없이 틈
입해 들어올 때, 야생적 삶이 무너지는 것은 익히 알려진 일이다. 작
품 「동침」이 말하고자 하는 것도 이와 밀접한 관련이 있다. 모기는 인
간에게는 이타적인 존재이지만 자연 그 자체라는 사고 속에 편입시킬
경우, 강렬한 원시적 힘으로 거듭 태어나는 존재의 변이를 이룬다. 원
시적인 것인 문명의 반대편에 놓인다. 따라서 문명이 승화하면 원시
적 힘과 사고는 수면 아래로 가라앉는다. 그래서 아무 것도 할 수 없는
무용지물이 된다. 모기의 힘은 그런 반문명과 밀접한 관련이 있다.

칭얼대는 파도 사이를
흐르는 미역 춤사위 현란하다

넋을 빼앗긴 불가사리
자갈밭에 너부러져
온몸 파삭거리도록
눈물을 말린다

찝찌름한 바람 속 등대는
발기한 성기, 불을 뿜는다
옥도정기 바른 젖꼭지, 바짝 섰다
뭍사람 구름같이 모여들고
노을 머금은 바다
비틀비틀 게걸음으로
나를 삼킨다

「바다의 하루」 부분

  문명으로부터 탈출할 때, 원시적 힘이 어떻게 탄생하는가는 「바다
의 하루」에서도 잘 드러난다. 여기서 알 수 있는 것처럼, 시인은 문명
이전의 모든 것들에 대해서 삶의 건강성을 발견해낸다. 문명과 원시
는 이렇듯 정비례의 관계에 놓여 있다. 문명이 압도하게 되면, 야생적
인 힘은 죽어버린다. 그런데 그것은 단순한 죽음이 아니라 생명의 상
실과 연결된다. 자연 속에 길러진 등대가 생명이 충일한, 발기한 성기
가 될 수 있는 것도 야생의 힘 때문에 가능하다. 이 작품은 문명 저편
에 놓인 원시적 사유가 어떻게 생명의 근본 현상과 연결될 수 있는지
잘 보여준 시이다. 시인의 시세계에서 문명에 대한 안티 담론은 이제
자연 친화적인 담론과 불가분의 관계에 놓이게 된다.

.

출렁출렁 비가 내린다
횡단보도에서
길모퉁이에서
묵호항 부두 냄새가 난다
그 밤
무창포 바닷길이 열리듯
진해에서
신탄진에서
하늘로 길이 났다
햇빛 속에 숨어있던 사람들
몰려나와 파닥거릴 때
물고기 비늘 같은
꽃잎이 진다
반짝거리며 가로등을 밝힌다
사월 벚꽃에서
비린내가 난다
도시는 바다가 되고
우리는
흩날리는 파도를 탄다

「벚꽃축제」 전문

작품의 제목대로 인용시는 축제를 시의 소재로 한 작품이다. 그러나 여기서 펼쳐지는 축제는 일상에서 흔히 볼 수 있는 그런 모습들은 아니다. 축제는 축제이되 환상적인 축제, 초월적인 축제이기 때문이다. 그렇다고 이 작품을 두고 초현실주의의 한 파편으로 생각하는 것은 적절하지 않다. 정신의 해방을 추구한, 무의식의 전능을 추구한 초현실주의적 축제의 모습과는 전연 다른 까닭이다.

이 작품에서 축제는 시공을 초월하며 장대하게 펼쳐진다. 그렇다고 시인이 물리적인 공간을 일일이 찾아다니면서 그 공간을 묘사하는 것이 아니다. 여기서 펼쳐지는 축제의 모습은 경계가 있거나 구분 속에서 이루어지는 것이 아니다. 고유성을 간직한 공간이나 사물에서 한정되는 것이 아니라 공간을 초월한 공간들이 하나의 장 속에서 펼쳐지기 때문이다. 지금 여기에 내리는 비에서 "묵호항 부두 냄새"가 나는가 하면, 무창포의 바닷길은 '진해에서'도 '신탄진에서'도 펼쳐지면서 입체적으로 우리 앞에 다가오는 것이다. 게다가 벚꽃의 꽃잎은 비늘이 되기도 하고, 거기서 비린내가 나기도 한다. 뿐만 아니라 도시는 바다가 되고, 우리는 흩날리는 파도를 타기도 하는 것이다.

근대를 초월하고 문명에 의해 불구화된 인간의 사고에 완결성을 부여해주는 것이 자연의 형이상학적 질서라는 사실은 익히 알려져 있다. 인식의 파편에 놓인 인간이 어떻게 하면 자연과 하나가 될까 하는 것이 근대인의 진지한 철학적 과제, 형이상학적인 과제가 되었던 것이다. 이런 모색의 과정에서 중요한 매개로 떠오른 것이 자연이다. 서양과 달리 동양은 유토피아에 대한 역사가 일천하다. 그렇기에 파편화된 자의식을 기댈 안식처를 구하는 것 역시 마땅치가 않았다. 서정주 경우는 신라와 신라정신에서 그 대안을 모색했지만, 이런 사색의 전통은 매우 미약한 것이 사실이다. 그러다 보니 역사 외적인 것이 주목의 대상이 되었고, 자연은 이런 모색의 과정에서 선택되었다. 인간 역시 자연의 일부라는 관점, 그리고 자연의 일부가 될 때, 인간은 비로소 영원의 안식처를 찾는 것으로 이해되었다. 자연의 중요성과 그 형이상학적 의미는 이런 전통에서 온 것이었다.

시인이 관심을 갖는, 인식의 통일성을 향한 자연에의 경사는 이런 맥락에서 이해되어야 할 것이다. 이는 모더니스트의 정신과 방법에 익숙했던 근대 이후의 시인들, 현대 시인들이 관심을 가졌던 것과 유사한 국면이라 할 수 있을 것이다. 조성순 시인의 경우도 마찬가지이다. 시인은 물리적인 변화를 통해서 자연의 총체적인 합일을 이야기 했고, 이를 통해서 인간이 어떻게 유토피아로의 길로 나아갈 수 있는지를 이해한 까닭이다. 물리적인 변화에서 정신적인 변화, 그리고 그 과정 속에서 자연이 하나되는 축제의 장을 펼쳐 보인 것이다. 이런 면들은 기왕의 시사에서 볼 수 없었던 이 시인만의 고유의 영역일 것이다.

조성순은 전도된 이미지의 결합을 통해서 새로운 자연의 질서를 만들어낸다. 자유로운 상상의 날개를 통해서 여러 곳에 분산되어 있는 이미지들이 하나의 시공간 속에 자연스럽게 통합된다. 그러한 통합이 낳은 것이 자연의 아름다운 축제였다. 자연은 하나의 단일체이기에 이런 변신이 전혀 낯설지가 않다. 이런 과정을 통해서 시인은 유쾌한 축제의 장을 만들어낸다. 거침없는 변신을 통해서 나만의 세계, 우리들만의 세계가 아니라 만물이 하나 되는 조화로운 축제의 장을 만들어내고 있는 것이다. 이런 축제를 만난다는 것은 무척이나 유쾌하고 참신한 경험이 아닐 수 없을 것이다.

구월 스무날 낮달이 성긴 억새 위를 걸어가고 있다
여기 아담과 이브가 있었으리라
아담은 중첩의 산에 반해 어느 봉우리아래

아직 지리산을 즐기고 있으리라
이브는 단풍 같은 사람들을 따라 나섰다가
애타게 그리워하고 있으리라
산속에 들어 있을 때 보이지 않던 산을

파란하늘 시월햇살이 서슬 파랗던 산을 태우고 있다
여기 아담과 이브가 있으리라
노고단 단풍 숲을 지나 고요한 종석대에 올라
마음을 하늘에 씻고 구름을 타고
세상으로 내려서는 우리를 배웅하는 바람으로
성긴 억새를 흐르는 낮달을 보고 있으리
반야봉 아래 암자에서 세상을 향해 합장하고

「종석대에서」 전문

　자연은 인간의 저편에 놓인 성지이다. 그리고 이곳은 잃어버린 인
간의 유토피아와도 같은 공간이다. 신화적 의식 속에 남아있는 에덴
동산은 경험적인 영역과는 거리가 있다. 이를 대리시켜 줄 수 있는 것
은 자연의 조화로운 모습뿐이다. 시인은 자연이 펼쳐 보이는 유쾌한
축제와 조화의 장이 무엇인지를 우리에게 일러주었다. 그런 자연이기
에 그곳은 아담과 이브가 살았던 공간으로 간주되는 것도 전혀 무리
가 아닐 것이다. '바람'은 이제 더 이상 나아가지 않고, 굳건히 멈춰 서
있다. 조화로운 자연, 축제의 자연이 그 진군을 막은 것이다. '바람'은
더 이상 불지 않으며, 그것에 의해 만들어진 욕망의 무한한 발산도 문
명의 무자비한 번식도 더 이상 이루어지지 않게 되었다. 바람은 영원

속에 묻히게 되었고, 더 이상 시인을 '대형 마트 속의 통유리'(「바람의 도시」2)에 갇힌 존재로 남겨놓을 수가 없게 되었다. 자연의 축제 속에 바람은, 시인은 이미 깊숙이 편입되어 있기 때문이다. (조성순, 『바람의 도시』 해설, 이든북, 2019)

세계를 조율하는 균형감각과 사랑의 정서

1. 나의 얼굴은 어떤 모양일까

이복자 시인은 동심지향적 시인이다. 시인은 동화, 동시를 창작하고 또, 아동 문학을 연구한 이력을 갖고 있기 때문이다. 뿐만 아니라 시인이 지향하는 작품 세계 역시 동화의 세계처럼 맑고 순수하다. 그런데 이런 지향성들은 과거의 한순간에서 끝나는 것이 아니라 지금 현재에도 계속 진행형이다. 따라서 이 시인은 다른 어떤 시인보다도 동화적 삶의 세계를 잘 이해하고 있다고 하겠다.

그러나 주목할 점은 이복자 시인이 동시 계열의 작품을 계속 창작해왔다고 해서 서정 시인으로서의 길이나 서정시에 대해서 결코 소홀하지 않았다는 사실이다. 시인은 『그가 내 시를 읽는다』를 비롯해서 여러 권의 시집을 이미 상재한 바 있기 때문이다. 문학은 양식적 특성이 다양하게 전개된다고 하더라도 그 지향하는 바가 장르별로 크게 차이나는 것은 아니다. 자아와 세계 사이에 놓인 불화의 정서는 어느 장르에서나 유효한 까닭이다. 그러나 자아와 세계 사이에 놓인 간극은 동화적 세계에서는 무척이나 좁지만 그 간극은 서정시의 경우보다 넓고 큰 것은 아니다. 따라서 시인이 동화적 세계에 꾸준히 머물러 있었고, 그 기조가 여전히 변하지 않고 있다고 한다면, 시인이 펼쳐 보이는 서정시의 세계와 이 동화적 삶의 세계가 불연속적인 관계에 놓여 있다고는 할 수 없을 것이다.

실제로 시인의 서정시에는 동화적 발상에서 얻은 영향들이 시의 형식이나 내용 속에서 꾸준히 반영되어 나타난다. 가령, 시인의 시들은 긴 호흡을 요하는 양식적 특성이 드물거니와 대부분의 경우 짧은 시형식을 유지하고 있다. 이런 특성들은 정서의 단일성을 요구하는 동시의 영향으로부터 자유로운 것이 아니다. 내용 역시 마찬가지의 특성을 갖고 있는데, 시인의 작품 세계는 맑고 깨끗한 세계를 한껏 담아내고자 했다. 바다와 호수와 같은 맑고 투명한 세계를 시의 중심 소재로 가져오는가 하면, 여러 이질적인 요인들이 충돌하는 비유들의 긴장도가 크지 않은 까닭이다. 이런 특징들은 모두 정서의 통일과 인식적 단일성이 요구되는 동시의 세계와 무관하다고는 할 수 없을 것이다.

동화적 순수의 세계는 자아 중심적이긴 하지만, 주로 자아 내부의 세계에 그 초점이 맞춰진다. 시인이 상재하는 이번 시집에서 서정성이 가장 밀도있게 모아지는 것도 이 부분이다. 자신이 윤리적, 혹은 인식적으로 완결되지 않은 것으로 생각하기에, 동화적 순수성의 세계는 저 멀리 외따로 떨어져 있는 것으로 이해한 탓에 그러하다.

'얼굴' 시를 쓴다고
고민하다 잠이 들었다

산을 오르며
나를 하나씩 하나씩 떨어뜨려 놓았다
꼭대기에 올라가 내려다보니
적막하고 아득한 곳에 나는 하나다
문득 두려워
되돌아 떨어뜨려 놓은 나를 찾으려는데
내가 누구인지 모르겠다
눈앞이 캄캄, 보이지 않고
눈 코 입 찾는데

내 얼굴을 더듬어 본 적 없어 못 찾는 바보
손바닥에 피식 웃음 박힌다
자신은 자신이 가장 잘 안다는
진리에 갇혀 지금까지 난 자유였네

달덩이를 닮았다는 것 외에
아무것도 모르는 내 얼굴
산을 다 내려오도록 찾지 못하고
깼다, 모르겠다, 나를

「얼굴, 잘 모르겠네」 전문

이 작품에서 '얼굴'이란 곧 자아를 의미한다. '얼굴'을 찾아 나선다는 것은 자아를 찾아떠나는 행위와 일치한다고 할 수 있다. 시인은 그러한 과정을 두 가지 국면에서 이해하고 있는데, 하나가 꿈의 형식이라면, 다른 하나는 산을 오르는 여정을 통해서이다. 꿈은 무의식의 전능이기에 어찌 보면 자아를 이해하는 가장 의미 있는 기제라 할 수 있을 것이다. 의식의 방해 없이 무의식 저편에 놓여 있는 자아의 적나라한 모습을 모두 다 파악할 수 있기 때문이다.

그리고 또 하나는 산을 오르는 과정이다. 실상 이런 수법은 정지용의 「백록담」에서 익히 보아온 것이다. 그는 한라산의 등반과정을 통해서 각 지점에서 인식되는 사유의 극점들에 대해 이해한 바 있다. 그런 과정은 이 시인에게도 동일하게 적용되는데, 시인은 산에 오르면서 자신이 간직하고 있는 것들에 대해서 하나씩 내려놓는다. 그것이 자신을 구성하고 있는 신체의 일부이든, 아니면 욕망과 같은 정신의 일부이든 상관없다. 그렇기에 이 버리는 행위는 자기 수양이라는 성찰의 과정과 밀접히 연결된 것이라 할 수 있다.

그런데 문제는 이런 과정을 통해서 알 수 있다고 생각한 자아의 모습이 전혀 감각되지 않고 있다는 사실이다. 자신의 일부를 벗겨내고, 또 욕망이라는 불온의 장치를 가동시키지 않았는데에도 불구하고 자아의 모습은 여전히 안개 속에 갇혀 있는 까닭이다. "자기는 자신이 가장 잘 안다는 진리에 갇혀" 있었기에 그런 것이었고, 경우에 따라서는 "달덩이를 닮았다는 것 외에/아무것도 모른" 채 있었던 것, 곧 자아에 대해 피상적인 수준에서만 머물렀던 것이 이런 인식적 한계를 가져온 것이다.

잘 새겨들어
지나고 보면 하루가 그저 그런 날들인데
비우며 살자 이거야

가만 있으면 좋을 걸 아는 척 한 것이 부끄럽고
져도 좋은 걸 이기면 나중이 우습고
잘난 척 하지 말자 이거야

꽃을 피워 봄을 노래하고
몸부림으로 여름 땀 빼고
콧대 높여 가을을 뽐내도
정열 다 쏟아낸 후 오는 겨울은 쓸쓸한 거야

저 봐, 뒹구는 낙엽이 인생을 다 말하잖아
추락하는 존재라도 이유는 있어
선악의 공적은 어딘가에 저장 되는 법
부서지는 몸으로 홀연 떠나는 낙엽이 쓸쓸해도
겸손은 참으로 아름다운 걸

욕심은 추하고 용서는 아름답대
잘 새겨들었어?

「그럴싸한 통화-나에게」 전문

인용시 역시 「얼굴, 잘 모르겠네」의 연장선에 놓여 있는 작품이다. 이 작품은 시인 자신에게 말을 거는 형태로 구성되어 있다. 서정시의 장르적 특색이 시인 스스로에게 말하는 양식이라는 점에서 비추어보면, 이 작품은 여기에 충실한 경우이다.

이 작품에서 현실적 자아와 이상적 자아는 윤리적 기준을 두고 서로 다툰다. 마치 이상의 「거울」에서처럼 두 자아는 갈등하고 경쟁하는 것이다. 그러나 이 작품을 이상의 「거울」과 곧바로 연계시켜 논의하는 것은 다소 무리가 있어 보인다. 「거울」은 의식과 무의식 사이에 놓인 간극을 좁히면서 형이상학적 통합에 이르고자 하는, 인간의 존재론적 완성을 향한 여정을 그린 작품이기 때문이다. 반면에 「그럴싸한 통화-나에게」는 「거울」과 매우 다른데, 여기서 두 자아는 수평적 관계에 놓여 있는 것이 아니라 수직적 관계에 놓여 있다. 그런 위계적 질서 속에서 하나의 자아는 다른 자아에게 윤리의식을 강요하며 계몽적 훈계를 내리는 구조로 되어 있는 것이다. 이런 면들은 이상의 「거울」과 다른 차원에서 사유되는 것들이라 할 수 있다.

이복자 시인의 자아 성찰은 존재론적 완성이라는 인간의 영원한 꿈과 다소 거리가 있는 것처럼 보인다. 그의 시들은 의식과 무의식의 관계망에서 이루어지는 것이 아니라 계몽적, 교훈적 관계에서 이루어지기 때문이다. 시인은 철학적 함의라든가 형이상학적 사유의 깊이에까지 굳이 들어가지 않고 실존과 자아의 문제에 대해 사색하고자 한다. 이런 윤리성이 동화적 세계와 분리할 수 없는 것이거니와 시인의 시들은 이렇게 맑고 투명한 관계 속에서 자아의 길을 모색하고 있는 것이다.

2. 균형감각과 사랑에의 지향

자아란 무엇인가에 대한 시인의 집요한 물음들이 존재 내부의 문제, 곧 형이상학적인 틀 속에 갇혀 있는 것은 아니라고 했다. 그의 시들이 관념의 영역으로부터 한걸음 빗겨 서 있는 것도 이런 특색에서 비롯된 것이라 할 수 있다. 따라서 시인의 시들이 자아 내부가 아니라 자아 외부에서 의미화되는 것은 어쩌면 자연스러운 것일지도 모르겠다. 실제로 시인이 응시하는 현실은 불온성이 펼쳐지는 현장이 아니다. 이 시인의 작품들은 그런 현장에서 뿜어내오는 갈등의 열기에서 한 발짝 물러나 있다. 그렇다고 해서 그런 현장에 대해 애써 외면하려고도 하지 않는다. 가령, 「난민 고무보트」같은 작품들이 그러하다.

하늘은 붙잡아 줄 팔도 안 보이고
바다는 받쳐줄 어깨가 없는데

넘칠 만큼 사람 태운 고무보트가 바다에 떴다
더 이상 사람이 아니라고 말하지, 난민들을

파도야 흔들지 마라
속에서 올라올 무엇도 없다는데 너는 왜 팔을 쓰니?
제발 흔들지 마라

눈물이 소금 되도록 붙어있는 목숨
땅 찾는 눈으로 한 발 기어 나와 헤매는 사이
파도가 손에 쥔 죽은 아이, 먼저 도착이네

홍해를 가른 하늘이여!
오병이어(五餠二魚)의 손으로 보트 좀 잡아 주소
너무 잘 살아 사람이 아닌 사람 많다 해도

공평(公平)을 주장하소서
「난민 고무보트」 전문

자신이 살았던 삶의 현장으로부터 쫓겨난 사람들이야 말로 사회적인 모순을 온몸에 담고 있는 주체들일 것이다. 그들을 이렇게 막다른 골목으로 몰아붙인 세력과 그 원인이 무엇인지에 대해 굳이 이야기하지 않아도 된다. 중요한 것은 이들이 처한 위치이다. 뿐만 아니라 인간 모두에게 부여된 생존권이 공평하게 분산되지 못하는 현실만이 부각되면 된다.

그러나 이 작품은 생존권이 극한에 몰린 사람들의 비극적인 현장을 소재로 하고 있지만, 휴머니즘과 같은 인도주의를 섣불리 말하지 않는다. 그리고 국가 간에 내재한 갈등의 원인이나 인과론에 대해서도 말하지 않는다. 그럼에도 시인이 보는 시선은 분명하다. 이 피폐한 결과들은 "너무 잘 살아 사람이 아닌 사람이 많'은 데서 기인한 것이라고 진단한다. 즉 자본의 불균형과 경제적 불평등이 난민이라는 아웃사이더들을 만들어냈다고 이해하는 것이다. 정서적 단일성과 장르적 협소성이 요구되는 서정시에서 원인과 결과와 같은 거대 서사들에 대해서 이야기하는 것은 어려운 일이다. 그러려면 서사적 요인들이 개입되어야 하고, 시 또한 장형화의 길을 걸어야 한다. 이복자 시인의 시들은 간결하고 투명하다. 그런 장르적 특성들은 모두 동화적 순수성과 밀접한 관련이 있다고 했다. 긴 서사성은 그의 시세계에서 애초에 차단되어 있었다고 보는 것이 옳을 것이다. 만약 이런 불온성에 대해 그 정합적 완결을 이야기 하려면 보다 새로운 형태의 담론 질서들이 필요할 것이다. 어떻든 진단이 있다면, 이를 뚫고 나아가야 하는 통로도 있을 것이다. 자기 스스로에 대해 준열한 탐색과 비판을 보여주었던 시인이 이를 우회하는 것도 쉬운 일이 아니었을 것이다.

이복자 시인이 그 탐색의 결과에서 발견한 것이 '공평'(公平)의 정서이다. 이는 단순한 선언에 불과한 말이긴 하지만 이 담론이 시인의 작품에서 갖는 함의는 매우 중요한 것이라 할 수 있다. 부자와 난민을 공유하는 것은 인간이고, 그 인간의 가치는 동일하다는 것, 그것이 공평의 감각이다. 이 정서는 정치적 국면과 경제적 국면에서 모두 유효한 것이지만, 더 중요한 것은 그 속에 내재된 정서의 함량일 것이다. 공평이란 양 극단을 아우르는 감각, 균형의 정서와 밀접한 연관성을 갖고 있는 것이라는 점에서 그러하다. 특히 이 부분에 서정의 밀도가 집약해서 나타난 것은 이번 시집에서 무척 소중한 것처럼 보인다.

극단으로 치우치는 것은 균형과 질서가 무너질 때 일어난다. 난민이라는 아웃사이더의 발생은 자기들만의 이기주의, 곧 편중된 사고와 이기심이 말들어낸 부정의 정서에서 온 것이다. 이런 정서를 뛰어넘기 위해서는 이질적인 것, 양극단의 정서를 중화라든가 중립의 지대에 갖다 놓아야 한다. 그런 정서가 균형감각이다. 실제로 시인이 이번에 상재하는 시집에서 이런 정서들이 아주 전략적으로 나타나는데, 이런 장치들은 시인의 주제의식과 밀접한 상관관계가 있을 것이다.

잎이 돋고
꽃도 피고
나물도 나오고

온통 차올라 팽팽해지는 봄인데
한 구석 덜 메꿔져 그리운 소리

개굴

개굴

개굴

경칩 지나고 허공 가르는

이 소리 있어야 봄이 다 찼는데

꽃이 만발하고 초록이 차도

그 소리 없어 헛헛한

도시의 봄

「개구리가 없어」 전문

인용시는 봄날의 일상에서 흔히 관찰할 수 있는 풍경을 묘사한 작품이다 "잎이 돋고/꽃도 피고/나물도 나오고"하는 모습이란 이 계절에 어디에서나 누구나 볼 수 있는 풍경이다. 그러나 시인의 응시는 이런 시각적인 것에서 그 완성이 이루어졌다고 생각하지 않는다. 봄이라는 계절이 완성되기 위해서는 또 다른 무엇이 있어야 가능하다고 생각한 것이다. 꽃과 온갖 사물이 자신의 존대를 드러낸다 해도 그것만으로 봄은 완성되지 못한 것으로 이해한 것이다.

시인은 그 결핍된 것을 청각적인 것, 곧 개구리의 음성에서 찾아낸다. 그는 봄을 알리는 것이 시각적인 요소만으로는 부족하다고 본 것이다. 또 다른 어떤 것, 시인의 판단처럼, 청각적인 것이 보충될 때, 봄은 비로소 하나의 완성체로 우리 앞에 다가온다고 이해한 것이다. 아주 사소한 것이라 할 수 있지만 봄에 대한 시인의 이런 종합적 사유는 의미있는 것이라 할 수 있다. 그것은 무엇보다 균형이라는, 이 시인만의 독특한 시적 전략에서 오는 것인데, 시각과 청각의 절묘한 조화, 그런 합창의 세계가 동시에 이루어질 때, 봄은 완성된다고 본 것이다.

균형 감감은 어느 한쪽만으로의 일방 통행을 거부한다. 아무리 좋은 관념이나 사유도 한 방향으로만 흘러가게 되면 더 이상 유의미한 결론을 얻지 못할 것이다. 양 극단이 아니라 가운데로 향하는 것, 곧 균형으로 향할 때 조화가 세계는 만들어진다.

시인이 전략적으로 발견한 균형의 감각이나 조화의 정서에 대한 시인의 서정적 정열은 매우 치열하다. 가령, 빛의 고마움은 양달에서만 한정되는 것이 아니라 응달이 있어야 비로소 가능하다는 것(「응달」), 인간은 자연의 일부이기에 그와 더불어 함께 해야 한다는 것(「숲-광릉수목원」) 것 등등이 그러하다. 여기서 알 수 있듯이 시인은 아름다운 조화란 어느 한쪽만으론 결코 완성되지 않는다고 본다.

> 스킨십이 샘난다
> 금빛 자갈은 여전히 익는 중
> 빛난다
>
> 마중과 배웅이 아울려
> 소용돌이도 쉽게 풀려가는
>
> 삶은 그저 순탄하면 행복이라고
> 햇빛도 평안을 투여하는 흐름 목
>
> 모난 성질 스스로 낮추어 맑은

소리조차 사리랑사리랑

사랑이다

「여울」 전문

 균형감각이라는 점에서 볼 때, 인용시 역시 「개구리가 없어」의 연장
선에 놓인 작품이다. 시의 소재가 된 자갈은 흔히 둥근 원을 상징한다.
둥글다는 것은 모나지 않다는 것이고, 그러한 특성 때문에 물은 둥근
자갈을 경과하면서 부드럽게 흘러갈 수 있다. 만약 그것이 둥글지 않
다면, 물은 거친 소리를 내고 회오리를 만들어낸다.

 이 작품의 특성은 이렇듯 소리 감각에서 찾아진다. 시인은 물소리
를 단지 물리적인 차원에서 한정시키지 않고 여기서 새로운 관념을
읽어낸다. 그것이 이 시인만의 크나큰 장점인데, 시인은 소리 감각을
통해서, 곧 음성 상징을 통해서 또 다른 관념을 서정의 진공 속에 채워
나가기 시작하는 것이다. 사랑이라는 관념이 바로 그러하다. '사리랑
사리랑'은 단순한 음성에 불과하지만, 시인은 이 소리를 예사롭게 넘
기지 않는다. 그것은 단순한 소리가 아니라 '사랑'이라는 관념으로 새
롭게 들리는 까닭이다. 이 소리를 매개로 시인의 균형 감각은 사랑이
라는 관념으로 전이되고 있는 것이다.

3. 삶의 긍정성과 자연의 형이상학

 사랑은 모든 것을 용서하고 감싸 안는다. 그렇기에 갈등이 없고 조
화로운 이상을 이룰 수가 있다. 균형 감각이 만들어내는 조화의 정서

를 이해한 시인이기에 이런 사랑의 감수성으로 나아가는 것은 일견 자연스러워 보인다. 그만큼 시인은 어느 한쪽으로만 나아가는 일방의 통로만으로는 인간과 인간 사이에 놓인 간극을, 인간과 자연 사이에 놓인 간극을 좁힐 수 없다고 판단한 것이다.

시인은 그런 간극을 '먼지'가 자욱히 낀 세상으로 파악한다(「먼지때문에」). 대상 사이에 짙게 낀 먼지가 소통으로 나아가는 길을 막아선 것으로 이해하는 것이다. 그 연장선에서 주목되는 것이 「뿅뿅다리의 진리」라는 작품이다.

> 건넌다는 것은 이어짐이다
> 다리는 가로막는 것이 있는 곳에 놓인다
> 끊어졌던 희망이 이어진 통로는 건너야 단단해진다
> 그래서 다리는 함부로라는 말을 거부한다
>
> 건너편을 쉽게 점령하는
> 잇는 무거움의 지탱을 칭찬할 줄 모르는 사람보다는
> 사람과 사람
> 사람과 자연, 그리고 자신을 생각하며 건너기를 원한다
>
> 물 흐르는 긴 다리를 건너본 사람은
> 바람이 있고 소리가 있어
> 시원함을 깨닫고야
> 가벼워지는 다리 위의 진리를 그리워하게 된다
>
> 난간도 없이 가는 다리로

철판에 구멍 뿅뿅 뚫고
어려운 세태 중에 바람과 물의 소통까지 감당하며
오로지 애인정신으로 길게

사람의 흑백을 주장하는 다리,
가벼워진 사람이면 이 빠진 할아범같이 좋아 웃는
회룡포 뿅뿅다리를, 누구든 그리워하라
그리워하라

「뿅뿅다리의 진리」 전문

양극단으로 갈라진 공백을 이을 수 있는 것이 다리의 임무이다. 그렇기에 다리가 없다면 둘 사이에 내재된 공간이나 거리는 좁혀지지 않을뿐더러 영원히 합류할 가능성도 없다. 평행선처럼 놓인 공간을 잇게 만들어주는 것은 다리뿐이기 때문이다. 이렇듯 다리는 두 공간을 연결하는 매개이지만 시인에게 그것은 또 다른 함의를 갖는 것이기도 하다. 균형감각의 차원이 바로 그러한데, 다리는 단순히 물리적으로 단절된 공간을 잇는 구실에서 그치는 것이 아니라 둘 사이의 공간을 메우는 균형차원으로도 읽혀지는 까닭이다.

그런 형이상학은 작품을 독해하는 과정에서도 그대로 드러난다. 다리를 건너는 시인의 행위란 곧 "사람과 사람", "사람과 자연, 그리고 자신을 생각하며" 건너는 일과도 같은 것이기 때문이다. 그러한 이동, 혹은 건너기를 통해서 갈라진 두 세계는 적절한 통합, 곧 조화가 이루어진다. 그것이 통합의 감각을 갖고 있는 것이기에, 간극을 좁히기 위한 시인의 정열은 예사롭지가 않다. 앞에서 본 것처럼, 시인이 보는 현실이란 지극히 불량한 것이다. 근대라는 역사철학적인 것에서 비롯하여, 지금 여기는 온통 먼지로 뒤덮인 세상뿐이기 때문이다. 그렇기에 갈등과 불편부당이 존재해 왔고 위계질서가 생겨났다. 이 모든 불온성들은 화해할 수 없는 사유, 서로 교통할 수 없는 균형감각의 상실이 만들어낸 결과이다. 시인은 이런 사회에 대한 당위적 의무를 갖게 되고, 그 열정이 매개가 되어 서정의 강도는 더욱 힘차게 살아나기 시작한 것이다. "어려운 세태 중에 바람과 물의 소통까지 감당하며/오로지 애인정신으로 길게" 진군하고자 하는 의지를 강하게 갖는 것은 이 때문이다. 균형을 완성하고자 했던 사랑의식은 여기서도 강렬하기 피어난다.

    아등바등 살지 말자

    가자
    새 길 만들며 혼자라도 가자
    혹 무리 중 이탈 있으면 좋은 말로 타이르고
    안 통하면 잠깐 물러서 뒤 따르고
    그 길에 행복이 있다 생각하자

    굳이 날개 펼 이유 만들지 말고
    모래 바람 불어 오면 눈 감자
    적이 오면 비껴가라 타일러보고
    우글우글 한꺼번에 덤비면 몸으로 맞서자
    죽는 것이 참일 수도 있다면야 죽자

뛸 줄도 알지만, 걷고 싶은 고백을
들어주는 하늘이 있다면 인도하는 새 길로
빛을 따라 걷자

가자
걷자
사막 태생의 신념 올곧게 앞세우고

「타조」 전문

자아성찰과 균형감각, 그리고 사랑이 만들어낸 자아가 이런 긍정적
자세를 취하는 것은 당연한 일이 아닐까 한다. 그것이 곧 삶에 대한 긍
정성인데, 「타조」에서 알 수 있듯이 서정적 자아는 달관한 자의 모습,
바로 그것으로 표상된다. 시인은 그저 묵묵히 앞으로 나아가고자 할
뿐이다. 길이 없으면 새 길을 만들고, 모래 바람이 오면 눈을 감으면
된다고 생각한다. 이에 맞서 대응하거나 거스를 필요가 없다. 현실에
순응해서 나아가면 자신 앞에는 어떠한 장애도 없다는 것이다.

그런데 앞으로 향하는 이런 힘찬 발걸음이 가능하게 했던 것도 모
나지 않는 삶, 여울물을 살짝 돌아나가게 하는 것과 동일한 사유에서
온 것이다. 바로 "사막 태생의 신념"이라는 동일성에의 향수, 모나지
않은 삶에의 그리움이다. 낙타는 잘 알려진 대로 사막을 삶의 배경으
로 하는 동물이다. 그렇기에 이 환경에서 최적의 생존조건을 만들어
내고 거기에 적응해서 살아가는 것이 낙타의 생존 비법이다. 사막의
온갖 악조건을 견디며 살아나갈 수 있는 것은 낙타가 '사막 태생이라
는 사실'이고 이를 잊지 않고 살아가는 자세에서 오는 것이다. 삶에 대

한, 그리고 현실에 대한 시인의 긍정성이 만들어지는 지점도 이 부분에서이다. 인간이 자연의 일부라는 사실을 잊지 않을 때, 그리하여 그것과 맞서는 욕망을 발산하지 않고, 모나지 않는 삶을 살아갈 때, 인간은 그 본연의 모습에 굳건히 적응한 것이 아닐까 한다.

그 연장선에서 주목해 보아야 하는 것이 이 시집의 전략적 주제 가운데 하나인 모성적 상상력이다. 자연의 형이상학을 모성적인 것과 분리시킬 수 없다면, 시인이 이번 시집에서 천착해들어간 모성적인 것들에 대한 친연의 몸짓들은 매우 유효한 시적 전략들이다. 실제로 시인의 시집을 꼼꼼히 읽게 되면, 소위 모성적인 것들과 거듭거듭 만나게 된다. 자연에 대한 아름다운 예찬이 그러하고, 어머니에 대한 끝없는 향수 등이 그러하다. 뿐만 아니라 유년의 아름다운 기억이나 고향에 대한 애틋한 향수 등도 모두 여기에 편입시킬 수 있을 것이다. 시인은 그만큼 이전의 시집에서 볼 수 없었던, 모성적인 것들에 대한 대단한 친연성을 보여주고 있는 것이다.

> 풀을 키우는 눈물은 흐르지 않습니다
> 가슴을 맴만 돕니다.
> 풀이 무성한 가슴은 작은 바람에도 요동이 심합니다
> 눈물을 함부로 보이지 말라는
> 근엄한 진리에 갇혀 풀씨까지 고이 품습니다
> 빗소리 요란하면 소리 내어 울고 싶은 밤은 오고
> 엎드려 통곡한들 흘러가는 것은 빗물일 뿐입니다
> 하늘이 또렷이 내려앉는 날일수록
> 눈물은 반짝이고, 사랑은 익어 거울같이 맑아집니다

가슴에 물풀을 키우며

눈물로 기다리는 사랑이 있습니다

「호수단상1」 전문

물은 신화적 국면에서 보면, 근원으로 사유되고 또 모성적인 감각
으로 수용된다. 그렇기에 '물풀을 키우는 것"이 가능해지는 것이며, 생
의 약동으로도 이해된다. 그리고 물은 생명의 씨앗일 뿐만 아니라 그
것을 포근히 감싸 안는 어머니의 품과도 같은 것으로 비유된다. 이 작
품을 모성적 상상력으로 이해하는 것은 이 때문이다. 그리고 그 근저
에는 인간만의 고유한 영역을 고집하고자 않는, 자연과 동화하고자
하는 서정의 정열과 교묘히 맞물려 있기도 하다.

모성적인 것에 대한 열정과 그리움의 강도는 이런 자연의 세계에서
만 한정되지 않는다. 그의 모성적 정열은 일상의 현실에서도 집요하
게 나타난다. 그것이 어머니에 대한 그리움과 향수이다.

키 작고 예쁜 울 엄마가

고운 한복 입고 경포 솔밭으로 소풍 오셨다

하얀 고무신 신고 치맛꼬리 밟힐세라 장등띠 매시고

찐고구마, 삶은 밤, 침감, 찐빵 담긴

양푼을 머리에 이고 오셨다

엄마를 눈에 넣느라 뒤에 수건 온 것도 몰랐다

잡혀서 '나의 살던 고향은 꽃피는 산골...'

오로지 엄마만 보고 노래를 불렀다

수건돌리기 게임 끝나자 돌아서서
치맛꼬리 들고 속치마 들추고 고쟁이 주머니 옷핀 빼고
꼭꼭 접은 십 원짜리 꺼내
삼각형 빨간 주스 사 주시고
풍선도 사 주시고

6학년 마지막 소풍
뒷줄 가운데 가리마 선명한 쪽머리 우리 엄마 있고
앞줄에 쪼그리고 웃는 내가 있는
딱 한 장
흑백 사진 속의 그날

「흑백 사진 한 장-엄마의 마지막 소풍」 전문

이 작품은 어머니에 대한 애잔한 기억이 한 폭의 풍경화처럼 아름답게 그려진 시이다. 누구에게나 있을 수 있는, 어머니에 대한 기억, 어린 시절의 추억이 한 장의 사진 속에 고스란히 담겨져 있는 것이다. 시인은 어머니와의 추억이 아름답고 소중했지만, 그것이 엄마와의 마지막 소풍이기에 더 의미가 있는 것이라고 했다. 그럼에도 그것은 사진 속의 그것처럼 결코 일회적인 것으로 그치는 것이 아니다. 사진 속에 남아있던 어머니는 사진을 매개로 시인의 기억 속에서 계속 환기되어 나타나기 때문이다. 수면 위로 떠오른 어머니의 모습들은 단순한 추억에서 그치지 않고 시인의 앞길을 계속 제어한다. 어머니는 단지 과거의 어머니가 아니라 현재의 어머니, 미래의 어머니로 계속 시인의 앞길을 조율하기 때문이다.

모성성은 이렇듯 시인의 삶을 환기하고 시인의 발길을 밝혀주는 매개가 된다. 시인에게 모성적인 것은 과거의 단순한 재현으로 그치지 않는다. 어머니는, 곧 모성적인 것은 시인의 길을 인도하는 거멀못 역할을 하고 있었기 때문이다.

시인이 이번 시집에서 보여준 전략적 이미지는 균형감각이다. 그는 자아를 성찰하면서 모난 곳을 감추고 원만함으로 단련하여 자연의 일부로 동화하거나 편입시키고자 했다. 그 도정이 자아성찰의 지난한 과정이었다. 그러는 한편으로 시인은 사랑의 감수성을 발견하고 이를 자기화하고자 시도했다. 둥근 돌의 아름다운 소리를 통해서 물의 유연한 흐름을 발견하고 이를 사랑이라는 관점으로 승화시켜 나아가고자 했던 것이다. 그 연장선에서 발견한 모성적 상상력 또한 이 감각과 분리하기 어려운 것이었다. 모성적인 것이야말로 모나지 않는 것, 포근하게 감싸 안는 그 무엇으로 사유되었기 때문이다. 이 모든 정서가 균형감각을 갖고자 했던 시인의 열정에서 온 것이었고, 시인은 이를 집약하여 모성이라는 큰 성채를 만들어내고자 했다. 이번 시집에서 시인은 그 성채를 크고 굳게 만들어 자아의 모난 성격을, 세상의 먼지를 굳게 가두려 했다. 그런 다음 그 성채에서 숙성된 모성적 사랑과 힘을 자신의 앞길을, 그리고 세상을 조율해나가는 준거점으로 삼고자 했다.(이복자, 『얼굴, 잘 모르겠네』 해설, 시와정신, 2019)

과학적 사실과 감성적 인식의 사이에서

1. 합리적 세계에 대한 의심과 부정

박종영은 특이한 이력을 가진 시인이다. 이런 이력은 그가 공부한 영역이 좀 색다른 데에서 찾아진다. 잘 알려진 대로 그는 공학을 전공했고, 이를 토대로 이 분야에 오랫동안 종사했다. 그러니까 문학과 같은 감성적인 세계와는 거리가 먼, 이성적이고 합리적인 공간에서 많은 시간을 보낸 것이다. 이런 분위기 속에서 성장한 자아의 의식이 합리적인 면으로 경도되는 것은 당연한 것이거니와 그 의식의 자장도 여기서 자유롭지 않을 것이다. 그런데 이런 가설은 어디까지나 과학적 사실이 긍정적으로 작용할 때에만 가능하다는 점이다. 만약 자신이 믿고 의지한 지식의 토대가 어느 한순간 의심으로부터 자유롭지 못하다면, 평생 쌓아온 신념이랄까 관념 따위는 한갓 모래성에 불과할 것이다.

과학에 대한 믿음이 의심으로 바뀌고, 또 그것으로부터 어떤 긍정성이 담보되지 않을 때, 선택할 수 있는 방향은 무엇일까. 우리는 그런 방향이랄까 선례를 먼저 1930년대의 이상의 경우에서 찾을 수 있지 않을까 한다. 잘 알려진 대로 이상은 합리주의적 세계관을 무너뜨리는데 자신의 정열을 쏟아 부은 시인이다. 이상이 공부한 분야는 잘 알려진대로 건축학 분야였다. 이것 역시 합리적 세계관이 절대적으로 요구되는 분야인데, 만약 그렇지 못하다면 완벽해보이는 정육면체, 곧 올바른 건축 모형은 성립하기 어렵다고 할 수 있다. 그가 자아를 해체하고 언어의 감옥으로부터 탈출을 시도한 것은 이와 무관하지 않다. 말하자면 합리주의가 주는 모순을 근저에서 무너뜨리면서 새로운 절대 지대, 곧 본능이나 무의식, 언어 이전의 세계로 회귀하려 한 것이 그의 문학 지형도였던 것이다.

실상 합리주의라고 했지만, 이를 좀더 쉽게 이해하게 되면, 인과론적 세계라는 말이 더 적절할지 모르겠다. 원인과 결과에 의한 관계, 혹은 과학적 절차나 순서에 의한 세계가 인과론을 대표하는 세계이기 때문이다. 그러한 까닭에 합리주의에 대한 불신이 생기게 되면 이런 계기적 질서를 파괴하는 것이 무엇보다 먼저 일어난다.

박종영은 공학을 공부했기에 그 정신의 이면에 자리한 것은 합리주의적 사고, 인과론의 세계에 물든 시인이라는 점은 부인하기 어려울 것이다. 문제는 그가 응시한 세계, 혹은 받아들인 세계가 건강하지 못하거나 부정적 상황과 틈이 벌어지는 경우이다. 이성이나 계몽의 세계관이 모든 진정성을 담보해준다면, 감성적 세계에 대한 접근은 실상 의미가 없다. 그러나 시인이 일상의 현장에서 응시한 것은 인과론적 세계가 만드는 건강성과는 거리가 먼 것처럼 보인다. 이럴 경우 시인이 선택할 수 있는 요소들은 보다 분명해진다. 합리주의나 인과론적 세계를 부정하는 일이다.

옅은 블라우스 속
깊은 계곡 끝에 머물렀다

종착역인가
어딘가로 침몰한다
끝이 붉게 피었다

오줌줄기에서 포르말린 냄새가 난다
거품이 뿌옇게 쌓이고
허세가 날아다녔다

땀으로 흠뻑 젖는 시간
노란색 버스를 타고 가며 손을 흔든다

아이가 그물에 걸려 퍼덕거린다
옆구리가 터진 배에서 상한 우유가 쏟아져 나왔다
아이는 청개구리 흉내를 냈다

할아버지 머리에 바지를 까 내리고
오줌을 누는 아이
아이도 바지를 까 내리고
오줌을 눈다
아이는 개구리
개구리는 할아버지

「청개구리」 전문

한때 우리 시단에 유행했던 사조 가운데 하나가 생태 담론이었다. 물론 이런 경향은 과거에 태동에서 그 수명을 다한 것처럼 받아들여지는 것이 사실이지만, 그러나 그것의 유효성이 모두 사라졌다고는 생각되지 않는다. 그것은 여전히 현재 진행형으로 우리에게 다가오는 문제이기 때문이다. 생태 담론의 특성은 우선 생명 환경의 파괴, 곧 비생산성, 불임성에 찾을 수 있다. 하나의 생명이 온전한 개체로 살아가기 위해서는 생산의 과정이 건강하게 나타나야 하는데, 그 고리의 한 축이 병들고 무너지는 것, 그것을 예각화하는 것이 생태 담론의 특성이다. 그런 면들을 80년대의 대표 시인들이었던, 최승호나 이하석 등의 시인에서 확인할 수 있는데, 인용시 「청개구리」에서도 그 연장선에 놓여 있는 작품이라 할 수 있다.

이 작품에서 드러나는 생태적 사실은 건강하지 않다. 그것은 '포르말린 냄새'와 '상한 우유'에서 알 수 있듯이 불온이 특성 때문이다. 이런 담론의 형태들은 현대 문명의 폐해나 심각성을 이해하고 있는 시인이라면 누구나 표명할 수 있는 것들이다. 그럼에도 이 박종영 시인에게서 이런 면들이 예사롭지 않게 다가오는 것은 시인이 일선의 현장에서 이런 불온한 면들을 직접 체험한 것이 아닐까 하는 사실 때문이다. 합리주의는 인과관계를 떠나서는 성립하기 어렵다. 시인이 생산 현장에서 직접 마주한 이런 불온한 측면들도 합리주의의 연장선에 있는 것인지도 모르겠다. '포르말린 냄새'라든가 '상한 우유' 역시 그 기원을 따지고 보면 원인이 분명 존재하는 것이기 때문이다. 이 역시 인과론적 사유와 무관하지 않다는 뜻이다.

선을 긋고 둘로 나눈다

흰콩, 검은콩을 골라낸다
어눌하게 말이 말 같지도 않은 말을 골라낸다

물방울이 똑똑 떨어진다
속도에 반비례
수도관이 깨져 물이 말랐다
바람이 입을 갖다 대고 물을 빤다

생각이 멈춘 구석자리는 항상 쓸쓸하다
봉지는 바람을 타고 날아올랐다

기도소리가 종탑 위에 올라가 운다
신도들도 십자가에 매달려 맴맴
인간의 유일한 도피처는 종교
바람 앞에 등불이 운다

가보지 않은 도시가 내 옆에서 있다
우주는 기차표가 없다

바람이 푸짐하게 분다
제 몸을 심하게 흔들어 거추장스러운 생각을 턴다
떨어진 낙엽이 개울물을 빨아먹는다
새들이 개울가에 모여 물 한 모금씩 마신다

나는 이 세상에 없는 계절이다

조각난 구석으로 말을 더듬는다
랭보의 시는 빗줄기다
시는 집안으로 후다닥 비를 피해 들어갔다

대문을 심하게 두드리던 바람
소리는 듣는 귀를 세워주었고
두 개의 귀로 쪼개져 나뉘고 있다

「이등분」 전문

이 작품은 시간적 질서, 의미론적 질서를 충실히 따르고 있다. 특히
제목에서 볼 수 있듯이 이등분적인 세계랄까 질서가 정확히 지켜지고
있는 것이다. 가령, 시의 첫줄을 보면 그러한데, "선을 긋고 둘로 나눈
다"는 것은 정확히 인과론적인 사고의 결과이다. 그 다음 행도 마찬가
지인데, "흰콩, 검은콩을 골라낸다"는 작업 역시 동일한 계기적 순서
에 의한 것이기 때문이다. 과학을 부정하기 위해서는 그 근거를 무너
뜨리면 된다. 원인과 결과에 의해 이루어지는 합리적 절차, 인과론적
세계가 잘못된 것이라고 예증만하면 되는 것이다.

그러나 과학에 대한 부정을 과학적으로 한다고 해서 근대의 계몽철
학이 와해되는 것은 아닐뿐더러 그것은 또다른 기계론적 오류를 범할
가능성이 매우 크다. 이성의 전능이라든가 과학의 전능을 믿어 의심
치 않았던 시인에게 그런 맹신은 커다란 모험이 아닐 수 없다. 그래서
인과론을 부정해야만 하는 또 다른 근거를 시인은 찾아내야 했다. 그
가 시인의 길을 걷고자 했던 것도 여기에 그 이유가 있었던 것이 아닐
까. 시인의 길이란 분명 과학적 사고가 아닌 감성의 영역에서 이루어

질 수 있는 것이기 때문이다.

부정은 이성의 영역보다는 감성의 영역에서 보다 쉽게 이루어질 수 있다. 이성을 부정하게 되면 감성의 영역만이 남게 된다. 그 감성을 통해서 인과론의 세계를 부정해야하는 것, 그것이 그가 걸어가야만 했던 숙명, 곧 시인으로의 길이 아니었을까.

박종영의 시들을 이해하는 것은 쉬운 일이 아니다. 시집에 실려있는 작품 몇몇을 살펴보면 금방 알 수 있는 것처럼, 그의 시들은 소위 난해시의 범주에 편입시켜도 크게 무리가 없을 정도로 사유의 폭이 깊고 넓어 보인다. 게다가 그의 시들은 이미지가 현란하고 비유의 긴장도가 매우 높다. 비유의 진폭이 크다는 것은 상상력이 개입하는 강도가 그만큼 많아진다는 뜻이 된다. 경험의 공유지대라든가 감성의 공통지대와 같은 교집합의 영역이 적다보니 독자들이 그의 시를 이해하는 것은 쉽지 않다. 그러나 이런 수법은 인과론적 사고체계를 부정하는 시인의 또다른 전략이라는 점에서 의미가 있는 것이기도 하다. 의미란 합리적 사고에 절대적으로 의존한다. 따라서 의미를 가급적 추방하는 것은 그런 합리적 세계로부터 어느 정도 거리를 두는, 일종의 반담론의 행위와 연결되는 것이기 때문이다.

　　한 손으로 생선뼈를 발라내고
　　다른 손으로 숟가락에 밥을 떠
　　재잘대는 입을 틀어막는다
　　식탁은 화목을 위장한 전쟁터
　　넥타이를 매다 말고 밥상머리에 앉은 선임병사
　　가족 구성원이 된 신참병사에게 소리 높여

꾸지람으로 시작된 아침 조회
　　흰쌀밥은 목구멍에 넘기기 힘든 모래알
　　끝나지 않은 지루한 훈시에 하품은 쏟아지고
　　밥숟가락은 활주로에 진입도 못한 채 제자리걸음
　　관제탑에서 수시로 보내온 엄마의 수신호
　　착륙허가를 받지 못한 파리들만 활주로를 배회하고 있다
　　　　　　　　　　　　　　　　　　「식탁비행장」 전문

　이 작품은 시인의 작품들 가운데 그 의미의 장이 분명히 드러나는 경우이다. 어느 한 가정의 평범한 일상의 식사장면을 시로 옮겨놓은 것인데, 이런 일상성이야말로 이 시인이 펼쳐보이는 또다른 현대성의 경험일지도 모르겠다. 모더니즘의 가장 중요한 영역이 일상의 경험을 바탕으로 지금 여기의 현실에서 출발하는 것이기 때문이다.

　그러나 이런 일상성에도 불구하고 이 작품 역시 이 시인의 다른 작품과 마찬가지로 사은유 현상은 찾아보기 어렵다. 곧 클레쉐 같은 의미의 습관화, 혹은 관습화 현상은 나타나지 않기 때문이다. 사물을 대신하는 은유의 방식이 참신하거니와 현란한 비유의 장들이 또다른 말의 성찬을 만들면서 독자들을 상상력의 깊은 늪으로 유도해낸다. 이런 작품들은 김광균이 구사했던 이미지즘의 수법과 무척이나 닮아 있는 경우이다. 생활의 경험을 바탕으로 의미의 새로운 장을 열었던 것이 김광균 시의 수법인데, 인용시에서도 그런 의장들을 읽어낼 수 있기 때문이다. 어떻든 우리가 접촉하는 일상의 지대를, 시인은 감성의 매개를 통해서 충실히 읽어내고자 했다. 그러나 시인이 응시하는 현대의 일상과 미적 감수성들은 긍정이 아니라 부정의 국면에서 읽어내었고, 그것이 함의하는 음역을 통해서 현대성의 어두운 국면들을 이해하고자 했다. 그것이 바로 전복을 통한 일상성의 역전, 곧 인과론의 해체내지는 전복 현상이었다.

2. 인과론에 대한 비판적 사유들

우리는 지금 불신의 시대를 살아가고 있다. 서로가 서로에 대한 신뢰가 상실되었을 뿐만 아니라 진정성 있는 담론의 장도 찾아보기가 어려운 것이 현실이다. 이런 불신의 장이 만들어진 계기나 원인이 무엇일까 묻는 것은 이 시대의 본질을 묻는 것과 똑같은 일이 될 것이다.

우리 시대는 자신만의 이득을 무한정 추구하는 사회이다. 욕망이라는 장치가 영원의 틀 속에 갇혀있을 때에는 타인에 대한 불신도, 파괴의 담론도 유행처럼 번져나가지는 않았다. 그러나 영원의 봉인이 풀린 다음에, 인간들이 펼쳐보인 욕망의 질주는 과거의 아름다운 질서라든가 조화의 세계를 완전히 망가뜨렸다. 자신만을 위한 장치들이 고안되었고 타자를 위한 것들은 철저하게 외곽으로 밀려났다. 자기중심주의라는 우상이 자리하면서 이타적 경향의 심리적 국면들은 설 자리를 잃고 만 것이다. 이 모든 것이 근대라는 괴물이 유포시킨, 욕망의 바이러스 때문이었다. 시인은 합리주의적인 사고가 퍼뜨린 바이러스의 위험성이 어떤 것인지 알고 있다.

우리 언제 밥 한번 먹어요

무심코 던져놓고 자주 까먹는 말

행동을 약속해놓고 행동을 이행하지 않는 배신

가진 돈이 없어서가 아니다

시간이 없어서가 아니다

변명으로 대신해서도 안된다

오고 가는 인사 속에 함께 묻어 나오는 인사치레

늘 우리 대화에 함께하고 있는 말

우리 밥 한번 먹어요

「우리 밥 한번 먹어요」 전문

　이런 담론의 세계를 두고 체면치레라는 말을 자연스럽게 떠올릴 수
가 있을 것이다. 현대인들은 타인의 관심 밖에 놓이는 상황을 결코 용
인하려 들지 않는다. 또 익명의 주체로부터 소외되는 것 역시 더더욱
바라는 바가 아니다. 이런 상황으로부터 제외되지 않기 위해서는 자
신의 주변을 둘러싼 환경들에 대해 끊임없이 관심을 갖고 관리해야
한다. '우리 밥 한번 먹어요'는 그런 강박관념이 만들어낸 담론의 체계
이다. 그러나 이런 담론의 내부를 들여다 보면 거기에는 어떤 진정성
도 느껴지지 않는다. 다시 말해 '밥 먹는 행위'가 실제로 실현되지 않

는다는 뜻이다. '밥 한번 먹자'가 실천으로 연결되지 않는 것은, 시인의 말대로, "가진 돈이 없어서도 아니"고, "시간이 없어서도 아니"다. 그저 "무심코 던져 놓고 자주 까먹는 말"이기에, "오고 가는 인사 속에 함께 묻어 나오는 인사치레"에 불과한 것이기에 이 담론은 실제 행동의 장으로 연결되지 않는다는 것이다.

일찍이 보들레르는 현대인의 일상성을 소외의 정서에서 파악한 바 있다. 영원으로부터 떨어져 나온 현대인이기에 소외로부터 벗어나는 것은 애초에 불가능한 일이다. 그러나 집단으로부터 일탈되는 것은 두려운 일이 아닐 수 없고, 또 경쟁이 치열한 이 시대를 견뎌나가기 위해서라도 소외의 지대로 빠져들어가는 것은, 결국 생존의 경쟁에서 밀려나는 일이 된다. 그런 고립의 장으로부터 벗어나기 위해서는 끊임없이 관리 모드로 들어가야 한다. 그래야 이런 환경으로부터 낙오되지 않고, 생존할 수 있기 때문이다.

시인은 우리 사회에서 진행되고 있는 이런 겉면들에 대해 예리한 자의식, 곧 바판의 촉수들을 끊임없이 내밀고 있다. 그리고 그러한 것들의 원인이 어디서 오는 것인지에 대해서도 어렴풋이 알아가는 과정에 있다. 시인의 더듬이에 잡힌 것은 앞서 언급대로 근대의 불온한 국면들이다. 근대란 합리성을 근간으로 사유되고, 인과론적 질서에 의해 움직이는 사회이다. 시인은 그런 사회가 갖고 있는 불합리한 현실과 진정성이 상실된 담론의 본질에 대해 이해한 바 있다. 그러한 인식하에서 서정의 문이 열렸고, 그 문을 통해서 비판의 촉수를 들이밀면 되는 것, 그것이 시인이 설정한 서정의 통로였다.

너와 나는 견고한 종속관계

존재를 부각시켜 터트리는 자
비계만 골라내는 자
때론 투명한 감각을 수저 위에 놓고
음미하며 음식을 먹는 미식가
진담처럼 오랜 수다를 쏟아내는 수다쟁이
그녀는 오래도록 묵힌 숙성된장
디저트로 가벼워지는 인스턴트식품
궁합이 척척 맞는 점쟁이
툭하면 언쟁으로 이웃과 다퉈 손해 보는 쌈닭
맛있는 음식을 제어 못하는 돼지
의뢰인과 맺어진 결혼정보회사 직원
우애가 돈독해져야만 환해지는 순애보
뱃살은 남겨두고 다이어트와 결혼한 뚱보
거대한 하마의 등을 쓰다듬는 파리
두툼한 뱃살은 나의 인격
두려움 따위는 버리고 나온 당찬 선수
나태함이나 게으름이나 똑같은 말장난

또다시 묻는데 나와 당신의 관계는 무엇?

「관계의 오류」 전문

　전일성이 담보되는 세계에서의 '관계'란 아무런 구속력을 갖지 않는다. 가령, 에덴동산의 경우를 생각해보면, 이 관계란 것이 얼마나 허망한 것임을 대번에 알게 된다. 익히 알려진 대로 에덴동산은 유토피아의 구경이거니와 여기서의 관계란 어떤 의미도 갖지 않는다. 가령, 양육강식이라든가 우승열패와 같은 인과론적 질서가 존재하지 않는 사회이니 여기서 어떤 계통을 나누거나 관계를 만들고 나누는 일들은 전혀 의미가 없다. 그러나 에덴 동산에서의 추방과 여기서 얻어진 원죄는 여러 계통을 나뉘는, 일종의 관계망들을 만들어내었다.

그런데 이런 관계를 더욱 고정화시킨 것이 근대 사회였고, 그 대표적인 것이 인간과 자연 사이에 형성된 관계의 지대였다. 자연이라는 거대 질서에서 보면, 인간은 자연의 한 구성품에 불과할 뿐이다. 그러나 근대적 욕망이 실현되고부터 인간과 자연의 수평적 관계는, 욕망하는 주체와 대상이라는 종속적 관계로 전이되었다. 물론 그런 주종관계를 더욱 심화시킨 것이 인과론적 사유의 확산이었다.

「관계의 오류」가 말하고자 하는 관계의 혼돈도 그 뿌리를 더듬어들어가 보면, 이런 사유속에서 형성된 것임을 알 수 있다. 이 작품의 첫 행이 말하고 있는 것처럼, "너와 나는 견고한 종속관계"에 놓여 있다. 여기서 '너'는 누구이고, 또 '나'는 누구인가에 대해서 그 주체가 누구인지에 대해 굳이 한정시킬 필요는 없을 것이다. '너'와 '나'는 어느 누구, 어떤 사물도 모두 대신할 수 있는 은유이기 때문이다. 그런데 시인은 그런 관계의 견고성에 대해 치밀하게 파고들어가 그 근저에서부터 파괴하려든다. 관습화되었던 '나'와 '너'의 관계가 전복되는가 하면, '너'와 '나'의 관계 역시 새롭게 정립되기 때문이다.

이 작품에서 관계망들에 대한 시인의 교란 행위는 매우 집요하다. 은유적 주체 뿐만 아니라 시행의 교차에 의해서도 이런 교란들이 현란하게 이루어지기 때문이다. 이런 전복의 절차를 거쳐 첫행에서 던져진 질문, 곧 "너와 나는 견고한 종속관계"라는 선언은 다시 한번 번복된다. 따라서 마지막연에 이르러 "또다시 묻는데 나와 당신의 관계는 무엇?"이라고 되묻는 것은 지극히 당연하다고 하겠다.

    그녀의 바다에는 불이 꺼져있다

    항상 그녀의 집 앞에 도착하면

    헛기침으로 창문을 두드린다

    양복을 빼 입고 목에 힘을 줘

    거드름을 피며 허세를 부리기도 한다

    지구가 가끔 떨어져 바다에 빠진다

    사람도 그랬다.

    술 취한 자들이 소주병 옆을 지나간다

    소주가 노래를 시켰고

    안주는 소주와 함께 부르자고 졸랐다

    사연 있는 사람들이 줄을 서서 코인을 넣고 술을 마신다

    소용돌이치는 공간

    기척이 멀미를 한다

    슬하에 자녀는 몇 명 됐냐고 물어온다

    김치 국이 대신 대답해준다.

    요새는 정치 이야기보다는 먹고사는 이야기가 많다

    지구만 한 크기로 부풀려 뻥들이 입에서 입으로 돌아다닌다

    단도직입적으로 말해서 섬의 주소를 정확히 아는 사람이 없다

    바다가 언뜻 말할 때 제대로 적지 못한 게 나의 불찰이다

    엄마에게 미안하다고 말할 작정이다

    엄마는 멀리 있어 두 개였다가 하나였다가 구분하기 힘들다

    거기에 가면 소주병이 둥둥 떠다닌다

    그런 날은 짝짓기가 잘된다

그녀에게 먼저 가 있으라고 말한다
유혹은 뿌리가 깊다
바다 위에 잠깐 누웠다 간다는 게 한나절이 지났다
한나절의 길이는 많이 길다
바다 위에는 그녀가 떠다닌다

「섬」 전문

일상적으로 받아들여지고 있는 관계의 질서는 이 작품에서도 동일하게 와해된다. 익히 알려진 일상의 진실이 상상력의 개입에 의해 철저하게 무너지고 있기 때문이다. 실상 이런 은유적 장치나 담론의 자유로운 배치는 초현실주의 기법에서 사용되는 우연이나 병치, 의식의 흐름 등의 수법과 유사한 면을 갖고 있다고 하겠다. 의미가 완전히 배제되어 있지 않지만, 어떻든 시인이 구사하고 있는 시의 의장들은 자유로운 연상작용과 시적 긴장도가 높은 은유적 결합을 통해서 의미의 관계망들을 쉽게 무너뜨린다.

「섬」에서 보듯 시인이 연상하는 상상의 진폭은 무척 크다 깊다. 이런 요인들이 그의 시를 편안히 읽어내지 못하는 요인으로 기능 하지만, 그러나 이 또한 시인이 추구하는 기법 가운데 하나이고, 작품의 주제의식과 연결되었다는 점을 감안하면 어느 정도 수긍이 가는 측면이 있다. 계기적 질서를 부정하는 것 가운데 하나가 의미의 생산 방식과 밀접한 관련이 있기 때문이다.

언어의 합리론이란 곧 의미의 자연스러운 결합과 불가분의 관계에 놓여 있다. 합리적인 것들이 의심받고 있으니 의미 또한 의심받아야 하는 것이 당연한 것 아닌가. 그런 의미의 전복이 곧 시인이 말한 '관계의 또다른 오류' 가운데 하나가 될 것이다.

3. 새로운 동일성을 향한 행보

시인은 자신의 작품 세계에서 그 자신이 현대인의 자의식을 갖고 있다고 굳이 표현하지 않았다. 마찬가지로 현대라든가 지금 여기의 현실에 대해 어떤 형이상학적인 담론을 말하지도 않았다. 그의 시들에서 현대를 상징해줄 어떤 거대 담론을 발견하기 쉽지 않은 것도 이런 시적 특색과 무관하지 않다. 그럼에도 그의 시들은 커다란 음성에 기대지 않고 차분한 음성으로 이 시대가 직면하고 있는 문제들에 천착해들어간다. 그 중심에 놓여 있는 것이 원인과 결과의 관계, 곧 인과론적 질서의 세계였다. 시인이 인과론의 세계를 시집의 중심 주제로 놓고 있음에도 불구하고, 그것을 이 시대의 중심 담론으로 생각하고 있는 것은 아니다. 시인의 의도하고자 했던 것은 질서의 세계가 아니라 반질서의 세계, 곧 합리적 절차에 대한 파괴의 정신이었다. 부정의 정신이 이 시인의 저변에 깔려 있는 기본 정서이거니와 시인은 이를 관계의 종속적 부정을 통해서 이해하고자 했던 것이다.

시인이 이런 정서를 심연에 깊이 간직하게 된 배경이 무엇인지는 정확히 알려진 것이 없다. 시집의 작품들을 꼼꼼히 찾아보아도 현대 사회의 불온성이나 문명의 무자비한 파괴를 뚜렷하게 표명한 것은 거의 없기 때문이다. 그러나 현대 사회의 불온한 단면들에 대해 이해한 것이 전혀 없는 것은 아니다. 시의 행간을 통해서 시인은 이 시대가 앓고 있는 불행의 단면들에 대해 군데 군데 표명해 놓은 것이 있기 때문이다. 가령 '포르말린의 냄새'(「청개구리」)나 "진실이 삐뚤어진 울타리에는 유혹이 도사리고/왜곡은 눈덩이처럼 불어나는"(「춤바람」) 현실에 대해 분명히 말하고 있기 때문이다. 그리고 서로를 엮어내는, '관계의 종속'은 이 시대의 대표적인 병리적인 현상으로 진단한 바 있다.

이런 병리적인 것들이 서정의 문을 열리게 한 요인들이었으니 그 문을 통해 이제 앞으로 나아가기만 하면 된다. 여기서 시인이 다시 관심을 갖게 된 것이 '관계의 미학'이다. 미학이라 했지만 실질적으로는 관계의 되돌림이랄까 정상화라는 말이 적당할지도 모르겠다. 관계가 종속되었으니 이를 수평의 관계로 바꾸어 놓는 일이야말로 서정의 기나긴 통로를 거쳐나가는 수양의 한 도정, 곧 시인의 윤리적 감각이 아닐까.

> 나는 유리 방안에 쌓인 털
> 내 몸속에 날다 뽑힌 깃털이 들어있다
> 투명한 안개 사이로 비친 내부
> 안쪽에 정체되어 있는 공간에는 구름이 떠다녔다
> 정박해 빠져나오지 못하는 전설과
> 외벽을 타고 거슬러 오르다 만난 지느러미
> 어둠을 밀고 터널을 지나 새벽은 늘 그렇게 다가왔다
> 소용돌이는 가벼움이 전해주는 어깨
> 어디쯤 귀를 내려놓고 정착할까
> 살아서 물 위에 떠 다닌다
> 일렁이며 다시 떠올라 날다가 다시 가라앉기
> 음악 소리는 귀들과의 입맞춤

귀를 열면 소리가 입이 되기도 하고
입을 열면 눈이 귀가되기도 한다
눈을 뜨면 하늘이 열리고
하늘이 열리면 깃털이 난다
충전 900 프로

「날개」 전문

비록 짧은 서정시에 불과하지만, 그 함의하는 내용은 이상의 「날개」
와 비슷하다. 「날개」가 말하고자 했던 것은 유폐적 자아의 피곤한 일
상이었다. 이상은 이런 폐쇄된 공간에서 탈출하고자 시도하지만, 그
해방의 과정이 결코 녹록치 않음을 알게 된다. 박종영 시인의 행보 역
시 「날개」의 주인공과 닮아 있다. 그러나 서정적 자아는 「날개」의 주
인공처럼 그렇게 무기력하지 않다. 유폐된 감옥을 탈출하고자 하는
의지가 「날개」의 주인광과는 비교할 수 없을 정도로 능동적이고 적극
적이기 때문이다.

서정적 자아가 유폐된 골방에서 탈출하는 과정 역시 관계의 미학에
서 찾을 수 있다. 시인은 「관계의 오류」에서 세상의 모든 관계들이 '종
속'에 놓여 있는 것으로 이해했다. 따라서 이로부터 벗어나기 위해서
'종속'이라는 관계의 틀을 근저에서부터 무너뜨려야 했다. 그러한 과
정이 「날개」에서는 보다 구체적이고 감각적으로 이루어진다. "음악
소리는 귀들의 입맞춤"이라고 했는 바, 이는 정상적인 절차에 해당된
다. 앞서 시도되었던 관계의 전복이 전혀 일어나지 않는 것이다. 어떤
면에서 보면, 이는 또다른 인과론으로 이해할 수도 있을 것이다. 그러
나 이는 근대 사회를 파국의 한 단면으로 이끌었던 형이상학적인 것,

곧 기계론적 오류와는 분명 구분해야 한다는 사실이다. 어떻든 "소리는 귀에 닿고, 귀를 열면 소리가 입이 되기"도 한다. 그리고 "입을 열면 눈이 귀가 되기도 하고", "눈을 뜨면 하늘이 열리며", 궁극적으로는 "하늘이 열리면 깃털이 난다"고 했다. 이런 원근법적 확산으로 전개되는 열림의 과정을 충실히 따라가다 보면, 유토피아의 장, 곧 '하늘'을 보게 된다.

　여기서 '하늘'이란 '골방'의 반대편에 놓이는 공간이다. 이런 면에서 이상은 실패했으니 시인은 성공했다고 할 수 있다. 하늘을 보고 하늘을 음성을 들을 수 있으니 폐쇄된 자아는 더 이상 그 상태로 머무를 수 없었던 것이다. 이 작품을 이끌어가는 중심 소재는 신체적 이미지이지만, 그러나 그 기관들은 각자의 독립성이나 고유성을 주장하지 않는다. 다시 말해 그 자리에서 다른 기관들과 거리를 유지한 채 그들만의 기능이나 사유의 고립에 갇히지 않는다는 뜻이다. 이는 관계의 종속이 아니라 관계의 조화 때문에 가능해진 것이다. 이런 조화만이 하늘을 만날 수 있는 것인데, 하늘은 원형적 국면에서 보면, 커다란 조화의 세계이기 때문이다.

　　비를 좋아하던 그녀
　　아이스커피를 하나 들고 그녀를 만나러 간다
　　그녀에게선 희고 깨끗한 냄새가 난다
　　그녀의 몸은 뽀얀 우윳빛깔
　　그녀를 만나면 내 마음도 맑고 순수해진다

　　그녀가 좋아하는 빗속에는 슬픔이 묻어 있고

그녀의 눈망울 속에는 외로움이 가득 들어있다
하얀 그리움을 만나러 가는 길
항상 신비스럽고 설렌다

차창 밖은 짙은 녹음이 스쳐 지나가고
이렇게 비가 내리는 밤이면
내 마음도 빗물이 되어
그녀 속으로 스며들어 흠뻑 젖는다

비가 내리는 캄캄한 밤이면 지독한 그리움이 밀려오고
인기척에 무심코 창밖을 보면
안개꽃처럼 환한 웃음의 그녀가 비를 맞고 서 있다

　　　　　　　　　　　　　　　　　　　「목련」 전문

　이 작품을 이끌어가는 주요 함의는 '그리움'이다. 시인은 작품의 내
용대로 '그녀'를 무척이나 그리워하는데, 그 이유는 단순 명료하다. 그
녀한테서 "희고 깨끗한 냄새"가 나고, 그녀의 몸은 "뽀얀 우윳빛깔"이
나기 때문이다. 그리고 그것이 서정적 주체에게는 "그녀를 만나면 내
마음도 맑고 순수해지기" 때문이라고도 했다.
　실상 '목련'을 향한 서정적 그리움은 두가지 국면에서 그 의미가 깊
은 경우이다. 하나는 모성적인 상상력이고, 다른 하나는 자연에 대한
동일성의 감각 추구이다. 그러나 이 두가지 국면이 서로 다른 지대에
서 오는 것은 아니다. 모두 모성적인 상상력과 분리하기 어렵게 얽혀
있는 것이기 때문이다. 시인이 이런 자연의 세계로 회귀하는 것은 어

쩌면 당연한 수순처럼 이해된다. 이 작품에서 우리는 시인의 걸어온 서정의 도정을 어느 정도 이해할 수 있다는 점에서 그러하다.

시인이 인과론적 질서나 관계의 종속에 대해 우려한 것은 현대 사회가 안고 있는 불온성 때문이었다. 자연과 인간의 분리, 그에 따른 욕망의 무제한적인 발산이 이 시대의 비극을 만들어낸 원인이었다고 보는 것이다. 시인을 에워싼 정신의 혼돈과, 시어의 의미에 대한 개념적 접근이 어려웠던 것은 자연이 주는 시대적 함의들에 대해 외면했기 때문이었다. 시인은 「섬」에서 그러한 혼돈의 가능성을 이미 언급한 바 있다. 이 작품에서 시인은 '섬'을 찾아갈 수가 없다고 했고, 그 이유는 "바다가 언뜻 말할 때 제대로 적지 못한 것" 때문이라고 했다. 시인이 찾아나서는 서정의 유토피아가 '섬'이라고 한다면, 시인은 그곳에 결코 도달할 수 없었던 것이다. 자연이 주는 경고나 함의에 대해서 무시하거나 거리를 두었던 시인의 게으른 탓, 아니 근대인의 오만에 그 원인이 있었던 까닭이다.

눈을 감고 마음으로 느껴보세요

창문을 열고 스피커를 끄고

자연의 소리를 들어 보세요

졸졸졸 시냇물 소리가 들리시나요

숲 속 나무들의 숨소리가 들리나요

맑고 깨끗한 숲 냄새가 느껴질 거예요

조금 전에 봄이 도착했습니다

봄꽃도 한가득 가지고 왔네요

숲 속에 봄을 심어볼까요

「봄이 오는 소리」 전문

원인과 결과의 정확한 일치에서 오는 인과론의 세계는 근대 사회를 이끌어온 중심 테마였다. 만약 근대적 이상과 계몽의 희망이 의심스러운 것이 아니었다면, 인과론이나 합리성의 세계는 비판의 대상이 아니었을지 모른다. 그러나 어떻든 근대는 불신의 대상이 되었고, 인과론의 세계는 더 이상의 정합성을 갖기 어려워졌다. 시인이 공부했던 기계론적 인과성이 이 시대의 불행한 단면들을 치유하기에는 매우 난망한 일로 생각되었던 것으로 이해된다. 그 이해의 결과, 시인은 관계가 만들어내는 오류들에 대해 천착하기 시작했고, 그 사유의 결과가 시인이 펼쳐보이는, 이번 시집의 주제의식이었다.

시인은 한편으로는 인관론이 주는 오류의 세계를 극복하기 위해 그것이 주는 한계에 대해 집요하게 비판의 촉수를 펼쳐보였다. 그것이 전복의 사유였고, 상상력의 무한한 확장으로 발산되었다. 그 결과 종속이라는 관계는 허망한 것이었고, 비생산성의 담론이라는 결론은 얻어내었다.

그리고 그 사유의 한편에서 탐색한 것이 「봄이 오는 소리」와 같은 자연의 세계였다. 자연이란 이법과 질서가 충실히 구현되는 공간이다. 질서나 이법이 충실히 구현되는 세계인데, 그렇다고 이런 질서의 세계가 근대 과학이 주는 인과론적 질서의 세계, 근대적 사유의 세계와는 전혀 다른 경우라 할 수 있다. 인과론의 반대편에 놓인 것이 자연의 동일성인 까닭이다. 자연은 구분이 없는 세계이기에 관계가 만들어진다거나 종속의 틀이 형성되지 않는다. 따라서 관계의 종속을 부정했던 시인이 이런 자연의 세계로 틈입해들어오는 것은 지극히 당연해 보인다. 자연은 수평의 세계일뿐 어떤 종속도 만들어지지 않은 전일한 세계이기 때문이다. 관계가 종속이면 구속이고 감옥일 뿐이다. 반면, 그것이 수평이면 자유이고 해방이다. 인간의 유토피아는 이런 공간에서만 실현될 수 있을 것이다. 종속으로부터 벗어난 시적 자아가 이런 열린 공간 속으로 들어가는 것, 곧 수평적 관계에 대한 영원한 그리움, 그것이 이번 시집의 커다란 주제이다.(박종영,『우리 밥 한번 먹어요』해설, 시와정신, 2019)

인내, 다스림, 그리고 희망의 정서

1. 좌절된 기억과 존재의 아픔

이혜경의 시들에는 아픔과 슬픔의 정서가 녹아들어가 있고, 존재에 대한 끝없는 불안의식이 내재되어 있다. 그의 시들을 읽는 것은 편편치가 않으며, 작품 속에 내재된 정서와 함께 할 때에는 그 정서가 독자의 마음에 그대로 스며들어오기도 한다. 정서의 공감대가 빠르게 형성될 수 있다는 것은 그만큼 그의 시들이 보편의 영역에서 만들어지고 있다는 뜻도 될 것이다. 시인은 자신의 시적 체험을 개인적인 것으로 한정하지 않고 이를 보다 더 큰 보편의 영역으로 확대시킬 줄도 아는 까닭이다. 그런 정서의 공유가 그의 시들을 보다 넓은 영역에서 형성되게끔 만들어준다.

시인이 지금 서 있는 자리는 그 자신이 걸어온 시간의 역사가 만들어낸 것이다. 거기에다가 개인의 체험이 덧씌워짐으로써 이 시인만의 고유한 서정의 장을 형성하고 있었던 것이다. 하지만 시인이 경험해 온 과거는 여타 개인들이 체험한 것과는 사뭇 다른 것처럼 보인다. 그것이 시인의 작품 세계를 형성하는 서정의 샘이었던 것이고, 시인은 이 샘에서 길어올려진 에너지를 자신만의 언어로 덧씌워 그의 작품을 만들어내고 있었던 것이다.

그러한 샘에서 가장 많이 건져지고 있는 것 가운데 하나가 아버지에 대한 정서들이다. 시인의 시와 아버지의 관계는 외디푸스 콤플렉스의 반대편에 놓인, 엘렉트라 콤플렉스와 어느 정도 관련이 있는 것인지 모른다. 하지만 아버지와의 관계 속에서 만들어지는 타자의 존재, 곧 어머니의 모습이 거의 등장하지 않는다는 점에서 이를 엘렉트라 콤플렉스의 관점으로 한정시키는 것은 무리가 있다고 할 수 있다. 따라서 그의 작품 세계에서 등장하는 아버지의 상은 어쩌면 철저히 경험적인 영역에서 오는 것이 아닌가 한다. 시인의 존재 자체를 규정해왔던 결정적 요인 가운데 하나가 아버지였기 때문이다. 이런 판단의 기준은 이번에 펼쳐 보이는 시집에서 아버지의 상이 여러 각도에서 조명되고, 묘사되고 있다는 점에서 그러하다.

> 소나기 한차례 지나간 하늘
> 길 내어주는 구름떼
> 색색의 빛깔로 늘어뜨린
> 햇살의 눈부심 움켜쥐고
> 멧새 한 쌍 푸르륵 푸르륵
>
> 빛줄기 감아 돌며
> 바람 타고 흔들어대는
> 푸른 잎의 파닥거림

코끝을 타고 넘나드는
조각난 시간

하늘 가리던 먹구름
가슴속 웅덩이
몽땅 쥐고 쏟아질 때
온몸이 우산이던
아버지의 비릿한 온기
빗방울 사이로 번진다

즐비하게 몰려가는 배롱나무 사이
꽃향기에 취해 까르르 깔깔
바람이 셔터를 분주하게 누르자
고스란히 풍경 되어 머릿속을 장식한
삶고 죽음의 간격으로 흐르는 시간

납골당 가는 길이 순간 흐릿하다
「아직도 내겐 그날입니다」 전문

　작품을 읽어보면 알 수 있는 것처럼, 현재의 아버지는 부재한다. 그
는 시인의 곁을 떠났고, 시인은 아버지를 찾아 그가 잠들어있는 납골
당으로 향한다. 그러나 제목에 드러난 바와 같이 아버지의 마지막은
결코 끝이 아니다. "아직도 내겐 그날"이라는 말에서 알 수 있듯이 아
버지는 현재에도 여전히 시인의 사유 속에 굳건히 자리하고 있기 때
문이다.

아버지의 그림자가 시인의 정서 속에 이렇게 깊이 드리워져 있다면, 아버지는 시인에게 무언가 특별한 존재였을 것이다. 하기야 어느 아버지가 자식에게 특별하지 않은 경우는 없겠지만, 시인에게 아버지는 무척 색다른 존재였던 것으로 이해된다. 그 비밀의 열쇠는 이 작품의 3연에 나타나 있다. 아버지는 시인에게 "온몸이 우산이던" 존재였기 때문이다. "하늘을 가리는 먹구름"이나 그 비가 "가슴 속 웅덩이/몽땅 쥐고 쏟아질 때"와 같은, 시인의 존재성을 위협하는 온갖 험로로부터 아버지는 시인을 지켜주는 울타리 같은 역할을 해주었다. 그런 아버지였기에 그는 시인에게 매우 특별한 존재였던 것이 아닐까 한다.

  실상 시인은 그런 아버지의 존재로부터 쉽게 벗어나지도 못하고, 언제나 가슴 속에 품은 채 살아가고 있다. 시인의 주변을 맴돌면서 그는 언제나 오버랩 된다. 어떤 때는 그 아버지가 중절모로 변이되어 시인에게 웃고 있거나 그가 차고 있었던 시계 속에서 자아의 모습을 환기하기도 하는 것이다(「아버지」). 뿐만 아니라 "불면의 밤이 괴롭히는" 실존의 고통에 갇혀 고민할 때에도 이를 "아버지에게 고"하면서 애원하기도 한다(「벌초」). 이렇듯 아버지는 시인의 정서와 겹쳐지면서 전일적 동일성으로 함께 나아갈 정도로 시인에게 애틋하게 자리하고 있는 것이다.

  아버지가 이 시인의 시세계를 형성하는 한 축임은 분명하다. 그러나 아버지는 애틋한 그리움의 대상 가운데 하나일 뿐 그것이 시인의 시를 이끌어가는 전부라고 단언하기는 어려운 측면이 있다. 시인의 시들은 아버지에 대한 그리움을 한 축으로 하면서도 그에 대한 그리움을 불러일으키게 한 정서적 호소, 곧 실존에 대한 고통 또한 분명히 자리하고 있기 때문이다. 아버지는 실존의 고통과, 경험의 어두운 지대 저편에 놓인, 어쩌면 유토피아적 대상일지도 모르겠다. 중요한 것은 아버지에 대한 그런 자의식을 환기하게끔 한 서정적 진실일 것이다. 서정시가 자아와 세계 사이에 놓인 거리, 그 화해할 수 없는 불화 속에서 만들어지는 것이기에 서정이 생성되는 계기, 곧 서정의 입구가 만들어지는 계기가 무엇인지가 중요하지 않을 수 없다. 어쩌면 이에 대한 응답이 이번에 상재하는 이 시인의 주제의식일 것이다.

우선, 아버지의 부재에 따른 좌절의 정서와, 존재 자체가 느끼는 불완전성이 이혜경 시인에게는 동전의 양면과 같은 것이 아닌가 생각된다. 근대 이후 인간에게 주어졌던 영원성에 대한 감각 상실과, 그에 대한 조율의 과정이 여타의 시인처럼 이 시인에게 뚜렷하게 제시되지는 않는다. 뿐만 아니라 자아와 세계 사이에 놓인 거리가 어떤 것에서 오는 것인지도 명쾌하게 드러나 있지 않다. 그럼에도 시인이 갖고 있는 자아와 세계 사이의 거리는 무척이나 심각한 것처럼 보인다. 그 거리감이란 초월이나 형이상학의 사유에 근거한 것이라기보다는 실존의 문제와 밀접하게 관계가 있는 것이 아닐까 하는 의심이 든다.

　달리고 있었다
　눌리는 현기증에 명치끝 아려 와도
　소리에 귀 기울이며
　혼돈에 온몸 요동을 친다
　수없이 헝클어진 내 안의 뿌리
　끝없이 달렸지만
　난, 그 안에 있었다

소리치고 있었다
가슴속 핏덩이가
무게 되어 달려와도
인내의 쓰라림으로
구석구석 채찍질 하며
내 안에 쏟아지는 빗줄기
끝없이 소리쳐도
난, 그 안에 있었다

어둠 이고 달리는 욕망의 내력들

「바퀴」 전문

시인이 감각하는 정서의 억눌림이랄까 암울함은 이 작품 속에 어느
정도 그 해법이 드러나 있는 듯하다. 우선 이 작품을 이끌어가는 중심
소재는 '바퀴'와 '소리'이다. 바퀴는 무엇을 감당하면서 전진하는 속성
을 갖고 있다. 이를 시인의 처지로 환기하면, 존재 그 자체의 모습이라
고 해도 무방한 경우이다. 바퀴로 은유화된 시인의 삶이랄까 정서는
이렇듯 고난을 짊어진 모습이고, 또 그 짐을 껴안은 채 앞으로만 앞으
로만 나아가야 하는 숙명을 포지한 모습 같은 것이다. 수없이 엉클어
진 내 안의 뿌리를 찾기 위해서, 가지런히 하기 위해서 거침없이 달려
왔지만, 시인은 여전히 그 안에 갇혀 있는 자신을 발견하고 마는 것이
다.

또 다른 소재인 '소리'의 경우도 마찬가지이다. 이 작품의 문면을 그
대로 받아들이면 이 '소리'는 시인이 내뿜는 것이다. 시인의 정서에 녹

아있는 응어리는 쉽게 사라지지 않는 것들이다. "가슴속 핏덩이가" 되어 있을 정도로 그것은 한이 맺혀 있고, 응결지어진 것이기 때문이다. 그것을 인내의 고통 속에서 견뎌보지만, 이로부터 벗어날 길은 녹록지 않다. 그래서 시인은 실존의 고통을 표출시킨다. 그 어두운 정서의 감옥으로부터 탈출하기 위해 소리를 지르는 것이다. 그러나 '바퀴'와 마찬가지로 시인은 그 '소리'를 매개로 인식의 새로운 발전 단계로 나아가려 하지만 여전히 그 안에 머물러 있는 자신을 발견하고 마는 것이다.

초침의 떨림 위로 눌러앉은 오후
구름에 가린 태양은 붉은 화장을 지우며
또 하나의 시간 속에 노을을 뿌린다
계룡산 정상에서 흔들리는 붉은 낙엽
고요 속에 풍덩, 균형을 잃고 쓰러진다
꾹꾹 눌러 토닥 토닥 다지던 검은 기억
캄캄한 머릿속에 일제히 재배치된다
차가운 심장의 떨림 부추기는
요란한 종소리 이리 뛰고 저리 뛴다
때론 빗속에 울부짖는 암 고양이처럼
때론 세차게 몰아치는 성난 파도처럼
가끔 공중분해 시도하는 그 소리 움켜쥐고
계룡산 산허리를 밟고 또 밟는다
수없이 쌓였을 발자국 위로
버리고 버리고 또 버려도
쉼 없이 이어지는 소리, 소리들

계룡산 풀들에게 속삭인 종소리
가만히 가슴속에 똬리를 트는 소리
산 중턱 깊이깊이 묻어둔 소리
어느새 집안까지 쫓아온 소리

「가을 산행」 전문

이 작품 역시 존재의 불완전성이나 실존의 고통 속에서 허우적거리
는 모습이 잘 드러나 있다. 이런 면에서 「가을 산행」은 「바퀴」의 연장
선에 놓여 있는 경우이다. 이 작품을 이끌어가는 중심 소재 역시 「바
퀴」와 마찬가지로 '소리'의 감각이다.

서정적 자아는 아주 평범하지만 또 그렇지 않은 가을 산행을 떠난
다. 평범하다는 것은 산행이 심신의 단련과 관계있다는 뜻이고, 그렇
지 않다는 것은 그의 행보가 수양의 정서로부터 자유롭지 않다는 뜻
일 것이다. 산행은 이 두 가지 목적이 동반되는 것이겠지만, 시인의 목
적은 일차적으로 "꾹꾹 눌러 토닥 토닥 다지던 검은 기억"을 지우기
위해 시도된다. 시인의 머릿속은 복잡하고, 정돈되지 못한 그 무엇이
짓누르고 있는 암울한 상태이다. 건강한 자아, 완전한 자아가 되기 위
해서는 실타래처럼 얽혀있는 정서 속에 펼쳐져 있는 어두운 그림자를
걷어내야 한다. 그것이 그의 산행 목적이다.

그러한 까닭에 산행의 도정은 수양의 절차가 엄숙히 따르게 된다.
"계룡산 산허리를 밟고 또 밟으며" 무엇을 버리고 또 버리려 하는 것
이다. 버리는 것은 포기하는 것이고, 궁극에는 욕망하지 않는 것이 된
다. 수양을 비움의 과정으로 비유하는 것도 이 때문인데, 이런 윤리적,
도덕적 기준에 따르게 되면, 시인의 행보도 여기서 크게 벗어나지 않

는 것이라 할 수 있다. 그러나 비우는 과정, 곧 욕망을 포기하는 과정은 시인에게 매우 특별한 것으로 사유된다. 그것이 이 시인만의 특이성, 혹은 고유성이라 할 수 있는데, 그것은 바로 '소리'의 감각이다.

이 시인의 작품 세계에서 소리 감각은 무척이나 중요한 기제로 자리한다. 「바퀴」의 경우 소리는 시인 자신으로부터 나온 것이다. 어떤 불가해한 감옥으로부터 벗어나고자 시인은 '소리'를 통해서 발산하고자 했던 것이다. 그러나 「가을 산행」의 소리는 시인 자신의 목소리는 아니다. 그것은 바깥에서 들려오는 소리이기 때문이다. 그것은 시인에게 건강성이 담보되는 소리가 아니라 불온의 소리에 가까운 것이다. 그 소리로부터 자유로워야 비로소 산행의 목적이 달성될 것이다. 곧 존재의 완성을 위해 나아갈 수 있는 윤리적 감각이 회복되는 것이다. 그러나 그 소리는 견고해서 여기서 벗어나기란 쉽지 않다. "산 중턱 깊이 깊이 묻어두"려 했지만, 그 소리는 거기서 끝나지 않고 "어느새 집안까지 쫓아온 소리"가 되었기 때문이다. 따라서 시인의 곁에서 맴도는 소리란 실존의 고통으로부터 벗어나는 길이 결코 쉽지 않음을 일러주는 단적인 근거가 된다고 할 수 있다.

2. 새로운 탄생을 예비하는 묵시로서의 겨울 이미지

이혜경 시인은 현실로부터 날고 싶다. 그를 괴롭혔던 실존의 조건으로부터, 존재의 불완전함으로부터, 그리고 과거의 어두운 기억으로부터 벗어나고 싶다. 1930년대 「날개」의 이상이 갇힌 상자로부터 탈출하고 싶어 했던 것처럼, 이 시인도 자신을 둘러싼 감옥으로부터 벗어나고 싶었던 것이다. 하지만 자신을 맴돌고 있는 '소리'에 갇혀서 거기를 벗어나는 것이 결코 쉽지 않다.

　시인은 자신이 처한 이런 상황을 설명할 이미지 곧 객관적 이미지를 찾아 떠난다. 그 사유의 끝에서 만난 것이 '겨울' 이미지이다. 신화적 의미에서 보면 겨울이란 죽음의 계절이다. 적어도 봄이 오기까지는 모든 것이 멈춰 있고, 생명의 약동은 불가능하기 때문이다. 그렇기에 그것이 시대적 자장 속으로 편입되게 되면, 동토의 계절, 불임의 계절로 비유된다. 일제 강점기를 겨울로 비유했던 이육사의 「절정」에서 그러한 겨울 이미지를 잘 읽어낼 수 있다. 이혜경 시인의 작품 세계에서 많이 등장하는 것 가운데 하나가 '소리'의 감각이었다면, 겨울 이미지 역시 그에 못지않은 빈도수를 갖고 있다. 그만큼 시인에게 '겨울'이 갖는 함의는 깊고 큰 정서의 진폭을 갖고 있었던 것이다.

숲이 욕망의 역사를 잠시 내려놓자
꽃들의 추억과 나무들의 기억을 더듬으며
낙엽들이 차곡차곡 몸을 뉘었다
　오늘따라 짙푸른
　저 하늘 위로 바람이 기지개를 펴니
　남으로 북으로 앞 다투어 사라지는 시간의 흔적들
　기억의 집에 숨어
　새로운 탄생을 기약하는 우리의 욕망은
　시간의 끝자락에서
　웃음도 술잔도 모두 비우고 묵은 한해를 마무리 한다
　나무들은

한동안의 침묵으로 뿌리에 온힘을 집중 시킨다
하얀 눈 속에 소곤소곤
살아있는 것들의 변주곡
겨울산의 묵시가 예사롭지 않다

「겨울 산」 전문

　이 작품은 시간의 서사가 잘 구현된 시이다. 시간의 서사라 했지만 오히려 시간의 질서라 하는 것이 보다 옳은 표현일 것이다. "숲이 욕망의 역사를 잠시 내려놓자/꽃들의 추억과 나무들의 기억을 더듬으며/낙엽들이 차곡차곡 몸을 뉘었다"에서 보듯 시간의 순차적 질서가 잘 드러나 있는 까닭이다. 이 질서에 따라 겨울은 시작될 것이고, 또 신화적 의미에서 그 겨울은 죽음의 순간이라 할 수 있을 것이다. 물론 겨울 다음에 봄이 온다는 것, 곧 새로운 생명이 시작되기 전이라는 측면에서 겨울을 소멸이나 죽음의 의미로만 한정시키기는 어려울 것이다.

　겨울이 갖는 이런 이중적 함의 가운데, 이혜경 시인이 특히 강조하는 것은 새로운 생명의 예비, 곧 시인의 표현대로 하면, 묵시록적인 측면일 것이다. 시인은 한 해를 마무리하는 겨울, 모든 것이 잠드는 겨울을 결코 생동성이 없는 불활성의 국면으로 해석하지 않는다. 이는 「겨울 산」에서 확인할 수 있는데, 시인은 겨울의 시간적 질서를 "살아있는 것들의 변주곡"으로 이해하고 있거니와 더 중요한 것은 "겨울산의 묵시가 예사롭지 않다"고 단언하고 있다는 점이다. 시인에게 겨울은 종말이 아니라 새로운 생명을 예비하는 묵시록적인 예언의 장으로 굳게 자리한다. 겨울에 대한 이러한 이해야말로 이 시인만의 득의의 영역이 아닐 수 없는데, 그만큼 시인은 자신을 짓누르고 있던 어두운 과거의 기억, 불운한 서정적 사실로부터 벗어나고자 하는 의지가 강했던 것으로 보인다.

그리고 겨울을 재생이나 소생의 이미지로 한정시키고자 한 시인의 서정적 정열을 이해할 수 있는 또 다른 예증은 바로 '뿌리'의 이미지에서 찾을 수 있다. '뿌리'란 근원이고 새 생명의 발원지이다. 만약 그것이 없다면 생명은 더 이상 생명으로서의 가치, 존재의 가치를 상실하게 된다. 새로운 생명을 예비하기 위해서는 무엇보다 근원이 강하고 확실해야 한다. 다시 말해 '뿌리'가 굳건히 서야 하는 것이다. "한동안의 침묵으로 뿌리에 온 힘을 집중 시킨다"라고 한 것은 생명에 대한 가열찬 의지, 바로 서정적 결단이 있었기에 가능했다.

여린 살갗 뚫고
무수히 박혀있는
얼음꽃

뿌리속
흔들리는 열망
따스함에 대한
목마름

어둠의 저 끝에
피어난
가슴속 쪽빛 메아리

「복수초」 전문

짧은 서정 단편에 불과하지만 이 작품이 함의하는 것은 대단히 크고 깊다고 할 수 있다. 이 작품을 지배하는 아우라 역시 겨울이다. 하지만 그 겨울은 생명의 종착역이 아니라 새로운 생명이 탄생하는 예비된 공간이다. 「겨울 산」의 겨울과 동일한 음역이다. 그런데 겨울의 묵시록적인 이미지를 한층 강화시켜주는 것이 바로 '뿌리'이다. 시인은 보이지 않는 곳을 볼 수 있는, 투과력을 갖춘 눈을 가진 존재처럼 땅 속을 더듬어 들어간다. 땅은 모성적 공간이기도 하지만, 그 땅 속에서 새로운 생명을 예비하고 있는 '뿌리'가 있기에 중요하다고 이해한다. 거기에는 "흔들리는 열망"이 있고 "따스함에 대한 목마름"이 있는 까닭이다. 열망이나 목마름이란 새로운 생명으로 탄생하기 위한 가열찬 욕구일 것이다.

'뿌리'는 겉만 보아서는 그것이 살아있는 것인지 혹은 죽어있는 것인지 판단하기 어렵다. 그러나 시인은 그것이 결코 죽지 않은 것임을 확신한다. 이런 확신이 없고서야 어찌 겨울을 새생명에 대한 묵시록으로 예언할 수 있겠는가. 그렇기에 '뿌리'는 결코 죽지 않은 것이 된다. 심지어 눈 속에 갇힌 설해목(雪害木)조차 죽은 나무로 사유하지 않는다.

긴 이야기를 간직하던 설해목(雪害木)
끝내 땅 위로 몸을 뉘었다
숲 속을 떠도는 시냇물 따라
흙으로 돌아가는 수많은 진실들
땅속 깊이 돌고 도는 겨울 산의 침묵 속에
봄바람이 살며시 고개를 내민다

빛과 어둠 한 몸에 지닌 채
생을 길어 올려야만 하는 푸른 새싹들
그들의 아우성이 나뭇가지를 흔들고
그들의 아우성이 온 산에 메아리 친다
아득하게 뻗어 있는 시간의 무덤 속으로
수선화의 환한 웃음이 고개를 숙인다
우리의 가슴속에 온종일 메아리치는
태극기의 함성
그녀의 진실과 사랑은
겨울 산의 침묵 속에 갇혀 버렸다

「침묵」 전문

　겨울 속의 나무는 죽어있는 것이 아니다. 그 죽음이 설사 물리적인
영역에서는 사실일지 모르지만 시인은 그 나무를 결코 죽은 나무로
사유하지 않는다. 그 나무는 봄이 되면 새 생명을 예비한 살아 있는 나
무이기 때문이다. 죽음은 시인에게 그 자체로 끝나는 것이 아니다. 그
렇기에 어둠도 어둠 그 자체에서만 머무르지 않는다. 따라서 설해목
(雪害木)은 겨울의 또 다른 묵시록이라 할 수 있다.
　이렇듯 시인은 종말이나 마지막을 이야기 하지 않는다. 그리고 결
코 그런 진리를 믿지 않는다. 만약 그것을 수용한다면, 새로운 탄생이
나 존재의 전이란 결코 일어나지 않을 것이다. 시인은 과거의 어두운
그늘에 갇혀서 실존의 그물 속에 규정되어 있는 자아를 단호히 거부
한다. 시인의 작품 속에는 과거의 아픈 기억이 서정의 중요한 샘으로
자리하고 있지만, 시인은 거기에 구속되지 않는 것이다. 그래서 시인

은 이 샘을 서정의 열정으로 승화하여 새로운 단계, 새로운 생명을 꿈꾸기 시작한다. 그에게 마지막이나 종착역은 결코 있을 수가 없는 까닭이다.

> 입 꽉 다문 겨울 산의 묵시가
> 윙윙 거리는 종소리를 등에 업고 아우성이다
> 차마 버릴 수 없는 시간들이
> 기억 속에 대롱대롱 매달려 아우성이다
> 시와 소설이 넘쳐난다며 겨울바람이 소곤거리자
> 우리의 생이 자꾸만 자꾸만 삐그덕 거린다
> 실 같은 상처 사이로 종소리가 흐느적 거린다
> 허공 속에 손을 흔드는 반성과 고뇌의 오래된 기억
> 새해의 태양이 준비운동으로 분주해 지기 시작했다
> 마음을 가로채며 이제 곧, 부딪치는 시간들이 새로워지리라
>
> 「제야의 종소리」 전문

제야의 종소리가 울리는 것은 한해의 끝과 새로운 해가 시작되는 지점에서이다. 물론 시인이 관심을 갖고 있는 것은 종말이 아니라 시작이다. 그러한 출발을 더욱 부채질 하는 것이 '새해의 태양'이다. 시인이 이 작품에서 중요한 방점을 찍은 것은 "입 꽉 다문 겨울 산의 묵시"이다. 앞서 언급대로 겨울은 끝이 아니고 죽음이 아니다. 그렇기에 시인은 겨울을 '묵시'라는 정서로 환기하는 것이다.

그리고 그러한 정서를 더욱 확대시켜 준 것이 '제야의 종소리'이다. 겨울과 제야의 종소리, 어둠 등등이 어우러져 모든 일상이 종말의 시

간, 죽음의 시간으로 질주할 때, 시간은 결코 그 시간 속에 함몰되지 않는다. 시인은 거기서 종말이 아니라 새로움을, 탄생을 읽어낸다. 닫힌 공간, 닫힌 자아의 세계에서 머물러 있지 않고, 열린 공간, 열린 자아를 위해서 생명의 줄에 자신을 굳세게 매달고 있는 것이다.

3. 치유의 장, 우주의 열린 공간으로

이혜경 시인의 작품에서 드러나는 상징의 장이나 은유의 파동들은 무척 다채롭다. 뿌리라든가, 설해목, 소리 등등에서 볼 수 있는 것처럼, 시인의 작품 세계에서 드러나는 비유의 장들은 다양하게 형성되고 있었던 것이다. 그 의장들은 시의 형식을 보완하는 형식적인 장치에서 벗어나 시 세계를 형성하는 중요한 의장으로 기능하고 있었다. 그러한 의장 가운데 시인은 전략적인 이미지로 '소리'의 감각을 주목한 바 있다. 실제로 시인의 작품에서 소리의 감각은 다양하게 변주되어 나타난다. 수양의 도정과 대비되는 불온의 정서로 환기되는가 하면, 시인의 내부에 응결된 부정의 정서를 해소하는 수단으로 차용하기도 했다. 그러나 시인에게 중요한 소리의 감각은 후자가 아니라 전자에 가까운 경우이다. 시인의 자의식과 불화되는, 소리의 껄끄러운 음성으로부터 결코 자유롭지 않은 까닭이다.

앞서 언급대로, 시인의 작품 세계를 지배하는 정서는 좌절로 채색된 것이 아니었다. 이를 단적으로 보여주는 것이 바로 겨울의 이미지였다. 겨울은 죽음이나 종말이 아니라 새로운 생명을 예비하는 묵시록적인 계시로 받아들여지고 있기 때문이다. 이런 감각을 토대로 시인 역시 새로운 정서를 예비하는 단계로 나아가기 시작했다. 그 일차적인 변화가 시작된 것 역시 '소리'의 감각에서 찾을 수 있다.

> 목적지를 입력 했어요
> 태양으로부터 점점 멀어지내요
> 칠흑같은 어둠과 안개속에서
> 그 누구보다 빨리 희망을 지워버렸어요
> 언제나 한결같은 거울의 오만함과
> 위아래도 없는 시간의 권력 따윈
> 스쳐가는 바람의 곡선 속으로 던져버렸어요
> 오늘도 어김없이 떠들어대는
> 그녀의 자음과 모음은
> 넓은 세상을 하염없이 찾아 헤매야 하는
> 숙명을 버리라고 해요
> 아파트 9층 베란다 아래선
> 죽음의 그림자가
> 세상에서 가장 겸허한 자세로 양손을 벌리곤 하죠
> 화려한 명함이 번지 점프를 시도하는 동안
> 차마 못다한 생각들이 저승 문턱에서 서성이네요
> 삶이 죽음을 껴안고 놓아주지 않으려고
> 아이들의 웃음소리를 지천에 뿌렸어요
>
> "경로를 이탈 하였습니다"
> "안전 운전 하세요"
>
> 「네비게이션」 전문

이 작품을 지배하는 것은 짙은 페이소스, 곧 좌절과 절망의 정서이다. 내비게이션이란 알 수 없는 길을 인도해주는 안내자이다. 그런 역할은 이 작품에서도 크게 벗어나지 않는다. 그러나 작품 속의 목적지는 일상에서 알 수 있는 공간이 아니다. "태양으로부터 점점 멀어지는 곳"이거나 "칠흑같은 어둠과 안개"로 덮인 곳이기 때문이다. 어떻든 목적지가 입력이 되었으니, 이를 인도하는 자음과 모음의 목소리는 멈추지 않고 흘러나오게 된다. 그러나 그것은 건강한 목소리가 아니다. 건강한 주체에 의해 입력되지 않은 소리이기에 내비게이션의 목소리도 그러한 건강성과는 거리가 있다.

그러나 그런 상황 속에서 새로운 반전이 일어난다. 삶이 죽음을 껴안고 놓아주지 않으려 하는 순간에 "아이들의 웃음 소리"가 들려오기 때문이다. 이 음성은 철모르는 소리, 현실로부터 떨어져 있는 관념의 소리가 아니다. 시적 자아를 부정의 늪에서 구원해줄 생명의 목소리, 구원의 목소리이기 때문이다. 아이들의 목소리란 전일성이 담보된 구원의 목소리로 흔히 알려져 있다. 아이들은 인간의 전일성이 온전히 보존된 주체들이기 때문이다. 그렇기에 유아적 상태로 되돌아가는 것은 건강한 동일성을 확보하는 긍정적 전략 가운데 하나로 받아들여진다. 시인은 자신의 의식을 분산시키고 파편화시키는 소리의 늪에서 구원의 소리를 듣는 것이다. 아이들의 음성은 여러 갈래로 흩어져 있는 이질적인 갈래들을 하나로 모으는, 그리하여 건강한 주체로 거듭 태어나게 한다.

그 새로운 탄생의 결과가 "경로를 이탈 하였습니다/안전 운전 하세요"라는 응답으로 메아리쳐 들려온다. 이 음성이 발산됨으로서 시인은 이제 자신을 괴롭혔던 분열의 정서로부터 어느 정도 해방되기에 이른다. 겨울이 죽음이 아니듯이 이제 소리의 감각도 불온이 아니라 긍정으로 다가오는 것이다. 그 소리가 생명의 소리, 구원의 소리였던 것이다. 이제 소리는 더 이상 시인의 신경을 거슬리는 까칠한 대상이 아니다. 오히려 그것은 순화되고 정화되어 시인의 분열된 자의식을 제어하는 긍정적 매개로 자리하기 시작한다.

> 겨우내
> 모든 시선을 지우고
> 아파트 담장에 기대어
> 숨결을 잠재우던 고사목
> 봄바람이 손사래를 치며
> 나뭇가지를 흔들자
> 시커먼 밑둥에 파란 싹 하나가
> 고개를 내민다
> 어둠을 머리에 이고 누우니
> 노란 꽃의 추억이 그리웠을까
> 수런거리는 봄비가 반가웠을까
> 파란 싹의 아우성이
> 집안까지 쫓아와
> 내 마음에 앉는다
>
> 「산수유나무」 전문

이 작품은 기나긴 사유의 도정을 거쳐 온 시인의 온갖 자의식들이 모두 적나라하게 드러난 경우이다. 가령, 그의 전략적 이미지들인 겨울이라든가, 고사목, 소리의 감각 등이 모두 동원되고 있는 것이다. 그럼에도 이런 이질적 소재들은 각자의 고유성을 매개로 시의 의미를, 곧 시인의 자의식을 분산시키는 의장으로 기능하지 않는다. 오히려 이런 이질적 소재들이 존재의 동일성을 향해 나아가는 시인의 정서 속에 모두 수용됨으로써 자기 수양이라는 윤리적 절차랄까 도정 속으로 모두 수렴되고 있는 것이다.

겨울은 종말이나 죽음이 아니라고 했거니와 이 작품에서도 그것은 재생의 상징, 묵시록적인 상징으로 이해된다. 그것은 고사목을 키워내는 생명의 샘이며, 봄의 따듯한 바람을 불러일으키는 매개가 되기도 한다. 뿐만 아니라 시커먼 밑둥에서 새 생명의 싹을 틔우기도 하고 생명의 중심인 봄비를 몰고 오기도 한다.

한편, 봄이 가져오는 생명의 향기는 이내 아우성으로 뒤바뀐다. 그러나 이 아우성은 「네비게이션」의 아이들 웃음소리와 등가관계에 놓여있다는 점에서 주목을 요하는 경우이다. 그런 면에서 "파란 싹의 아우성"이라는 공감적 표현은 이 시인의 작품 세계를 이해하는 데 있어 매우 시사적이다. 아우성이 푸른색의 이미지로 새롭게 탄생하는 것인데, 이런 존재의 변이야말로 자신을 괴롭혔던 소리 감각이 이제는 더 이상 시인 자신으로부터 이질적인 요소가 아님을 알게 해주는 사건이라 할 수 있을 것이다.

'파란 싹의 아우성'은 분열의 매개가 아니라 치유의 근간이기에 '집안까지', 그리고 '내 마음에까지' 스며들어온다. 자아의 심연에까지 가라앉는 소리는 자아에게 더 이상 일탈의 정서를 불러일으키는 매개가 아니다. 오히려 그 반대의 경우이다. 분열된 정서와 암울한 기억으로부터 자아를 구원의 길로 인도하는 묵시록적인 음성으로 기능하기 때문이다. 이제 시인에게 들려오는 소리는 건강한 소리뿐이다. 자아를 불행의 늪이나 알 수 없는 공포의 지대로 이끌던 내비게이션은 더 이상 존재하지 않는다. 만약 그러하다면 심연 속에 자리한 건강한 음성, 곧 일상의 내비게이션은 "경로를 이탈 하였습니다/안전 운전 하세요"라는 경고를 할 것이기 때문이다.

> 차가운 냉기가 어둠을 모으고
> 흰눈이 조용히 펑펑 쏟아진다
> 침묵을 품고 순백의 모습으로
> 메타세카이어가 우뚝서있다
> 길을 알 수 없는 생각들이
> 내면으로 스며든다
> 쓰다만 문장들이 하얗게 사라진다
> 눈 내리는 소리에 귀를 연다
> 생각을 지우고 두 손을 모으니
> 온 세상이 하얗게 가슴까지 스민다
> 아주 조용히
> 메타세카이어와 하나가 된다
>
> 「첫눈」 전문

이제 소리는 시인에게 이질적인 것이 아니다. 그것은 긍정의 메시지이고 구원의 전언인데, 그런 소리의 감각은 이 작품에서도 예외가 아니다. 시인은 가만히 눈 내리는 소리를 듣는다. 그 소리는 무척이나 정밀하고 아름다운 소리이기에 시인의 자의식 속으로 조용히 스며든다. 만약 그렇지 않다면, 그것은 시인의 내면으로 결코 들어올 수 없을 것이다. 이질적인 소리들이 북적이는 내면에 또 다른 소리가 들어온다면, 그것은 시인의 자의식을 불안과 공포의 늪으로 빠져들게 할 것이다.

시인은 '자신이 누구인가'에 대해 끊임없는 고민을 거듭해왔다. 어지러운 소리, 자신의 자의식을 갉아먹는 소음으로부터 허우적거렸고, 아름답지 못했던 과거의 기억, 불행한 개인사들이 겹쳐지면서 십자로에 서 있는 듯한 방황의 주체로 스스로를 인식하고 있었던 터이다. 그러나 나아갈 방향이 닫혀 있는 혼돈의 현장에서도 시인은 이로부터 탈출해야 할 욕망을 꾸준히 불태우고 있었다. 그 탐색의 결과가 삶에 대한 긍정성, 미래에 대한 가열찬 희망, 유토피아에 대한 열정 등등이었다. 그 탐색의 도정에서 시인이 만난 것이 건강한 소리, 곧 긍정의 메시지였다. 이 소리는 시인의 정서를 하나의 계선으로 묶어내는 동일성의 음성 같은 것이었다.

시인은 아이들의 해맑은 웃음소리, 자연의 정밀한 소리에 비로소 귀를 기울임으로써 생명의 소리, 자연의 소리를 이해하기 시작했다. 그 건강한 소리가 자신의 내면에 자리함으로써 그는 불행했던 기억으로부터 벗어날 수 있었다. 소리를 통해 맺어진 건강한 자연과의 아름다운 만남을 통해서 시인에게 그 희망의 장이 열리기 시작한 것이다. 「첫눈」은 그러한 도정을 잘 보여준 작품이며, 시인은 이렇게 자연을 통해 분열된 음성, 부정의 소리로부터 자유로워질 수 있었다. 그 긍정의 소리와 하나가 됨으로써 시인의 건강한 자의식, 새로운 삶이 시작된 것이다. 그러한 도정을 감각적으로 읽어내고 이를 자기화한 것이 이번 시집이 갖는 의의라 하겠다. (이혜경,『풍경이 다시 분주해진다』 해설, 시와정신, 2019)

빛과 어둠의 변증법, 그 매혹의 미끼
상선약수(上善若水)

1. 존재 완성의 길, 목마른 갈증

구재기 시인은 1978년 전봉건의 추천으로 《〈현대 시학〉》에 등단한 이후 『휘어진 가지』를 비롯한 19권의 시집을 펴낸 바 있다. 그러니 이번에 상재하는 『목마르다』는 20권을 채우는 시집이 된다. 전위적인 시 형식을 선호했던 전봉건의 경우와 달리 구재기 시인의 시들은 비교적 온건한 편이다. 아니 서정시가 요구하는 요건들을 충실히 지켜 냄으로써 시인의 작품들은 전봉건의 경우와는 매우 다른 리리시즘을 구현해내고 있는 것이다. 그렇다고 전봉건 시인이 지향했던 시의 형식과 내용으로부터 완전히 자유롭다고 보기도 어려운데, 가령, 「첫만남」의 경우에서 보듯 시 형식에 대한 적극적 실험 의식 등이 엿보이기 때문이다.

그러나 이런 영향관계에도 불구하고 전봉건과 구재기의 시들은 매우 다르다. 우선 체험의 영역과 이를 바탕으로 한 상상력의 파동, 그리고 시의 유기적 질서를 만들어내는 정서의 주름 등이 동일하지 않은 까닭이다.

구재기 시인은 오랜 교직 생활을 거쳤고, 지금은 고향 근처의 산방에서 새로운 서정을 모색하고 이를 자신의 시세계 속으로 계속 편입시키려고 노력하는 중이다. 아니 그러한 시도들이 이제 시작된 새로운 작업이라고는 할 수 없으며, 또 이전의 방식과, 질적 혹은 양적으로 다른 인식성에 바탕을 두고 있는 것도 아니다. 초기 시부터 구재기 시인이 꾸준히 관심을 두고 있었던 영역은 이른바 존재에 관한 물음들이었다. 시인이 사유하는 존재론적인 문제들은 고립적인 것이고, 폐쇄적인 것이었으며, 그런 유폐 상태로부터 탈출하고자 하는 노력들이 서정의 빈 공간을 틈틈이 메워오고 있었던 것이다. 등단 이후 수많은 시집을 통해서 존재에 관한 문제들을 모색하고, 그 완결된 모습이 무엇인가에 대한 치열한 탐색의 도정, 그것이 구재기 시인이 표명해왔던 서정의 진실이었다.

그러나 이런 도정이 결코 쉬운 일은 아니다. 수십 권의 시집을 통해서 얻어진, 가열한 정신의 고뇌 속에서도 고립의 문, 폐쇄의 문에서 시인은 결코 탈출하지 못한 까닭이다. 비교적 최근에 상재한 『추가 서면 시계도 선다』에서 시인이 모색했던 전략적 주제 역시 이른바 자유인에 대한 열망이었다. 그러나 그것은 희망의 차원에 그쳤을 뿐, 지금 여기의 현실, 자아가 생존하는 현재의 공간에서 실현되는 희열의 기쁨에까지는 이르지 못했다. 하기야 불구화된 정서, 원죄를 태생적으로 안고 지상에 우뚝 선 존재가 이런 감옥으로부터 벗어나는 것이 결코 녹록한 일은 아닐 것이다. 그것은 이루어내야 할 목표, 도달해야만 하는 꿈으로 존재하는 것이기에 그러하다. 그런 맥락에서 이번 시집의 제목이 『목마르다』고 한 것은 매우 의미심장한 비유라 할 수 있다.

우물이 깊을수록
두레박의 끈은 길다
심한 목마름에
한 두레박의 물을 길어 올려도
목마름을 위해서는
한 모금의 물만 필요할 뿐

하늘의 구름 사이
밝은 달이 우물에 빠지면
그때마다 나는 급히 목마르다
서둘러 두레박을 내리지만
끈이 긴 두레박의 물은
쉽게 내 입술에 닿지 않는다

사랑하는 사람아
그대가 사랑한다는 말을
아무리 들려주어도, 쉽게
나의 목마름은 가시지 않는다
차라리 깊이 빠져드는
한 덩이 달이 되고 싶다

「목마르다」 전문

　인용시는 시집의 제목이기도 하거니와 시인이 이를 대표시로 했다
는 것은 그만큼 이 작품의 시사하는 함의가 무척 크다는 것을 알 수 있
다. 서정적 자아는 지금 심한 갈증의 상태에 놓여 있다. 그러나 이런

정서를 해소하는 데에는 연속되는 많은 양의 물이 필요한 것이 아니다. 갈증을 해소시켜줄 수 있는 한 모금의 물만 있으면 그만이다. 그러나 거기에 이르는 길이 물리적인 거리만큼이나 짧고 쉬운 것이 아니다. "끈이 긴 두레박의 물은/쉽게 내 입술에 닿지 않는" 까닭이다.

그럼에도 시인은 이에 이르려는 시도를 결코 포기하지 않는다. 사랑하는 사람에게 사랑한다는 말로 끊임없이 구걸하고, 그 말을 통해서 자신이 필요로 하는 갈증을 계속 채워나가려 하기 때문이다. 하지만 "나의 목마름은 가시지 않"은 채 계속 현재 진행형으로 남아 있다. 궁극에는 "차라리 깊이 빠져드는/한 덩이 달이 되고 싶다"고 함으로써 전일적인 합일의 상태에 이르고자 하는 성급한 갈증의 정서를 드러내기도 한다. 실상 이런 상태란 현실에서는 결코 일어날 수 없는 꿈에 불과할 뿐이다. 생물학적인 욕구에 의해 일어나는 갈증은 경우에 따라 쉽게 해소될 수 있을지도 모르겠다. 그러나 그 너머의 세계, 곧 정신의 영역에서 펼쳐지는 갈증은 물리적인 차원과는 전혀 다른 경우이기에 이에 이르는 길이란 매우 난망한 일이다.

「목마르다」가 이번 시집에서 갖는 상징성은 매우 크다. 시인은 분명 생물학적인 갈증을 느끼고 있지만, 그러나 이는 물이라는 물리적 대상만으론 결코 해소되지 않는 상태에 놓여 있다. 오랜 시작 생활을 통해서, 그리고 수많은 시편들을 통해서 시인은 자신이 지향하는 어떤 구경의 경지에 이르고자 했지만, 그것에 결코 도달하지 못하고 있다. 그래서 시인은 여전히 목이 마른 채 현재의 존재를 다시 되돌아보는 피드백 과정을 거치게 된다.

내 안에 잠들어 있는

또 다른 나를 바라볼수록
나를 알 수 없으니
덥석 안아볼 수 없으니
매양 찾아 나설 수밖에 없다

바람 부는 가을 어느 날
떨어질 자리 미리 점치지 못하고
이리저리 뒹굴다가
울타리 밑 삭정이에 멈춰버린
가랑잎 하나처럼

거울 속의 또 다른 나
울다가 웃다가
웃다가 울어대며
하루에도 수없이 뒹구는 나
과연 어느 곳에나 멈추게 될까

내가 나에게
손을 내밀어 당기면
맞서 겨루게 되는 팽팽한 접전
전에 보지 못한
불륜한 미끼 하나가 요긴해진다

「거울 앞에서」 전문

이 작품은 이상의 「거울」을 연상시킨다. 본질적 자아와 현실적 자아와의 치열한 싸움이 결코 양보없이 이루어진다. 그러나 이런 갈등과 싸움이 언제나 그러하듯 늘 평행선을 그린채 끝나버린다. 만약 하나의 지점으로 합일된다면, 그것은 곧 절대적인 존재로 우뚝 서는 일이기 때문이다. 인간이 이 영역에까지 넘보는 것은 불가능한 일이다. 그렇다고 그 길로 향한 발걸음이 포기될 수도 없다. 그리하여 시인은 이상이 결코 생각해내지 못했던 매개 하나를 생각해낸다. 아마도 이 지점이 이상 시인과 구재기 시인을 분기시키는 지점이라 할 수 있는데, '불륜한 미끼'가 바로 그것이다. 본질적 자아와 합일하고자 하는 현실적 자아의 노력이 이 '미끼'를 찾아내어 던지는 행위이다. 불륜이나 미끼는 달콤하고 매혹적인 것이다. 합일될 수 없는 간극조차 이 '불륜의 미끼'을 통해 넘볼 수 있다는 것이야말로 시인의 유쾌한 능력일 것이다. 그만큼 절묘한 상상력이라 할 수 있다.

그럼에도 그것은 유혹의 능력은 있을 뿐 이를 완전히 치유하고자 하는 매개는 되지 못한다. '불륜한 미끼'는 요긴하지만 그것을 매개하는 일, 찾아내는 일은 쉽지 않은 까닭이다. 던져진 미끼를 잡을 것만 같은데, 자아 밖의 타자는 결코 잡지 않는 것이다. 자아의 동일성을 향한 시인의 여정은 이런 초조감의 반영이며, 그렇기에 이로 향하는 길에 대해 '목마른 갈증'을 느끼게 된다.

시인으로 하여금 현재의 존재성, 곧 목마른 존재로 사유하게 된 토대는 대략 두 가지 방향에서 온 것으로 이해된다. 하나가 존재 자신의 것이라면, 다른 하나는 존재 밖의 것이다. 그러나 이 둘의 관계는 다른 듯 하면서도 동일하다. 결국 하나의 뿌리에서 온 것이라고 해도 무방하지 않을까 한다. 존재의 불온성이 자신으로 향하는가 혹은 사회로 향하는가 하는 것은 결국 실존의 문제와 불가분하게 얽혀 있는 것이기 때문이다.

일어서고자 하나
일어서지 못하고 있는데
저 큰 산이 왜 분노하고 있는가
풀벌레 떼 지어 울고 있더니
골짜기 물 식식거리며 흐르고
큰 산은 노기등등怒氣騰騰 얼굴을 붉혔다

지나는 한 줄기 바람이
분노하는 방법을 깨닫고 있다면
큰 산 아래 집을 짓고 사는 나는
어느 정도의 기쁨과
평화를 얻을 수 있음이 분명하다

분노의 힘으로
무엇인가를 얻으면서
남아 있는 햇살을 등에 진 채
가을꽃 피는 것을 보다가
얼굴을 보듬다가 보면
분노는 비로소 내 안에 있음을 안다

나에게도 분노가 일어난다면
내 몸에 드리워진 그림자
내 안의 가을을 거부할 수 있을까

날이 저물고 어둠이 오면
큰 술잔에 소리할 수 있을까

일어서고자 하나
일어서지 못하고 있는 주막
풀버레 소리 스쳐 지나듯
개울이 한층 가을물로 맑아가는데
얼굴 붉힌 저 큰 산만은 왜
왜 자꾸만 세상을 분노하고 있는가

「주점에서」 전문

  이 작품을 꼼꼼히 읽어보면 시인이 '목마르다'고 외친 근거랄까 실
체가 어느 정도 드러나 있음을 알게 된다. 뿐만 아니라 '목마름' 또한
두 가지 요인에 그 뿌리를 두고 있음도 알 수 있다. 동일성을 상실한
세계, 불온한 사회를 만들게 한 요인들에 대해 시인은 우선 '내 안'에
있다고 이해한다. 그것이 바로 '분노'의 정서이다. 이 작품에서는 이
정서를 불러일으키게끔 한 요인이 무엇인지 구체적으로 드러나 있지
는 않지만 그것이 만들어낸 결과가 어떤 것인지에 대해서는 비교적
분명하게 나타나 있다. "내 몸에 드리워진 그림자"가 바로 그것이다.
그림자란 밝은 곳의 저편에 놓인, 시인에게는 시적 우울의 정서에 해
당된다. 이런 감수성은『목마르다』의 전략적 정서 내지 주도적 담론이
거니와 이 그림자가 만들어내는 파동 역시 세상의 부정성이라는 데에
는 이견이 없을 것이다.
  세상을 구성하는 기본 단위들은 개개인의 사람들이다. 그런데 이런

개인들이 만들어낸 분노의 정서가 가득하기에 세상은 불온의 아우라로 뒤덮여 있다고 시인은 이해한다. 이런 음역들이 사회의 동일성을 훼손하고, 개인들 사이의 소통과 화해를 방해한다고 판단한다. 산이 분노하는 것은 이와 관련이 깊다. 산은 자연의 일부이지만, 형이상적인 관점에서는 동일성의 상징이다. 따라서 분노로 가득한 세상과, 질서로 표상되는 산의 존재가 양 끝의 지점에 서 있는 것은 당연한 것이거니와 조화와 이법을 담지한 산이 사회를 향해 계몽의 담론을 던지는 것 또한 충분히 이해할 만한 것이다.

 깃털이란 깃털
 모두 얼루기*인 새 한 마리
 길가 큰 나무 밑에 떨어져 죽어 있다
 부릅뜬 두 눈이
 한 곳을 집요하게 붙들고 있는
 몸 하나에서 돋아난 빛깔이 다양하다

 작은 바람에 깃털이 날릴 때
 결 고운 솜털은 모두 한 가지 색
 하얀 속살을 보듬고 있다
 본디 한 가지 색깔로 태어났지만
 눈비 찬 날을 지나다 보니
 저렇게 얼룩이 되었던 것은 아닐까

 깃털이 박힌 몸은
 뜨거움이었지만

몸 밖으로 튀쳐 나온 수많은 얼룩들
저자거리를 숲으로 날아오다 보면
높아진 목소리들 모두
얼루기로 모을 수밖에 없었으리라

세상을 보는 맑은 눈을 담고
눈부신 햇살과 바람의 무늬 사이
온갖 꽃물에 물들이던 부리를 놓아버리고
얼루기 한 마리가
큰 나무 밑 작은 바람 속에서
주검 속 속살을 마구 헤적이고** 있다
*얼루기 : 얼룩얼룩한 무늬나 점
**헤적이다 : 자꾸 이리저리 들추어 헤치다

「얼룩에 대하여 · 2」 부분

　순수의 상태가 오염으로부터 무척이나 취약하다는 것은 익히 알려진 일이다. 순수는 오염의 늪에 쉽게 빠질 수 있지만, 오염은 순수로부터 쉽게 빠져 나오지 못한다. 악화되는 것이 좋아지는 것보다 어려운 것이 세상의 순리이자 이치이다. 인용시가 말하고자 한 것도 이 부분이다.

　「얼룩에 대하여 · 2」의 중심 소재인 새 한 마리는 일단 순수의 상태에 놓여 있다. 그렇기에 그것은 욕망으로부터 벗어나 자연의 일부라 해도 좋고 문명의 저편에 놓인, 시인 박남수가 「새」에서 노래한 그 순수한 새여도 좋을 것이다. 그러나 이 새는 순수성을 오래 보전하지 못한다. 만약 사회와 격리된, 고립된 자연의 일부로만 살아갔다면, 이 새는 오염의 지대로부터 자유로웠을지도 모른다. 그러나 근대 사회 이후 지상의 모든 물상들은 자연의 일부가 아니라 사회의 일부로 존재하는, 존재의 변이과정을 거친 터이다. 자연이 보다 더 큰 물리적 단위, 정서적 단위임에도 불구하고, 근대 사회는 이를 역전시켜 왔다. 그러니 새는 자연의 일부가 아니라 사회의 일부로밖에 살 수 없었던 것이다. 그런 사회가 새에게 저지른 범죄는 대단히 심각하다. 새의 본래성, 혹은 순수성을 잃게 만들었으니 말이다. 그 단적인 증거가 바로 '얼루기'라는 담론이다. 새의 표면을 둘러싸고 있는 얼루기들은 자연의 일부였으면, 결코 지상에 태어나지 않았을 것이다. 그러나 사회의 일부로 살아오다보니 오염을 피할 수 없었고, 그로부터 받은 훈장이 바로 '얼루기'로 표명된 것이다.

자연의 저편에 놓여 있는 세상이나 사회, 그리고 문명이란 이런 것이다. 그것은 자아의 완결성을 향한 길을 가로막고 선 장애물이고, 수양의 정서를 여과하지 못하게 하는 차단막에 불과할 뿐이다. 시인은 여태껏 이런 현장을 목격해왔고, 그로부터 벗어나고자 가열한 모색을 거듭해온 터이다. 그 쉽지 않은 도정, 그리고 어느 정도 도달했다고 생각했던 목표들이 결국은 동일한 현장에 다시 되돌아오게끔 하는 좌절의 정서를 맛보게 했다. 그의 '목마른' 갈증은 이런 피드백 과정에서 얻어진 것이다.

2. '길'을 향한 '어둠' 과 '빛'의 변증법

순수가 훼손된 '얼루기'의 새가 존재하는 곳, 그 공간이 지금 여기의 현실이다. 시인은 그러한 현실로부터 자유롭지 않을 뿐더러 빠져나오지도 못한다. 그의 주변을 감싸고 있는 것은 순수도 아니고, 더구나 자신의 앞길을 밝혀주는 빛의 세계도 아닌 까닭이다. 아니 그 반대의 상황에 놓여 있다고 하는 것이 보다 옳은 경우라 할 수 있을 정도이다. 시인은 「주점에서」에서 그러한 상황을 그림자라는 비유로 말한 바가 있다. 그림자는 빛의 반대 세계에서만 생길 수 있는 존재의 아픈 편린이자 투영물이다.

그렇다면, 사회를 유폐시키고 존재의 자유로움을 막는 '그림자'란 무엇인가. 아니 시인이 전략적으로 말하고 있는 '어둠'이란 또 무엇이란 말인가. 실상 이번 시집을 이끌어가는 주된 이미지가 이 '어둠'에 있다고 해도 과언이 아닐 정도로 이 소재가 주조를 형성하고 있다. 시인은 '어둠'의 구체적인 실체와 그것이 규율해나가는 사회의 모습에 대해 특별히 언급한 것은 없다. 그럼에도 그것은 존재의 불구성을 견고하고 만들고, 사회의 순수를 오염시키는 요소로 기능하고 있다. 이 '어둠'의 실체란 무엇이고 또 어디서 형성되는 것일까.

보이지 않는
머언 그대와
붉은 노을로 만나다가

빈 하늘을
향하여 혼자서
무한히 손짓하다가

결국 활활
불타고 만
갈망 한 마당

결국
어둠을 일구어
깊이 잠기고 말았네

「갈망 한 마당」 전문

　한편의 짧은 서정시에 불과하지만, 이 작품이 내포하는 의미의 자장은 결코 만만한 것이 아니다. 무엇을 향한 욕구를 시인은 여기서 '갈망'이라고 했지만, 이는 근대 철학에서 흔히 말하는 '욕망'의 다른 말일 것이다. 인간은 욕망하기에 원죄의 업보를 갖게 되었고, 또 억압의 정서가 기능적으로 편입되었다고 알려져 있다. 그런데 이는 단지 형이상학의 국면에서 가능한 것이었을 뿐, 그것이 보다 직접적인 원죄의 모습으로 드러난 것은 근대 이후의 일이다. 인간만의 전유물이 되어버린 욕망의 팽창은 자연을 도구화했고, 그 결과 사회는 오염의 지대가 되었다고 이해되고 있는 것이다.

　「갈망 한 마당」은 그러한 욕망의 확산과 그것이 가져오는 파동이 무엇인지를 선명한 이미지의 조형 속에 풀어낸 시이다. 그런데 그 과정이 매우 극적으로 이루어지고 있다는 점에서 주목을 요한다. 연인과의 만남이나 이별의 과정을 통해서 이루어지는 갈망이 무척이나 애틋한 것으로 그려져 있기 때문이다. 그러나 그것은 단지 표면의 과정일 뿐, 작품이 지시하는 내용은 무척이나 무거운 정서를 덮어쓰고 있다.

자신을 위한, 자신을 향한 욕망의 갈증이 아름다운 것 같지만, 실제 그것이 뿌린 결과는 '어둠'의 정서이기 때문이다.

시인의 작품 세계에서 '어둠'은 물리적인 시간의 질서 속에 놓여 있는 것이 아니다. 그것은 현재의 자아를 구속하고 사회를 불온의 현장으로 만든 요인들이다. 지금 자아 앞에 놓인 어둠은 자아가 나아갈 방향을 상실케 하는 것이지만, 시인은 이로부터 벗어날 출구를 찾아내기가 쉽지 않다. 시인이 시집의 제목을 '목마르다'라고 한 것은 아마도 여기에 그 원인이 있을 것이다. 욕망은 해소되지 않았고, 그것이 만든 부정의 아우라는 시인이 있는 현재의 시공간을 어둠으로 사유하게끔 만들었기 때문이다. 서정의 성스러운 행보가 계속 진행되기 위해서는, 또 그 기나긴 서정의 유토피아를 열어젖히기 위해서는 이 어둠은 사라져야 한다. 그런 다음 자아에게 밝은 길을 보여주어야 한다. 그래서 시인이 주목하게 된 것이 바로 '길'의 이미지이다.

길은
언제 어디서나
끝을 내보이지 아니하고
길답게 길게 이어져 있다

맑은 물에 젖어
속알맹이까지
온갖 잡것들까지
서슴없이 드러내 보이고 있는

길은 여전히
길답게 늘어서 있다

천 년 지나
만 년을 가려도
길은 처음만 드러내놓고

끝이 보이지 않는 길

들리지
않는 것까지
모두 다 듣고 나서
안 보이는 것까지 보고 나서

캄캄한 밤
사랑하는 사람과 헤어지고
구하지 못하는 괴로움
모든 길은 끝을 보이지 않는다

「귀로」 전문

　시인은 서정의 방향, 곧 자아가 나아갈 행로를 정해야만 하는 '길'
앞에 우뚝 서 있다. 그런데 이 길은 시인으로 하여금 미래의 시공간으
로 인도하지 못하는 불구성의 상태에 놓여 있다. 길은 있지만 시인이
갈 수 있는 길은 보이지 않는다. "캄캄한 밤"이 시인이 나아가야 할 길
을 막아서고 있기 때문이다.

하지만 시인이 나아가야 할 길은 분명해 보인다. 소월의 경우처럼, 시인은 결코 십자로에 서있지 않은 까닭이다. 단선적인 길이기에 시인이 선택할 수 있는 것은 십자로보다 비교적 쉬워 보일 수도 있다. 그럼에도 그 길로 나아가는 것이 용이하지만은 않다. 어두운 밤이 여전히 길을 막아서고 있기 때문이다. 그래서 서정적 자아는 자신 앞에 놓여 있는 길로 나갈 수가 없을 뿐만 아니라 그 마지막 여정조차 예단할 수 없는 어정쩡한 상태에 놓이게 된다. "천 년 지나/만 년을 가려도/길은 처음만 드러내놓고//끝이 보이지 않는 길"로 남아 있기 때문이다.

그런데, "길답게 길게 이어져 온 길"이건만 "언제 어디서나/끝을 내보이지 아니하는" 길이라는 이 기막힌 역설이야말로 시인이 현재 처하고 있는 실존의 한 단면을 잘 보여주고 있는 것이라 해도 과언이 아닐 것이다. "갈 수 있지만 갈 수 없는 길"에 갇힌 것이 현재 자아가 처해 있는 모습이다. 그것을 불가능하게 만든 것이 바로 어둠의 실체이다. 어쩔 수 없는 본능, 욕망에 의해 만들어진 어둠의 그림자는 이렇듯 시인의 건강한 실존을 가로막고 있었던 것이다. 그러나 건강한 실존, 유토피아를 향한 서정의 정열은 결코 포기되거나 좌절될 수 있는 것이 아니었다. 그것이 서정시의 운명이고 시인의 운명이 아닌가. '길'은 있는 것이기에, 결코 갈 수 없는 길로 남겨둘 수는 없는 일이다.

존재의 전일성을 담보하는 유토피아에 대한 열정은 인간의 숙명과도 같은 것이다. 현재에는 나아갈 수 없는 길이기도 하지만, "끝이 보이지 않는 길"에서 보듯 존재의 완성을 향한, 인간들의 영원한 꿈과도 같은 것이다. 그렇기에 이 꿈을 향한 시인의 발걸음 역시 결코 포기될 수 있는 것이 아니다. 그러한 과정은 시인에게 곧 '목마른' 갈증을 채워나가는 일과도 같은 것이다.

금강으로 향하여
바다를 달린다
하얗게 일어서는 뱃길

발을 벗어도
부끄럽지 않은 자는 오라
흙탕물을 밟지 않은
전투화戰鬪靴를 벗어 던지고
달릴 수 있는 자는
모두 이곳으로 오라, 오라

금강으로 가는 길
하늘의 모든 구름이 쏟아 부은
온갖 설움과 슬픔과 원망을 딛고
너와 나는 비로소
한 마음 한 몸이 될지니

두터운 옷을 벗어 던지고
알몸으로 달릴 수 있는 자는
모두 이 뱃길로 오라
이 푸른 알몸의 바다로 오라
청정淸淨의 창해滄海
햇살이란 햇살들이
이곳에서는 애시당초
심해深海에서 치밀어 올라오는 것

푸른 물낯을 터전으로 하고
금강의 그림자를 얼싸안을 수 있는
너른 가슴인 자는
이 뱃길에 온몸으로 뛰어 들어라

금강으로 향하여
뱃길을 간다
청정淸淨의 순順한 길
모진 두 손을 씻으며 닦으며
금강과 한 몸 되려
하얗게 일어서는 창해의 햇살로
뱃길을 빚으며 간다

「금강으로 향하며」 전문

인용시는 시인의 작품 속에 등장하는 '빛'의 이미지와 그것이 함의
하는 것이 무엇인지를 극명하게 다룬 작품이다. 뿐만 아니라 모성이
나 근원이란 무엇이고, 또 그것이 이 시대 속에 편입되어 들어올 때 가
져오는 음역들이 어떻게 확장적 의미를 갖게 되는지를 알려주는 시이
기도 하다. 또한 본질적인 것이 충만할 때, 세상에서 일어날 수 있는
변화의 물결이 어떤 것인지를 잘 말해주는 시이기도 하다. 그것은 마
치 신동엽이 「금강」에서 펼쳐보였던 생태적 담론과 닿아 있기에 우리
의 주목을 끄는 경우이기도 하다.

하지만 구재기 시인의 시편을 일별할 때, 이 작품이 갖는 의의는 아
마도 '빛'의 감각적 정서에서 찾아야 할 것으로 보인다. 물리적인 국면

에서 '어둠'을 이길 수 있는 것은 '빛'의 감각뿐이기 때문이다. 그런 일
상적 진실은 시적 진실과도 다르지 않을 것이다. 시인의 실존과 서정
의 유토피아를 향한 가열한 열망을 담아내고 있던 것이 자아를 인도
해줄 '길'이었음을 알고 있다. 그런데 이 길은 어둠에 갇혀있어서 시인
으로 하여금 존재의 완성이나 동일성을 순례의 과정으로 연결시킬 수
가 없었다. 따라서 이 시점에서 시인에게 무엇보다 필요한 것이 '어둠'
을 이길 수 있는 기제의 탐색이었다.

　일차적인 이미지의 관점에서 보면, '어둠'을 이길 수 있는 것은 오
직 '빛' 뿐이다. 구재기 시인의 경우도 그 어둠에 대한 대항담론 역시
'빛'으로 구현된다. 끝이 보이지 않게 펼쳐진 길이지만 시인은 이 길을
결코 포기할 수 없는 것이 시인의 운명이자 숙명으로 받아들인다. 그
에게는 구원의 전언 혹은 메시아가 필요했다. 그때 떠오른 것이 바로
'빛'의 세계였다. 이 이미지는 시인으로 하여금 실존의 고통을 초월케
해주는 매개이면서 존재의 초월을 위한 유토피아와도 같은 것이었다.

　시인의 작품에서 '어둠'이나 '그림자'의 반대편에 놓인 '밝음'의 이
미지가 많이 등장하는 것도 이런 이유 때문일 것이다. 이 이미지는 '어
둠'과 더불어 시인이 이번 시집에서 찾아낸 또 다른 전략적 이미지이
다. 그 결과, 시인은 '빛'의 계열체, 곧 '빛'의 은유적 묶음들을 부지런
히 탐색해 들어간다. '별'을 노래하기도 했고(「별·1」, 「별·2」), 새벽
을 일구는 새의 아름다운 비행(「새」)을 묘파해내기도 했던 것이다.
'별'과 '새'는 '햇살'과 마찬가지로 '어둠'의 저편에 놓이는 동일한 은유
계열체들이다. 시인은 현재 놓여 있는 실존과 사회의 모습을 '어둠'으
로 파악하면서, 이를 초월할 기제들에 대해서 가없는 탐색을 시도하
고 있었던 것이다. 그것이 '어둠'을 탈출하는 정서, 곧 '빛'에 대한 그리

움의 세계였다.

3. 상선약수(上善若水)와 허공의 세계

시인은 자신이 나아가야 할 목표 혹은 이상을 위해 서정의 길로 나섰고, 거기서 나아갈 방향을 모색하고 있었다. 길이란 어떤 대상을 안내하기 위해 존재하는 운명을 지닌 것이기에 그 위에 올라선 자아는 당연히 이 순리에 따라야 했다. 그러나 길이 있다는 것은 이루어야 할 목표도 되긴 하지만 다른 한편으로는 또 다른 욕망을 남기는 그 무엇이라는 점에서 역설적 대상이라고 했다. 그런 역설적 상황에 놓여 있는 것이 구재기 시인에게서 표명되는 '길'의 의미였던 것이다. 시인에게 놓여 있는 길을 역설적으로 이해하게 되면 그것은 또 다른 갈망, 곧 욕망의 상징이 된다. 길은 존재를 인도하는 것이지만 다른 한편으로는 욕망하는 존재가 남긴 흔적도 되기 때문이다. 길에 대한 이런 역설적 의미야말로 구재기 시인만의 고유성 내지 득의의 영역일 것이다.

시인의 판단에 의하면, 흔적이 생긴다는 것은 또 다른 욕망의 결과일 수도 있다는 것이다. 실제로 시인의 작품에서 길은 탐색의 도정이기도 하지만, 욕망의 대상이 되기도 한다. 시인이 지나온 도정은 '그림자'를 만든 세계와, 그 그림자를 무화시켜줄 '빛'의 세계였다. 그러한 과정에서 만난 것이 길이었다. 그러나 길은 또 다른 흔적, 욕망이 빚어낸 어두운 결과이기도 했다. 그런 면에서 시인의 작품 세계에서 '길'은 이중적 의미, 다층적 세계를 표현하는 상징체계로 거듭 태어나게 된다.

나의 길은
언제나 물의 길이다
모자를 벗어 하늘을 굽어보면
나의 길은 이미 없고
낯선 새 길 하나 출렁인다

바람이 소리 없이 와서
그림자도 없이
물낯 위에 그냥 있다가
말없이 흔들리다 가는 것처럼

누군가가 걸었던 길
어느 한순간에 잃어버리고
결국에는 영영 잃어버리고야 마는
또 다른 길 하나 애태워 마련하고

흐르는 물을 굽어보면
천상의 구름이 흔들리며 길을 가고
지상의 멀쩡한 나무들이 들어와 박혀
더불어 흔들리는 것을 보면

길이란 길로 이어져 흔들리는 것
그래서일까, 물고기는
제 길을 만들어 놓지 않는다
새로운 길도 없이, 물고기는 아예

물속에 때를 벗지 않는다

　　　　　　　「물고기는 때를 벗지 않는다」 전문

　　길의 역설적, 다층적 의미는 인용시에 이르면, "언제나 물의 길"로 새롭게 존재의 변이를 시도한다. 여기서 물은 두 가지 내포적 의미를 갖는다. 하나는 물의 유동적인 흐름이고, 다른 하나는 물의 속성이다. 그러나 두 가지 의미라 했지만, 궁극에는 물이 갖고 있는 본성이라는 점에서 동일한 경우이다. 물을 최고의 가치로 비유한 말 가운데 상선약수(上善若水)가 있다. 최고의 선은 물과 같은 것이라는 뜻이다. 이런 의미에서 시인 구재기 시세계를 설명하는데 있어서 이 담론만큼 정확한 표현도 없을 것이다.

　　물은 위에서 아래로 흐른다는 점에서 순리와 이법을 표상한다. 그것이 곧 자연이 주는 불편의 이치일 것이고 시인에게도 이 의미는 매우 유효하게 다가온다. 그런데 시인에게 물의 구경적 의미가 더 큰 확장성을 갖는 것은 물이 갖는 본질적 속성에서이다. 익히 알려진 대로 물은 흔적을 남기지 않는다. 가령, 누군가 물 위를 혹은 물속을 지날 때, 잠깐의 파동은 있을지언정, 이내 사라지고 궁극에는 수평을 유지하는 까닭이다. 시인이 주목하는 것은 흔적 없이 사라지는 물의 속성이다. 흔적을 남긴다는 것은 팽창하는 욕망의 결과라는 것이 시인의 사유이다. 뿐만 아니라 그것은 나와 너를 구분하는 경계가 된다고도 본다.

　　한 잔 물을 마시며
　　물의 무게를 만난다

식도로 흘러내리는
물의 뼈
물의 살
그리고, 물의 피

물이 흐르고 흘러내려
하나의 생명을 이룰 때
확인과 인과에 의지하지 않은
어둠이 깨지고, 빛이 깨어나고

한 잔의 물을 마시며
아무런 걸림이 없이
그동안 보이던 헛꽃으로부터
모든 것이 분명해짐을 안다

「한 잔 물을 마시며」 전문

  인용시 역시 물이 갖고 있는 속성과 그것이 시인에게 주는 의미를
잘 보여주고 있는 작품이다. 물은 먼저 시인에게 생명의 근원으로 다
가온다. 물은 위에서 아래로 흘러내려 시인의 몸으로 들어오고, 궁극
에는 그것이 생명의 씨앗이 된다. 그러나 물의 긍정적 기능은 여기서
머물지 않는다. 물이 시인의 시세계에서 갖고 있는 궁극적 의미가 무
엇인지도 일깨워주고 있기 때문이다.
  이렇듯 물은 "어둠이 깨지고, 빛이 깨어나게" 하는 매개체이다. 앞
서 언급대로 시인이 진단하는 자신의 부정성, 혹은 사회의 불온성은
모두 갈망의 정서에서 비롯되는 것이라 했다. 그 부정의 결과가 바로

'어둠'의 이미지였거니와 그 반대편에 놓인 것은 '빛'의 세계였다. '어둠'과 '빛'의 변증관계가 만들어내는 팽팽한 끈들이 시인의 시세계를 형성케 하는 역동적인 힘들이었다. 이제 그 변증적 관계의 끝에 놓여 있는 것이 '물'의 세계이다. 물은 '어둠'을 깨치고 '빛'이 태어나는 수단이기 때문이다.

'빛'은 물과 마찬가지로 흔적이 없고, 구분이 없다. 구석진 모든 것을 비추는 것이 빛의 원리(「아침에」)이기 때문이다. 그렇기에 인과관계를 만들지 않고 평등이라는 관념을 배태시킨다. 물 역시 흔적을 남기지 않는다는 점에서는 빛과 동일하다. 특히 수중의 물고기는 그러한 흔적의 세계와는 더더욱 무관하다. 시인은 물의 세계라든가 물고기의 존재야말로 파편화된 자신의 인식을 치유해 줄 근본 매개로 사유하고 있는 것처럼 보인다. 그렇기에 그 흔적에 대한 시인의 탐색이랄까 추적은 집요하게 이루어진다. 그리하여 흔적과 구분에 대한 안티담론에 대해 시인은 거듭거듭 주목하게 된다. 그 탐색의 또 다른 결과가 '허공'의 발견이다.

길을
아는 사람만이
길을 묻는다

그러나

허중*을
나는 새는 결코

길을 묻지 않는다

* 虛中有實(허중유실), 즉 허한 가운데 실함이 있다는 뜻으로, 虛中
(허중)이란 마음속의 욕심을 버리고 중심을 잡는다는 의미로 썼다 . —
『格庵遺錄(격암유록_』에서

「그러나」전문

이 작품은 허공이 갖는 의미를, 새의 행로를 통해서 묻고 있는 시이
다. 우선, "길을 아는 사람만이/길을 묻는다"고 시인은 이해한다. 이는
매우 합당한 말이긴 하지만, 그러나 길을 안다는 것은 어떤 분명한 목
표가 있다는 뜻일 것이다. 시인이 존재의 동일성에 대한 열망이든 혹
은 어둠에 대한 안티담론이든, 이 담론을 갖는다는 것에 대해 나쁘다
고는 할 수 없을 것이다. 인간이라면 누구나 욕망하는 세계가 있을 수
있기 때문이다. 뿐만 아니라 존재의 완전한 자유 혹은 동일성을 향한
여정 역시 존재론적 결핍을 느끼고 있는 인간이라면 당연히 가져야할
목적일 것이다.

그러나 구재기 시인에게 목적은 그 자체에서 끝나는 것이 아니다.
그는 목적을 욕망의 불온한 표출이라고 이해한다. 우리는 이미 흔적
없는 물의 세계를 찾아나서는 시인의 행보에서 그러한 사유의 일단을
읽어낸 바 있다. 그런 면에서 허공 역시 물과 등가관계에 놓인다. 여기
서의 새는 물고기와 동일한 존재이고 허공 역시 물의 또 다른 은유이
다. 따라서 물과 허공은 흔적을 지우고자 하는 시인의 지난한 도정의
결과물이다.

금강으로 향하여

바다를 달린다
하얗게 일어서는 뱃길

발을 벗어도
부끄럽지 않은 자는 오라
흙탕물을 밟지 않은
전투화戰鬪靴를 벗어 던지고
달릴 수 있는 자는
모두 이곳으로 오라, 오라

금강으로 가는 길
하늘의 모든 구름이 쏟아 부은
온갖 설움과 슬픔과 원망을 딛고
너와 나는 비로소
한 마음 한 몸이 될지니

두터운 옷을 벗어 던지고
알몸으로 달릴 수 있는 자는
모두 이 뱃길로 오라
이 푸른 알몸의 바다로 오라
청정淸淨의 창해滄海
햇살이란 햇살들이
이곳에서는 애시당초
심해深海에서 치밀어 올라오는 것
푸른 물낯을 터전으로 하고

금강의 그림자를 얼싸안을 수 있는
너른 가슴인 자는
이 뱃길에 온몸으로 뛰어 들어라

금강으로 향하여
뱃길을 간다
청정淸淨의 순順한 길
모진 두 손을 씻으며 닦으며
금강과 한 몸 되려
하얗게 일어서는 창해의 햇살로
뱃길을 빛으며 간다

「금강으로 향하며」 전문

흔적 지우기의 마지막 여정이 어쩌면 이 금강의 세계에 있는 것은
아닐까. 금강의 줄기들은 시인의 정신적 고향이면서 시인의 관념이
완성되는 공간이다. 이곳은 소위 아무 것도 걸치지 않은 알몸의 세계
이다. 그리고 이 알몸이란 껍데기 없는 본질적인 것의 상징적인 표현
이다. 이는 신동엽이 말한 본질의 세계와 등가관계에 놓이는 경우이
다. 본질의 외피인 껍데기라든가 가짜가 없는 세계가 곧 알몸의 세계
일 것이다. 신동엽의 서사시 『금강』에서 곰의 자손들이 모든 것을 벗
어던지고 초례청에 제사지내는 곳, 그 알몸의 세계, 곧 본질의 세계가
이 시인이 이해한 금강의 현장일 것이다.

구재기 시인이 말하는 금강 역시 신동엽이 탐색했던 그것과 동일한
경우이다. 그러나 구재기가 언표하는 금강의 현장은 신동엽의 그것

과 매우 다르다. 시인은 금강의 앞, 곧 물리적 거리에서가 아니라 금강 그 자체에서 시의 사유를 직조하고 있기 때문이다. 이렇게 금강과 시인은 하나가 되어 있다. 시인이 바라는 금강으로 가는 길, 아니 금강에서 이루어지길 원하는 일이란, "발을 벗어도/부끄럽지 않은 자"와 "전투화를 벗어 던지고/달릴 수 있는 자"들이 본질을 향해 육박하는 것이다. 그렇기에 그곳은 "두터운 옷을 벗어 던지고/알몸으로 달릴 수 있는 자"들만이 올 수 있는 공간이 된다.

이곳은 이렇게 본질이 갖추어진 사람만이 오기도 하지만 '청해의 창해'도 오고, '햇살이란 햇살' 모두도 오는 곳이기도 하다. 그런데 그들은 이곳에 와서 흔적을 만들지 않는다. 그러니 경계가 없고, 구분이 없다. 모든 곳들이 금강이라는 거대한 공간에 모여 대합창의 세계를 만들어내고 있는 것이다. 흔적을 남기지 않은 물처럼, 이곳에 모인 모든 존재들은 자신들만의 고유한 자리, 곧 흔적이 따로 남지 않는다.

최고의 선 가운데 물만한 것이 없다고 형이상학은 우리에게 가르친다. 시인 또한 그러한 물의 원리를, 속성을 이해하고 실천하고 있다. 그럼에도 시인의 오랜 시적 작업을 통해 나아가고 있는 유토피아적 정열은 여전히 현재진행형이다. 시인은 그렇기에 끊임없이 '목이 마르다'고 한다, 시인이 이런 갈증을 느끼는 것은 자신의 주변에 드리워진 '어둠' 때문이다. 그 인식적 한계가 시인으로 하여금 '빛'이라는 희망의 좌표를 순백의 백지 위에 그리게 했다. 시인의 붓끝이 향한 곳은 바로 물과 허공의 세계였다. '물'과 '허공'은 흔적을 남기지 않는다는 점에서 공통분모를 갖고 있다. 시인이 주목한 것도 그것들이 공유하고 공통의 지대이다.

서정적 자아는 이제 지나온 길도 없고, 또 가야할 길도 없다. 과거로

지칭되는 길과 현재의 길, 그리고 미래로 나아갈 길들을 모두 잃은 상태이기 때문이다. 모든 것이 전일한 세계를 형성한 채 남아 있을 뿐이다. 다시 말해 '물'과 같은 세계, '허공'과 같은 세계만이 시인의 주변을 맴돌고 있는 것이다. '물'과 '허공'은 길을 만들지 않고, 흔적 역시 남기지 않는다. 목표와 욕망이란 더 이상 의미가 없고, 또 있어서도 안 된다. 그것이 지금 시인이 희구하는 현존의 모습이다. 이런 세계야말로 시인이 지금껏 갈구했던 '불륜의 미끼'가 아닐까. 이 미끼가 만들어내는 절대 수평의 세계, 그에 대한 자기화만이 여전히 '목마른' 상태에 놓여 있는 시인의 갈증을 풀어줄 것이다.(구재기, 『목마르다』 해설, 시아북, 2020)

엄정한 자기 성찰, 그리고 그리움과
이법의 세계

1. 세계와의 불화, 존재의 이유

권정우의 『손끝으로 읽는 지도』는 시인의 두 번째 시집이다. 2010년 『허공에 지은 집』이후 거의 10년 만에 새로운 시집을 내는 것이다. 그러나 시간의 편차만큼이나 두 시집 사이의 거리는 그리 멀어 보이지 않는다. 그것은 시인의 시세계가 아직 완성되지 않았다는 데 첫째 원인이 있고, 두 번째는 첫 시집에서 던져졌던 서정적 물음들이 현재 여전히 진행되고 있기 때문에 그러한 것처럼 보인다. 첫 시집에서 시인이 발언했던 서정의 의문들은 존재 자체에 관한 것들이 대부분이었다. 실상 이 시인이 아니더라도 모든 인간이란 이 물음으로부터 자유롭지 않거니와 서정의 불화를 기본 축으로 하는 시인들에게 이 문제는 더욱 풀어내기 어려운 난수표와 같은 것이라 할 수 있을 것이다.

자아와 세계 사이에 놓인 서정의 이질성들 혹은 간극들은 권정우 시인에게 여전히 큰 폭으로 남아 있다. 그 거리에 대한 좁힘, 곧 벌어진 서정의 틈들을 촘촘히 채워나가는 것이 이번 시집의 커다란 주제라 할 수 있다. 존재의 불안과 그 완전성을 향한 형이상학적인 의문이 쉽게 완결되지 않는다는 것은 누구나 예측할 수 있는 일이다. 벌어진 서정의 밀도를 빼곡히 채워 나왔던 시인이 여기에 도달할 수 없었기에 첫 시집 이후 계속 이 의문을 던져왔던 것이다. 그러나 그러한 동일성에 대한 열망에도 불구하고 첫 시집과 이번 시집 사이에 놓인 간극은 시간의 거리만큼이나 편차가 있는 것도 사실이다. 그것을 우선 시어의 구체성과 감각성에서 찾고 싶다. 첫 시집에서 존재에 대한 형이상학적 물음들이 다소 모호한 의장과 관념적 언어의 무늬로부터 자유롭지 못했다면, 이번 시집의 경우는 보다 분명한 은유적 장치의 구사, 그리고 대상에 대한 구체적인 감각을 통해서 자신의 시세계를 뚜렷이 펼쳐나가고 있기 때문이다. 가령, 시인이 표제시로 선정한 「손끝으로 읽는 지도」가 그 대표적인 경우이다.

시들어버린 철쭉꽃과
붉게 타오르는 장미 꽃잎을,
매끈한 사철나무 이파리와
부드러운 개암나무 이파리를
손끝으로 만져봅니다

철쭉꽃은 시들지 않았고
장미 꽃잎은 차갑네요
사철나무 이파리는
개암나무 이파리처럼 부드럽구요

주머니에 있는 지도를
손끝으로 읽는 이누이트처럼
손끝으로 읽으니
세상은
다른 얼굴을 하고 있습니다

환한 하늘에서는 별을 볼 수 없고
눈을 감지 않으면 꿈을 꿀 수 없습니다

손끝으로
지도를 읽어봅니다

눈보라치는 세상에서
길을 잃지 않으려고,

보이지 않는 곳에 있는
나의 집을 찾아 가려고

「손끝으로 읽는 지도」 전문

   이 작품이 이전의 시들과 차별되는 요소는 무엇보다 시어의 감각성에 있다. 가령, '시들어버린 철쭉꽃'이라든가 '매끈한 사철나무 이파리', 그리고 '부드러운 개암나무 이파리' 등등이 그러하다. 뿐만 아니라 '차가운 장미꽃'과 '부드러운 사철나무 이파리' 등도 동일한 경우들이다. 이런 일차적인 감각들은 관념의 세계 너머에 존재하는 것들이다. 그런데 그런 감각성들을 두고 '손끝'으로 읽어낸다고 했으니 독자들이 느끼는 일차적인 감각들은 더욱 강하게 느껴지는 것이 사실이다.

이런 감각성 혹은 구체성이 이번 시집의 특징인데, 시인은 이런 정서의 구체적 감각화를 통해 이전 시집에서 보여주었던 관념편향적 특성을 어느 정도 뛰어넘었던 것으로 보인다. 이렇듯 시인의 시들은 이전의 시집에서 볼 수 없었던 구체적인 감각을 시어화했고, 여기서 환기되는 정서의 진폭을 통해 시인의 발언하고자 하는 주제의식을 한결 강화하는 방향으로 나아가고자 했다.

시인이 갖고 있던 서정의 방향들은 존재에 대한 끊임없는 물음들이었다. 그런 의문들이 일차원적인 감각과 어우러지면서 시인의 주제의식이 보다 명료하게 표현된 것이 이번 시집의 특색이다. 「손끝으로 읽는 지도」는 이를 대표하는 시이며, 시인이 이 작품을 시집의 이름으로 명명한 의의도 이런 데 있지 않을까 한다.

손끝으로 감각되는 세계는 눈으로 응시하는 것과 분명 다른 것으로 이해된다. 눈이 피상적 차원의 그것이라면, 손으로 감각되는 세계는 매우 구체적이기 때문이다. 이는 부드럽다라든가 차갑다라는 일차적인 감각을 뛰어넘어 그것이 구체적으로 무엇인가에 대한 회의랄까 의문을 독자들에게 환기시키고 있기 때문이다. 시인은 현재의 자아, 혹은 방황하는 자아를 인도해줄 해법을 '손끝'으로 찾아내는 지도를 통해서 얻고자 한다. 그가 손끝으로 지도를 읽는 목적은 분명하다. "눈보라 치는 세상에서/길을 잃지 않으려고", 그리고 "보이지 않는 곳에/나의 집을 찾아 가려고" 하기 때문이다. 단순한 응시가 아니라 구체적인 감각을 통해서 찾는 길이기에 그 진정성이 다른 어떤 도정보다도 높고 깊다. 막연한 형이상학적인 관조나 응시의 포즈가 아니기 때문이다.

스스로를 조율해나가면서 잃어버린 영원성, 존재의 완성을 찾아 나서는 것이 현대인의 운명이자 숙명이다. 권정우 시인의 경우도 그런 아우라로부터 자유로운 것이 아니다. 영원히 정주할 공간을 상실한 근대적 인간이 그 새로운 대안을 향해 찾아나서는 행보를 그 역시 끊임없이 보여주고 있기 때문이다. 시인이 펼쳐 보인 자아와 세계와의 불화는 여기서 비롯된 것이고, 그의 시쓰기의 본질이자 목적인 서정의 공백도 여기서 출발하고 있는 것이다.

그런데 동일성의 상실, 곧 서정의 공백은 비단 시인 자신만의 것으로 한정되지 않는다. 자신이 나아갈 '길'이나 거주할 '집'에서 머무르는 것이 아니라 시인은 지금 여기의 현실 또한 그 연장선에서 이해하고 있기 때문이다.

지난해를
웃는 얼굴로 산 사람들은
일요일이 이틀인 달력을 받고,

지난해에
이웃에게 기쁨을 준 사람들은
1년 6개월짜리 달력을 받는다는군요.

올해도 해는
아침에 떠서
저녁에 진다고 합니다.

봄이 또 오고

살랑대며 바람이 불고
꽃이 또 필 거라네요.

작년에 인간들이
그렇게 모진 짓을 했는데
지구별은
태양계에서 쫓겨나지 않는답니다

새 식구가 들어올 가능성도 없다는군요
은하계까지 소문이 퍼진 게 분명합니다.

「새해에는」 부분

새해를 맞이하여 새로운 다짐을 밝히고 있는 이 작품은 그러한 각
오나 결심이 나오기까지의 상황을 발언한 시이다. 우리들이 사는 지
구촌은 시인 자신만의 문제가 아니라 모두의 문제들로 가득한 공간이
다. "인간들이 모진 짓을 하는 곳"이 우리가 사는 공간이고, 이런 열악
한 상황은 '은하계'에 이르기까지 알려져 있다고 이해한다. 그러니 지
구 이외의 공간에서 사는 새식구가 이렇게 오염된 지구에 들어올 수
없다는 것이다.

시인의 작품 세계에서 "인간들이 모진 짓"을 하는 사례가 무엇인
지 구체적으로 표명된 경우는 없다. 흔히 이야기되는 사회의 불온성
이 표나게 드러난 경우도 없고, 또 인간의 사악한 욕망이 거침없이 발
산되는 경우도 없기 때문이다. 다만 이 이전의 상황에 대한 희구 의식,
곧 그리움 정도가 시집의 곳곳에 분산되어 표현되어 있을 뿐이다. 물

론 그 저변에 숨겨진 의미를 역으로 유추해 들어가면 그 본질이 무엇인지 알게 된다. 바로 근원과 같은 원형의 이미지나 유년의 아름다움, 혹은 자연의 섭리 등등이다.

2. 근원에 대한 그리움

근원이란 훼손되기 이전의 어떤 것들이다. 그렇기에 현재의 삶이 파편화되거나 분열되어 있을 경우, 이를 초월하기 위해 본연의 그곳으로 되돌아가고자 하는 욕망을 드러내는 것은 지극히 당연한 자의식이라 하겠다. 권정우 시인도 여기서 벗어나지 않는데, 시인이 인식하는 지금 여기의 현실이나 자신의 모습은 긍정적인 것이 아니었다. 그는 자신에게 부여된 숙명의 그림자로부터 벗어나고자 했고, 또 이를 만들어낸 현실에 대해 저항의 신호를 보낸 바 있다. 그러한 도정이 '손끝으로 읽는 지도'의 행보였다. 스스로를 조율해줄 안내자를 만나고 서정의 틈을 메워주는 징검다리를 얻기 위해서 말이다.

그럼에도 그러한 길이 그리 녹록한 것은 아니었다. 그의 시선에 들어온 것들은 불편부당한 현실이었고, 그런 정서는 시인으로 하여금 더욱 그러한 길로 나아가게끔 추동하는 매개로 기능했다. 그 일단의 결과가 바로 그리움의 정서이다.

천 개의 부처가
뿔뿔이 흩어져버린 뒤에도
나 당신 곁을 떠나지 않을 테지만 …

당신 곁에

또다시 천년을 누워있어도

손 한번 잡아주지 않을 걸 알면서도 …

천 개의 석탑이

다시 바위로 들어가 버린 뒤에도

당신을 사랑하는 마음 변치 않겠지만 …

내가 당신 곁에

얼마나 오래 있었는지도 모르는 당신은

다시 천년이 지나도

하늘만 바라보고 있을 테지만 …

「운주사 와불」 전문

운주사에는 두 개의 미륵불이 누워있다고 알려져 있다. 미륵불은 석가모니가 열반에 든 지 56억 7천만 년 뒤에 이 땅에 내려와 수많은 중생들을 광명의 세계로 구원한다고 알려진 부처이다. 운주사의 와불은 그런 소망이 담겨져 만들어진 것이다. 그러나 이 와불은 자연 암반에 조각을 한 뒤 이를 일으켜 세우려다 실패한 채 남아있는 불상이다. 그런데 민중들은 이 불상의 모습에서 새로운 전설, 희망을 만들어내었다. 누워있는 부처가 일어나는 날 밝은 세상이 온다는 희망의 전설을 만들어낸 것이다. 소원은 언제나 그러하듯 쉽게 이루어지지 않는다. 더구나 그것이 관념의 영역일 경우 더욱 그러하다. 따라서 운주사 와불은 신화나 상상 속에서 일어날 뿐 결코 일어날 수 없는 현재의 원망을 담고 있는 부처라 할 수 있다.

와불은 결코 일어날 수 없지만, 시인의 신념은 그런 물리적 사실보다 더 견고하고 강인하다. 물리적인 사실을 뛰어넘는 정신의 영역에서 이 설화, 신화를 수용하고자 했기 때문이다. 와불이 일어나더라도 시인은 자신이 기다려온 '당신' 곁을 결코 떠나지 않겠다고 다짐한다. 여기서 '당신'을 어떤 구체적인 대상으로 한정시킬 필요는 없을 것이다. 더구나 세속적인 이성은 더더욱 아니지 않은가. 그것은 어쩌면 시인이 꿈꾸어 온 유토피아의 한 단면이 아닐까 생각된다. 그것은 시인의 불구화된 자의식과 대비할 때 더욱 그러하다고 할 수 있겠는데, 가령, '손끝으로 읽는 지도'의 끝이 시인이 꿈꾸어오는 유토피아라는 점에서 그러하다. 존재의 불구성을 극복하고자 하는 시인의 짝사랑은 이토록 강인하고 질기게 표상된다. 서정적 동일성을 향한 시인의 열정 앞에 독자의 사유 속에 수긍이라는 단어만이 맴도는 것은 이 때문이라 할 수 있을 것이다.

그렇다면 시인은 무엇을 꿈꾸고, 또 기다리는 것일까. 에덴동산의 신화적 세계일까, 아니면 동양적 무릉도원의 현실일까. 아니면 아늑한 어머니의 품일까. 종교적으로 이해하면 에덴에 대한 꿈일 수 있고, 사회적으로 보면 무릉도원이나 청산과 같은 것일 수 있다. 그러나 시인의 정서는 이런 형이상의 세계 속에서 만들어지지 않는다. 앞서 언급대로 시인의 정서는 철저하게 감각적이고 구체적인 것에서 시작된다고 했다. 그것이 이번 시집의 특성이거니와 미래로 향하는 시인의 구체적이고 세부적인 발걸음이라고 할 수 있다. 시인이 염원하는 꿈은 관념이나 초월과 같은 형이상의 세계와는 거리가 멀다. 시인의 정서가 지금 여기의 현실에서 만들어진 것처럼, 미래에 대한 열린 유토피아 역시 철저하게 현실 속에서 만들어지고 있기 때문이다.

오늘은 물소 떼를 볼 수 있을까
진흙 목욕을 해서 윤기가 흐르는 털이
아침 햇살을 받아 반짝인다고 했지

아파트 단지 근처
강변으로 산책을 나가면
커다란 검은 뿔이 나 있고
얼굴과 몸통은 더 검은 털로 덮인
물소들이 한가로이 풀을 뜯고 있다고 했지

북미 인디언과 함께 수천 년을 살다가
백인들의 총질로 박제로만 남아있는 물소가
인디언의 고향인 이곳에는 멀쩡히 살아있다고 했지

소가 집으로 돌아오는 저물녘이면
물소들이 줄을 지어 집으로 돌아온다고 했지

시내로 나가는 길에
물소 떼를 볼 수 있을까
진흙 목욕을 해서
윤기 흐르는 검은 털이
아침햇살에 반짝이는
물소 떼를,

오늘은 볼 수 있을까

「오늘, 아침」 전문

시인의 그리움이 닿아 있는 것 가운데 하나가 이 작품에서처럼 물소 떼의 모습일 것이다. 물소는 인디언의 전설과 함께 시작되어 그들의 몰락과 함께 운명을 다한 자연물, 생명체이다. 진흙 목욕을 해서 윤기가 흐르는 털과 거기에 비친 햇살이 반짝이는 모습이야말로 자연의 본질, 원상 그 자체라 할 수 있다. 현재가 파편화되고 분열되어 있으니 그 이전에 세계에 대한 그리움의 정서를 욕망하는 것이 현대인들의 당연한 수순들이다.

그런데 한 가지 재미있는 것은 물소의 공간과 아파트의 공간이 만나는 장소에서 이 상상력의 욕망이 이루어진다는 점이다. 물소를 보려면 야생으로 되돌아가야 하고, 또 그것이 당연한 이치내지는 순서일 것이다. 그러나 시인은 물소의 야생성을 문명이 넘쳐나는 아파트의 현장에서 보고자 희원하는 것이다. 이 얼마나 아이러니한 상황인가. 하지만 문명과 자연의 대립, 그리고 거기서 파생되는 갈등의 양상들을 이해하게 되면, 시인의 펼쳐놓은 이런 의장이 결코 우연의 결과라고는 할 수 없을 것이다. 문명은 그만큼 자연을 파괴하고 자기화했기 때문이다. 자연을 대변하는 물소는 이 문명의 희생자라는 것이 이 작품의 주제의식이다. 시인이 이 작품에서 말하고자 했던 것도 여기에 놓여 있는데, 문명 속에서는 결코 볼 수도 만날 수도 없는 물소 떼의 모습이다. 비록 아주 떠나버린 애인처럼 물소는 사라졌지만, 시인의 자의식 속에는 그러한 물소 형상을 이렇듯 오롯이 남기고자 했던 것이다.

근원을 향한 시인의 그리움은 문명과 자연의 이분법뿐만 아니라 시인 자신의 내면적 풍경 속에서도 읽어낸다. 가령, 유년에 대한 아름다운 기억이 바로 그러하다.

　　아이들 웃음소리보다
　　더 아름다운 노래가 있을까요?

　　웃고 있는 아이들보다
　　더 멋진 그림이 있을까요?

　　아이들이 노는 곳에는
　　아름다운 노래가 끝나지 않고
　　멋진 그림이 지워지지 않지요

　　어른이 되면 아이들은
　　웃음을 잃어버립니다

　　아름다운 노래와
　　멋진 그림도
　　같이 사라집니다

　　그 많은 웃음이
　　모두 어디로 가버린 걸까요?

　　주인 손을 놓쳐버린 웃음이 모여드는

웃음나라가 틀림없이 어딘가에 있을 겁니다

그곳에 가면,
하염없이 주인을 기다리는 웃음을
다시 찾을 수 있을 것 같은데!

웃음나라는 어디 있나요?

「웃음나라」 전문

    근원은 자연과 같은 형이상학의 세계에서만 찾을 수 있는 것이 아니다. 근원이란 훼손되지 않은 삶의 세계이다. 한 사람의 역사적인 국면에서 볼 때, 개인의 유년시절만큼 훼손되지 않은 삶이나 정서만한 것도 없을 것이다. 그것은 기억이 온전히 보존된 공간이며, 일탈이나 갈등, 분열이 없는 전일적 세계이다. 미래로 향한 열린 시각이 닫혀 있을 때, 개인의 자의식이 과거로 향하는 것은 이런 욕망과 불가분하게 얽혀 있기 때문이다. 유년의 시간이란 삶의 온전한 동일성이 완전하게 보존된 공간이다. 따라서 존재의 불구성이 감각될 때, 유년의 시간으로 기나긴 여행을 떠나는 것은 지극히 자연스러운 일이다.

    「웃음나라」가 말하고자 한 것은 이른바 '조화로운 대합창'의 세계이다. 마치 아름다운 꽃들이 만발한 꽃밭을 보는 것처럼, 유년의 소리들은 그러한 꽃밭의 축제를 대신하고도 남음이 있다. 이 조화로운 소리에 파열음이나 탁음이 개입될 여지란 존재하지 않는다. 대합창의 세계만이 아름다운 배음이 되어 불구화된 자아를 치유할 수 있게 된다.

    권정우 시인이 표명하는 근원에 대한 그리움은 남다른 면이 있다.

자신을 둘러싼 환경 모두를 그리움의 매개로 생각하고 있는 듯하다. 자신의 삶의 한 축을 담당했던 아버지에 대한 그리움이 작품 속에 녹아들어있기도 하고(「아버지의 길」) 또 시인의 아픈 정서를 만져주었던 어머니의 따스한 손길(「뒷모습」)도 자신의 품속에 간직하고자 한 시인이다. 과거에 대한 아름다운 기억이 시인의 일생뿐만 아니라 현재의 그를 만든 부모님에 대한 애틋한 정서로 남아 있는 것이다. 시인은 자신을 둘러싼 그 끈끈한 고리로부터 자유롭지 않았거니와 또 그것으로부터 굳이 벗어나려고 하지도 않았다. 그 아름다운 기억과 정서 또한 근원에 대한 그리움의 연장선에 놓여 있는 것이었기 때문이다.

> 외할아버지가 첫아들을 얻고
> 아내한테 선물한
> 오동나무장
>
> 외할머니가 아직 치매에 걸리지 않았을 때
> 막내딸에게 물려준
> 오동나무장
>
> 인민군 장교가 군홧발로 걷어찼던 이야기를
> 어머니한테 들은 기억이 새겨진
> 오동나무장
>
> 돌아가신 어머니 생각이 난다는 말을 감춘 채
> 수건으로 먼지를 닦아주던 어머니마저
> 나비처럼 날아가 버렸어도

본가에 오면
오동나무처럼 서 있는

오동보다 훨씬 귀하다는
화양목으로 만들었다는 걸 알게 됐지만
다른 이름으로는 부르고 싶지 않은
오동나무장

「오동나무장」 전문

　이 작품은 과거와 현재가 교묘하게 교차하는 시이다. 과거의 아름다운 기억과 현재의 정서가 오동나무장을 통해서 연결되고 있는데, 오동나무장에 얽힌 역사는 시인의 개인사와 일치한다. 그러나 단순히 일치하는 것이 아니라 아름다운 과거의 기억이 현재화되어 서정적 자아의 현존을 규정하는 매개로 기능하고 있는 것이다.
　오동나무 장이 갖는 이런 시간성들은 전통과 현재, 그리고 미래가 어우러졌던 미당의 「침향(沈香)」의 세계와 동일한 경우라 할 수 있다. 일찍이 미당은 『질마재 신화』에서 일상 속에서 걸러진 영원의 세계를 노래하고자 했고, 그 매개가 되는 것을 「침향」의 세계에서 찾고자 했다. '침향'은 과거의 과거성이면서 현재의 현재성이기도 했던, 과거와 현재, 그리고 미래를 연결시켜주었던 매개고리였다. 그런 전통과 역사성이 서정주 시인의 고향 '질마재'의 아름다운 모습이었다고 하면, 권정우 시인의 「오동나무장」은 시인의 가족사와 연결된 과거와 현재가 지금 여기 시인의 눈에서 아름답게 재구성되는 모습이라 할 수 있다.
　시인은 그런 조화로운 역사에 갇히고 싶고, 또 어떠한 경우라도 이로부터 일탈하고 싶지 않다. "오동보다 훨씬 귀하다는/화양목으로 만들었다는 걸 알게 됐지만" 결코 오동나무장을 "다른 이름으로는 부르고 싶지 않"는 시인의 의지도 이와 깊은 관련이 있을 것이다. 시인의 기억 속에 자리잡은 조화로운 역사나 전통들에 대해서 결코 그는 훼손시키고 싶지 않다. 근대는 모든 것을 휘발성으로 날려 보내는 세상이다. 근대를 두고 일시성이나 우연성, 순간성으로 인식하는 것은 모두 이 때문이다. 그러나 오동나무장은 근대의 그런 휘발적 속성과는 거리가 멀다. 시인의 깊은 자의식에서 면면히 내려오는 심연과도 같은 것이기 때문이다. 이 시대의 파편성이나 분열의식으로는 결코 설명할 수 없는 메타포오즈가 이 작품 속에 녹아들어가 있는 것이다. 그것이 바로 항구성, 혹은 영원성의 감각이 아닐까 한다.

3. 바람의 이미지와 질서의 세계

시인은 자신의 삶이 불편부당한 조건에 놓여 있다는 것을 알고 있다. 따라서 그에 대한 철저한 인식이 시인으로 하여금 '손끝으로 지도'를 읽도록 했다. 오직 존재의 아름다운 완결, 영혼의 자유로운 비상을 위해서 말이다. 그러나 그런 실존은 심리적 결단에 의해 이루어질 수 있는 쉬운 길이 아니다. 이를 향한 가열찬 서정의 정열이 있어야 하고, 자아와 세계 사이에 놓인 간극을 치밀하게 좁혀야 비로소 성취될 수 있는 길이다. 존재의 완결을 위한 길은 선험적으로 놓여 있는 것이지만, 그러나 그것은 막연히 쉽게 다가오지 않는다. 꾸준히 탐색되어야 하고 현재화되어야 한다. 아무도 가르쳐주는 것이 아니기 때문이다.

처음부터
목적지 같은 것은 없었으니
길이 이끄는 대로 가면 된다는 것을
아무도 가르쳐주지 않았다

바람이 길을 막으면
핸들을 돌려서
바람에 몸을 맡겨야 한다는 것도
알지 못했다

바람을 거스르지 않으면
바람이 페달을 밟아주어
바퀴가 물 흐르듯 굴러가는데

바람과 내가,
자전거와 길이,
강물과 먼 산이 하나가 되는데

우리는
바람이 거세게 부는
봄날 아침에
자전거 안장에 몸을 싣고
무작정 길을 나선 사람들인데

「내 나이 서른에는」 전문

인간은 자의적 결단이나 필연적 욕구에 의해 존재가 만들어지거나 고유성이 형성된 것이 아니다. 그저 우연히 세상에 내던져져 있는 존재에 불과할 뿐이다. 실존철학에서 말하는 피투된 존재이기에 "처음부터 목적지 같은 것이 있을 수" 없다. 내던져진 대로, 그저 주어진 대로 나아가면 그뿐이다. 그러나 이 뻔한 진리에도 불구하고 존재는 이를 자연스럽게 받아들이지 못한다. 그것이 바로 존재가 갖는 어쩔 수 없는 한계이기 때문이다.

「내 나이 서른에는」은 피투된 인간 존재가 불가피하게 만나는 조건들이 세밀하게 묘사된 작품이다. 세상을 이끌어가는 진리는 너무도 뻔하고 당연한 것이지만, 그러나 그 당연한 것을 쉽게 자기화하지 못하는 것이 인간의 한계이다. 시인의 판단대로 "길이 이끄는 대로 가면 된다는 것을/아무도 가르쳐주지 않았"기 때문이다. 이 진리를 깨우치고 이해하는 것은 타인이 아니라 시인 자신이어야 하는 것이다. 누군가 이를 암시라도 해주었으면 시인의 방황은 일회적인 것에서 끝났을 것이다. 그렇지 못했기에 서정의 동일화를 향한 여정은 기나긴 터널을 거쳐야 했고, 또 거기서 쉽게 헤어 나오지 못했다. 이제 그 고난의 문이 비로소 열리려고 한다. 그런데 그것은 생각만큼 그리 어려운 행보가 아니었다. "바람이 길을 막으면/핸들을 돌려서/바람에 몸을 맡겨야 한다는 것을"이해하면 모든 것이 해결되는, 지극히 단순한 절차였기 때문이다.

이를 계기로 존재의 완결을 향한 시인은 보폭은 이제 좀 더 커지기 시작한다. 더 이상 시인은 십자로에 선 채, 어디로 나아갈 것인지를 방황하는 주체가 아니다. 조화로운 서정의 문이 이제 막 열리기 시작한 것이다. 그 문 앞에 자신 있게 선 자아는 이제 가벼운 발걸음, 행복한 행보를 할 수 있게 되었다. 그것을 가능케 했던 것이 바람처럼 사는 삶이고, 바람처럼 휘어지는 삶이었던 것이다.

1

오전에는 장작을 팼습니다. 요령만으로는 도끼질을 할 수 없습니다. 통나무를 도끼질 한 번에 쪼개려 했던 적이 있었지요. 통나무의 자존심을 살려주면 처음에는 완강히 버티다가도 얼마 안 가서 순순히 반으로 갈라집니다. 도끼날이 상할 일도, 발등을 다칠 일도 없지요. 옹이가 많다고 다음으로 미루면 옹이투성이 장작만 남게 된다는 것도 이제는 압니다.

껍질에서 시작된 벌레의 길이 속까지 나 있네요. 한 뼘도 채 안 되지만 길고 험난했을 벌레의 여정이 눈에 훤합니다. 나무보다 더 단단한 각질로 무장했다면 길을 낼 수 없었을 겁니다. 빠른 걸음으로는 깊은 곳까지 도달할 수 없다고, 빛을 보려면 더 짙은 어둠으로 나아가야 한다고 벌레의 길이 말해줍니다. 내일 필요한 땔감은 내일 장만해야겠습니다.

2

한낮에는 풍욕을 했습니다. 문을 모조리 열어놓았지요. 바람과 햇볕이 집안 구석구석을 씻어줍니다. 창호지문이 흙다짐벽에서 나오는 빛을 걸러 내보냅니다. 마루에 요를 깔고 누우니 바람이 몸을 쓰다듬고 햇볕이 바람의 물기를 말려줍니다. 마당에서 피어오르는 아지랑이 너머로 잔설이 덮인 앞산이 보입니다. 귀 기울이지 않아도 얼음 풀린 계곡의 물소리가 아련히 들려옵니다. 바람이 거세고 해가 나지 않는 날에 오늘을 떠올리며 고마워하라고 이런 날이 있나보네요.

책을 보다가 음악을 듣다가 잠시 눈도 붙여봅니다
혼자 있는 것이 축복으로 느껴질 때까지…

3
주머니에 없는 건 흘릴 일이 없지요
이룰 수 없는 것이 있어서 나는 살고 있습니다
끝이 보이지 않는 길을 천천히 걸어가고 있습니다
「구들마루」 전문

「구들마루」는 자연과 더불어 사는 서정적 주체의 평화로운 일상이 무늬져 있는 작품이다. 현재 방영되고 있는 "나는 자연인이다"라는 프로에서 나오는 주인공의 삶과 시인의 삶은 거의 일치하고 있는 것이다. 자연인은 문명인과 대비되는바, 이 둘을 가르는 기준은 물론 욕망이다. 근대 사회를 이끈 패악 가운데 하나가 욕망의 무절제한 발산임은 익히 알려져 있는 것이거니와 그 반대편에 놓인 자연인은 그러한 욕망의 발산으로부터 비교적 자유로운 존재이다. 욕망을 순화시키고 다스리는 것은 오직 자연의 법칙에 순순히 따르는 일에서만 가능할 뿐이다.

「구들마루」를 이끄는 주제의식은 이법 혹은 순리의 세계이다. 도끼질이나 벌레의 행로를 결정하는 것도 이 원리이고, 이를 수행하는 서정적 주체의 행보 역시 마찬가지이다. 뿐만 아니라 자아는 소위 인간적인 것과 자연적인 것을 절대 구분하지 않는다. 그 구분의 기준이 되는 것은 '문'인데, 이 작품에서 문이란 인간과 자연을 구분시키는 차단막이다. 문이 존재한다면, 인간과 자연 사이의 거리는 합일되지 않는다. 그렇기에 시인은 이 차단을 무화시키면서 자연과 인간을 하나의 공유지대로 만들어낸다.

이런 과정에서 중요한 이미지가 시인의 문법으로 기능하게 되는데, 바로 '바람'의 이미지이다. 자연과 인간이 공통의 장으로 묶이는 과정에서 중요한 매개로 작용하는 것이 '바람'이기 때문이다. 실상 권정우 시인이 이번 시집에서 드러내는 가장 중요한 전략적 이미지 가운데 하나가 이 '바람' 이미지이다. 바람은 자연스러운 흐름을 표상하는 유동적 성격을 갖는다. 시인의 작품에서도 '바람'은 이 음역을 벗어나지 않는다. 물론 이 시인에게 '바람'은 하나의 동일한 뜻으로만 구현되지 않는다. 「내 나이 서른에는」에서 볼 수 있는 것처럼, 바람은 시인의 앞길을 가로막는 벽으로도 의미화되기 때문이다. 이런 맥락에서 '바람'은 양가적이라 하겠다. 하지만 바람의 의미가 긍정과 부정이라는 두 개의 축으로 나뉘어 동일한 함량을 갖는 것은 아니다. 그것은 시인에게 긍정적 기능으로 더 많이 다가오기 때문이다.

시인의 시세계에서 '바람'은 순리의 상징으로 이해된다. 「내 나이 서른에는」에서 알 수 있듯이 존재는 바람처럼 살면 되고, 그럴 경우 모든 것이 자연스럽게 이해되고 승화된다. 바람의 그러한 의미는 「구들마루」에서도 동일하게 구현된다. 서정적 자아는 한낮에는 '풍욕'을 함으로써 자연과 하나 되고, 결국에는 "혼자 있는 것조차 축복"으로 느끼고 긍정의 힘으로 다가오기 때문이다. 바람과 동행한 삶, 다시 말해 자연과 함께 하는 삶이 있기에 존재 완성을 위한 최후의 여정이 시인은 결코 두렵지 않다. 바람과 함께라면 "끝이 보이지 않는 길을 천천히 걸어갈 수 있"기 때문이다.

바람이 구름을
어마어마하게 몰고 왔습니다.

산마루에 올라
구름에 덮인 하늘을
보지 않고는 배길 수 없는 날입니다.

매미 소리가 멀어졌습니다.
여름을 짊어지고
소리 없이 가고 있었나봅니다.

바람만으로도
행복해지는 날입니다.

넘치는 건 넘치는 대로
모자란 건 모자란 대로,

좋은 건 좋은 대로
싫은 건 싫은 대로,

다 받아줄 수 있을 것 같은 날입니다.

세상도 나도
뒤죽박죽이지만
정리하지 않아도 마음이 편한

참 이상한 날입니다.

「바람의 나날」 전문

바람은 시인에게 모든 것을 가져다주는 전지전능한 힘과도 같다. 바람은 구름을 몰고 오고 시인은 그것이 몰고 온 하늘을 보지 않고서는 견딜 수 없을 만큼 그 노예가 되어 있기 때문이다. 그런 애착이 있기에 시인은 "바람만으로도 행복해질 수"가 있는 것이다. 바람은 넘치기도 하고 모자라기도 하지만 그 자체로 만족을 가져다준다. 그것이 곧 자연의 섭리인데, 시인은 바람이 주는 교훈을 이렇듯 절대적으로 받아들인다. 이런 자세야말로 자연인의 진정한 모습이며, 욕망의 세계를 벗어난 해탈자의 모습이라고 할 수 있을 것이다. 시인은 이제 바람 앞에, 곧 자연 앞에 당당히 나감으로써 존재의 새로운 탄생을 예비할 수 있게 되었다.

4. 삶의 긍정성과 낙천성

시인은 이제 바람처럼 사는 삶이 진정 무엇인지 어렴풋이 알아가고 있는 것처럼 보인다. 적어도 지상의 존재라면, 인생의 본질이나 우주의 이법에 대해서 온전히 아는 것은 불가능한 일일 것이다. 그 거대하고 난해한 성채를 조금이라도 올라갈 수 있다면, 그리하여 그 너머의 세계에 대해 어렴풋이라도 알 수 있다면, 현재 주어진 삶의 조건을 헤쳐 나갈 수 있는 동력을 얻을 수 있을 것이다. 그러나 쉬운 듯하면서도 결코 쉽지 않은 것이 이 도정이다.

시인은 그 난해한 도정을 "끝이 보이지 않는 길"이라고 겸손의 포
오즈를 취했지만, 그것이 그의 정신세계를 모두 말해주는 것이라고는
단언할 수 없을 것이다. 바람과 더불어 사는 삶, 자연과 함께 하는 삶
이 어느 것인지 그 자신이 스스로 이해할 수 있는 단계에 와 있었기 때
문이다. 그 단계의 끝에 놓여 있는 것이 존재에 대한 지고지순한 긍정
성과 희열의 정서이다. 실제로 이번에 상재하는 『손끝으로 읽는 지도』
에는 이런 주제의식을 표방한 작품들이 곳곳에 산재되어 나타나고 있
다.

추위를 더 이상 견디기 어려울 때가 있다
해가 뜨기 직전이라는 뜻이다

한 걸음도 내딛기 어려울 정도로
숨이 찰 때가 있다
정상이 가까웠다는 뜻이다

나는 그릇이 아니지만
불길에 달궈지는 고통이
어떤 것인지 알 것 같다

더 이상 견디기 어려울 정도로
숨이 막힐 때가 있다
가마에서 나갈 때가 다 됐다는 뜻이다

어차피 사는 게 뜻대로 되지 않는 거라면

오지 않은 오늘을 걱정으로 채우기보다
즐거운 꿈으로 채우며 살고 싶다

나갈 때가 지났는데도
내보내지 않을 때가 있다
무척이나 큰 그릇이라는 뜻이다

「숨은뜻」 전문

　모든 것이 절정에 이르렀을 때, 시인은 실존의 고통이 가장 극렬하게 드러나게 되어 있다고 판단한다. 추위가 강하다는 것은 겨울이 깊었다는 것이고, 그것은 봄이 곧 온다는 징표일 수 있으며, 숨이 가쁘다는 것은 정상에 가까워졌다는 의미일 수 있다는 것이다. 마찬가지로 존재의 조건이 무척 열악하다는 것은 더 이상 존재의 고통은 지속되지 않는다는 반증일 수 있다는 뜻도 될 것이라고 이해한다.

　시인은 지금 고통의 순간에 놓여 있는 것처럼 보인다. "어차피 사는 게 뜻대로 되지 않는 거"라는 사실에서 빠져나오지 못하기 때문이다. 여기서 실존의 격정 한 가운데에 서있는 모습을 어렵지 않게 읽어낼 수 있는데, 그럼에도 불구하고 시인은 좌절하지 않는다. "오지 않은 오늘을 걱정으로 채우기보다/즐거운 꿈으로 채우며 살고 싶다"고 자기긍정의 심리를 포기하지 않기 때문이다. 실상 이런 긍정성이야말로 실존의 기나긴 터널을 거치지 않고서는 얻을 수 없는 진실이다. 시인의 앞길은 스스로 만든 것이었다. 그에게는 불완전한 자아를 인도해줄 수 있는 절대자도 없었고, 주변의 어느 누구도 그 길을 가르쳐주지 않은 까닭이다. 시인은 자신의 길을 손끝이라는 감각을 통해서 스스로 읽어내고, 자신이 나아갈 길을 탐색해왔다. 그것이 바람처럼 사는, 우주의 이법과 섭리를 따르는 삶이었거니와 그 도정에서 찾아낸 것이 이런 자기긍정성에의 도달이었다. 그러나 그것은 어느 한순간의 우연이나 보이지 않는 절대자로부터 갑자기 얻어진 것이 아니다. 서정적 자아 스스로가 개척해서 얻은 길, 깨우친 지혜에서 얻은 것이다. 이런 자기긍정성이 있기에 다음과 같은 시가 가능했던 것이 아닐까 한다.

> 생명은 어떻게 탄생한 건가요?
> 미생물을 전공하는 교수에게 물었더니
> 이런 대답을 합니다
> 알 수 없습니다,
> 생명의 탄생은
> 과학으로 설명할 수 없는 현상입니다
>
> 그렇구나,
> 내가 맡고 있는 아카시 향기도
> 내게 그늘을 드리우고 있는 느티나무도
> 그 아래 서있는 나도
> 세상에 나올 수 없었던 거로구나
>
> 알 수 없다는 말을 듣고
> 나는 너무도 많은 것을 알게 됐지요
>
> 세상에 나올 수 없었던 내가
> 세상에 나올 수 없었던

나무를 보고
풀잎을 만지고
사람을 만납니다

그러니까
살아 있는 모든 것들은
세상에 태어나 준 것만으로도
서로에게 선물이 되는 것이지요

힘든 일이 있어도
사는 게 허망하다 여겨질 때도
나는 세상에 나올 수도 없었던 거라는 생각을 하면
모든 게 고마울 뿐입니다

다른 별에서 지구를 바라본 적은 없지만
무척 부러울 것 같습니다
아, 저들은 무슨 복으로
저 아름다운 지구별에 태어나 살고 있을까?

「태어난 것만으로도」 전문

　자기 긍정성, 혹은 자기 합리화는 아무런 실존적 근거 없이 가능한
의식이 아니다. 여기에 이르기 위해서는 수많은 고통과 서정적 동일
성에 대한 가열찬 열망이 있어야만 가능하다. 생명의 탄생, 곧 자신의
탄생은 알 수 없는 신비주의가 만들어낸 것이라 시인은 판단했지만
그런 신비주의가 실존의 아름다운 삶으로 그대로 이어지는 것은 아니

다. 그것은 오직 삶을 자기화하고 서정적 동일성에 대한 가열찬 열망과 노력에 의해서만 가능할 뿐이다. 이런 결과를 예단하고 있었기에 시인은 태어남 자체를 더 이상 고독의 감옥에 가두지 않는다. 그리하여 시인은 열린 세계로 나아가고자 한다. 그 상쾌한 개방성은 경계를 만들고 차이를 만드는 것에서는 결코 이루어지지 않을 것이다.

시인에게 인간이라는 경계는 이미 사라진지 오래이다. 시인은 인간의 문을 개방하여 자연을 맞아들였다. 자연 역시 이 열린 자아를 자신의 품속에 수용했다. 서정적 자아와 자연은 이렇게 거대한 우주 속에서 하나가 되었다. 시인을 옥죄는 실존의 고통이나 자아의 고립 현상은 이제 먼 과거의 이야기가 된 것이다.

> 더 이상 바랄 게 없습니다.
> 달아났던 봄*이 돌아왔으니!
>
> *산토카
>
> 「나는 이제」 전문

매우 짧은 형식의 작품이지만, 이 시가 함의하는 것은 쉽게 간과할 수 없을 것이다. 이 작품은 마치 선시와 같은 품격을 보여준다. 선시처럼 경구나 잠언과 같은 교훈의 정서를 담고 있기에 그러한데, 이 작품이 선시와 다른 것은 시의 목소리가 타자를 지향하고 있지 않다는 점이다. 이 작품은 철저하게 일인칭 내면의 목소리, 곧 자아에게로 향한 목소리로 한정되어 있다. 엘리어트가 말한 시인 자신의 목소리, 곧 제1의 목소리로 한정되어 있는 것이다.

시인이 이 작품에서 말하고자 했던 것은 자연과 함께 하는 삶, 그러한 삶이 가져오는 실존의 즐거움이다. "더 이상 바랄게 없습니다/달아났던 봄이 돌아왔으니"에서 보듯 달관의 목소리가 촘촘히 묻어난다. 『손끝으로 읽는 지도』에는 이와 비슷한 형식의 작품들이 군데군데 보이는데, 가령 다음과 같은 작품 역시 그러하다.

연꽃이 핀 걸 볼 수 있으니
더 깊이 사랑하기로 한다

「착한 핑계2」 전문

이 작품 역시 「나는 이제」의 연장선에 놓여 있는데, 시인이 걸어온 긴 서정의 여정에 비춰보면, 그 음역이 넓고 깊은 경우라 할 수 있을 것이다. 시인은 이 작품에서 보듯 자연을 통해서 오도(悟道)의 경지로 들어선 것처럼 보인다. 시가 무척 단형화되어 있고, 함축적이다. 자연을 통한 깨달음, 우주의 섭리를 이해한 자아에게 인과론의 산문의 형식은 더 이상 필요치 않기 때문이다. 잠언과 같은 짧은 시형식만으로도 시인의 자의식을 드러내기에 충분했을 것이다.

시인이 이번 시집에서 보여준 품격은 오도 그 자체의 과정으로 보아도 무방해 보인다. 시인은 자연이라는 매개를 통해서 자아의 본질을 읽어내고, 그것이 지향하는 구경의 모습이 무엇인지 이해하고 있었기 때문이다. 자연과 우주의 질서를 통해 파편화된 자아를 하나의 통일된 경지로 끌어올리고 있다. 거기서 뿜어져 나오는 목소리는 자못 무겁고 엄중하기까지 하다. 「나는 이제」와 「착한 핑계2」는 그러한 음성이 만들어낸 서정의 응결체이다. 이번 시집에서 시인이 보여준 품격은 이런 작품들에 이르러 그 완성을 보았다고 할 수 있을 것이다.
(권정우,『손끝으로 읽는 지도』해설, 파라북스, 2020)

결핍의 공간에 건강한 서정의 밀도를 채우는 정열

1. 과잉과 결핍의 사이에서

임서윤의 『사과의 온도』는 영락없는 서정시이다. 하기사 서정시 아닌 것이 있을까마는 그의 시를 두고 표나게 서정시라고 하는 것은 그 이면에 자리하고 있는 의미의 난해성이랄까 해독의 어려움 때문에 그러하다. 서정시라고 하기에는 그의 시들이 더듬어나가는 의미의 표적들이 쉽게 포착되지 않는 까닭이다. 따라서 서정시 하면 흔히 감각되는 정서의 맥락을 이 시인의 작품으로부터 얻어내기는 상당히 어려운 것이 사실이다. 그래서 그의 시를 두고 서정시의 범주로 묶기에는 무척 난감한 면들이 있다. 그렇다고 그의 시들이 서정시의 영역을 벗어난 채 떠도는 것도 아니다. 은유의 결합이 파격적이거나 이미지들이 난맥상을 이루는 것도 아니기 때문이다. 의미를 포착해나가는 작업들이 어렵긴 하지만 시인의 시에는 소위 말하는 기의의 영역들이 엄연히 존재한다.

시인이 수렴해 들어가는 기의의 영역들은 기표의 현란함 속에서도 뚜렷한 방향성을 갖고 있다. 그러한 까닭에 그의 시들은 의미의 집합들이 모여서 커다란 흐름으로 나아가고 있다. 다만, 그 의미들이 상상력의 폭과 비유의 넓이에 의해 쉽게 수렴되지 않는 특성을 갖고 있기는 하다. 이런 특징들이 그의 시들을 이해하기 어렵게 한다. 하지만 그의 시들은 서정적 동일성을 향한 거대한 발걸음 속에 놓여 있고, 시인이 내딛는 그 움직임 속에서 그가 펼쳐보이고자 하는 서정의 화폭을 우리는 충분히 읽어낼 수가 있다. 시의 난해성과 서정적 동일성이 서로의 영역을 구축하면서 새로운 시의 음역을 만들어내는 것, 그것이 이 시인이 추구하는 시의 미학이라고 할 수 있을 것이다.

이번에 상재하는 임서윤의 『사과의 온도』는 이 시인의 초기 시세계를 대표하는 시집이다. 어느 한 개인이 시인으로서 첫발을 내딛는 과정은 매우 의미심장한 일이지만, 그것이 무엇보다 가치있는 것은 시인의 시세계를 이해하는 시금석이 되기 때문이다. 『사과의 온도』는 이러한 조건에 놓여 있는 것이기에 이번 시집의 상재는 그에게 매우 의미있는 작업이라고 할 수 있다.

『사과의 온도』에서 시인이 일차적으로 관심을 갖고 있는 것은 소위 자아에 관한 것이다. 서정시 하면 늘상 떠오르는 주제가 이 자아의 경계에서 시작하는 것이고, 또 그런 면에서 이 시인이 이 주제에 관심을 갖는 것 역시 당연한 일일 것이다. 그만큼 그의 시들은 자아의 경계에서 맴돌고 있는 서정시의 음역으로부터 자유로운 것이 아니다. 그러나 시인이 탐색해들어가는 서정의 영역을 이런 보편의 경계 속에 묶어둔다면, 그의 고유성이랄까 서정성이 무척이나 부당한 취급을 당하는 것이 아닐까 하는 우려가 든다. 그것은 시인이 포착해들어가는 의미의 표적들이 무척이나 예사롭지 않기 때문이다. 임서윤 시인은 자신이 추구하는 의미의 목표들을 평범하게 만들어가지 않는다. 그는 누구도 인정하는 보편의 지대를 추구하되, 그것에 들어가는 길들을 결코 평범한 틀에서 길어올리지 않는 것이다. 시인은 자신이 만들어나가는 진군의 길들을 현란하게 치장하기도 하고, 때로는 낯설게 만들기도 한다. 그것이 때로는 시인만의 특수한 경험 속에 갇혀서 독자의 상상력을 이끌어내는데 무척 어렵게 만들기도 한다. 그런 난해성들이 시인의 시들 속으로 쉽게 접근하기 어렵게 하거니와 그것이야말로 이 시인만이 갖고 있는 서정시의 특성 내지 고유성이라 할 수 있을 것이다.

임서윤 시인에게 있어 중심 화두로 자리한 소재는 앞서 언급대로 자아에 관한 것이다. 세상에 내던져진 존재, 혹은 에덴의 낙원으로부터 쫓겨난 존재라면 이 자아의 문제로부터 자유로운 사람은 아무도 없을 것이다. 언제나 맑게 씻기워서 새로운 존재의 변이를 이루게 하는 것, 그것이 인간의 숙명이거니와 임서윤 시인에게도 이는 동일한 문제로 다가온다.

> 윙윙거리는 오후의 하굣길
> 돋움발로 꺾던 하얀 꽃잎 아른거린다
>
> 향기를 타고 내려온 꿀벌박사 류노인
> "앞만 보고 가지 말어, 벌에게 배워야지"
> 순한 넋두리다
>
> 움찔, 아득한 태속에서부터

앞서가는 시간을 밀치던 팔꿈치는
언제나 부끄러움이었다

어미젖에 매달린 새끼염소처럼
투닥투닥 발길질에도
앞자리 서로 비켜주던 허기진 까만 눈망울

일벌처럼 부지런하던 희재도
여왕벌처럼 도도하던 정남이도
단단하던 뒷다리에 꽃물이 들었을까

비탈길 아카시꽃을 만나면
기억은 불쑥 쏘인 벌침
감추어둔 고요가 솟아오른다

「고요를 건드리다」 전문

　이 작품은 자아가 처한 현재의 상황이 무척 사실적으로 묘사된 시이다. 아니 사실적이라기보다는 생생하다는 편이 옳을 정도로 시어들의 긴장감과 적막감이 팽팽하게 대립되어 나타나 있다. 물론 그 이면에 자리한 것은 욕망으로부터 충만된 자아와 그로 인한 자아의 결핍감일 것이다. 이 두 가지 안티 담론이 치열하게 대립하고 있는 것이 이 작품의 주제인데, 가령 '윙윙거림'이나 '벌침' 등은 자아의 과잉 상태를 배가하는 요소들이고, '아득한 태속'이나 '새끼염소' 등은 그 상대편에 놓인 안티 담론들이다. 그러나 시의 주제를 압도하고 이를 배가시키는 것은 전자의 요소들이다.

이런 요소들은 세상에 던져진 존재들에게는 어쩔 수 없는 숙명과 같은 것들이다. 그러한 근원성이야말로 이 시인에게 정서의 폭을 결정해주는 매개일 뿐만 아니라 이를 추동하는 근본 매개체이기도 하다. 시인은 그런 선험적 조건과 실존적 조건으로부터 자유로운 존재가 아니다. 가령, '앞서가는 시간'이 순리라면, 시인은 그러한 순리를 거역하면서 늘상 살아온 존재이다. '밀치던 팔꿈치'는 그 상징적 표현이거니와 시인은 이런 상황으로부터 '언제나 부끄러움'을 느끼는 존재였다.

근대 사회가 욕망이 과잉된 사회라는 것은 누구나 인정하고 있는 사실이다. 실상 중세적 영원성을 상실한 인간이 욕망의 기관차를 타게 된 것은 불가피한 일이었을 것이다. 그러나 욕망의 한계는 없다. 그것은 충만하면 할수록 오히려 더 채워지지 않는 아이러니컬한 존재이다. 그것이 근대의 또 다른 비극이었거니와 역설적이게도 그런 충만의 상태가 또다른 결핍을 낳게 되었다. 이는 대단한 형용모순이 아닐 수 없다. 표면과 이면이 괴리되는 이 기막힌 아이러니야말로 근대인의 슬픈 운명인데, 이 시대를 살아가는 근대인의 표정으로부터 시인 역시 자유롭지 않았던 것이다.

얼떨결에 내려놓은 어깨, 무거웠을수록 가벼웠겠다

애리조나 사막 한 가운데 비행기 무덤이 있다는데
마지막 숨 몰아쉬는 비행기들 모여든다는데
저 거대한 퇴역기는 전직 대통령 전용기
이름 있는 하늘만 거침없이 날았다는데

꺾인 날개 틈새에 오늘도 꿀개미는 종종걸음
길게 늘어선 해시계선인장들
울음인 듯 웃음인 듯 장송곡 간간이 울린다는데
아주 가끔은 수선된 날개 날아올랐다는 전설도 있다는데
쉽게 부식되지 않는 특수강 기체
하얀 덧칠 사화장으로 이글거리는 태양쯤은 밀어냈지만
회생 정비공의 손길에 관자놀이 바르르 떨린다는데
새벽이 건조하게 울부짖는 모래언덕
손톱깎이, 낡은 시집, 반질거리는 호두 두 알
간추리고 간추려도 끈질기게 따라온 부장품들
각기 부서진 면류관처럼 흩어졌다는데

「욕망의 장례」 전문

근대가 과학에서 비롯되고 그것의 총아가 문명임은 잘 알려진 사실이다. 인간을 위해 보다 많은 편리와 이기를 제공한 것이 과학이고 보면, 그것은 욕망과 분리하기 어려울 것이다. 한때 근대주의자들은 과학이 주는 효용성에 경도되어 그것을 명랑성의 범주에서 이해하기도 했다. 이런 사고 태도는 그것의 이면에 드리워진 비극의 단면들에 대해 애써 외면한 결과이다.

인용시는 그러한 과학의 부정성들에 거침없이 그리고 비극적으로 이야기한다. 과거에도 그렇지만 현재에도 비행기는 과학의 총아이고 문명의 최첨단에 놓인 존재이다. 그러나 그런 화려함을 뒤로하고 이제 그것은 또 다른 존재의 비극적 국면을 맞이하게 된다. 화려한 욕망의 끝이란 이렇듯 처참한 흔적을 남긴 채 역사의 뒤안길로 사라지는 운명을 맞게 된 것이다. 이를 더욱 처연하게 만드는 것이 자연의 섭리이다. '꿀개미'와 '선인장'은 문명의 화려한 역사를 자연의 한 부속품으로 되돌리고 있기 때문이다.

욕망을 앞세우면 인간은 모든 것을 할 수 있다고 믿었고, 현실 또한 그러한 믿음에 충실히 답해왔다. 그러니 자신의 전능성에 도취되어 스스로를 완결하다고 자부하는 이율배반적인 사유를 키워왔다. 충만함 속에 내재된 결핍의 정서를 태생적으로 안고 있었던 것이다. 임서윤 시인이 주목하는 서정의 틈은 바로 여기에 놓여 있었다. 시인은 그틈을 인식하고, 이를 메우고자 서정의 밀도를 충만시켜 왔다. 과잉과 결핍 사이에 놓인 아이러니를 순탄한 통사적 질서로 되돌리려고 가열찬 노력을 기울였던 것이다. 그런 열정이 이 시인만의 고유한 작시법이었던 것이다.

2. 존재의 완성을 향한 퍼즐 맞추기

임서윤의 시들은 쉬운 해독을 거부한다. 그럼에도 불구하고 그의 시들을 초현실주의나 요즘 유행하는 미래파의 범주 속에 묶어두는 것은 적절하지가 않다. 그의 시들에는 시니피앙의 유희가 아니라 시니피에, 곧 소기를 일궈내기 위한 가열찬 도정이 있기 때문이다. 다시 말하면 시니피앙과 시니피에를 적절하게 대응시키기 위한, 서정적 동일성을 향한 열망이 다른 어떤 시인의 경우보다 표나게 드러나 있는 경우이다.

시인은 그러한 열망을 이루어내기 위해 다양한 모색을 시도한다.

그 가운데 하나가 말에 대한 참다운 발견이다. 일종의 말을 붙드는 행위인데, 그렇다고 그의 작시법이 언어의 연금술이라는, 언어 유희에 갇혀 있는 것은 아니다. 시인은 과잉과 결핍 사이에 놓인 절대적인 강을 좁히기 위해 그저 말하기를 하고 있을 뿐이다. 말이란 곧 의식의 또 다른 단면이기에 시인의 말하기는 단절된 의식의 강을 넘는 징검다리와 같은 것이 된다.

시인은 파편화된 인식의 단절을 위해서 말하기를 거듭거듭 해온 터이다. 시인은 언어라는 말에 올라탄 다음, 이를 적절하게 조정하기 위해 고삐를 틀어쥐기도 한다. 이 일단의 결과가 「말의 고삐를 풀다」이다.

찬물로 어제를 털어낸 샐러리맨의 발걸음, 바쁘다

가방은 어깨보다 커서 아이의 등굣길, 무겁다

이정표쯤은 지나칠 수 있는 정치꾼의 민낯, 두껍다

아침에 다녀간 라디오 희망음악 속 휘파람, 길다

옆구리 간지러워 기울어지던 낮달, 당당하다

찌든 이마에도 발 포개고 앉아있는 노숙자, 심심하다

아직도 너와 나의 손끝에, 아직 태울 잉걸불이 남았는가

분주하게 서성거리는 오늘의 말들이

난센스의 풀을 뜯은 자리

원형 탈모증이 막 시작된 말의 정수리, 듬성하다
「말의 고삐를 풀다」 전문

언어에 올라탄 시인의 고삐는 매우 조밀하다. 건성건성 짜맞추기 위해 이말 저말을 쉽게 찾아내고 이를 의미화하지 않는다. 하나의 문장에 대응하는 말을 찾아내기 위한 시인의 노력은 매우 조밀하고 가열차다. 그렇기에 말은 하나의 공간이나 사유에 갇혀서 고립된 존재로 남아 있어서는 곤란하다. 새로운 조합을 위해서 말은 계속 서성거려야 한다. 그렇지 않으면 그의 시들은 언어의 감옥에 갇혀서 더 이상 가치있는 의미의 영역을 창출해내지 못할 것이다.

이와 더불어, 하나의 대상에 적절한 말을 조응시키는 일도 어려운 일이거니와 의식의 간극을 메우는 말을 찾기는 여간 어려운 일이 아니다. 그것은 어쩌면 "난센스의 풀을 뜯는" 일이기도 하고, "원형 탈모증을 일으킬" 정도로 혼돈을 일으키는 일이기도 하다. 그런데 시인의 그러한 노력이 일견 성공하는 듯도 보인다. 앞의 문장을 대변하는 적절한 말들을 계속 찾아내는데, 가령, "찬물로 어제를 털어낸 샐러리맨의 발걸음"을 '바쁘다'라는 말로 정확히 대치시키거나 "원형 탈모증이 막 시작된 말의 정수리"를 '듬성하다'로 정확히 표현하기 때문이다.

시인은 현재를 진단하고 이에 정확하게 들어맞는 언어를 찾아 들어간다. 언어라는 말을 타고 말의 고삐를 겨누면서 자신의 찾고자 하는

목표물을 찾아내고 있는 것이다. 이 시인에게 표명되는 언어와 의식
의 세계는 이런 조응 속에서 탄생한다. 그 조응 속에서 시인은 결핍의
정서를 찾아내고 이 틈을 메워줄 담론을 모색해낸다.

어둠이 어둠에게
손끝으로 전하는 말을 받아 적지 못했으니
나는 더 캄캄한 어둠이다

눈꺼풀을 닫으면
마음이 열린다는 진리를
새벽의 어둠이 떠나가며 내게 말했지

퍼즐판의 바탕에서
발톱 걸려 넘어진 풍경들이
다소곳이 한 폭에 깔려진다 해도

하늘과 산, 파리한 지붕과 전봇대는
오솔길과 실개천, 잔돌과 자꾸 울먹거리는 안개는
표정을 드러내지 않으려
야무진 손깍지다

실루엣을 단숨에 스윽 그려보고는
귀를 쫑긋 세워보기도 하는
지워진 길 위에서의 반사적 동작으로
좌우 컹컹거리는 나를 본다

어둠의 틈새에서 생기가 오르는 낡은 고집에
우연인지 필연인지, 서로 어깨 기댄 하늘과 안개
오늘도 어김없이 맞추어야 할 퍼즐 조각을 들고
새벽길을 나서게 한다

내일 다시 흩어질
절망일 걸 알면서도
나는 빛나는 조각을 모아 일기를 쓴다

「어둠의 미학」 전문

이 작품은 시인의 시론시라고 해도 좋을 정도로 작가의 작시법이
잘 드러난 경우이다. 여기서 '어둠'은 통상의 신화적 함의 밖에 놓여
있다. 그것은 부정의 내포가 아니라 긍정의 내포이기 때문이다. 뿐만
아니라 그것은 선험적인 어떤 가치의 세계이기도 한데, 이것이 시인
에게 주는 교훈은 무척이나 계몽적인 것이다. 그럼에도 불구하고 시
인은 이 계몽의 담론을 자기화하지 못한다. 그것이 말하는, 곧 "손끝
으로 전하는 말을 받아 적지 못했으니" 나는 더 캄캄한 어둠으로 남아
있었기 때문이다.

실상 이 작품에서 어둠이 말하는 계몽은 무척 모호한 채로 남아 있
다. 어쩌면 그런 모호성이 시의 주제의식과 밀접한 관련이 있을 것인
데, 그 일단의 실마리를 찾아볼 수 있는 것이 2연의 경우이다. "눈꺼풀
을 닫으면/마음이 열린다는 진리를/새벽의 어둠이 떠나가며 내게 말
했지"가 그것인데, 여기서 '눈꺼풀'은 '마음'의 안티담론적인 것이라
할 수 있다. 일단 전자를 의식의 영역, 좀더 확장하면, 이성의 영역으

로 이해할 수 있을 것이고, '마음'은 그 반대편의 영역, 소통의 범주 혹은 무의식의 영역으로 이해할 수도 있을 것이다. 이성의 영역이 욕망의 범주와 분리할 수 없는 것이라면, '눈꺼풀'은 이 욕망의 세계를 대변하는 것이 아닐까. 욕망이 무화될 때, 비로소 소통의 문이 열린다는, 일상의 진리에 기대게 되면, 이런 이해의 방식이 전연 잘못된 것이라고는 할 수 없을 것이다.

어떻든 시인은 욕망이라는 기계가 작동하는 현실에서 어둠이 전해주는 진실을 자기화하지 못한다. 이 둘 사이에 놓여진 틈 속에서 시인은 이를 매개할 적절한 수단을 찾지 못하고 있는 것이다. 그래서 시인은 다시 말의 고삐를 틀어쥐고 새로운 담론의 세계로 들어가게 된다. 벌어진 틈을 메워줄 적절한 조각을 찾아내고 이를 조화롭게 맞추는 작업에 매진하게 되는 것이다. 그러나 이런 작업이 녹록하게 이루어질 수 있는 것은 아니다. 적절한 조합을 찾는 것도 어려운 일이거니와 설사 찾았다고 하더라도 "내일 다시 흩어질 절망"이 될 수도 있기 때문이다. 그렇다고 해서 말의 고삐를 쥔 시인의 말타기가 결코 포기되는 것은 아니다. 결핍을 태생적으로 안고 태어난 인간의 숙명이 이를 계속 추동하는 까닭이다. 시인 역시 마찬가지의 경우이다.

틈을 메워줄 수 있는 적절한 조각을 찾아내서 맞추는 행위, 시인은 이런 작업을 이 작품에서 일기 쓰는 일에 비유했다. 이 일기 쓰기가 바로 시쓰기일 것이다. 작품의 표면에 나와있는 대로 이 작업은 어떤 한계가 정해진 것은 아니다. 인간의 운명이 그러하듯 그것은 계속 시도되어야 하는 필연적 시도동기이다. 마지막 연은 그러한 인간의 숙명, 시인의 시쓰기가 갖는 의의가 무엇인지를 잘 대변해주고 있다.

3. 동일성을 향한 그리움의 세계

언어의 등에 올라탄 시인의 말고삐는 결코 늦추어지지 않는다. 시인이 추구하고자 한 목표에 도달하기까지 그 고삐는 계속 당겨져야 하기 때문이다. 그것이 시인이 시쓰기를 하는 동기이자 목적이다. 시인이, 아니 인간이 이러한 길을 재촉하는 것은 흥미라든가 취미 차원의 문제가 아니다. 어쩌면 그것은 인간이 짊어지고 나가야 할 운명 내지 숙명이기 때문에 그러하다. 여기에 이르지 못하면 잃어버린 영원성, 동일성의 세계는 다가오지 않는다.

그렇다면, 그 잃어버린 영원성, 동일성이란 무엇인가. 그리고 그것이 가져오는 결과들이란 무엇일까. 앞서 그것을 과잉된 욕망이라 했거니와 그것이 가져온 결과는 불온한 현실, 형해화된 모습과도 같은 것이다. 시인이 응시하는 현실도 이와 다른 것이 아니다. 시인은 그런 불온한 상황이 가져온 결과를 이렇게 진단한다.

왜, 겨울이 발바닥 보이지 않게 달아나는지
왜, 봄이 속눈썹을 타고 달려오는지

흑백이냐 선악이냐 음양이냐
양 극점을 선명하게 구분하는 세상
동쪽에 서면 서쪽이 밝아 보이는 이유는 무엇인지

가끔 땅을 흔드는 하느님도 그렇다
치우친 내 마음을 평평하게 고르느라

눈보라 흩뿌려 언 땅위를 후려친다

크기가 다른 첨탑마다
제각각인 십자가를 매달아놓고
아우성, 혹은 죄의 무게를 달게 하는지

「제로섬」부분

   지금 여기의 사회를 지배하는 담론의 주조들은 흑백이나 선악의 논리 혹은 음양과 같은 이분법의 세계가 지배한다. 익히 알려진 대로 이분법이란 나와 너를 가르고, 우군과 적군을 인식하면서 집단을 만들어내고 그들만의 이익에 집착하게 된다. 따라서 하나의 집단이 만들어진다는 것은 이익이 전제되고, 갈등이 전제될 수밖에 없다. 전일적 동일성이 존재하는 사회라면, 이런 이분법이 존재할 까닭이 없고, 그럼으로써 서로를 구분하는 진공의 공간은 만들어지지 않을 것이다.

   인간의 추악한 욕망은 스스로의 이익 모형을 추구해왔고, 이를 달성하기 위해서 그들만의 집단 의식을 배양시켜 왔다. 이는 모두 동일성을 잃은 인간의 욕망이 빚어낸 결과이다. 시인은 이 공백의 지대에서 서정의 갈증을 매우 심하게 느낀다. 이 갈증을 해소하기 위해서는 서늘한 서정의 샘들이 만들어져야 하고, 건강한 물, 곧 동일성을 향한 사유의 샘들로 채워져야 한다. "가끔은 하느님에 기대어" 그 갈증을 해소하려 하지만 이 역시 결코 녹록한 일이 아니다. 그의 의도대로 '내 마음'은 평평하게 수평화되어야 하는데, 늘상 위계화되어 있는 까닭이다. 서정적 자아의 마음은 여전히 위계화된 층위, 곧 수직의 층위로 계열화되어 있다. 이를 초월하고자 하는 서정의 샘들은 더욱 말라가고 있다. 시인의 갈증 또한 점점 심해지는 것은 당연한 일이다.

　그러나 그러한 갈증이 스스로를 가두는 감옥으로 남겨질 수는 없을 것이다. 이는 시인에게 곧 새로운 감각을 만들어내는 요소가 된다. 그것이 바로 그리움의 정서이다. 시인은 이 정서에 대해 매우 갈급하는 상태에 놓여 있지만, 이를 향한 시인의 담론은 성급하게 직설적인 담론으로 발언하지는 않는다. 그것이 이 시인만의 독특한 서정성이라 할 수 있는데, 이 조급한 정서조차도 적절한 비유를 통해서 걸러낼 줄 아는 것이다. 목마른 정서가 비유의 옷을 걸치고 새로운 모습으로 현상되어 나오는 것, 그것이 이 시인만의 독특한 그리움의 세계일 것이다.

　　　펄럭인다, 수성교 난간을 잡고 선 가로등이
　　　가로등을 붙잡은 공연 현수막도
　　　현수막에 매달린 흐릿한 이름 석 자
　　　모음도 자음도 낱낱이 펄럭인다

　　　이 펄럭임 속에 서 있는 나를 잡아줄 이 누구인가

　　　하루는 늘 걸음이 더디고
　　　겨울보다 적막한 여름밤의 꼬리는 길어
　　　갑자기 끼어든 부재의 경고등에
　　　정체된 출근길을 삼키는 시계소리

　　　바람 없이도 펄럭이던 너는 지름길 달려

이쪽과 저쪽 강폭의 간격을 좁혀올까

십자성 아래서 함께 불다 그친 하모니카처럼
그리움의 진원지로 부터 불어오는
바람의 가느다란 여음餘音에
나는 또 펄럭인다

하루도 지운 적 없는 이름
나를 향해 불어오고 있었구나

「펄럭임의 각도」 전문

   여기서 펄럭임은 그리움의 또 다른 정서적 표현이라 할 수 있다. 마치 유치환이 「깃발」에서 묘파해낸 정서처럼, 이 펄럭임은 동일한 정서로 생생하게 살아나고 있는 것이다. 이 작품에서 '펄럭임'은 다중적 함의를 갖고 있는 시어이다. 하나가 언어의 조각이라면, 다른 하나는 그리움의 정서와 연결된다. 시인은 정서의 동일화를 향한 도정으로서 언어, 곧 말의 등에 올라탄 바 있다. 시인은 거기서 새로운 말을 만들어내고 의미의 구경을 추구해 들어갔다. 그 과정에서 모음과 자음이 현란하게 움직이는 율동을 직시했다. 그리고 그 움직임 속에서 시인의 자의식, 곧 그리움의 정서들이 표백되었다. 그리움은 흔들림이다. 흔들리지 않고, 마음의 여백이 채워지는 것은 불가능하다. 따라서 이를 충만시키기 위해서 자아는 계속 이 율동의 중심에 놓여 있어야 한다. 시인이 고정되어 있는 포오즈를 취할 수가 없는 것은 이 때문이다. 만약 그러하다면 그의 정서는 완결된 상태에서나 가능할 것이다. 그렇지 못하기에 그는 언어의 고삐를 잡고, 스스로 유동하는 존재로 변신한 것이다. 이 "펄럭임 속에 서 있는 나를 잡아줄 누구"는 분명 있을 것이고, 그 순간을 위해 그는 계속 기다릴 것이기 때문이다.

그러나 언어의 조합과 이를 통한 정향적 결론이 쉽지 않은 것처럼, 흔들리는 행위 역시 결코 만만한 일은 아니다. 바람이라는 외부의 힘에 기대지 않고도 계속 흔들려보지만, 서정적 자아의 흔들림을 붙들어줄 매개는 금방 나타나지 않는 까닭이다. "이쪽과 저쪽 강폭의 간격을 좁혀"줄 수 있는 물리적, 혹은 정서적 실체는 쉽게 현현하지 않는 것이다.

그럼에도 시인은 포기하지 않는다. 마음 속에서 이를 포기한 적이 없기 때문이다. 시인의 말대로 그것은 "하루도 지운 적이 없는 이름"이다. 뿐만 아니라 그것이 "나를 향해 불어올 것이라는" 믿음 역시 굳건히 갖고 있기도 하다.

한산하던 골목어귀 누가 웃가게 차렸다

해그림자 반쯤 걸린 양철 출입문
아무도 밀고 들어오지 않아 차가운 손잡이

열린다
닫힌다

닫힌다
열린다

재바르게 따라 들어온 건 바람인 그대뿐

꼿꼿하게 서지 못하고
문틈의 풍경 쪽으로 기울어지던 마네킹
포근한 겨울옷 한 벌 걸쳤다

데려가줄 누군가를 기다리고 있다

「기울어지다」 전문

   인용시는 「펄럭임의 각도」의 연장선에 놓여 있는 작품이다. 파편화된 정서를 완결시켜줄 그리움의 대상이 쉽게 오는 것은 아니다. 그렇다고 이를 포기할 수도 없다. 그에 대한 도정은 곧 시인의 운명이자 인간의 운명이기 때문이다. 그럼에도 시인이 느끼는 갈증은 무척 심대하다. 그리고 이를 채워줄 세상은 무척이나 차가운 것 역시 현실이다.

   심오한 갈증과 차가운 현실 사이에서 서정적 자아는 또 다시 새로운 존재의 변이를 하게 된다. 기다림이 숙명처럼 되어버린 존재, 곧 '마네킹'으로 존재의 변이를 하게 된 것이다. '마네킹'은 물화된 현실을 대변하는 주체이지만, 여기서는 그런 경계를 초월한다. 그것은 물화된 대상이 아니라 또다른 주체로 새롭게 태어날 예비적 존재일 뿐이기 때문이다. 이 작품에서 마네킹은 물건을 팔아야만 하는 운명을 지닌 존재가 아니라 매마른 서정의 샘을 충만하게 채워줄, 생명수를 기다리는 존재이다. 기다려야만 하는 자세야말로 마네킹의 운명이긴 하지만, 그런 수동성이 부정적으로 비춰질 이유는 없다고 본다. 결핍을 태생적으로 갖고 태어난 인간이 할 수 있는 것 역시 어떤 자동성과

거리가 있을 수밖에 없기 때문이다. 영원은 인간 스스로 만드는 것이 아니라 어떤 절대성에 기대어 우리 속에 스며들어야 하는 것이기에 그러하다.

4. 절대를 향한, 인식의 완결을 향한 여정

시인이 그리워 하는 대상, 그의 표현대로 '그대에게 가는 길'은 쉬운 듯 하면서도 쉽지 않다. 만약 존재의 완성을 향한 길이 순탄한 길이었다면, 자아의 고민도 서정의 열정도 농도짙게 표출하지는 않았을 것이다. 그럼에도 시인의 도정은 중단되거나 포기될 수 있는 성질의 것은 아니다. 그것이 서정시의 존재이유이거니와 시인의 운명과도 같은 것이기 때문이다.

그러한 길은 장밋빛 청사진이 제시된 도정이 아니다. 그렇기에 끊임없는 존재의 변이, 혹은 의식의 전환이 이루어져야 한다. 시인은 이를 위해서 때로는 열정의 빛으로 서정의 밀도를 채워나가는가 하면 경건한 구도자의 자세로 자신을 낮추기도 한다. 자아가 도달해야 할 최후의 여정이란 결코 만만한 것이 아님을 알기 때문이다.

불탄 자리 골라 눈이 내립니다
마음 활짝 열어놓았는데
쌓이지 못하고 녹아 흐릅니다
가슴 따뜻한 새 한 마리
이 가지에서 저 가지로

톡톡 튀며 날갯짓을 합니다
품 안에 눈송이를 안은 나뭇가지들
언 귓볼 어루만져주며 키득거립니다
이 도시 어디에도 새 한 마리 앉을
빈자리는 없나 봅니다
절름거리는 마음으로
동이 터오는 창가에 섰습니다
눈에 보이는 것이 전부가 아니란 것을
내리는 눈이 어쩌면 눈이 아니란 것을
주먹 안에 쥐고 있는 손금이
내가 흘러 갈 물길이라는 것을 알았습니다
알면서도 어쩔 수 없는 이 눈빛에게
눈은 묻혀버린 길 하나를 데리고 옵니다
발자국을 찍으러 나서게 합니다
그대의 향기를 익숙하게 만지작거리는
발작은 굴뚝새는 벌써
굴뚝 없는 지붕 위를 날고 있습니다

「그대에게 가는 길」 전문

   십자로에 서 있는 자아에게 희망의 빛을 던진 것 가운데 하나가 자연이다. 이 작품을 지배하고 있는 일차적인 정서는 그것이 주는 이법이랄까 질서이다. 이 작품에서 차가움과 따듯함, 생동감 넘치는 현실과 그렇지 못한 현실이 어우러져 자연은 완벽한 조화의 실체로 실현된다. 그럼에도 시인이 거주해야 할 현실적인 공간, 조화로운 공간은 보이지 않는다. 동일성을 상실한 채 절름거리는 모습으로 비춰질 뿐

인식의 완결을 향한 적절한 매개는 보이지 않는 것이다. 그런 혼돈의 자의식에서 사물을 응시한 시선은 흐려지고 본질에 대한 판단 역시 명확하게 다가오지 않는다.

이런 판단 불가능한 현실 속에서 자아를 새로운 방향으로 이끌어가는 것이 자연의 질서이다. 인용시에서 '눈'은 그러한 자연의 대표적 표상이다. 그것은 모든 것을 무화시키면서 새로운 길을 여는 함축적 의미를 갖고 있다. 새로운 도정을 향한 시인의 시도 동기는 여기서 일어난다. 눈은 시인을 인도하는 강력한 자장이자 안내자 역할을 한다. 마치 스스로 조율해나가야 하는 근대인의 운명처럼, 자아에게 갇힌 울타리로부터 탈출하도록 유도하는 것이다. 그렇다고 눈으로 표상된 자연이 자아에게 어떤 절대적 대상이나 선험적 가치로 기능하고 있는 것은 아니다. 자연은 그저 자아에게 유폐된 공간으로부터 나와서, 그가 그리워하는, 지금까지 탐색해왔던 지대로 나아가도록 하는 매개 역할만을 할 뿐이다.

이 작품에서 자연이 불구화된 시인의 자아를 인도하는 역할에 그치고 있지만, 그것이 시사하는 바는 매우 크다고 할 수 있다. 서정의 동일성을 향한 자아의 거대한 행보가, 그리고 그 도정에서 형성된 그리움의 정서가 어떤 것이어야 하는 지를 어렴풋이 일러주고 있기 때문이다.

인간의 불행은 자연의 일부로 존재하는 것이 아니라 자연과 맞서고자 한 데서 비롯되었다. 그렇기에 이를 초월하기 위해서는 인간으로서의 자율성 내지 고유성이 아니라 자연의 한 부분으로 다시 되돌아가야 한다. 물론 그 도정이 결코 만만한 것은 아니다. 서정의 유토피아를 향한 시인의 끝없는 노력이 계속 시도되는 것도 이를 향한 어려움의 징표일 것이다. 그럼에도 그 과정은 계속 탐색되어야 하고, 또 이에 대한 초월적 시도가 끊임없이 이루어져야 한다. 자연의 일부로 되돌아가야 하는데, 그러기 위해서는 자연과 맞선 욕망을 무화시켜야 하고, 자연의 질서를 수용해야 한다. 그것에 이르는 것이 임서윤 시인이 감각한 그리움의 정서였던 것이고, 그 단초가 바로 자연에 대한 형이상학적인 접근이었다.

　　땅바닥에 떨어져 굴러다닐
　　던지는 말과 받는 말의 귀퉁이가
　　말馬고삐 곧추 잡다 푸석거린다

　　슬그머니 힘 풀리는 손목
　　말들이 붉은 사과밭을 뛰어다닌다

　　과거를 달려올 때처럼 미래의 말을 안장에 올리지만
　　명쾌하지 않아
　　우주를 찍어 내리던 도끼의 말은
　　녹색 의자에 기댄 냉랭한 눈

　　책상위에 놓아 둔 사과 썩어가는 냄새에
　　넘기던 책의 적갈색 갈피에서
　　묘지 위 가랑잎 구르는 소리가 들린다

　　낙하하는 것들은 모서리가 둥글다
　　낙하한 것들은 모두 원점으로 돌아가는구나

희미해진 증명사진 속에서도 자라고 있는 뉴턴의 수염

귀밑머리 솜털도 가을엔 스러지는구나
죽음이 계절처럼 오고 있구나*(*이어령 교수의 인터뷰 내용에서 따옴)
「사과의 온도」 전문

　뉴턴의 철학을 담아내고 있는 이 작품은 그의 사유만큼이나 무척
형이상학적인 시이다. 실상 만유인력이나 가속도의 법칙은 하나의 보
편적인 원리, 곧 자연의 원리임에도 불구하고 중세의 영원을 무너뜨
린 사유들이었다. 그럼에도 불구하고 이는 과학의 법칙, 자연의 또 다
른 섭리였다.
　시인이 응시하고자 했던 것도 바로 이 부분이다. 영원과의 불화, 자
신의 정서적 동일성을 훼손한 것들에 대해 치열한 모색을 해온 것이
이 시인의 작시법이었다. 그것은 이 작품에서도 명쾌하게 드러난다.
정서적 동일성을 향한 언어의 온전한 조합을 찾아내고자 했던 것이
이 시인이 펼쳐보인 시세계였기 때문이다. 그러나 그것은 사과가 푸
석거릴 정도로 시간을 요하는 것이었으며, 결코 짧은 순간에 이루어
질 성질의 것은 아니었다. 하지만 이러한 과정에서 부인할 수 없는 한
가지 원리랄까 이법이 엄연히 존재하고 있었다. "낙하는 것들은 모서
리가 둥글다"라든가 "낙하한 것들은 모두 원점으로 돌아가는구나"라
고 하는 선언적 진실이 바로 그러하다. 뿐만 아니라 가을에 모든 것이
사라진다거나 겨울은 곧 죽음이라는 신화적 상상력 또한 마찬가지의
경우이다.

바람에 홀려
바람 밖에 볼 수 없었던
헝클어진 머리카락으로 들은 건
풀벌레 야윈 곡소리였다

마른번개가 갈라놓은 현무암을
절정의 석양이 너울거리며 만지고 있다

수 십 번 맹세해도
수 십 번 곡조를 바꾸는 사랑
그 사랑에 무릎 꿇지 않고
목숨 바친 사랑이 보고 싶으면
김영갑, 그의 카메라 속으로 들어가 보라

아! 그랬구나!
마음 한 조각 던져놓고
감히 사랑이라 불렀구나
헛기침에 가볍게 순응했을 뿐
날개는 바람의 집이 아니었구나

바람 밖의 내가 바람이 될 수 있는 것은
그의 영토에 영원히 눕는 것

돌아갈 곳은 바람이 스스로 지우고 있다
「두모악에서 날개를 접다」 전문

시인이 모색한 언어, 곧 자음과 모음의 빛나는 조화가 만들어내는 것은 표면적인 차원에서는 결코 얻어질 수가 없는 것이다. 가령, "헝클어진 머리카락으로 들은 건/풀벌레 야윈 곡소리"만 있을 뿐이고 "수십번 맹세해도/수십번 곡조를 바꾸는 사랑"만이 있을 뿐이다. 겸허한 자세, 본질에 육박하고자 하는 치열한 자세 없이는 아름다운 언어의 조합은 만들어질 수 없다는 뜻이다. 그것이 갖는 한계는 "아! 그랬구나!/마음 한조각 던져놓고/감히 사랑이라 불렀구나"라는 탄식에서 잘 드러난다.

조화란 완벽한 결합이 이루어질 때 가능하다. 마찬가지로 시인이 감각했던 정서적 결핍도 완벽한 언어의 조합에 의해서만 가능할 것이다. 시인이 탐색하고자 했던 것도 바로 이 정서이다. 적당한 관찰이나 자기화만으로는 이 경지에 결코 도달할 수 없음을 시인은 올곧이 이해하고 있었던 것이다. 그것은 자신의 존재성이나 고유성을 드러내는 것이 아니라 대상과 하나되는 과정 속에서 이루어지는 것이다. 그렇기에 시인은 물과 하나 되기 위하여 "얼마만큼 가벼워져야/소리 없이 물위에 잠길 수 있을까"(「눈썹달에 들다」) 고민하기도 하는 것이고, "꽃의 몸통인 나를/화폭 안에 붙잡아 둘 수 있을 텐데"(「생각한다, 가끔」)에서 보듯 욕망이 작동하지 않은 세계를 꿈꾸기도 하는 것이다.

정서적 결핍을 치유하기 위한 임서윤 시인의 시적 작업은 이제 출발점에 놓여 있다. 그렇기에 시인은 그 결핍의 틈을 메우기 위해 어떠어떠해야 한다는 선언이나 절대 진리에 대해 감히 이야기하지 않는다. 시작점에 놓인 시인이 그런 과감한 선언을 하는 것은 무척이나 어려운 일이었을 것이다. 시인은 다만 그러한 도정을 위해 나아가야 할 시사점이 무엇인지에 대해 던져놓았을 뿐이다. 그것만으로도 시인의 이번 행보는 무척이나 의미있는 경우였다고 하겠다. 시인은 이제 구도자의 자세로 지나온 말과 앞으로 나올 말들에 대해서 고민할 것이다. 자신의 "성장점을 밀고 나오는 체세포 분열"을 가급적 억제하면서, 또 억제되지 않은 '웃자람', 곧 '순'(「순을 치다」)을 쳐줄 손길을 기다리면서 말이다. 그는 그길을 천천히 그렇지만 당당히 걸어갈 것이다.(임서윤,『사과의 온도』해설, 시학, 2020)

찾/아/보/기

치유의 시학

초 판 인 쇄 | 2021년 3월 16일
초 판 발 행 | 2021년 3월 16일

지 은 이 송기한

책 임 편 집 윤수경

발 행 처 도서출판 지식과교양
등 록 번 호 제2010-19호
주 소 서울시 강북구 우이동108-13 힐파크103호
전 화 (02) 900-4520 (대표) / 편집부 (02) 996-0041
팩 스 (02) 996-0043
전 자 우 편 kncbook@hanmail.net

ISBN 978-89-6764-169-6 93800   정가 30,000원